江苏高校哲学社会科学研究重点项目成果(2017ZDIXM154)
盐城师范学院新四军研究院开放课题研究成果
盐城市人民政府2023年度社科研究课题成果
盐城地域文化与社会治理研究院课题成果

孙晓东 著

盐城革命文艺史略

陈昊苏题

河海大学出版社
HOHAI UNIVERSITY PRESS
·南京·

图书在版编目(CIP)数据

盐城革命文艺史略 / 孙晓东著. -- 南京：河海大学出版社，2023.8
ISBN 978-7-5630-8322-0

Ⅰ.①盐… Ⅱ.①孙… Ⅲ.①文学史－研究－盐城－现代②艺术史－研究－盐城－现代 Ⅳ.①I209.953.3②J120.96

中国国家版本馆CIP数据核字(2023)第163354号

书　　名	盐城革命文艺史略
书　　号	ISBN 978-7-5630-8322-0
责任编辑	杨　雯　高晓珍
特约校对	阮雪泉
封面设计	张育智　刘　冶
出版发行	河海大学出版社
地　　址	南京市西康路1号(邮编：210098)
电　　话	(025)83737852(总编室)　(025)83787104(编辑室) (025)83722833(营销部)
经　　销	江苏省新华发行集团有限公司
排　　版	南京布克文化发展有限公司
印　　刷	广东虎彩云印刷有限公司
开　　本	718毫米×1000毫米　1/16
印　　张	18.5
字　　数	323千字
版　　次	2023年8月第1版
印　　次	2023年8月第1次印刷
定　　价	78.00元

序言
PREFACE

方　忠

盐城是革命老区,是一座英雄的城市。特别是在抗战时期,盐城作为新四军重建军部所在地,汇聚了来自全国各地以及海外的千千万万优秀儿女,他们为抗日战争的胜利作出了巨大贡献。盐城在长期的革命斗争实践中,也涌现出许多优秀的革命文艺作品,它们对于团结人民、打击敌人,推动革命斗争,发挥了重要作用。

读到孙晓东教授的书稿《盐城革命文艺史略》,内心充满喜悦。多年来,孙晓东教授致力于新四军文艺等革命文艺的研究,在史料爬梳、收集整理等方面做了大量的工作,主持了多个国家和省部级科研项目,发表出版了一系列论文论著,产生了良好的学术影响。

《盐城革命文艺史略》系统梳理了盐城革命文艺发展历程,并从革命文艺组织建设、革命文艺思想建设、盐城革命文艺阵地建设等方面阐述了盐城革命文艺的价值、意义和历史贡献,又从诗歌创作、小说创作、通讯报告创作、戏剧创作、音乐创作、美术创作等文艺门类归纳概括了盐城革命文艺的重要成就,脉络清晰,结构完整,内容十分丰富。既有宏观的史的线索的勾勒,也有对具体的文艺作品的探讨;既有对革命文艺团体的总体扫描,也有对作家个案的研究;既有对刘少奇抗战文艺思想、陈毅关于文化运动意见等党和军队领导人的文艺观的论述,也有对丘东平、许幸之、莫洛、芦芒、陈登科、阿英、贺绿汀、孟波、黄其明、莫朴、沈柔坚等各个门类文艺家创作的艺术分析。这些使这部著作具有了深厚的内涵和史著的品格。

盐城师范学院向来重视新四军研究,成立了江苏省哲学社会科学重点研究基地——新四军研究院,对新四军的政治、经济、文化、教育和文艺等开展了深入的研究,取得了一系列成果。孙晓东教授是这个研究团队的骨干成员。这部著作是他研究新四军文艺等革命文艺的最新成果,值得重视。我由衷地祝愿并期待孙晓东教授在新四军文艺研究方面,取得更多的成果。

是为序。

目录 CONTENTS

绪论 ……………………………………………………………… 001

第一章　盐城革命文艺的生长基础与革命探求 ………………… 005
　第一节　区划的代际沿革与盐城的文化品格 …………………… 005
　第二节　地域人文传统与古代盐城文艺 ………………………… 008
　第三节　近现代新思想的传播与革命文艺的生长 ……………… 011

第二章　盐城革命文艺发展历程 ………………………………… 019
　第一节　初生期的文艺活动 ……………………………………… 019
　第二节　发展期的文艺活动 ……………………………………… 026
　第三节　繁荣期的文艺活动 ……………………………………… 032
　第四节　艺术特征及其历史贡献 ………………………………… 039

第三章　盐城革命文艺组织建设 ………………………………… 044
　第一节　苏北文化工作者协会的成立 …………………………… 044
　第二节　抗战时期解放区的革命文艺团体 ……………………… 046
　第三节　解放战争时期的革命文艺团体 ………………………… 051

第四章　盐城革命文艺思想建设 ………………………………… 055
　第一节　陈毅关于文化运动的意见 ……………………………… 055
　第二节　刘少奇的抗战文艺思想 ………………………………… 059
　第三节　文艺大众化讨论与盐城革命文艺的路向 ……………… 061
　第四节　华中宣教大会的召开及其意义 ………………………… 064

第五章　盐城革命文艺阵地建设 … 068
第一节　主要文艺报刊的创办 … 068
第二节　革命书刊的出版与发行 … 074
第三节　鲁迅艺术学院华中分院的创建及其功绩 … 076

第六章　民间文艺形式的改革与创新 … 083
第一节　盐阜地区民间文艺的挖掘与利用 … 083
第二节　新安旅行团与秧歌舞 … 087
第三节　淮剧的改革与创新 … 090

第七章　诗歌创作 … 099
第一节　许幸之、莫洛的诗歌创作 … 099
第二节　芦芒、辛劳的诗歌创作 … 104
第三节　陈毅、张爱萍的诗歌创作 … 109
第四节　林山、陈允豪、钱毅的诗歌创作 … 115

第八章　小说创作 … 124
第一节　丘东平的小说创作 … 124
第二节　陈登科的小说创作 … 129

第九章　通讯报告创作 … 134
第一节　常工的通讯报道写作 … 134
第二节　白桦的战地通讯写作 … 138

第十章　戏剧创作 … 141
第一节　许晴的戏剧创作 … 141
第二节　阿英与历史话剧《李闯王》 … 145
第三节　黄其明与话剧《淮阴之战》 … 150
第四节　杨正吾的戏剧创作 … 153
第五节　钱相摩的戏剧创作 … 156

第十一章　音乐创作 … 161
第一节　音乐歌咏活动述略 … 161

    第二节　贺绿汀、孟波的歌曲创作 …………………………………… 166
    第三节　何士德、章枚的歌曲创作 …………………………………… 169

第十二章　美术创作 ……………………………………………………… 175
    第一节　美术创作活动述论 …………………………………………… 175
    第二节　莫朴、沈柔坚的木刻创作 …………………………………… 181
    第三节　芦芒、吴耘的美术创作 ……………………………………… 185
    第四节　洪藏、丁达明、严学优的美术创作 ………………………… 191

附录　盐城革命文艺主要活动纪事 ……………………………………… 197

主要参考文献 ……………………………………………………………… 281

后记 ………………………………………………………………………… 283

绪论

今日的盐城市，地处中国东部沿海中部，江苏省中东部，位于长江三角洲北翼，东临黄海，南与南通接壤，西南与扬州、泰州为邻，西北与淮安相连，北隔灌河和连云港市相望，市域面积约1.7万平方公里，是江苏省面积最大、海岸线最长的地级市。历史上，盐城因境内盛产海盐以及有土无石的地貌，所以人们又习惯称为"盐阜地区"[1]。

盐城独特的自然环境与地理位置塑造着盐城的人文和历史。它不仅是一座有着海风盐韵的海盐古城、水陆相间的现代生态之城以及拥有丰富海洋资源的海滨新城，而且更是一座有着光荣革命传统、彰显铁军雄风的英雄城市。无论是在古代反抗历代封建统治者横征暴敛、巧取豪夺的斗争，还是在近现代为了推翻丧权辱国、腐败无能的清政府和反动的军阀政府，抵御外来侵略、反对国民党独裁统治的斗争中，盐阜地区人民都作出了不朽的贡献。抗日战争时期，中国共产党领导八路军、新四军和根据地人民独立自主开展敌后游击战争，建立起了盐阜抗日根据地，成为中国共产党领导下的华中敌后抗日根据地在江苏境内的战略地区之一，与淮海抗日民主根据地一道统属于当时全国19块抗日民主根据地之一的苏北抗日根据地[2]。它的地域范围包括当时的盐城县、阜宁县、淮安县和涟水县、灌云县的一部分。解放战争时期，随着苏皖边区政府在清江成立，盐阜区改为苏皖第五行政区，下辖盐城、盐东、阜宁、阜东、建阳、涟东、淮安、射阳、滨海等9县，1946年2月至次年4月，淮宝、洪泽两县和清江市曾一度被划进，新成立的苏北军区、苏北区党委和继后成立的中共华中工委、华中行政办事处又都在其境内。因此，盐城一直是苏北和华中根据地、

---

[1] 茆贵鸣：《盐城简史》，江苏人民出版社2019年版，第42页。
[2] 中共江苏省委党史工作委员会，江苏省档案馆编：《苏北抗日根据地》，中共党史资料出版社1989年版，第1页。

解放区的政治、经济、军事、文化的中心。

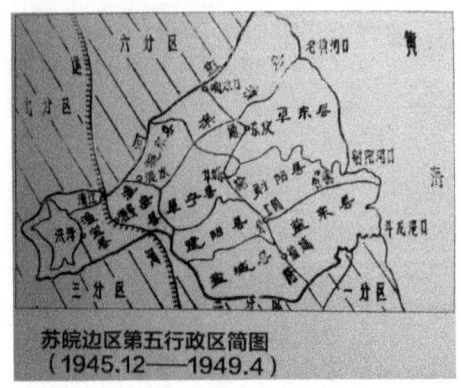

在抗日战争时期，特别是"皖南事变"后，随着新四军军部和中共中央华中局相继在盐城成立，这个原本默默无闻的盐阜大地，不仅一下成了全国瞩目的政治中心，有着"陕北有个延安，苏北有个盐城"之誉①，吸引着来自全国各地的抗日志士和爱国青年投身到伟大的民族解放事业中来，而且还因为刘少奇、陈毅、黄克诚、张爱萍等老一辈革命家在领导华中敌后抗战的同时，又以极大的热情在此掀起抗战文艺运动，使得不少党内外文化人纷纷从重庆、上海、香港等大后方或敌占区辗转到了盐城，投身到了苏北抗战的新文化运动中去，盐城也因此成了当时名噪一时的"敌后文化城"，华中局和新四军军部曾专门在军部驻地阜宁停翅港不远的卖饭曹村设置"文化村"，集中安置这些文化人。这些人中有从事文学创作的丘东平、陈岛、戈茅、戴平万、许幸之、林山、辛劳等人；有从事戏剧工作的阿英、刘保罗、许晴、黄其明等人；有从事音乐的何士德、孟波、章枚等人；有从事美术的莫朴、刘汝醴、铁璎、鲁莽、赖少其等人；有从事新闻出版的王阑西、黄源、刘述周、李恩求等；有学者彭康、钱俊瑞、孙冶方、李一氓、蒋天佐、艾寒松、吕振羽、薛暮桥、骆耕漠、夏征农、戴伯韬、孙克定等。他们这些外来的卓有成就的文艺家与后来在解放战争时期的革命斗争中，随着革命根据地文艺运动的发展逐步培养和成长起来的一批土生土长的文艺工作者，如陈登科、钱相摩、杨正吾等，组成了盐城两支活跃的革命文艺大军，投身到苏北解放区文艺事业中去，在敌后"第二战线"上挥洒着他们的青春和激情。在党的领导

---

① 中共盐城市委党史工作办公室编：《苏北有个盐城：盐城抗战史话》，中共党史出版社 2005 年版，第 1 页。

下，这些在盐阜地区的专业文化工作者，满怀热情，奔赴战争前线，深入广大农村，努力实践与工农兵相结合。他们紧密地结合当时当地的斗争，办报纸，建剧团，搞创作，做宣传鼓动工作，掀起了群众性的革命文化高潮，使它们成为鼓舞广大军民同心同德打击日伪顽的强大力量，成为推动根据地各项建设的巨大动力。在革命文化深入发展的过程中，盐阜地区涌现出不少受到广大群众喜爱的作品，培养和造就了一大批从事文学、美术、戏剧和新闻工作的人才。他们"在戎马倥偬中用手中饱蘸着火热激情的笔，真实地、生动地再现了当年如火如荼的战争风云"，配合和服务于抗日战争和解放战争的伟业[1]。盐阜抗日根据地文艺内容非常广泛，军事斗争、政权建设、锄奸反特、参军支前、拥军优属、民兵工作等各种题材均有所涉。其"表现形式也很丰富，戏剧、音乐、文学、舞蹈、美术等无所不包，还有别具特色的墙头诗、秧歌舞以及大量的地方民间文学"[2]。这些都使得盐城革命文艺在当时产生了极大魅力和影响。盐城革命文艺活动无论是规模、成果及影响的广度和深度，与当时全国其他解放区文艺相比都毫不逊色。因此，我们有理由，也有责任对这些在革命战争年代，尤其是抗日战争和解放战争时期与盐城军民并肩作战、肝胆相照的文艺家们的创作进行全面、系统的总结和描述，作出客观与科学的评价，进而确立其应有的历史地位。

然而，目前对于盐城革命文艺的研究，除了1983年江苏省文联资料室组织编印的《江苏革命根据地文艺资料汇编（苏北部分）》、1990年陈辽主编的《江苏新文学史》中的一些章节及20世纪80年代以来研究新四军文艺活动及苏北解放区的一些研究论文论及外，全面深入地研究盐城革命文艺的成果寥寥，更多是从党史角度研究盐阜地区革命斗争的成果，如《盐城人民革命斗争史（1919—1949）》《苏北有个盐城——盐城抗战史话》等著作。对于和军事斗争并重的盐阜抗日根据地和盐城解放区文艺，研究成果零散而不系统，一些研究成果或把盐城革命文艺归入苏北抗日根据地文化进行零星论述（如《苏北抗日根据地文化散记》《江苏地方文化史·盐城卷》等）或偏重于人物传记（如《文化名人与盐城》《铁军文华——新四军中的文化人》等），至今尚未有一部全面总结和系统研究抗日战争和解放战争时期的盐城革命文艺史论著，充分彰显盐城革命文艺在江苏革命战争时期新文艺发展过程中的地位和作用，给江苏革命文艺研究乃至中国解放区文艺研究留下了一个不小

---

[1] 王阑西主编：《苏北盐阜抗日根据地诗文选集》，江苏人民出版社1984年版，第1—2页。
[2] 刘则先，刘小清编著：《苏北抗日根据地文化散记》，江苏人民出版社1993年版，第1—2页。

的缺憾，也与江苏这样的文化大省很不相称。

因此，我们试图立足于盐城当时革命文艺创作实际和具体文艺现象，着眼于革命文化本身，通过翔实的史料爬梳、调查访谈等研究手段和方法，全面总结盐城革命文艺的实绩和地域文艺发展的历史经验，希望能努力把握并真切地勾勒出这一区域在革命战争年代，尤其是抗日战争和解放战争时期的文艺发展脉络，客观而清晰地描绘出该地域在这一时期的文艺发展的概貌，从而使人们能够对该地域在战争时期的文艺创作有一个整体性的了解，进而获得一个比较完整的理性认识。基于这一目的，我们本着历史与现实相结合的原则，以一种历史主义的客观严肃的态度对研究所涉的时间、地域范围及研究对象进行了界定。鉴于抗日战争爆发后，盐城文艺才全面进入革命时代，其文艺活动及其成果也主要集中在抗日战争和解放战争时期，所以我们这里把大革命时期、土地革命战争时期的一些革命宣传活动作为盐城革命文艺的生长基础，对于盐城革命文艺的论述主要基于盐阜抗日根据地创建到新中国建立这一时间段的文艺活动。在对盐城地域范围的界定上，我们将江苏行政区划的历史面貌和现实状况同时考虑，如现有的行政区划中，淮安市的淮安区、洪泽区、涟水县不属于盐城地区，但在抗日战争时期涟东县（今涟水县东部）、淮安县及在抗日战争胜利后成立的清江市、淮安市、淮宝县、洪泽县都属于盐阜区（当时为华中第五行政区）。因此出于尊重历史的考虑，我们在研究中仍将它们视为盐城的地域范围。新中国成立后，由泰州行政区划进的东台县、台北县现在属于盐城市行政版图中的东台市、大丰区，虽然它们在抗日战争和解放战争时期分别属于苏中二分区和苏皖边区一分区，不属于盐城行政区，但按照现有的行政区划，我们也自然应该将发生在这里的抗日战争和解放战争以及当时的文艺活动纳入研究视野。在具体的作家作品选取上，我们也不再纯粹以作家出生地域取舍，凡在苏北盐城地区范围内发生的革命文艺活动、文艺现象以及作家、艺术家在盐阜地区的报刊上发表的文艺作品都属于我们的论述对象。具体地讲，就是盐城人写、在盐城写、写盐城的文艺作品都属于我们关涉的范畴。与此同时，对于涉及苏北、华中乃至全国其他根据地和解放区的有代表性的文艺思潮、文艺批评、文艺报刊、文艺团体及重要的文艺会议等文艺现象，我们也有必要充分注意它们与盐城革命文艺活动的联系性和归属关系，以有助于人们进一步了解盐城革命文艺运动发生、发展的成因和结果，真切而全面地把握该地区的文艺活动全貌，以免只见树木而不见森林、一叶障目的情况发生，这样盐城革命文艺这一战时的"人为的"社会行政体制下的文艺研究，也才会有既不会丧失文艺的地域特色，又比地域文艺更具有资源的优势和现实的效应。

第一章
盐城革命文艺的生长基础与革命探求

盐城地处淮河尾闾、黄海之滨，不仅在自然地理上经历了沧海桑田的海陆更替，而且在文化上也杂糅了吴楚文化、中原文化与当地文化，"造就了盐城文化南北并收、兼融并包的文化特质"。同时，"海水倒灌，水灾频繁铸就了盐城人民在苦难中奋力抗争、开拓进取的文化性格"[1]，并在此后的革命运动中逐步培植起了与人民同在、与时代同步的革命意识，最终以较为成熟的根据地文艺形态为新中国文艺建设提供了重要样本。

第一节 区划的代际沿革与盐城的文化品格

作为地理概念和地方名称的盐城，既可以指作为行政区划的盐城市，又可以指作为省辖地级市的盐城市。这里历史悠久，文化灿烂。约6 000年前就有先人在此繁衍生息，称之为"淮夷之地"。春秋初叶，境域属吴，后属越。战国时属楚。秦代属东海郡。西汉初为射阳侯刘缠封地。汉武帝元狩四年（公元前119年），始置盐渎县，属临淮郡，东汉属广陵郡。三国时属魏，盐渎被废。西晋又复县制，属海陵郡。东晋义熙七年（公元411年），因"环城皆盐场"，盐渎县改名盐城县，属山阳郡。南北朝时由县制升为郡制，先设射阳郡，后改盐城郡。隋大业初废郡，复为盐城县，属江都郡；隋末，韦彻据盐称王，盐城分为新安、安乐两县。唐初复置盐城县，属江都郡；五代十国南唐时属泰州；宋代属淮南东路楚州；南宋绍兴三年复属泰州，后属宝应

---

[1] 陆玉芹主编：《江苏地方文化史·盐城卷》，江苏人民出版社2020年版，第12页。

州。元初盐城属江北淮东道，至元中属河南江北行省淮安路，元末为张士诚所据。明初属直隶应天府，后属南京（南直隶）淮安府。清初属江南省，康熙六年江南省东西分省，划归江苏省，仍属淮安府；雍正九年（1731年），境域北部置阜宁县，属淮安府；乾隆三十三年（1768年）南部置东台县，至此，盐城境域内盐城、阜宁、东台主体格局形成。民国三年（1914年），盐城属淮扬道。民国十六年（1927年），国民政府废道隶省，设立行政督察区，江苏省第六行政督察区驻盐城县，辖盐城、东台、兴化、阜宁4县。1941年，成立盐阜区行政公署，辖盐城、盐东、建阳、阜宁、阜东、淮安、涟水7县和涟灌阜边区办事处，次年新设射阳县，改涟灌阜边区为潮南县（后改滨海县），析东台北部建台北县（属苏中二分区）。1945年10月，盐阜行政区改为盐阜分区，12月盐阜分区改为苏皖边区五分区。1947年2月，以通榆公路为界，路西的盐城、建阳、阜宁、淮安、涟东5县为五分区，路东的盐东、射阳、阜东、滨海4县为十一分区；9月，五分区和十一分区又合并为五分区，仍辖盐城、阜宁等9县。1949年5月，苏皖边区五分区改为盐城行政区，辖盐城、盐东、建阳、阜宁、阜东、射阳、滨海、淮安、涟东9县，东台、台北2县属泰州行政区。同年11月，盐东、阜东2县并入射阳县、滨海县。1950年1月起，原泰州行政区的东台、台北2县划归盐城行政区。同年6月，撤销涟东县，并入淮阴行政区的涟水县。1951年7月起，台北县改名为大丰县，建阳县改名为建湖县。1953年1月1日，江苏省人民政府成立，设江苏省盐城专区，辖滨海、阜宁、淮安、射阳、建湖、盐城、大丰、东台8县。1954年，将淮安县划归淮阴专区，盐城专区辖7县。1966年，析滨海县中山河以北地区设响水县。1970年，盐城专区改称盐城地区，辖响水、滨海、阜宁、射阳、建湖、盐城、大丰、东台8县。1983年实行省管市、市领导县的新体制，撤销盐城地区和盐城县，设立地级盐城市，下辖城区、郊区2区和响水、滨海、阜宁、射阳、建湖、大丰、东台7县。1987年以后，东台、大丰先后撤县设县级市，1996年，郊区撤销，设立盐都县。2003年，城区更名为亭湖区；撤销盐都县，设立盐都区。2015年，经国务院批准，撤销县级大丰市，设立大丰区。至此，今日盐城市的行政区划格局形成，下辖亭湖、盐都、大丰3个区，东台1个县级市和建湖、射阳、滨海、阜宁、响水5个县[1]，是江苏沿海地区新兴的工商业城市，也是长江三角洲重要的区域性中心城市。

---

[1] 参见茆贵鸣：《盐城简史》，江苏人民出版社2019年版，第86-87页。

第一章
盐城革命文艺的生长基础与革命探求

行政区划的形成和沿革在对区域同质化产生极大影响的同时，也赋予盐城以独特的文化精神品格。历史上，盐城的行政区划时有变化，隶属区域盈缩不定。这种由于分封、战乱、海陆变迁和盐业生产及管理的变数带来的辖管区域的分、合、增、减，一方面使得南北交汇的各种文化相互冲突激荡，"俗参吴楚"，呈现多元融合、兼容并包而又独树一帜的文化特征；另一方面濒河临海的地理位置也给曾经河渠纵横、河海融汇、物产丰茂的盐城带来苦难，特别是宋代以降，地处淮河下游的盐城，因黄河夺淮，水患肆虐，环境遭到极大破坏。这种影响一直持续到民国时期都未能根除，盐城人民处于"旱无以蓄水则赤地枯槁，涝无以泄水则化田为湖"的无尽的苦难中[①]，尤其是明清实行的通运保漕政策，一旦洪水泛滥，绝大部分西水途经下河地区入海，盐城作为排泄尾闾，受灾更甚于其他地区。再者，盐城人早期的生产活动主要以盐业生产为主，盐业生产条件极为艰苦，在制盐过程中常常数家灶户集中轮流操作，同心协力，团煎共煮，这种围绕海盐生产开展的煎煮生产方式对于本地居民吃苦耐劳，注重团结合作、守望相助的文化心态的形成起着重要的促进作用。这里不仅生产生活环境恶劣，而且人民深受盐商和地主剥削，再加上土匪骚扰，战争践踏，人民饱受灾难之苦。然而正是在与恶劣自然条件和社会环境斗争的岁月里，盐城人民凝聚起了不懈抗争、协力拼搏、爱乡报国的民族性格。元朝末年，大丰白驹场人张士诚因受不了盐警欺压，与其弟张士义、张士德、张士信及李伯升等十八人率盐丁起兵反元，以一己之力打败元朝军队。明朝抗击倭寇的斗争中，盐城人民同仇敌忾，广大盐民、渔民和农民主动报名参加烽堠军和备倭军，配合戚继光的"戚家军"，奋起抗击，打退倭寇一次又一次的侵犯。因此，正如有论者所言，盐城人民在"煮海为盐时，他们聚团共煎，通力协作；宋元对峙时，陆秀夫负帝入海，成仁取义；近代中日甲午战争中，盐城近海民间驳船给烟台清军以大量援助，及至辛亥革命中一批民主志士投身革命，不惜流血牺牲；新四军在盐城重建军部，领导人民抵抗日本侵略；等等。这些历史事迹无不与这里的人民百折不挠、敢冒风险、敢于抗争、爱乡报国、力图改变命运的精神文化息息相通"[②]。这些心理认同、价值观念和精神指向经过代际传递和互相渗透，凝聚成盐城人民独特的精神文化特质，并最终成了一种"集体无意识"，深刻影响着盐城社会的基本形态与社会变革。而这种盐城文化自身在纵向上的积累与

---

① 刘崇照修，陈玉树、龙继栋纂：《光绪盐城县志》卷三《河渠》，第 62 页。
② 陆玉芹主编：《江苏地方文化史·盐城卷》，江苏人民出版社 2020 年版，第 19 页。

传递，在横向上的传播与渗透，也使得本土文化很难在风云际会、人员聚散离合中彻底占据上风，外来先进文化的输入和渗透便成为其文化品位提升的主要途径。此外，清中期以后盐城经济逐渐发达，产生了一些地方上的富裕群体，徽州、通州、海门等地有大批移民也随之来盐城经商或定居，壮大了地方上的士绅阶层。这些士绅群体普遍文化程度较高，他们一般在遵从儒家思想的同时，也能接受新思想。在盐阜抗日根据地创建后，大批外地文化人汇聚盐城，他们带来的先进的文化政治理念，使得盐城本土文化很快地浸染上了浓郁的红色基因，发展成了新四军红色文化，并在革命战争年代成为盐城地区的主流文化。

第二节　地域人文传统与古代盐城文艺

地域文艺的发展离不开地方文化传统的涵养。盐城地处滨海湿地，盐业发达，商业开放，自古以来文化教育一直倍受重视，崇文尚智的风尚盛行，县学、书院、社学、义学、私塾等在盐城地区都有所发展。盐城立县以后，历任知县都重视兴办县学，培养科举人才。北宋初期，时任北宋盐仓监的晏殊在东台西溪创办了江苏最古老的书院之一——西溪书院。而在西溪书院基础上扩建而成的晏殊书院则是当时里下河地区最大的书院之一。至明、清时期，东台古县域范围内先后有泰东书院、景范书院、三贤书院等大大小小的书院十余所。明嘉靖十七年（1538年）盐城县境内始建正学书院，至清光绪年间先后创建了建西、景忠、表海、崇文、筑川、尚志等书院；阜宁县境于康熙二十五年（1686年）始建观澜书院，后续建紫阳书院、观海书院等。与此同时，东台王艮等一些地方名士开始授徒办学，其创建的东淘精舍等使得普通平民得以兴学苦读，"轶于旁县农夫工匠，略能识字，荒居穷舍，多有蒙塾"①。自明朝中叶后到清朝废科举兴新学之前，据不完全统计，盐城境内先后有官办县学3所、民办官助书院20余所、官办民助社学60余所、义学20余所、私塾5 000余所。"盐城、阜宁、东台三个老县及至清末的历代科举中，能够列出姓名的有进士112名（盐城48名、阜宁18名、东台46名），

---

① 林懿均修，胡应庚、陈钟凡等纂：《民国续修盐城县志稿》卷三《民俗》，《中国地方志集成·江苏府县志辑59》，江苏古籍出版社1991年版，第397页。

第一章
盐城革命文艺的生长基础与革命探求

其中武状元 2 名，文科榜眼 1 名、探花 1 名、翰林 2 名；举人 398 名（盐城 221 名、阜宁 96 名、东台 81 名）"①。教育教化不仅为盐城先民接受儒家思想，涵养地方文化，传承文脉提供了重要途径，而且还在地方上孕育了丰厚的人文底蕴，给文人墨客提供了充足的营养，为文化新生提供了人才支撑。

盐城地理位置优越，文化源远流长，至明清时期已经形成了悠久的文化传统，如范仲淹任职西溪盐官时心系百姓、胸怀理想的济世情怀，陆秀夫取义成仁的民族气节，张士诚不畏强暴、不屈不挠的斗争意识，王艮的"百姓日用即道"的哲学思想及其平民化的教育思想等等。这些地域文化在漫长的历史长河中经过发酵形成了盐城深厚的文化底蕴和独特的人文传统，并在其文化累积的过程中不断地同其他因素"综合"，而且"越到后来人文因素所起的作用也越大"②，从而形成一种精神性的东西为后人所承传。因此，该地自汉以来即有诗文、著作传世，明清时期著述之风尤盛，其中以诗歌、小说和书法等成就较为突出。

东汉后期，位列"建安七子"之一的盐城文学先驱陈琳走上历史舞台。他擅长章表公文写作，作品现存有赋 10 篇、文 9 篇、诗 5 首。其中作于建安五年官渡之战前代袁绍写下的一篇征讨曹操的檄文——《为袁绍檄豫州》，文辞端正刚直，笔锋犀利，情绪激昂，有强烈的正义之气而"一骂成名"。他的名篇《饮马长城窟行》以乐府古题写汉末时事，借秦人苦长城之役，表现汉末百姓的劳役苦难，是最早的文人拟乐府诗之一，赢得了较高的评价。

唐代淮南黜陟使李承在东台兴筑捍海堰，写有咏海春轩塔诗："东设点将台，西有溪通淮，海轩春潮旺，皆由此塔来。"长孙佐辅在盐城作五言古诗《楚州盐墩古墙望海》。北宋时期，吕夷简、晏殊、范仲淹先后任西溪（在今东台）盐官，后均入朝为相。吕夷简有咏牡丹诗，晏殊留下了"一曲新词酒一杯"的《浣溪沙》。范仲淹在西溪的创作、首倡修建的范公堤及其"先天下之忧而忧，后天下之乐而乐"的精神，成为盐城珍贵的文化遗产。南宋末年左丞相陆秀夫也留下了若干文章和诗歌，尤其是他负帝跃海的报国壮举，留名千古。

元代大诗人萨都剌途经盐城，作《过高邮射阳湖杂咏》九首。元末明初便仓人卞元亨（据传枯枝牡丹就是他栽种），写有咏花与抒怀交融一体的《绝句》："牡丹曾是手亲栽，十度春风九不开。多少繁华零落尽，一枝犹待主人

---

① 茆贵鸣：《盐城简史》，江苏人民出版社 2019 年版，第 13 页。
② 严家炎：《20 世纪中国文学和区域文化丛书·总序》，湖南教育出版社 1995 年版，第 2 页。

来。"丁溪场（今属东台）人高谷所作的《盐城观海》《丁溪拜墓》是描写地方风物的佳作。

明代白驹场（今属大丰区）人施耐庵，在这里创作了中国第一部白话章回体长篇小说《水浒传》，与他隐居于此的学生罗贯中后来也著有《三国演义》。书法家宋曹一生以盐城为主要居住地，其书法外表敦实厚重，内似绵里裹铁，平实而绝无花哨，其所著的《书法约言》更是他一生学书经验的总结和阐发，堪称经典，对后世的书法传习大有裨益。说书艺人柳敬亭最擅长说楚汉、隋唐、水浒故事，尤以英雄盗贼故事最为传神，名震一方。

清代，盐城文人数量大增，据《江苏艺文志·盐城卷》统计，该时期文学作者共计382人（含跨晚清民国者）。其中不仅有以吴嘉纪为首的"东淘诗群"、爱国诗人陈玉澍等本土诗人和群体，而且还有以盐城的水墨润就名篇《桃花扇》《镜花缘》等的孔尚任、李汝珍、蒋春霖、龚自珍等外地文士。吴嘉纪以"盐场今乐府"著称，其1 400多首诗歌描述的多是平民的生产生活，他的以"严冷"为基调的"野人体"诗歌风格在清初诗坛别具一格，被誉为"清初三大家"之一[①]。同时以他为首的东淘诗人身上的遗民情结和不合流俗的精神也对清初盐城的文学艺术的活跃和富有新意产生了积极的影响。盐城建湖上冈镇人陈玉澍用手中之笔，一方面抨击腐败无能的达官显贵，甚至将批判的矛头直指神佛；另一方面热情歌颂抵御外侮的民族英雄，同时为民请命，为底层苦苦挣扎的民众代言。其诗歌不仅有很强的艺术感染力，而且洋溢着浓厚的忧国忧民之情，在晚清诗歌史上有重要的地位。甲午战争爆发后，他写诗几十首鞭挞日军侵略，抨击清王朝丧权辱国，歌颂为国捐躯的爱国将士。他也因此被当代文史学家阿英称赞为"爱国诗人"而列入《盐阜民族英雄传》一书[②]。

古代盐城作家自东汉至元、明、清而达于兴盛的创作一方面提高了其在区域乃至全国的地位，《中国通俗小说总目提要》收录清末之前的古代小说1 164部，盐城人创作或取材于盐城的就有100多部，中国古典"四大名著"中有三部与盐城有直接或间接的关系[③]；另一方面也使得地域积淀的历史文化传统以"集体记忆"的方式流传后世。这样，独特的地域人文优势使作为"精神意识"产品的文学艺术创作及其风貌也随之获得文化新生的历史契机，

---

① 张兵：《论吴嘉纪诗的文化构成与创作特征》，《西北师大学报（社会科学版）》1997年第5期。
② 王春瑜：《晚清爱国诗人陈玉澍》，《盐阜大众》，1982年3月26日第三版。
③ 上述有关盐城古代文学的发展流变情况参见邵春驹的《盐城文学刍论》，载《盐城师范学院学报（人文社科版）》2021年第3期。

成为一种新文化生成的资源,从而为本地日后新文艺创作队伍的诞生提供了充足的营养,大批接受新思想的本地和外地的文化人也成为盐城新文艺创作群的中坚力量。

第三节 近现代新思想的传播与革命文艺的生长

盐城地处苏北平原的中北部,素来是志士仁人集聚、富有光荣革命传统的地区。中国共产党很早便在这一地区建立起了基层组织,他们引导青年学生阅读新文艺书籍,创办进步刊物,组织进步团体,进行新文化的宣传活动。与此同时,他们还积极传播工农革命思想,并率领各地农民群众开展各种形式的反抗斗争。这些革命活动在盐阜地区播下了革命火种,有力地扩大了中国共产党在这一地区人民群众中的积极影响,为后来中国共产党在这一地区创建盐阜敌后抗日民主根据地打下了雄厚的基础,同时也为革命文艺的成长创造了良好的条件。

1840年,第一次鸦片战争爆发,西方列强用枪炮打开了清王朝的大门,拉开了中国近代史的帷幕,中国从此进入旧民主主义革命时期。虽然在清咸丰、同治年间捻军配合太平军在盐城、阜宁地区与清军发生战事,遭到清军清剿,但在中国人传统思维中捻军在盐阜的战事是和改朝换代式的"造反"画等号的,并不是以暴力推翻专制统治的"革命","革命"一词包含的隐秘暴力和根本推翻的意味及其衍生出来的话语形态未能为当时晚清社会的民众普遍接受。直至同盟会成立及辛亥革命的爆发,谋求社会关系根本变革的革命行为才渐次为民众所接受。辛亥革命前后,盐城的一批有志之士如刘天恨、臧在新、伏龙等,他们积极追随孙中山的民主革命事业,或投笔从戎,加入同盟会,宣传民主革命思想,或参加黄花岗起义,投身护法讨袁斗争,为民主革命不惜流血牺牲,最终都成为辛亥革命的先驱。与此同时,许多在外求学的盐城籍学生,也开始积极宣传民主革命,创办进步期刊,如在北京的盐城籍学生就创办了《启明》《实践》两个进步刊物,在南京的盐城籍学生也创办有《新盐杂志》等,他们把这些进步刊物寄回盐城,对传播民主革命思想,唤起民众,呼吁社会变革,推动家乡旧民主主义革命运动起到了促进作用[1]。

---

[1] 茆贵鸣:《盐城简史》,江苏人民出版社2019年版,第136页。

盐城
革命文艺史略

　　1919年5月，北京爆发了一场声势浩大的群众性的"五四"爱国运动。革命的浪潮很快波及全国各地，富有深厚的爱国主义传统的盐城人民立即行动起来，积极投入到这场反帝反封建的爱国斗争中去。1919年5月下旬，盐城县立第一、二高级小学师生率先发起成立盐城县学生联合会，并发函给乡下的县立第三、四、五高小，举行县学联成立大会，组织全县学生结队游行，进行化装讲演，查禁日货。盐城淮美中学学生掀起反帝国主义文化侵略和奴化教育的学潮。南京东南大学的东台籍学生丁绳武在6月回乡度假不久后，也发起组织学生联合会，发表宣言，召开会议，抵制日货。在这同时，渴望获得改造社会真理的盐阜青年，相继发起组织各种进步团体，创办进步刊物，学习、研究与宣传马克思、列宁主义。早在中共一大召开后不久，曾参与中共一大会议的保卫工作、正在南通代用师范读书的盐城籍学生薛树芳回到其家乡上冈后就与当地知识青年臧循等人商议结社问题。1922年夏天，由各地回乡度假的青年组成的同志共进社就在上冈正式成立。他们以"革命、互助、合作"为办社的宗旨，主要成员有臧循、薛树芳、吴宗鲁、彭大铨等20余人（后发展到200多人）。臧循当选为社长，薛树芳任执行部长，陶其情任议事部长。他们以共产党人陈独秀主编的《向导》周报、恽代英主编的《中国青年》，还有国家主义派的《醒狮》等为主要阅读刊物。他们定期或不定期聚会，探讨当代中国问题、俄国赤色革命问题，有时还议论地方的政事及其改革问题，宣传"平均地权""节制资本"等，慷慨陈词，抨击时弊。他们还向恽代英主编的《中国青年》投稿并在第二期上发表《上冈情况》报道上冈同志共进社的活动情况。1926年4月，由进步青年叶实夫主编出版的进步刊物《海日》公开宣传进步思想，刊发《马克思小传》《共产党宣言》及其内容要点，详细介绍马克思的生平及其学说。这些进步的团体和刊物的出现，不仅使盐阜地区的进步青年进一步受到了新文化思潮的熏陶，而且又通过他们在盐阜地区更大范围地传播了"五四"新文化思想。

　　在盐阜地区，中国共产党的基层组织在20世纪20年代中期就已见雏形。1925年发生在上海的"五卅运动"，激发了顾正红烈士家乡——盐城人民的反帝浪潮。盐城县外交后援会、阜宁县立师范学友会、东台学生联合会等团体纷纷举行集会、演讲、募捐等活动声援上海工人的斗争，反对英日帝国主义的暴行。1925年8月中共江浙区委成立。根据江浙区委的指示，不少在南京、上海读书和做工并加入共产党的盐城籍青年，在所在支部的派遣下，陆续回到盐城地区，帮助发展国民党党员、改组国民党，并从中选择优秀分子加入共产党，在盐阜地区建立共产党的早期基层组织。仇一民、李润生、陶

第一章
盐城革命文艺的生长基础与革命探求

冠云、孙小保、郭干桢、钱福海、王家祥等人,或利用回乡探亲的机会宣传,或利用寒假的机会,回乡组织发动群众,开展各种革命活动。1927年秋天,中共江苏省委派宣益东、陈雪生、沈方中、徐一朋等到东台领导农民运动,发展党的组织。1928年1月,盐阜地区最早的中共县委组织——中共阜宁县委、中共盐城县委、中共东台县委先后成立。他们在扩大党的基层组织的同时,不断加强对党员的教育工作,切实提高党组织的战斗力,至1928年9月底,阜宁县就已建立党支部43个。1928年10月初,中共淮盐特委在盐阜区涟水县乡间成立,进一步加强了党组织对盐阜区工农革命运动的领导。其间成立的中共扬州特委也强化了对东台县党的工作领导和农民运动的指导。1930年4月3日,中国工农红军第十四军在苏北如皋建立,中共东台县委委员、县农民协会会长陈雪生先后担任红十四军第一支队政治部主任,第二师政治部主任、政治委员。东台境内形成以茣庄为中心,影响范围包括溱东、时堰、后港、安丰、富安等游击根据地的红色区域,播撒下了革命的火种①。

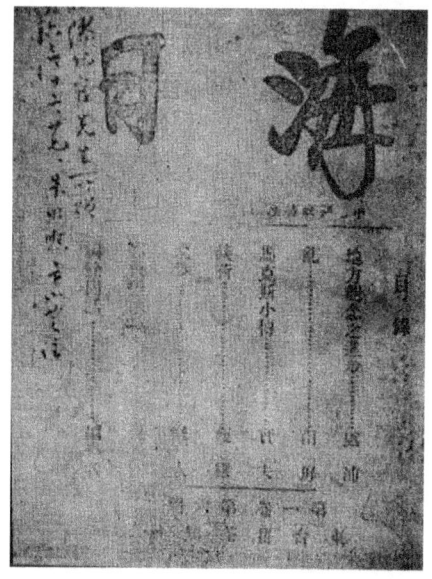

叶实夫主编《海日》刊登《马克思小传》

在中共江苏省委的领导下,中共淮盐特委在盐城先后领导和发动了一系列的革命斗争。针对盐阜地区的党组织忽视学生在革命斗争中的积极作用,

---

① 参见徐国政编著:《红十四军与东台》,2014年4月印制,如皋市红十四军纪念馆藏。

013

盐城
革命文艺史略

不注重领导和发动学生斗争的情况,中共淮盐特委明确提出各级党组织要加强对学生运动的指导,促成学生组织的联合。在工农革命斗争浪潮的推动下,盐阜地区各地的学生反帝、反封建和反奴化教育的运动不断高涨。比如1929年6月,党员宋白在盐城组织"中华救国会",领导盐城学生查禁日货。党员吴广文、卞文鹄在盐城组织了"妇女读书会",吸收和指导县女中学生阅读进步书刊。党员骆继乾在盐城组织"青年读书合作社",吸收盐中、时化、景鲁、职中等校进步学生参加,秘密阅读《马克思主义浅说》、《巴黎公社史》和党刊《红旗》、《布尔什维克》等,参加学习的学生有60多人。1929年9月,涟水地下党组织介绍党员王岫华、陈书同、陈正华到盐城淮美中学,以读书为名团结和培养进步学生,建立了淮美中学党支部。盐城淮美中学的反帝斗争、盐城亭湖中学的反奴化教育斗争、响水口地区中小学师生的罢课斗争等影响很大[①]。由盐阜两级党组织编印的进步报刊《阜宁真理报》《学习》《斗争》《海霞》等也在宣传斗争中发挥极大的作用。1931年8月1日共产党在该地区领导发动了规模和影响较大的农民"八一"暴动斗争,农民们"打土豪,分田地",向地主武装和国民党武装发起进攻,夺取武器。1931年8月,苏南中共武进县委遭到破坏,在反动派的追捕下,常州城区地下党员纷纷被迫转移外地。原中共武进县委书记顾修、恽长安、党员高大成、时章生、刘寒枫及进步人士安其生秘密来到苏北响水口,名义上是教师,暗地里在任教的响水口私立中学、响水口小学积极进行革命活动,成立"尾巴社""新砌社"等进步组织,传播革命思想,宣传革命真理,揭露反动派的罪恶和中国社会黑暗情形,与此同时他们还张贴标语,散发传单,宣传党的土地革命政策,鼓动工农起来斗争[②]。这些革命斗争尽管最终在国民党反动派的镇压下失败了,但斗争的影响却是敌人无法消除得了的。这些革命斗争不仅锻炼了工农和学生,提高了他们的政治觉悟,扩大了党的政治影响,而且揭开了盐城地区新民主主义革命的序幕,激发了他们强烈的阶级仇恨,鼓舞了他们反抗地主阶级剥削的斗争勇气,振奋了民族精神,使盐阜大地上蕴积了巨大的革命力量,也使人民逐步明确了斗争的方向,激励人们起来不断斗争,为其后盐阜抗日根据地的建立和人民解放战争的进行打下了良好的基础。

与此同时,盐阜地区的这些优良的政治基础、较浓厚的新文化氛围,也

[①] 中共盐城市委党史工作委员会编:《盐城人民革命斗争史(1919—1949)》,北京出版社1991年版,第37-38页。

[②] 中共盐城市委党史工作委员会编:《盐城人民革命斗争史(1919—1949)》,北京出版社1991年版,第55-56页。

第一章 盐城革命文艺的生长基础与革命探求

为盐城革命文艺的生长提供了良好基础。随着"五四"新文化运动在北京拉开了序幕,陈独秀在《敬告青年》一文中高举起"科学"和"民主"的旗帜,对传统文化、封建礼教做出全面反叛。1917年,胡适、陈独秀、周作人等"五四"新文化的先驱们发起"文学革命",先后在《新青年》《每周评论》发表《文学改良刍议》《文学革命论》《建设的文学革命论》《人的文学》《平民文学》等文章,在文艺领域积极响应民主、科学之感召,全力推进白话文运动,提倡"以新文学取代旧文学"的"五四"新文艺。这场发生在北京的以启蒙为特征的新的文艺风潮,随后也扩展到了全国。盐城文艺自然也受此感召和影响,并在新的向度上呈现出勃勃生机。盐城地区自明清以降的以民本主义为表征的启蒙文化思潮得以激发,并形成了盐城文化的重要人文传统,成为本地新文艺的先行者重要的思想文化资源。

中国自上古至北宋,文化中心始终囿于中原,但经过唐代的安史之乱,文化中心逐渐向南迁移,到了北宋末年的靖康之难引发宋室南迁,标志着中国文化的"江浙人文渊薮时代"的开始,此后东南沿海取代中原,成为经济发达、文化繁荣、人才辈出的文化中心。从明代开始,"长江下游当之无愧而又平静厚实地取得了对近代以前的中国文化的大部分总结权"[①]。尽管盐城地域文化不能说是中国文化思潮的主潮,但盐城凭借其独特的濒海临江的地理位置,兼收并蓄了楚汉文化和中原文化,其深厚的文化积淀和固有的开拓性、包容性、开放性文化品格,以及在明清时期的文学艺术创作上营造的此地相对浓烈的启蒙"小气候",显示出了对传统理学观念和封建强权思想的质疑和挑战。如文学创作上,清初以盐民诗人吴嘉纪等为代表的兼具平民性、遗民性、灾伤性的体现民本主义的诗歌在文坛上别具一格。榜眼诗人孙一致著有的《世耕堂诗集》中颇多关心民生疾苦之作,鲜明而突出地表现了他忧国忧民的情怀以及"直将忧国泪,洒到圣明前"的为民请命的决心和勇气。在戏剧艺术门类上,清同治年间以悲情吟唱为主要美学特征的盐淮小戏诞生并得以流传。这样的启蒙人文传统到了近现代,逐渐就成为生于斯、长于斯的知识者思想、精神的"原动力"之一并切入到新文艺的建设中,使得本地明清以降的启蒙精神这个"近传统"思想文化资源得到现代延续,进而摆脱封建理学思想和思维方式的束缚,确立起人之为人的自我意识和人的主体性,并在盐城的文学和艺术创作中体现为尊重人的价值,关心人的生存状态,倡导

---

① 秦方奇:《地域人文传统与伏牛山文化圈新文学作家群——以徐玉诺、曹靖华等为例》,《沈阳师范大学学报(社会科学版)》2012年第5期。

人的精神自由和人性的解放。

素有"苏北鲁迅"之誉[①]的宋泽夫痛斥袁世凯、曹汝霖、陆宗舆之流为卖国、窃国大盗,他在新文化思潮的影响下发表系列文章,抨击和揭露北洋军阀政府罪行,呼吁爱国救国,反对复古奴化,提倡新文化,并主张男女同学,通过《圣人不死,大盗不止》等犀利文章,呼吁民众积极投身爱国救国斗争,从而有力地推动了盐阜区的新文化启蒙运动。针对大革命失败后,国民党反动派进行反共反人民的反革命内战,国家又堕入了黑暗之中,日寇乘机占领东北,国难愈趋严重的现状,宋泽夫在《新公报》上发表了《青天白日那里去了》《国丧》《聪明亡国》等大量短小精悍的文章,用隐晦曲折而又不失其犀利的笔墨,如匕首,似投枪,直刺敌人。如他在《国丧》一文里公开把国民党"双十"国庆节写为"国丧",把国民党反动派的国家机器的本质刻画得入木三分。在这些文章里,作者的那种对反动势力横眉冷对、毫无惧色的态度跃然纸上。与此同时,不少在外地求学、做工及从事其他职业的盐城籍学生、工人等,在"五四"风潮的推动下,也汇入各地人民反帝反封建斗争行列。时任上海《时报》编辑的盐城籍著名爱国进步新闻工作者戈公振充分利用报纸作宣传阵地,广为报道全国各地声援"五四"运动情况,并特别报道了其家乡进行的反帝爱国斗争情形。

曾经追随孙中山革命、参加护法国会的胡启东为学生的爱国行动到处奔走呼号。在扬州中学就读的胡启东的儿子胡鼎新受恽代英的讲演、朱自清的诗篇以及《共产党宣言》等影响,信奉科学社会主义,在《扬州中学校刊》上发表文艺论文《近代文艺观测》和新诗《别辞》。这两篇诗文表明了他对科学社会主义的信仰和"少年投笔倚长剑"的决心[②]。在《近代文艺观测》一文中,他认为"革命文艺因为社会主义者对于胜利的明日之坚信而成为强壮的,向上的文艺"。新兴文艺者接受了"辩证唯物主义和历史唯物主义的艺术观","才从自来的传统的观念论艺术界划了新的阶段,所以说,唯物的艺术观才是新兴文艺的根本性质,决不为过"。他还对西洋文学主要流派的发展变化做了分析,指出聪明的读者可以从中"认识出一种主流的趋向",可以看清楚"摇落的感伤主义,盲目的享乐主义,英雄的个人主义"为什么会"销声匿迹","大时代中知识阶级的态度要如何的转变",而进步的人类,为什么需要社会主义。1930年考入清华大学后,胡鼎新又加入北方左联(全称"中国

[①] 宋广陵:《回忆我的祖父宋泽夫》,《江苏教育》1982年第7期。
[②] 胡乔木传编写组:《胡乔木传(上)》,当代中国出版社、人民出版社2015年版,第9页。

第一章 盐城革命文艺的生长基础与革命探求

左翼作家联盟北方部"或"北方左翼作家联盟"),尽其所能地开展各种革命活动,通过创办民众夜校、为革命刊物《北方青年》撰稿等,传授文化知识,传播革命思想,团结校内外的工友、农友,发展组织。"九一八"事变发生后,他担任反帝大同盟的青年部部长,领导各团支部上街讲演,还组织青年学生赴南京请愿。1931年11月,他被北平市公安局以"共产党主要分子"列入黑名单,密令侦察缉捕。1932年,他回到家乡盐城避难,并加入共产党,从事革命宣传活动和党的组织发展工作。他主编了一份32开本的文艺半月刊《海霞》,但因环境关系,他不便公开出面,名义上的主编是盐城学府街小学教师乔冠军。《海霞》由综流文艺社主办,发表小说、散文、诗歌和文学翻译,以文艺作品宣传反封建反专制,提倡民主自由。《海霞》只出版了三期(第二、三期是合刊),就因为经费问题难以为继。据当年读过《海霞》的他的一位老同学回忆,胡鼎新在《海霞》上发表过一篇翻译小说——契诃夫的《凡卡》(后来有人译作《万卡》)。《海霞》停刊后,改出一种不定期的周刊,名为《文艺青年》,采取报纸形式,每期八开四版一大张。《文艺青年》仍由他主编,内容与形式比《海霞》生动活泼,可惜也只出了几期就停办了[①]。可以看出,这时无论是留居盐城的文人名士还是活跃在外地的知名人士或知识青年,他们都深受"五四"新文化运动的洗礼,拥有了启蒙理念和阶级斗争观念,在文艺观念和创作内容上都更加关注现实、贴近知识分子和工农民众的生活。

与此同时,盐城文艺也积极呼应以上海为中心的"左翼"文艺运动,一些知识青年积极参加"左翼"文艺运动,不断从启蒙命题中激活、抽绎那些更具革命性和实践性的因子,大力推进无产阶级文艺建设。江苏省滨海县响水口镇人孙石灵早年在苏北家乡读中学时,即因参加革命活动被国民党政府监押约两年,在监狱中、在法庭上都坚贞不屈。1931年考入上海中国公学,"九一八"事变后,他被推为学生会主席,组织中国公学学生,参加上海市各大学学生联合赴南京请愿,要求蒋介石出兵抗日。同年参加左联和左联外围组织中国诗歌会。"一·二八"淞沪战争发生以后,转入暨南大学,开始了革命文艺活动,毕业后留校任助教。这个时期,他的创作活动和革命文艺运动紧密结合,十分活跃,他不仅参加了中国诗歌会的工作,而且还通过他的文艺创作,干预和批判现实生活,凸显了文学之于社会改造所产生的积极效用。小说《捕蝗者》通过一个六十多岁的老农民李三老爹一家和广大乡邻在旱天

[①] 胡乔木传编写组:《胡乔木传(上)》,当代中国出版社、人民出版社2015年版,第20页。

盐城
革命文艺史略

求雨、抬龙王、驱赶蝗虫等生活细节，其间穿插有乡风民俗、兵匪横行的描写，淋漓尽致地表现了农民生活的苦难，使人物栩栩如生地站立在读者面前。独幕剧《卖牛》通过农民王开富一家要还债，围绕卖牛发生的矛盾冲突，表达了作者对劳苦人民的同情，对各式各样"顽固阴险的小人"和庸俗卑鄙的市侩的憎恶。他还和白曙、锡金、关露合写长诗《义卖运动——向上海市民号召》。短诗《新谱小放牛》《码头工人歌》等，曾被聂耳谱曲，广泛流行。他的作品"主题都是严肃的，有时令人痛苦，有时令人沉思，有时则令人奋起，不轻浮，更不油滑"，作品的基调是"密切地联系现实，执着地抗争黑暗，不作无病呻吟的文字，不染当时上海滩上一些绮靡习气"。作为一个左联战士，作为一个共产党员，他始终服从于当前革命斗争的需要，把文学作为改造世界的利器，无情地暴露反动统治下的旧社会的黑暗，为党的政治斗争服务，显露出一个真正爱国主义者、革命者的热忱而坦荡的胸怀[①]。

  1927年国民党发动了"四一二"反革命政变，国共第一次合作破裂，共产党的活动曾一度处于秘密、"非法"状态。文艺革命转向革命文艺的进程受到很大影响，盐城进步文艺一度陷入低谷。直到抗战爆发后，伴随着共产党及八路军地位的重新确认，加之长期的战争、农村的环境及中国共产党实行的正确的政治、文化方针等因素的综合作用，最终在苏北这片土地上成就了盐城革命文艺。随着盐阜抗日根据地的建立和巩固，盐城文艺才全面进入革命时代。

[①] 孙可：《上海"孤岛"时期的石灵》，《新文学史料》1983年第1期。

第二章
盐城革命文艺发展历程

作为我国现代文艺史上一个特定时期的一种重要地域文艺现象，盐城革命文艺的运动轨迹自然也显示出了与战争进程同步发展的趋向，具有与战争进程相始终的特点。同时，该地区一定时期的战争基本状况、文艺队伍的基本思想状态、文艺基础条件的一般情形、文艺创作的主要成绩等也使它的发展、衍化更显区域性特征，历经初生、发展、繁荣的发展阶段而呈现出自己独立性形态。

第一节 初生期的文艺活动

1937年7月7日，在卢沟桥发生了震惊中外的"七七事变"，拉开了中国人民及其军队抵抗日本帝国主义侵略、进行全面抗战的序幕。在这民族生死存亡的重大历史关头，国内各党派、社会各阶层迅速做出自己的抉择。中国共产党及时向全国同胞发布了《中国共产党为日军进攻卢沟桥通电》和《中国共产党为公布国共合作宣言》，号召全国人民、政府和军队团结起来，抗击日军的侵略，并同国民党谈判，达成了团结抗战的协议。但随着战争形势的发展，特别是1938年10月，广州、武汉相继沦陷，抗日战争进入了战略相持阶段后，中国抗战形势发生重大变化，日本一方面停止了对中国正面战场的战略进攻，另一方面则加紧了对国民党统治集团的政治诱降活动，与此同时将其军事进攻的重点转向共产党领导的敌后抗日根据地。在这风云突变的紧要关头，中国共产党迅速召开了第六届中央委员会第六次扩大的全体会议。会议重申全党独立自主，放手组织人民抗日武装斗争的方针，大力巩固华北敌后的抗日斗争，积极发展华中敌后抗战。会议决定以刘少奇任书记的中共中原局及项英任书记的东南局统一领导陇海路以南的河南、湖北、安徽、江苏等省的抗日斗争。随后，刘少奇于1939年11月底抵达驻淮南津浦路西的新四军江北指挥部。1939年12月、1940年1月和2月，中原局先后三次召开会议，全面分析和总结华中地区的抗日战争形势，确定建设华中抗日根据地的方针、任务及斗争策略，分析并确定江苏北部作为华中抗战的战略突击方向，集中力量向苏北发展，指示江北新四军部队积极向东发展。同时，命令新四军苏北挺进纵队坚持和巩固大桥一带抗日阵地，待机而动，并建议中央派八路军一部迅速南下，江南新四军主力北上。1940年10月10日，从山东南下的八路军第五纵队先头部队与从江南北上的新四军第二纵队先头部队在盐城狮子口胜利会师，从此，开辟了盐阜抗日根据地，标志着建立巩固的华中抗日根据地的战略目标基本实现。

八路军新四军盐城狮子口会师纪念碑

阜宁停翅港新四军军部旧址

伴随着根据地的创建、武装斗争和民主政权建设的开展，盐阜区文化工作也随之发展起来，并与根据地军事、政治、经济斗争及民主建政同步进行。然而，战时文艺毕竟是大规模战争环境的产物，"它的生成、发展与终结，均直接或间接根因于、服从于、受制于战争"①，具有与战争进程相始终的特点，所以盐城革命文艺发展也不时为战争形势所打断。在1940年10月根据地开辟到1943年春第二次反"扫荡"胜利这一时期里，1941年7月、1942年冬季日伪先后对盐阜区进行了两次大"扫荡"，盐城革命文艺发展经历着热烈兴起而又曲折发展的初生期。

---

① 王嘉良，叶志良：《战时东南文艺史稿》，上海文艺出版社1994年版，第10页。

第二章
盐城革命文艺发展历程

1940年10月下旬，新四军苏北指挥部司令员陈毅在外有日伪和国民党反共顽固派韩德勤军队的包围，内有地主反动武装和土豪恶霸等反动势力的骚扰，新四军在苏北立足未稳、政权还未巩固的恶劣形势下毅然在海安召开了一个文化座谈会，并作了《关于文化运动的意见》的讲话，为迅速开展苏北抗日民主根据地文化运动与斗争进行动员和部署，要求迅速建立各级文化机关，推动包括创作"大小艺术作品"在内的各项文化事业建设和活动。11月，以刘少奇为书记的中共中原局（后改为华中局）迁到盐城，进一步加强了对新文化运动的领导和发动。12月2日，刘少奇兼任社长的《江淮日报》出刊，设有《江淮》《抗敌文艺》《抗剧》等副刊。12月25日，大型综合性刊物《江淮杂志》创刊，指导和推动着盐阜区文艺创作。12月25日，刘少奇又指示《江淮日报》发表《文化运动与组织动员》这一重要社论，要求对文化教育工作者、知识分子和青年学生进行更广泛的组织和动员，号召他们投身到文化运动中来，可以按照戏剧、音乐、文艺等文化部门组织自己的团体，团结自己的力量，出版自己的刊物。1941年1月25日，新四军在盐城重建军部，陈毅在宣誓就任代军长时又庄重宣称新四军主张民主政治，提倡文化教育，提倡革命的艺术……[①]1941年4月中旬，刘少奇、陈毅在盐城又亲自领导了苏北文协代表大会和各类文艺界代表大会的召开，成立了苏北文协及其下属的苏北戏剧协会、苏北歌咏协会、苏北诗歌协会等，并在苏北文协代表大会上再一次动员和号召大家"一定要把苏北的文化事业做好"，希望文化工作者"终身陪伴着文化事业，将它们专门化起来"，"成为一个大众的文艺家艺术家"[②]，进一步要求在苏北普遍举办俱乐部、图书馆，组织剧团，开展戏剧活动，推进新文艺。《江淮日报》再次发表社论《集中群力，创造苏北新文化》，强调苏北的新文化战士们要"步调一致"，在苏北文化战线上发挥无比的威力。1941年6月，在盐城县参议会第一届第二次会议期间，刘少奇、陈毅还专程到盐城永宁寺拜访住持雪松法师，希望他为团结抗战出力。随后，雪松法师走出寺院，积极参加抗日民主根据地的抗日救亡活动，还创办了盐城佛教抗日救护队，并担任救护队的主任教官。与此同时，他还积极参加抗日文化活动，担任龙冈夜校教员，兼任几所中小学的校董，主编《惠

[①] 计高成主编：《陈毅在盐城》，解放军出版社2001年版，第64页。
[②] 陈毅：《为广泛开展苏北新文化事业而斗争——在苏北文协代表大会上的讲话》，《江淮日报》，1941年4月18日。

群月刊》，教唱革命歌曲等，积极宣传抗日。他也因此被称为"革命和尚"①。

《江淮日报》刊登的刊头语

1940年11月至1941年2月，刘少奇、陈毅在盐城筹备并成立了鲁迅艺术学院华中分院（简称华中鲁艺），分文艺、戏剧、美术、音乐四个系共400余人。11月，他们又成立以"培养军事、政治文化、艺术等各类人才，以适应长期抗战中各方面需要"为宗旨的中国人民抗日军政大学第五分校（以下简称抗大五分校），且开设歌咏、戏剧、新闻等课程。第一期就招了2 000人。随后，他们又在鲁艺华中分院、抗大五分校内分别成立了实验剧团和文工团；新四军军部出版了《江淮文化》，三师出版了《先锋》，苏北文协出版《前线》等文化刊物。这些协会、院校、文艺团体、报刊便成为盐阜区新文化运动的阵地和文艺进军的先锋，标志着刘少奇、陈毅领导和发动的苏北新文化运动已组织和联系、团结了数以千计的文艺工作者、民间艺人、知识青年、学生，形成了一支庞大的文艺队伍，活跃在苏北盐阜区新文化战线上，战斗在苏北的抗日战场上，正如延安《解放日报》所报道的"在苏北各方面的艺术人才，都被吸引到实际的抗战工作中去，就是写旧诗的老秀才和私塾先生也都成为诗歌协会的会员。在戏剧、音乐、诗歌、民间艺术方面，成为文化运动中最活跃的一环"②。这说明盐阜区文艺正是在迅速发动的新文化运动中热烈兴起的。

知名的党内外文化名人、学者专家云集盐城，推动新文艺发展形成高潮。

---

① 中国人民政治协商会议江苏省委员会文史资料委员会编：《肝胆照人显英才》，《江苏文史资料》编辑部1997年出版发行，第178页。

② 小克：《苏北文化教育剪影（节录）》，《解放日报》1942年6月21日。

第二章 盐城革命文艺发展历程

《江淮日报》登载庆祝陈毅代军长就职大会消息

当陈毅率新四军苏北指挥部，刘少奇率中原局来到盐城时，他们各率领一个文艺团体——新四军战地服务团、新四军抗敌剧团，还有一批随军的文化人来到盐城；在黄桥战役胜利结束后不久，陈毅又派司徒扬去上海邀请来许幸之等一些知名人士。至1941年7月，盐城已是文人荟萃，如冯定、李一氓、钱俊瑞、殷扬、黄源、艾寒松、蒋天佐、孟波、何士德、戈茅（徐光霄）、林山、辛劳、沙地、向阳、芦芒、许晴、刘保罗、丘东平、戴平万、吴强、黄其明、章枚、吕振羽、丁华、莫朴等人。陈毅曾高兴地表示，许多文化工作同志的到来，"在我们的文化工作方面无疑问增加了新的力量，将从这时起有新的发展，提高到一个新的阶段"！这些有较高的文化素质、有丰富学识的文化人"使新四军在数量和质量方面都在向上增强"[①]。事实也正如陈毅所说的那样，这些党内外的文化名人、学者、专家都成为包括文艺在内的新文化运动的组织者和重要的骨干。他们或办报刊，或负责各文化协会工作，或办鲁

---

① 中国人民解放军文艺史料编辑部编：《中国人民解放军文艺史料选编·抗日战争时期（第四册）》，解放军出版社1988年版，第1页。

艺分院，或抓剧团或专事创作，积极而大力地推动文艺活动在盐城如火如荼地开展起来。戏剧、诗歌、小说、通讯等都有大量的作品问世。如殷扬的特写《皖南突围记》，许幸之、芦芒的诗《革命要用血来完成》《黄金谷》《骑兵行》，刘保罗的诗歌《当兵歌》，江明的诗《六月，苏北的原野》，陈辞的通讯《割麦小景》，厂子的诗《麦儿黄》，仇泊的诗《中共——辉煌的史页》，许晴的话剧《重庆交响乐》《王玉凤》《惊弓之鸟》《怒吼吧，长江》《胜利》，刘保罗的话剧《一个打十个》《良缘恶计》《满城风雨》《盘查哨》等都是一些先期的作品。还有抗战剧团、战地服务团一到盐城就在盐城和部分农村大演抗日话剧和歌剧《扬子江暴风雨》《放下你的鞭子》《农村曲》以及自编自演的《血祭》《复仇》《红鼻子参军》《冲过封锁线》，抗大文工团也演出了《摸哨》《天快亮了》等等。此外还有吴蔷的《皖南一家》《审判》、路丁的《被玩弄的人》、邵惟的《在移动中》、司徒阳的《和平军过年》以及鲁艺戏剧系集体创作的《保卫麦收》《血祭》《运河边上》《反动摇》等一批话剧。这些文艺作品的显著特点是赞颂共产党，鼓动抗日，反对内战，歌唱苏北人民和苏北好平原。这给长期受国民党反共专制文化统治的苏北盐阜人民带来了新鲜的空气。1941年五月期间，盐城及其附近城镇和盐阜部分农村就出现了热潮。盐阜一些学校师生首先接受新思想并开始组织活动起来。1940年11月，抗敌剧团即去秦南与亭湖中学师生共商抗日救亡大计，切磋新文艺，同台演出了《农村曲》《自杀》《黄河大合唱》等戏剧和歌曲，推动学校组织寒假工作队赴海边，用革命的文艺去宣传动员海民、渔民、棉区人民起来抗日。12月，涟水县李圩乡（后为涟东县）芦老庄学校师生和民间艺人合组剧团，编演了《新小放牛》《大地主》《鬼子勒索》等新的戏剧，阜宁县的益林镇以学生为主成立了益林剧团，投入到新文艺活动。这是盐阜区最早成立的农村、城镇业余剧团。1941年三四月间，华中鲁艺美术系还组织了一次"抗日战争时期华中敌后唯一较大、较全面的大型美术展览会"①，在各个教室挂满了木刻、宣传画、漫画、石版画、连环画、年画以及素描、速写、皮影、油画、风景画等。4月中旬，盐城时化中学也编演了《私送粮食》《活捉鬼子》《革命之花》等现代话剧。到了5月2日前后，盐城出现了空前规模的文化艺术活动的高潮，除了搞多种演出，苏北歌咏协会还在盐城体育场举办大型音乐会，军直属队、抗大、鲁艺与亭湖、时化、海南、景鲁、中南各中学共同举办墙报、演讲、演剧比赛。在悬挂的众多墙报栏里，诗歌、小小说、小通讯等琳琅满目；

---

① 朱泽主编：《新四军的艺术摇篮》，江苏文艺出版社1992年版，第43页。

第二章
盐城革命文艺发展历程

演讲台上所表演的抗日、救国、反投降、青年的责任等演讲词都是一篇篇令人激动的文艺作品；舞台上表演的戏剧则更是各有千秋。景鲁中学演出的《汪精卫屈膝投降》活报剧获第一名。鲁艺连续演出了《王玉凤》《月亮上升》《怒吼吧，长江》。抗大文工团演出的《冲过封锁线》《到农救会去》《摸哨》等话剧更是精彩，附近的伍佑、上冈、龙冈都有中小学开展一些文艺演出活动。如东南中学在伍佑演出了《血与泪》等。为此，盐城被誉为"文化城"。

1941年五六月间，在盐城的各文化团体机关和文化工作者根据刘少奇、陈毅的指示，开展文艺"大众化问题"的大讨论，吹响了文化战线新的号角。彭康、钱俊瑞、吕振羽等文化领导人也参加了讨论会，共同研究讨论如何使文艺向大众化方向发展的问题。于是出现了"诗歌朗诵"运动，主张利用诗歌朗诵这个形式把诗歌"交给大众"。诗歌作者向阳在《江淮日报》发表题为《开展"街头诗"和"墙头诗"运动》的文章，号召大家将一种诗或小说"写在纸上，贴到大街通衢上，使大众可以随时阅读，这不仅仅是一件非常经济的事，同时也是文艺深入大众的一种好方法"[①]。由此在苏北，在盐城墙头诗运动开始发动。接着新安旅行团和鲁艺华中分院组织师生去盐城县五区深入农村为农民演出，搜集农村素材创作以农民为主体的文艺作品，包括戏剧、小调、民间文艺等。诗歌协会在湖垛墙上试着书写短诗30余首，内容主要是军民合作保家乡、反汉奸、反法西斯等。第一次使诗上墙，让诗歌与大众见面。《江淮日报》为配合"大众化运动"不断报道大众化讨论动态，并辟"街头诗专号"，发表《自卫队》《都来参加妇救会》等八首墙头诗。正当盐阜区文艺大众化被提到议事日程并开始组织行动时，日伪对盐阜区实施第一次大扫荡，1941年7月下旬，鲁艺华中分院被迫解散，留下一部分同志分别成立军、师鲁工团。苏北文协及各个协会也难以坚持活动。《江淮日报》《江淮》《江淮文化》《前线》等报刊被迫停刊，文化艺术活动出现低潮。

古诗词这一文艺样式在这个时期得到了继承和发展。早在1940年新四军渡江北上时，陈毅就在海安登门拜访清末举人后曾任国民党江苏省政府主席韩紫石先生，并互赠诗文，由此建立了"可托生死"之情。1942年春，韩紫石因被逼任伪省长不从而为敌囚，不屈而死。陈毅随即作《闻韩紫翁陷敌不屈而死，诗以赞之》古律诗一首，盛赞韩紫翁"坚持晚节昭千古，誓挽狂澜励后生"。随后陈毅又步其韵和诗于阜宁县庞友兰、杨芷江二先生，并附旧作

---

① 刘则先，刘小清编著：《苏北抗日根据地文化散记》，江苏人民出版社1993年版，第147页。

《梅岭三章》《反攻下汀州龙岩》等诗，推动他们与新四军民主政府合作共同抗日。为了团结更多的上层人士并推动古体诗词的利用和创作，陈毅又于1942年11月牵头联络党内外名人彭康、李一氓、李亚农、庞友兰、杨芷江、计雨亭、范长江、薛暮桥、阿英、扬帆等22人发起成立湖海艺文社，宣布"海内爱国之士，具有抗敌观念，愿缔翰墨缘者，莫不竭诚欢迎"。1942年11月，陈毅在"反扫荡"准备中，骑马走笔，为湖海艺文社写了《湖海诗社开征引》六十韵长诗，主张"师今亦为古，玩古生新意"，认为新诗一切都是本着正义的战争来进行，自会产生可歌可泣的"情文两具备"的新诗作品来。希望当今士绅、耆老、骚人墨客为抗战写诗，写诗为抗战，使这个被敌寇蹂躏的国土"重见汉旌旗"。同时还在《盐阜报》开辟《弦歌胜录》专栏，后来阿英主编的《新知识》也辟有《湖海诗选》专栏，不断刊登各方人士的古诗词作品，使古体诗这一文艺形式广泛运用于统战，运用于抗战。盐阜地方名流除庞友兰、杨芷江两人外，还有知名书法家、阜宁县参议会何冰生，阜宁县开明绅士明达师范教员顾希文，建阳县开明绅士崔辑五，阜宁县参议员王朗山，建阳县副参议长杨幼樵、参议员乔耀汉，盐城县副参议长唐碧澄，阜宁县戴骥磐、朱拙庵、姜指庵、沈其震，裕丰盐场监理汪继光等党外高层人士；我党政军高层领导人和全国知名人士张爱萍、李一氓、车载、阿英、范长江、吕振羽等都有诗作。古诗词文艺在盐阜区盛极一时，团结了许多党外的上层人士共赴国难，同共产党人，同新四军生死与共。

正当盐阜区革命文艺在第一次反扫荡胜利后有新的发展时，日伪于1942年冬季又开始发动对盐阜区的第二次大扫荡，华中局和军部被迫转移到皖南根据地，军、师鲁工团也解散了，一批文化人，部分随军部转移，一部分人转移到海边打埋伏。盐阜区文艺活动也因此暂时处于低潮时期。

第二节　发展期的文艺活动

1943年春至1945年抗战胜利为盐城革命文艺的广泛普及、蓬勃发展时期。在这一时期，盐阜区先后遭受了日伪军残酷的"扫荡"、"蚕食"、"清剿"和"伪化"及土匪、反动会道门等反动势力的捣乱破坏，经历了严重的经济困难，使抗日根据地一度处于极不稳固的状态。但根据地军民在中国共产党的领导下，努力健全党的领导，加强各级抗日民主政权建设，积极开展剿匪

第二章 盐城革命文艺发展历程

反霸、反扫荡、反蚕食、反清剿、反伪化等斗争,进一步发动群众性的减租减息斗争,经过大生产运动、精兵简政、整风运动等措施及军民英勇不屈的艰苦斗争,根据地人民终于战胜了各种困难,各项建设事业得到了进一步巩固和发展,并终于迎来了抗日战争的最后胜利。其间,盐城革命文艺也随着文化运动更加广泛深入地发展起来,形成蓬勃发展的新气象。

1943年春,盐阜区第二次反扫荡取得了伟大胜利,抗日军民士气高涨,根据地拥有了更加巩固而又安定的环境,所以苏北盐阜区的新民主主义文化建设在反扫荡胜利后很快就焕发生机,尤其是毛泽东同志的《在延安文艺座谈会上的讲话》精神传达到苏北,更是为盐阜区文化工作和文艺的发展指明了正确的方向。《盐阜报》不时转载延安以讲话精神为指导的文艺活动报道以及相关重要的文章,如1943年2月,延安文化界举行欢迎劳模座谈会,一致接受劳模提出的"到农村去,到工厂去"的意见,决心把笔头与锄头、铁锹结合起来;1943年3月,凯丰、陈云在中央文委、中央组织部召开的延安从事文艺工作党员会上的讲话《关于文艺工作者下乡的问题》《关于党的文艺工作者的两个倾向的问题》;还有《解放日报》社论和文章《今后文艺动向》《新文艺动向》等。因此,在盐阜区,无论是部队和地方的各级文化部门和文艺工作者都从中得到启示,思考着前一时期文艺大众化方向问题并作出更积极的推动措施。1943年10月,毛泽东的《在延安文艺座谈会上的讲话》正式发表后,更是激发了盐阜区广大文化工作者、知识分子面向工农兵,深入工农兵的生活去创作和塑造工农兵形象的极大热情。新四军政治部迅速做出了《关于开展部队文艺工作的指示》(以下简称《指示》),要求"在文艺创作形式方面要尽量批判地利用与改造民间艺术形式","在适应战士群众的喜闻乐见的前提之下,来不断地提高艺术水平与战士大众的欣赏能力、创造力。""剧本要短小且易演,可多编小调剧,广用民歌民谣与方言","防止为了求通俗而结果走向庸俗与低级趣味的偏向"。《指示》还要求部队普遍在营与连建立与巩固战士俱乐部、战士剧社(团),用以指导战士创作。三师政治部则要求部队文工团队深入基层,帮助开展连队戏剧活动。地方上,政府则制定了《盐阜区农村俱乐部组织法及工作大纲》,把开展群众性戏剧活动列为主要任务之一,并推动学校师生帮助建立农村剧团,创作供演出用的剧本和民间文艺。东台县各区在1943年前后也成立业余剧团,排演了《天下大事》《暴风雨前夜》《救下杨妈妈的猪》《送公粮》《鬼子捉鸡》等不少反映现实生活题材的节目,在农村巡回演出,收到了很好的演出效果。台北县普遍成立了歌咏队、宣传队,通过唱歌、演讲、排演节目、扭秧歌等形式寓教于乐,既宣传了抗日救国的道理，又活跃了群众的文化生活。1944年7月间，二分区文工团在台北县成立，他们排演的活报剧《曹宝德》，讲述的是一个落后的战士曹宝德怎样转变为一个积极分子的生动事例，演出后，在部队官兵中引起轰动。因此，盐城革命文艺在部队和地方领导的重视和推动下繁荣了起来。

苏北人民群众演出节目，庆祝军民反"扫荡"的胜利

1943年4月，以广大工农群众为对象的通俗化、大众化的《盐阜大众》创刊。继后又陆续创刊出版了《大众戏剧丛书》《农村文娱》《新知识》，《先锋》杂志的《文娱副刊》《儿童生活》《儿童文娱》以及《生产故事集》《民兵故事集》《大众诗歌集》等出版物。除《新知识》面向中上层社会外，其他都是面向工农兵大众和基层干部。这些报刊和出版物为盐阜区工农兵创作提供了很好的园地。如三师政治部的《先锋杂志》从第1期至22期就刊出通讯、小说、报告文艺83篇，占整个刊登数的30%。其中应该特别提到的是《盐阜报》《盐阜大众》对文艺大众化的推动和贡献。报社的艾寒松、陈允豪、钱毅等都是文艺大众化的积极推动者，报纸刊登的作品多是大众中流行的通俗民歌、民谣、快板、小调、墙头诗，甚至一些报道也用通俗的文艺形式来写成。因此在这个时期，盐阜区民间文艺特别繁荣，不仅《盐阜大众》大量刊登这样的作品，而且也推动了群众自编自演自唱活动的开展。其中不乏一些感人肺腑的作品。如陈明的《拥军歌》："盐阜区，新花样，/拥军法令贴上墙，/参加自卫队，/打狗拆砖墙，/破坏车路，/打坝藏粮，/拆除碉堡风头

第二章
盐城革命文艺发展历程

墙;守秘密,不外扬,/掩蔽军队伤病员,/煮饭借粮草,/让房借衣裳,/报告敌情,/捉拿汉奸,/军民合作力量强……"这就把拥军抗日写得清清楚楚,只要大家一唱,群众就知道应该怎样去做。佚名《齐心保家乡》:"苞米烧饼黄又黄,/日本鬼子动刀枪;/大家要想吃饱饭,/人人都去拿起枪。手拿红缨枪,/去打小东洋,/我们力量大,/齐心保家乡。"丁山《桃花》:"桃子树,/开桃花,/新四军杀敌保中华,/威震四海人人夸。/桃家哥哥也要去参军,/桃家嫂子来相送,/情深意重舍不得他。/转念想起敌人多可恨,/没有国时哪有家。/叫声:'哥哥你去吧!/加紧春耕我知晓,/家事不用你牵挂,/前方后方齐动手,/打走日寇好回家。'"此外围绕着参军的民歌小调创作也极为普遍。盐东县有个地方送青年参军时就唱他们自己编的民歌:"送夫送到黄家尖,/红花替你戴胸前,/喜看我夫英雄样,/眉开眼笑乐心田。/送夫送到晒盐场,/茫茫盐霜泛白光,/手握手儿轻声语,/不灭日寇别还乡。"这样唱来真是情真意切,动人感人,也把农村中新型妇女的爱国觉悟烘托了出来。

剧本创作在这一时期获得了极大的丰收。这是因为盐阜区各县都成立了文工团,部队各团营成立战士剧团,各乡镇都成立了业余剧团,中小学又有学生剧团、儿童剧团,他们要演戏,迫切要求文化界为他们创作和提供剧本,加之报社又因势利导,不断提倡和推动,因而出现剧本创作热潮。1943年1月,阜宁县文教扩大会议上要求发动千余人编写文艺材料,到了七月,就创作出《十里不同天》《一颗丹心》等大小剧本和民间文艺作品113个。1944年,《农村文娱》发动了一个征求剧本活动,结果征到了剧本150多本。作者有县长,有基层干部,有教师,有学生,有战士有农民,有大人有小朋友。其中最优秀的是无忌的《王小老汉》(独幕方言剧),朱军的淮剧《大扫除》,鲁竹、郑正的《死里求生》,姜正之的《射阳河畔的好汉》等。阜宁县文教科长黄其明在很短时间里,就收到学校、农村剧团创作的剧本20多本,如《模范父亲》《活地狱》《沉船杀敌》《为父报仇》等。盐阜区联立第一中学1944年在纪念"五四"活动时,师生就创作了15个剧本,新安旅行团1943年8月初,10天内就创作独幕剧10个,新诗歌10余首。由此可见当时剧本创作之热。其中范政等创作的《血战银八滩》、新安旅行团的秧歌剧《雨过天晴》、阿凡的《好嫂子》、唐小石的《模范父亲》、钱毅的《乡土战士》等都是其中较为成功的作品。戏剧家阿英创作的古装历史话剧《李闯王》和黄其明、张拓、范正等集体创作的五幕话剧《淮阴之战》更是其中的精品。1946年春,在清江市召开的华中宣教大会上,四师拂晓剧团和苏北文工团向大会演出了《李闯王》与《淮阴之战》这两个剧,得到了当时华中区党政军领导及文化界人士邓子恢、谭震林、粟裕、张昆臣、李一氓、刘瑞龙、季方、冯定、曹荻秋、范长江、钱俊瑞、王阑西等的高度赞扬。《李闯王》于1946年由华中新华书店出版发行。《淮阴之战》剧本一直被北京图书馆新善本室收藏。

与此同时，在毛泽东的《讲话》精神的鼓舞下，在"延安戏剧改革运动"的直接启示下，在盐阜区的阿英、黄其明等一些文化人兴起和发动了"新淮剧运动"，对发源并流行于盐阜区的地方戏剧——淮剧进行了大胆改革和创新，利用民间旧有的戏剧形式为抗战服务，"旧瓶装新酒"，用淮剧来演现代戏，从而把淮剧推上了演现代戏的历史舞台。1943年底，盐阜区成立了一个以凡一、史秉直、王东凡、雪飞四人组成的淮剧研究小组，专门研究淮剧的利用和试验问题。原苏北戏剧协会理事，时任阜宁县文教科长的黄其明更是身体力行，亲自动手，用他平时留心搜集到的当地的语汇，利用淮剧旧形式，创作出了一系列为当时抗战服务的淮剧剧作。在1943年至1945年抗战胜利这两年多的时间里，他先后创作了现代淮剧《照减不误》《绝头路》《路遥知马力》《鱼滨河边》《王大进冬学》《懒龙伸腰》《阴阳界》《生死同心》《眼前报》《照妖镜》等十余部淮剧剧本，为淮剧的改革闯出了一条新的道路，对淮剧的现代戏发展作出了杰出的贡献。其中尤以宣传党在农村中推行的"减租减息"政策而编写了中型现代淮剧《照减不误》、表现解放区反特斗争的《绝头路》及宣传抗日统一战线的《路遥知马力》最有影响。

这个时期的新诗也取得了不俗的成绩，出现了廖一帆的《悼郭凌》、常工的《我从黄河堤上来》《老乡和战士》、陈允豪的《没有新四军哪块有这日子》《马家荡》《红旗手——徐家标》、方偟的《新山歌》、乐锋的《眼泪往肚里落》、方言的《毛二》、田园的《自我批评》、林枫的《陈家港战斗》、戈扬的《侦察员阿金》、吴蓟的《"八一红军节"》、芦芒的《人民参军》、钱毅的《解放阜宁城》、季音的《翻身桥》、湜辛的《挽歌》、申的《淮阴城头出太阳》等作品，内容主要以歌颂新四军，歌颂革命根据地为主。其中常工的《我从黄河堤上来》这首新诗写得很有特色："一旁是流水漾漾，/一旁是草野茫茫，/同志，我从黄河堤上来，/告诉你——黄河堤上的秋天，/一派好风光。……/告诉你——流水上穿梭着渔船，/草野里跳跃着牛羊，/蓝色的澄洁的天空，/云雀飞翔……满堤的山芋红溜溜，/都说今年大丰收，/满堤的花生白胖胖，/都说今年好风光。……同志，我从黄河堤上来，/告诉你——战死者的坟上草色青青，/战死者的塔上百倍灿烂，/千倍辉煌。/一旁是流水漾漾，/一旁是草野茫茫。同志，我从黄河堤上来。/黄河堤上是幸福的快乐的家乡。"诗人以抒情主人公第一人称的视角，饱含深情地为我们描绘了一幅黄河堤上的

第二章
盐城革命文艺发展历程

美丽风景以及丰收图景，表达了对根据地人民在共产党、新四军领导下安定祥和的生活的由衷赞美。诗作既凝聚了老百姓的内心情感，也展示了诗人对现实生活的把握和了解。

儿童文艺在这时期应运而生并且得到了很大发展。1942年闻名全军的少年文艺团体——新安旅行团从国统区全部到达盐阜，创办了以儿童为读者对象的《儿童生活》小报（后为适应儿童对文艺欣赏的需要，改为刊物），刊载各种战斗故事、革命历史故事、英雄人物传记等。刘少奇、陈毅多次接见新旅同志，看他们的文艺演出，鼓励他们搞好儿童团工作，搞好儿童文艺工作。陈毅还为《儿童生活》专门快马送去亲笔题词。新四军三师副师长张爱萍为《儿童生活》写了长篇连载《苏维埃儿童团的故事》。阿英和范政还专门写了《关于盐阜区的儿童戏剧问题》一文，用以指导文化工作者的儿童戏剧创作，希望他们多为孩子们写剧本，"发掘创作更新的形式如话剧、儿童剧、歌舞剧"。但在敌人扫荡期间，战争环境使新安旅行团活动受到限制，到1943年后他们才得以大显身手，属于盐阜区儿童自己的文艺便应运而生并迅速发展起来。在新旅推动下，各小学普遍成立儿童团，儿童们自己组织起来开展各类文化活动，他们当小先生，站岗放哨，拥军优属，特别是组织儿童剧团开展演戏活动。这就丰富了儿童们的生活与学习，也提供了既具体而又生动的儿童文艺创作素材，再加上儿童剧团活动的需要，更推动着学校老师们拿起笔来创作出许多儿童戏剧和其他文艺作品。因此，一批又一批的儿童文艺作品问世了，如戏剧《我们是小八路》《献给军属一朵花》《敬神不如敬新四军》《小狮子》《勇敢的小华》《小闯王》《龙王庙捉鬼子》《三个小学生》《新小寡妇上坟》等等。在儿童诗歌方面，新诗、儿歌、童谣都很繁荣，白桦的《麦穗黄》、宏的《顽固派》、贺渌汀的《我的爸爸》、白刃的《弟弟的眼泪》、范政的《满天星》、田其风的《手榴弹》、洪昭的《新儿童》、陆维特的《告诉妈妈去》等等都是一批质量较好的作品。

此外以儿童为题材的小说、通讯、报告文艺和故事也得到了发展。柳栖的《我们的小站长》、左林的《和"皇军"洗澡》、范政的《小俘房兵访问记》、郭立范的《小骑兵》等作品，从各种的不同的角度刻画出儿童们爱国、勇敢机智、向上的精神面貌。如《和"皇军"洗澡》刻画了王小林等三个儿童团员在河里洗澡遇到了三个日军，他们与日军机智地周旋，最后成功地缴了日军的枪。

这时期，民间文艺在阿英和钱毅父子的带动下也得到了发展。1942年7月，阿英率全家抵达盐阜区新四军军部，得到陈毅的热情接待和欢迎，陈毅希望阿英留在这里专事创作，集中文化人重振军区文化。军部迁移淮南电调阿英同行，阿英请求留在盐阜，以毕生精力致力于盐阜区的文化事业。在1943年情况紧急、打埋伏时期，他仍朝夕伏案阅检文艺资料，编写成《太平广记采集书目索引》八卷，写成《古小说考逸》一卷，抄辑《神话女史》《武天后事辑》《女妒记》《唐传奇叙录》《听风拾稗录》各一卷，写成《唐朝盗墓的故事》。为借鉴爱国主义传统，鼓舞盐阜人民斗志，查阅了苏北阜宁、盐城、淮安、涟水等县的县志和史书，撰写了《盐阜民族英雄传》，其中包括《陆秀夫传》《张忠孝传》《汤鼎传》《史符传》《卜通传》《沈坤传》《陈仓传》《黄得功传》《司邦基传》《缪鼎吉传》《厉豫传》《孙汝鹏传》《秦焕传》《陈玉澍传》《顾正红传》等，为盐阜区军民提供了极为可贵的乡土教材。他还指导儿子钱毅收集整理了民间文艺资料，编成了《海洋神话与传说》《庄稼话》等书。其中《庄稼话》一书是苏北民间文艺史上第一部正式出版的民间谚语集，书中搜集百万余条民间谚语，成为研究苏北农民文艺很好的资料。

应该说，在这一时期，广大文艺工作者的思想和创作上都受到了战争的双重磨砺，自觉地向文艺大众化方向靠拢，盐阜地区的不少文艺作品都显现出了他们与工农兵生活相结合的印迹，表现出了他们对于文艺大众化的艺术追求。

第三节　繁荣期的文艺活动

从1945年抗战胜利后至中华人民共和国成立前这一时期是盐城革命文艺向纵深发展，愈益长进的繁荣期。在这一时期，随着抗日战争的最后胜利，盐阜地区人民迅速转入医治战争创伤，巩固解放区的新民主主义秩序的斗争。在随后开展的爱国自卫战争中，盐城解放区广泛开展土地改革运动，整顿和发展党组织，积极扩大地方武装，掀起群众性支前参军的热潮，保田保家乡，开展平暴镇反斗争及反扫荡、反清剿、反伪化斗争，发展生产，积极支前，最终取得了人民解放战争的伟大胜利。

盐阜区抗日战争的最后胜利是在1945年11月11日盐城伪军赵云祥率部起义的时刻，这也是苏北抗日战争彻底胜利的时刻。在此之前的10月下旬，华中的苏北、苏中、淮南、淮北四个解放区合并在淮阴成立苏皖边区政府，下辖八个军分区，盐阜区为第五军分区。中共华中分局和华中军区在淮安成

第二章 盐城革命文艺发展历程

立。从此,盐阜区便进入一个和平民主新阶段。边区政府提出要"进一步发展新民主主义文化"。为了庆祝抗战胜利后的第一个新年、第一个春节及国共胜利签订《双十协定》而取得和平民主新阶段,边区政府从华中分局、华中军区到地委、专署,直至各县分区、乡镇农村组织了一场规模盛大的文艺大会演、大汇报,解放区几十万人参加这场文艺演出大活动。然而,国民党反动派却另有企图,和谈、协定只是一种争取时间的手段,利用这个时间,调动兵力,先在局部地区向我解放区发动进攻,企图掀起全面内战,欲彻底消灭共产党和所率部队。因此,我党我军被迫进行自卫反击,中共华中分局向全华中提出我华中当前最紧急,最主要的任务就是:"动员一切力量,争取自卫战胜利来保卫和平,保卫人民利益,争取全国和平、民主、团结局面早些实现。"

《盐阜大众》报道盐城解放的消息

在此形势之下,盐阜区的文化工作者和知识界积极行动起来,推动和开展解放区的文艺运动。为广泛宣传和交流华中抗战时期的文艺、宣传教育工作,促进解放区文艺的进一步发展,1946年三四月间,中共华中分局在清江召开了2 000余人参加的华中宣教大会,进一步用毛泽东文艺思想来检查和讨论未来的文艺活动,决心以文艺为武器,揭露国民党反动派假和平真内战的阴谋,放手宣传和发动群众壮大革命力量,为早日建立一个和平民主、自由独立的新民主主义新中国而奋斗。盐阜区的苏北文工团在会上演出了《淮阴之战》《照减不误》，盐阜区阜宁停翅港剧团、马集妇女剧团、涟东李圩剧团汇报演出《渔滨河边》《刘桂英是朵大红花》《李有才板话》等淮戏并赢得好评和奖旗。

　　1946年9月淮阴之战胜利不久，新四军三师迅即挥师北上东北，部队的文化艺术团体和文化工作者亦随军北上。黄其明、田平、范政、左林、方偟、吴纯一、钱俊瑞、范长江、阿英、黄源、凡一、钱璎、鲁荞、洪明、福林等一批非盐城籍的文艺工作者因战争形势的需要也相继离开了盐阜区。其时，构成盐城革命文艺创作的重要力量是一批在战火中迅速成长起来的地方文艺工作者，如杨正吾、庞学渊、程茹辛、吴岫民、徐月亮、庞学勤、王东凡、雪飞、吕波、陈月、陈登科、严学优等。他们经受了战火洗礼，大量涌向保卫战前线，以文艺为武器，创作了大量文艺作品，推动着文艺继续向纵深发展，使盐城革命文艺进入了一个新的发展阶段。

　　这时期迅速掀起的群众性写作热潮，催生了盐阜地区纪实性文艺的进一步发展。《盐阜报》在这一时期曾连续不断地组织和发动群众通讯运动。与此同时，各县区也广泛开展群众性写作竞赛，加之《盐阜报》又通过开展"写话"的形式和开辟"工农写稿"版面，大力培养工农通讯员和作家。这样一些通讯、特写类的纪实性文艺在解放区得以迅速兴起，其中揭露国民党倒行逆施，讴歌人民与国民党反动军队进行武装斗争以及拥军支前的作品数量最多，较为成功的有芦芒的《郭大娘藏枪立功》、戴煌的《人民战士在恢复区》、佚名的《盐城之战》、秦祥等人的《记阜宁城蒋匪的撤退》、希·涛·翔的《从南京到清江——三个从南京来的飞行员的记述》、李汉林的《黑蟒——李金鸿》、阿伟的《沈大娘》、成平的《后勤散记》等。此外，揭露封建恶霸罪行和农民苦难史通讯有冒莆君的《头上千斤闸可毁啦！》、彤舜的《公审汉奸陈伯盟》、沈颖的《纸恶霸》、朱衡广的《花墙夏》、马达的《半边裤子》等；反映农民翻身的特写有高长任的《为喜翻身了》、谭恩静的《钱新国穿新衣》等；记述烈士和革命英雄人物的通讯有适夷的《记钱毅》、范毅的《阿四——大纵湖上的烈士》、挺星的《母亲的掩护》、夏威夷的《两勇士》、钦和的《纪念叶军长殉难二周年》等。这些文艺作品多数是在枪林弹雨、虎穴刀丛中采访写成的，作品篇幅都不长，短则几百字，长则两三千字，大多是着眼于一事一物，展开情节。如马达的《半边裤子》用特写的手法，描绘了一个受尽地主欺压和各种苦难的农家小姑娘可怜的遭遇。小姑娘名字叫小呆子，她从小就和妈妈一起讨饭，一年两年三年四年……十年，每年的热天都看见她穿

第二章 盐城革命文艺发展历程

着一条只有一只裤脚的裤子。但在土改清算之后,她翻身了,终于穿上了第一件属于自己的新裤子。再如《纪念叶军长殉难二周年》一文以沉痛的心情,从人们刚得到叶军长出狱的喜讯到又闻叶军长飞机失事事件开始,倒叙了叶军长光荣的一生和他那爱党、爱国、爱人民的优秀品质及在国民党牢狱里坚持斗争和坚决不动摇的意志,从而把一个人民所爱戴的叶军长如实地展现在人们的眼前。

小说创作趋向繁荣,在数量和质量上均有发展提高。在抗日战争时期,小说在盐阜区虽有初步发展,但数量不多,除少数专业作家作品外,多数质量不高,且本地作家作品更是稀少。抗战胜利后,客观环境和物质条件及作家素质的提高,短篇小说初步出现了走向繁荣的势头,有的已有相当的艺术水平,本地作家也初露头角。盐城解放区妇女反封建、争自由,在小说创作中很受重视。白夜的短篇小说《黑牡丹》就是通过描写一个农村新媳妇参加春节文娱活动"荡花船",在公媳、父子、夫妻之间引起一场家庭纠葛,生动地刻画了解放区一位敢于冲破封建习俗,积极参加社会活动的新型女性的精神面貌,反映了民主空气冲击封建家长制后一种新社会风俗对家庭伦理关系所引起的变化。章南舍的《王维德结婚》、路的《袁凤》等也都是反映解放区男女,特别是妇女冲破封建习惯势力和世俗偏见而获得婚姻自由的故事,题材新颖,情节曲折,具有可读性,对于当时妇女参加革命斗争,有着积极意义。司徒辉的《喜酒》用较长篇幅把翻身农民的喜悦写到了顶峰,而后笔锋一转,寥寥数笔,就把所有人引向愤怒、声讨和誓死向反动派讨还血债的全村行动纲领上来。丁芒的《胡集战斗之一》、陀的《三勇士》则从不同侧面抓住几个家里分到了土地,翻身后的战士,为了保卫解放区,保卫家乡在与敌人战斗中英勇顽强,即使负伤,被砍头将衣服燃烧也不下火线直至牺牲的英雄形象,可歌可泣。陈登科的短篇小说《爵禄封侯四霸王》记叙了淮宝县严家渡,以"爵禄封侯"四字为名字的四个恶霸欺压穷人的残酷罪行。方菲的《翻身》叙述了老黄河边上土地高度集中的乔三庄的历史变迁。通过土改,农民翻了身,乔三庄翻了身,"希望和欢悦在春日的大地上泛滥着"。1946年4月,新华书店还出版了一本由钟望阳创作的儿童小说《把秧歌舞扭到上海去》,共15万字17章。作品通过对梦中幻境的描写,反映了解放区儿童天真活泼、高尚的性格和心灵。

诗歌大众化运动的持续开展推动盐阜地区新诗创作进一步创新和发展。盐阜区大众诗歌运动是在华中宣教大会总结交流后持续开展的,在阿英等人的推动下,盐阜区形成了小调和墙头诗创作和普及的高潮。4月初,盐阜区出版了《大众诗歌集》，阿英为此写了前言，强调大众诗歌应以小调为主。《盐阜大众》也刊登曹耀南的《编小调的一点经验》、福林的《在群众运动中阜宁县农民的文艺创造》等创作小调快板的经验文章。《盐阜大众》《盐阜报》同时不断地选登各类民歌小调，这就使盐阜区的大众诗歌——小调在这时期十分活跃突出，《盐阜大众》《盐阜报》等地方刊物是天天有小调，形成了一个许多工农群众直接参加创作、大众广泛参与的小调创作高潮。如小科创作的《杀死爹娘》就是用的"哭哀调"："洪泽湖，水茫茫，鱼虾螃蟹水里藏，荷花嫩藕甜又香，鸡头菱角吃不光，湛青芦苇遮太阳。/芦英女，坐船舱，头上掉下大祸殃，来了老蒋狗飞机，咯咯摇起机关枪，打死芦英爹和娘。/爹娘死，真冤枉，鲜血淋淋睡船舱，满船血水淌进舱，肚肠拖出丈把长，芦英心里好悲伤。/哭声爹娘死得苦，骂声蒋贼太混账，人民和你何仇恨，你用飞机装上枪，杀死我的爹和娘。/芦秀英，泪汪汪，满肚怒火往上涨，拿起一根打鸟枪，去替爹娘把仇报，杀死反动恶霸王。"作者显然对荡区生活非常熟悉，很可能是抓住了真实的材料，才能写出这样令人感动的词唱，自然会激发起人民的反蒋决心。又如刘锡成的《九劝郎》写的是被国民党抽丁去国民党军队当兵之人的老婆劝丈夫头脑清醒的故事。其中几段："一劝我郎想当年，我家穷苦十多年，保长把你抽出去充当蒋军十几年，唉！我郎呀，你妻痛恨到今天。/三劝我郎要凭心，千万莫打新四军，今春我家没得吃，亏他救济活了命。唉！我郎呀，民主政府是大恩人。/五劝我郎识好歹，蒋军里头做奴才，官兵待遇不平等，三句不投就挨棍，唉！我郎呀，劝你赶快回家来。/九劝我郎定主张，高树勋是你好榜样，老百姓个个都欢迎，新四军也要把你奖，唉！我的郎呀，我的脸上也风光。"唱词朗朗上口，句句落到实处，切中要害，有说服力，也充满夫妻之情。

盐阜地区的墙头诗创作在抗战时期已有基础，但仍未普及。解放战争时期，《盐阜大众》报社的福林、文广等同志连续于1946年5月间再次进行了发动，写了《把墙头诗运动轰开来》《墙头诗有什么好处》《怎样写地方性墙头诗》《怎样写上墙》等指导性文章，并且特别组织成立墙头诗小组来推进这项工作，于是盐阜区不少地方成立了农民的新诗歌组织——"墙头诗小组"，既是写墙头诗组织，又是研究墙头诗组织，使墙头诗质量在普及基础上得到提高。如阜宁县凤谷村黑板报上登了一首墙头诗：韩顽固在此地，昏天黑地；/日本鬼在此地，没天没地；/新四军在此地，欢天喜地。这首诗从当地人民的历史的亲身感受出发而写出三种军队本质的不同。又如阜东县有首墙头诗批评缺德掺沙卖粮的人，联系这个人的特点写就更有说服力：吴三鬼，

第二章
盐城革命文艺发展历程

秃头鬼，肚里没天良，新四军打仗多辛苦，为什么公粮拌上泥沙土；一担小麦三十斤土，叫人怎能吃下去。还有一首墙头诗联系当地地理风景来写，更有诗意：前庄小支河，后庄大柳树；大锣大鼓大旗舞，穷农佃户吐冤苦；吐冤苦，穷变富，只有一家落了毛，就是堆房郭老虎。这"小支河""大柳树"都是当地景物，而郭老虎则是当地的恶霸地主。有些作者为了丰富墙头诗的表现力，创作中注意吸收地方群众喜闻乐见的民歌小调等民间文艺进行艺术加工，如阜宁县汪朱集一首墙头诗：蝴蝶双双采花忙，小妹低头想情郎。不想浪荡富家子，只想农家勤俭郎。这诗运用了比兴手法，表现根据地青年男女之间的新的恋爱观和道德标准，带有一种民歌风格，深得群众赞赏并深入人心。这诗和在抗战时盐阜区流行的一首歌词："王家姑娘好似大红花，大红花，初开放，今年十八要出嫁，哪个男人不想她，二大流子不用问，革命英雄她才肯嫁"，在形式和内容上都有异曲同工之妙。

在墙头诗、小调创作普及的基础上，盐阜地区新诗创作在解放战争中又有所发展，语言更加朴实，形象更加鲜明，易读易记。苏皖边区政府副主席、文教处长刘季平写的《无题》一诗，共九段，通篇采用排比式的设问句，把旧中国和新中国加以对比，其中第二段："何谓旧中国？勤劳人民喝薄粥，不劳而获的人享天福。/何谓旧中国？老百姓夜夜哭，贪污土劣享天福。/何谓旧中国？帝国主义硬压迫，外国老板享天福。/何谓旧中国？专制独裁假民国，军阀官们享天福。"全诗语言流畅，一韵到底，层层扣紧，动人心弦。施羽的诗《别处哪儿有》用了与蒋管区暗比的手法，语言活泼，节奏明快，生动描写了解放区内运河线上运输繁忙的喜人景象："千条船呀万条船，千条万条来回像梭穿。布朝北呀米向南，朝北向南只报一道捐！除了解放区，别处哪儿有？哪儿有？！"

《苏北大众》报主编袁义的诗善于熔炼地方群众语汇，多用白描手法，使诗明白如话，朴实无华，形象生动地描绘出复杂的人情事理。如描述遭受蒋军蹂躏后的群众重新见到民主政府干部时倾诉衷肠的诗《区长你侬回家啦》："区长，你侬回家啦！/十一天没见到您/就像没见到天。""请到我家去看看！多亏你侬帮助。/我盖了两间屋，余了担把粮，/如今，如今呵：/已被狗养的全部化成灰！/还有，我伤心地告诉你，/大白天，那些畜生/没得人心的，把我向屋里推，/要我陪他睡。/区长，我今年是五十三岁！/狗养的说你——投降啦！打死啦！我心如油煎。/哪知今天，又能看到你，/和往常一样，真教我欢天喜地。/这回，我要紧紧地抱着你的腿，/不让你再离开我们身边！去！到我家去，/烧口开水，暖暖你侬心尖。/洗掉脸上灰，长长精神，/好尽快杀死那些畜生，/让大家安稳过年。"这些诗作一般篇幅比较短小，其中有不少都是刊登在盐阜区刊物《盐阜大众》上。同时，在盐阜区这时还出现了一些抒发群众心声的叙事长诗，是盐城革命文艺诗歌经过五年抗战和两年解放战争洗礼后逐步走向成熟的一个重要方面，如戴顾吾、流静的《一切依然和过去一样》运用排比的手法把日、蒋连在一起，通过铺叙，朴实、通俗地表达了人民对蒋伪政权倒行逆施的不满和对民主政权的渴望："谁也没有想到，日本垮台，换来美国，/汪精卫死了，换来了老蒋，/和平军完蛋，换来了'孬中央'，/一切依然和过去一样！/以前叫'和平救国'，现在叫'反共救国'，/以前叫'中日提携'，现在叫'中美协商'，/以前叫'强化治安'，现在叫'维持统一'，/以前叫'扫荡'，现在叫'清剿'。/以前叫'维持会'现在叫'还乡团'，/以前叫'良民证'，现在叫'身份证'。/以前，现在，没有分别，/一切依然和过去一样！……"

  戏剧是战争时期发动群众的最好的文艺形式之一。这一时期，盐阜地区戏剧文艺创作活动继续以小型为主，大小结合，同时进行大型戏剧的移植改编。1946年9月，当国民党大举向我苏北发动进攻时，苏北党政军民发动起来，迅即投入大规模的自卫反击战。这时，为了更好地发动群众，团结自卫，粉碎蒋介石的进攻，迫切要求文艺的配合。独幕淮剧《干到底》就是苏北文工团从淮安出发走向涟水保卫战前线时于途中突击创作而成的作品。因战争需要，剧作采用旧淮戏的某些形式和传统悲剧的手法，写了苏北农村在蒋军进攻面前纷纷撤离，人们在蒋军问题上出现各种态度，通过一个没有来得及逃走，带有一个吃奶孩子的农夫妻子被还乡团强暴的遭遇，使农民明白了一个道理：国民党反动派同日本鬼子一样是欺压百姓、禽兽不如的，告诫人们要丢掉幻想，起来斗争，像打鬼子一样打国民党反动派，才是生路。此外，钱相摩、顾鲁竹、杨正吾等盐阜区土生土长的文艺工作者也创作了一批戏剧，如《臭面目》《赵玉娘寻夫》《疾风知劲草》《人面兽心》《新夫妻》《一个民工队》，李汉飞的《孬种和好汉》，潜隐的《空吓一场》《决心》等等，它们都是围绕解放区反蒋解放斗争而创作的。但因为战争环境限制，以小型为主，篇幅较小。这时篇幅比较长的剧本是吴网创作的淮戏《求解放》反映了解放区发动农民求解放的曲折过程。

  在这个时期，盐城革命文艺工作者还移植和改编了许多大型歌剧。《王贵与李香香》《白毛女》《刘胡兰》《赤叶河》等歌剧都曾被改为淮戏演出。苏北文工团第一次把歌剧《白毛女》搬上盐阜地区舞台前后用了一个月的时间。这也是盐阜地区部队、地方文艺团体第一次演出大型歌剧。这一方面反映文艺团体的艺术水平的提高，同时也反映群众欣赏水平的提高。在合德首场演出时陈庆先、陈丕显、曹荻秋等华中领导人都观看了演出并给予了很高的评价。

第四节 艺术特征及其历史贡献

盐城革命文艺是在民族民主革命斗争中，适应华中抗日和人民解放战争的时代要求而诞生的，起到了团结教育人民，打击敌人，鼓舞斗志的作用。它继承了"五四"新文艺的革命现实主义传统，实现了文艺和工农群众的结合，也是20世纪30年代左翼文艺和苏区文艺的继续和发展，为新文艺的发展作出了贡献。

一、盐城革命文艺的性质和特点

（一）盐城革命文艺是新的时代文艺，具有强烈的战斗精神

1938年10月，广州、武汉相继沦陷，抗日战争进入了战略相持阶段后，日本将其军事进攻的重点转向共产党领导的敌后抗日根据地。中国共产党迅速召开了六届六中全会，重申全党独立自主，放手组织人民抗日武装斗争的方针，大力巩固华北敌后抗日斗争，积极发展华中敌后抗战。因此，从1940年10月八路军、新四军会师盐城开辟民主抗日根据地时起，迅速及时地反映苏北和华中抗日战争便成了盐城革命文艺的最高使命。这时，无论外来的还是本地的作家艺术家都把文艺同民族命运结合在一起，把迅速及时地反映抗战，服务于抗战，当作自己创作的神圣职责。"抗战不但改变了作家的生活，同时也改变了一切中国人的生活。生活变化了，为着叙述生活的真实，就有要不落后地跟生活合着步调一同前进的必要"[①]。盐城的广大文化工作者经过抗日战争（后半期）和解放战争血与火的洗礼，创作了大量反映那个时代的文艺作品。许多作品一方面揭露了侵略者和反动派的残暴，表现了人民所受的苦难和痛苦；另一方面也启发人们的民族意识和革命精神，反映了人民的觉醒和反抗、战士的英勇作战和壮烈牺牲以及民众的积极支持和热心服务。这些属于人民的新文艺，具有强烈的战斗精神，在团结一致打击敌人方面发

---

① 周扬：《新的现实与文学上的新的任务》，见《周扬文集（第一卷）》，人民文学出版社1984年版，第252页。

挥着积极的作用。

（二）盐城革命文艺是中国解放区文艺重要组成部分，具有广泛的爱国性

盐城革命文艺是爱国的作家、艺术家与群众性文艺运动相结合的产物，从一开始就是在中共华中局、中共苏皖第三地委、苏北特委、中共华中第五地委、中共华中第一地委的领导下和陈毅、刘少奇、黄克诚、张爱萍等支持和关怀下，由初创、成长，到深入发展，到走向成熟、繁荣阶段。抗日战争爆发后，盐城由于特殊的地理历史条件和战略位置，吸引了阿英等一批文化人的到来，盐阜区成了"敌后文化城"，阜宁县陈集乡卖饭曹村成了著名的"文化村"。在中国共产党的领导下，盐阜地区革命文艺工作者自觉地以服务于民族和人民解放战争为宗旨，积极参加各项群众斗争和实际工作，保持同工农群众的紧密联系，不遗余力地宣传党在抗日战争和解放战争中实行的各种路线、方针、政策，配合和服务于盐阜抗日根据地和盐城解放区的各项斗争的开展，在政权建设、参军支前、减租减息、发展生产、土地改革等工作中发挥了不可或缺的作用，涌现出了不少为广大群众所喜闻乐见的文艺作品，成为鼓舞广大军民同心同德战胜日本侵略者和国民党反动派的强大精神力量。许多作品热情歌颂了广大抗日军民不畏日本帝国主义强暴，奋起抗战的英雄气概，赞美了革命英雄主义和爱国主义，表达了共产党与人民血肉相连的鱼水深情。因此，盐城革命文艺实际上也是延安革命文艺的一种延伸和体现，有着承前启后、继往开来的作用，为我国文化建设和解放事业作出了不可磨灭的贡献。

（三）盐城革命文艺是民族化大众化的文艺，具有很强的群众性

中国现代的革命战争是以"工农兵"为主体的人民革命战争，"工农兵"构成了民族救亡与民族独立的主体，成为打败日本帝国主义和推翻国民党反动派的有生力量。"工农兵方向"所体现出的民族化、大众化、通俗化的文艺发展途径，破解了"五四"以来长期未能解决的"普及与提高"的难题。郭沫若就曾提出："我们的文艺是要为大多数的人类的时候，那我们就不能忽视产业工人和占人数最大多数的农夫。"[①] 因此，革命文艺较容易为平民百姓所接受而受到特别的关注，就必须注重对当地老百姓喜闻乐见的文艺形式的利用和改造，并"把吸收旧形式中的优良成果当作新文艺上的现实主义的一个必要源泉"。盐城革命文艺工作者在民族化、大众化上的一大贡献就是对发源

[①] 上海文艺出版社编辑：《中国新文学大系 1927—1937·第二集 文学理论集二》，上海文艺出版社 1987 年版，第 142 页。

第二章
盐城革命文艺发展历程

并流行的地方戏曲——淮剧进行了大胆改革和创新,利用民间旧有的艺术形式为抗战服务,"旧瓶装新酒",用淮剧来演现代戏,从而把淮剧推上了编演现代戏的历史舞台,使得这时的淮剧从民间旧艺术形式演变为具有红色革命行为的新戏曲,承担起文艺首先服务政治的功能,实现了对民间社会力量的广泛动员,为革命发展集聚起了新的能量。

二、盐城革命文艺的历史贡献

盐城革命文艺是一种旨在推动抗日战争和解放战争胜利前进的战斗文艺。作为一种历史存在,它在中国现代文艺史上的地位和贡献主要不是在于它已经达到的艺术水准,而是在于它为我国现代文艺史提供的新的形象谱系和新的画面以及贡献的新的艺术形式和艺术经验。因此,我们不能用一般的文艺标准来品评和衡估它的艺术价值,而是要用"别一种意义"的尺度来衡量和评价它的艺术价值以及彰显其历史贡献。

(一)继承了"五四"新文艺传统,推进了革命事业的发展

盐城革命文艺创作是"五四"以来的新文艺创作在新的环境、新的历史条件下的一个发展和具有开创意义的光辉实践。它继承和发扬了"五四"运动的彻底地、不妥协地反帝反封建的战斗精神,紧密配合当时的政治和军事斗争,勇敢地反对日本侵略者,揭露国民党反动派,充分发挥了革命文艺教育人民、打击敌人的战斗作用。抗日战争时期,由于当时新四军军部和中共华中局都在盐城,苏北军区和苏北区党委也一直在盐阜境内。解放战争爆发后,新成立的苏北军区、苏北区党委和继后成立的中共华中工委、华中行政办事处又都坚持在盐阜境内,因此盐城一直是苏北和华中根据地、解放区的政治、经济、军事、文化中心。不少敌占区、国统区的热血青年和文化人不是选择奔赴延安,就是选择来到苏北盐城,因而盐城也便具有了仅次于延安的文人优势,阿英、许幸之、丘东平、贺绿汀等一批著名文化人都曾在盐城留下战斗的足迹以及文艺的印记。他们同拿枪的战士一样,通过文艺作品来感染和影响读者以及观众,宣传教育群众,努力提高广大群众的革命觉悟,坚定他们对革命必胜的信心,推动革命事业的发展,并最终打败日本侵略者和国民党反动派,迎来了全国解放和新中国的诞生。

(二)坚持走与工农兵结合的道路,密切了文艺和群众的关系

中国共产党所领导的工农革命是一场争取阶级解放和民族解放的伟大革命。因此,它不是靠封建迷信思想或者资产阶级的个人解放思想来引领,而是靠马克思主义的无产阶级革命思想来指引的。同时,这种指引,只靠政治上的宣传还不够,还得有文艺上的宣传作为配合。这样文艺自然也就成了政

治性的文艺，这种在政治上依靠工农兵的理念转化到文艺就变成了为工农兵服务的方向。而按照马克思的理论要求，文艺要"大众化"，文艺工作者自己首先要"大众化"，要到广大的"大众"中去，体验他们的生活，了解他们的思想，熟悉他们的审美趣味，并合理地调整、改变自己的思想情感，主动地学习或有选择地模仿"大众"中蕴藏的充满生机活力的艺术形式，这样，才会有真正意义上的文艺大众化。盐城革命文艺工作者们一方面积极学习马列主义和党的方针政策，特别是毛泽东的《在延安文艺座谈会上的讲话》精神；另一方面又在探索和实践着文艺为人民服务的路径和方式，更加自觉地深入到工农兵中去，密切地和群众结合在一起，在描写他们、表现他们生活的同时，重视他们的文艺形式，运用工农兵的语言，运用他们喜爱的形式，以满足他们的精神文化需要。因此他们的作品具有了新的主题、新的人物、新的思想、新的语言、新的表现形式，受到了人民群众的喜爱。"无论是文学、戏剧、音乐、美术，都比较充分地体现了一种崇高的民族精神和根据地军民誓死保家卫国的气概，把中华民族威武不屈、奋斗不息的雄伟形象具体化了"[①]，进而产生了一种强大的美感力量而使盐城革命文艺成了真正的"新的人民的文艺"。

（三）繁荣了文艺创作，奠定了江苏新文艺发展基础

在抗日战争和解放战争时期，盐城革命文艺工作者在党的领导下深入群众，深入生活，付出了辛勤的劳动，创作出了一大批优秀作品，在夺取抗日战争和解放战争胜利的历史进程中，作出了不可磨灭的贡献。仅在王阑西主编的《苏北盐阜抗日根据地诗文选集》中就收集有抗日战争时期革命文艺工作者在盐阜根据地出版的《江淮日报》《盐阜报》《盐阜大众》《先锋》《新知识》等报刊上选出来的诗文112篇，计有18万字。如果我们再加上散佚的以及解放战争时期数量可观的文艺创作，那么盐城革命文艺无论是作品题材的广泛性上，还是数量、质量上都可列为江苏革命根据地文艺之首。因此，著名文艺理论家陈辽在其主编的《江苏新文学史》中就认为"从抗日战争爆发，到1949年江苏全境解放，在长达十二年的时间里，江苏的新文学只有而且事实上也只能以革命根据地文学作代表"[②]。盐城革命文艺运动蓬勃发展及其丰硕成果可见一斑，作家、艺术家、文艺工作者不仅创作了大量反映人民斗争生活，创造新世界斗争的作品，而且他们还把实现共产主义理想，在1949年

[①] 刘则先，刘小清编著：《苏北抗日根据地文化散记》，江苏人民出版社1993年版，第26页。
[②] 陈辽主编：《江苏新文学史》，南京出版社1990年版，第11页。

后建立社会主义新中国的愿望带到了新中国来,成为新中国文艺的一支生力军,为江苏新文艺的诞生和发展奠定了思想、作品和人才基础。正如有论者所言,如果说江苏文学在新中国成立后的"十七年"时期有什么特点的话,"陈毅等同志领导江苏革命根据地文学的优良传统仍葆有影响并因而使一部分作家在'残酷斗争,无情打击'后仍能葆有创作的生命,倒可以算作是一个特点"[1]。

---

[1] 陈辽主编:《江苏新文学史》,南京出版社1990年版,第12页。

第三章
盐城革命文艺组织建设

在革命战争年代，文艺与革命往往是同步前进的。随着1940年盐阜敌后抗日根据地的创建，八路军、新四军挺进苏北，大批革命文艺工作者同党政军干部一起奔赴盐阜抗战前线，新四军战地服务团和抗敌剧团这样的外地文艺团体的到来及本地文艺人才的迅速成长，使得盐城革命文艺队伍呈现出一种集聚的态势，革命文艺活动显现出了一种蓬勃发展的运动景象。这样的情形，就要求我们党必须对这种处于运动状态的革命文艺活动实施着有效的组织和协调，使之更紧密地配合革命根据地的革命斗争，努力为抗日战争和解放战争服务，进而提高文化工作的组织性和计划性，于是，在刘少奇、陈毅等领导人的推动下，苏北文化工作者协会这样的文化界抗日统一战线组织和一些文艺团体在盐阜区应运而生，指导并推动着盐城革命文艺活动的开展和健康发展。

第一节　苏北文化工作者协会的成立

中国共产党在苏北开辟抗日根据地不久，刘少奇、陈毅等领导人就把文化放在与军事并重的地位，发动和团结广大的文化工作者、知识青年组成文化大军，开展新民主主义文化运动，清除国民党统治时期所灌输的专制的愚民的文化思想，对广大群众进行新文化、新思想的启蒙，使之迅速觉悟起来，拥护共产党的领导，积极参加到抗日斗争中来。于是他们在盐城相继建立起抗日军政大学五分校、鲁迅艺术学院华中分院和实验剧团以及创办《江淮日报》《江淮》等报刊，许多文化事业单位纷纷开展文化活动，以刘少奇为书记

第三章
盐城革命文艺组织建设

的中共华中局,以陈毅为代军长的新四军军部领导高瞻远瞩,决定成立苏北文化工作者协会,以便统一协调和组织解放区革命文艺工作的开展,使苏北文化工作者"不再是毫无组织的散沙"①。

于是经过短暂地筹备,1941年4月16日,苏北文化工作者协会代表大会正式召开。彭康、钱俊瑞、薛暮桥、夏征农、冯定等知名文化人和来自如皋、泰兴、泰县、兴化、东台、盐城、阜宁、涟水等县和部队代表近三百人出席会议,刘少奇、陈毅等党政军领导亲临会议作报告和致辞,国际友人罗生特应邀到会演讲。陈毅在致辞中希望到会的"作家、音乐家、戏剧家、艺术家,为了完成同一的任务——坚持抗战,争取解放,配合党政军民力量而斗争到底"②。刘少奇在会上做了《苏北文化协会的任务》的报告,要求广泛地团结和组织苏北全体从事文化教育事业的人员,进一步投身到苏北新文化运动中来,推进"普遍深入的新的启蒙运动","创造新中国的整个一代的新的人民",使他们"从黑暗、愚昧、盲从、迷信中解放出来","参加到目前抗日民主运动,参加改造世界的伟大斗争中来","使文协成为全体文化界的统一战线组织"。

大会发表了《苏北文化协会第一次代表大会宣言》,强调"苏北文化战线是全国抗战文化战线组成部分之一","要求文化更有力地服务于抗战"。大会宣布苏北文协正式成立,通过了《苏北文化协会简章》(以下简称《简章》),选举产生了苏北文化协会组成人员。《简章》具体规定了文协的宗旨、权利、义务等,指出"本会为团结苏北文化界同仁,保护文化界同仁利益,开展新文化运动,巩固抗日民主根据地为宗旨",并具体规定会员资格、权利义务及协会组织原则等。会议选举钱俊瑞、夏征农、许幸之、薛暮桥、冯定、王阑西等25人组成文协理事会,钱俊瑞为理事长。会议制定《苏北文化协会工作纲领》(以下简称《工作纲领》),明确协会的主要工作是"建设民族的、民主的、科学的、大众的文化","提高民族自尊心和自信心","反对帝国主义奴隶文化、汉奸卖国贼的卖国文化和专制封建文化,积极推进抗战教育","开展大众文化运动","编辑各种文化丛书,出版大众的通俗刊物","扩大文协组织,团结各界的文化人",等等。

苏北文化协会成立后,按照《简章》和《工作纲领》要求,积极开展了

---

① 陈毅:《为广泛开展苏北新文化事业而斗争——在苏北文协代表大会上的讲话》,《江淮日报》,1941年4月18日。

② 陈毅:《为广泛开展苏北新文化事业而斗争——在苏北文协代表大会上的讲话》,《江淮日报》,1941年4月18日。

许多卓有成效的工作：先后成立苏北戏剧协会、苏北诗歌协会等分会以及部分区、乡文协组织，进一步扩大文协组织，团结各界文化人投入苏北新文化运动，推动苏北新文化运动更加广泛而深入地开展；通过主持召开了苏北美术运动座谈会、诗歌大众化座谈会、举办展览等多种形式，培训提高文化骨干，普及抗敌文化宣传；通过主办《江淮文化》《新诗歌》等报刊、举办民间书报流动展览、与华中鲁艺美术系联办《民众画廊》等，激励和引导根据地的文艺创作。1941年7月，为了粉碎日伪军对盐城发动的第一次大"扫荡"，军部和华中局撤出盐城，在盐城的文化机关、团体一起转移，苏北文协即暂时停止了活动。

苏北文协代表大会的召开和文协的成立，标志着苏北文化界抗日统一战线的形成和苏北敌后抗战的文艺堡垒的建立。通过大会的影响和文协的工作，在很短时间内，苏北广大的文化工作者，包括私塾先生、老秀才、民间艺人以及开明地主、士绅、文化名流都分别参加到戏剧、诗歌、音乐、美术等各个协会和团体中来，投入到实际的抗日斗争中，大力地推动了以抗日为主旋律的诗歌、歌咏、戏剧、美术（主要是木刻）等文艺活动的开展，创办了《实践》《先锋》《江淮文化》《盐阜大众》《淮海大众》《农村文娱》《儿童生活》等一批通俗刊物和报纸，使得墙头诗、民歌、戏剧（尤其是现代淮剧、淮海剧）在农村中广为流行，苏北抗日根据地出现一片生动活泼、团结抗战的政治新局面。

第二节　抗战时期解放区的革命文艺团体

随着1940年秋盐阜敌后抗日根据地的开辟和巩固，以及大批文化人的汇聚，盐阜地区文艺人才迅速集合，各种文艺团体如雨后春笋般地涌现，成了当时革命文艺运动的有力的组织者和推动者。

最早在盐阜区开展革命文艺活动是两个部队文艺团体——新四军战地服务团和抗敌剧团。战地服务团系1938年1月创建于南昌新四军军部，叶挺军长亲自抓建团工作，任命朱克靖为团长，开始只有李增援、吴晓邦、杜宣、韦布等10余人，后不断增加。新四军军部转移到皖南后，保持有百余人的规模。章枚、沈亚威、沈柔坚、涂克、李绚（鲁莽）、聂绀弩、辛劳、林琳、菡子、王于耕等均在该团工作。1940年4月，该团很大一部分人在团长朱克

第三章
盐城革命文艺组织建设

靖、副团长谢云晖的率领下来到江南新四军指挥部,在陈毅领导下开展活动。不久,该团随指挥部渡江北上,由何士德、李增援继任正副团长。10月,新四军、八路军会师后,于海安成立华中总指挥部时,改为总指挥部政治部战地服务团。11月23日,又随指挥部来至盐城。抗敌剧团原属新四军江北指挥部政治部,前身为青年剧团。1940年初,刘少奇与指挥部把青年剧团改为"抗敌剧团",任命孟波为团长,晓河为政治指导员,又电令江北游击纵队,把到那里的刘保罗、许晴、莫埴、黄粲、叶华等文化人送到指挥部,由刘保罗任戏剧指导员,充实了抗敌剧团骨干力量。已经在团和陆续调进的还有田川、王维良、吕其明、田平、袁万华、王健、张丙炎、王学冉、郭铭等30余人,贺绿汀也曾到团指导过音乐训练工作。10月21日,剧团随中共中原局和刘少奇来苏北盐城。战地服务团、抗敌剧团一到盐城,便积极向群众和参议会演唱现代戏剧和歌咏,又先后向驻扎在阜宁北方等地由黄克诚率领的八路军慰问演出。抗敌剧团还到著名的爱国人士宋泽夫先生创办的亭湖中学及大丰盐垦公司、海边龙王庙等地向师生、农民、资本家和渔民宣传党的抗日统一战线政策和抗日主张。演出有《农村曲》、《自杀》和《黄河大合唱》等戏剧和歌曲。这些演出和活动,在给盐阜人民留下极为深刻的印象的同时,也对盐阜革命文艺运动有着启蒙和开拓意义,对苏北抗日根据地的开辟和发展起到积极的作用。

新四军战地服务团演出《插秧舞》

盐城
革命文艺史略

　　1941年2月，华中局在盐阜区创建了第一所文艺专门学校——鲁迅艺术学院华中分院，随后以戏剧系师生为主组成实验剧团，由孟波任团长，刘保罗任副团长。实验剧团成立不到半年时间，先后演出了《皖南一家》《扬子江暴风雨》《反投降》《重庆交响乐》《撤退》《王玉风》《惊弓之鸟》《人约黄昏后》（又名《月上柳梢头》）等，除《扬子江暴风雨》系田汉所作，聂耳配曲，别的都系沙地、许晴、刘保罗等编导。他们上演剧目大都以抗日斗争为主要内容。特别是陈毅作为一军之长，还抽出时间，三次参加对《重庆二十四小时》的导演，并把剧名改为《重庆交响乐》。

鲁迅艺术学院华中分院部分女学员合影

　　1941年秋，鲁艺华中分院停办后，盐城革命文艺工作者又以鲁艺师生为班底分别成立了直属新四军军部领导的军鲁工团和隶属新四军三师的师鲁工团。军鲁工团由原鲁艺分院文艺系和音乐系师生组成，何士德任团长，邵惟任副团长。主要成员有贺绿汀、蒋天佐、莫朴等，该团偏重于音乐，曾组织多次音乐演唱会，演出节目有歌剧《军民进行曲》《红鼻子参军》《新小放牛》《一九一八大合唱》《一九四二年前奏曲》《垦春泥》《我们是战无不胜的铁军》《黄桥烧饼歌》等戏剧和歌曲。师鲁工团以鲁艺分院戏剧系、美术系师生为主组成，团长为孟波，指导员为吕冈之，后为毛健，主要成员有章枚、洪藏、沙地、田平、田川、孔方、罗江、江心、洪桐江、沐熏、魏峨、邱章、陆苏、洪明、李克良等，他们侧重戏剧，演出过《运河边上》《皖南一家》《和平军

第三章
盐城革命文艺组织建设

过年》《过黄河》《冀东起义》以及古装历史剧《郑家父子》和苏联名剧《持枪的人》等。陈毅口述，仇泊、沙地记录并编写成剧本《新四军进行曲》上演。该剧热情地歌颂了新四军艰苦奋斗的光荣历程，斥责了国民党制造"皖南事变"的可耻行径，宣传了中国共产党坚持团结抗日的正义主张。在这期间，新四军三师二十二团成立的战士剧团，一年中演出48个戏，其中有22个话剧、6个淮剧、20个小调剧，剧目有《人民的心》《太阳东升》《号房子》《徐连长之家》等，不仅丰富了指战员的文艺生活，而且鼓舞了部队的士气，增强了盐阜人民争取抗日斗争胜利的必胜信心。

1942年初冬，盐阜区党委文工团正式成立，这是盐阜区第一个地方文艺团体。成员有来自鲁艺分院和军师鲁工团结束后到地方上的部分同志，有来自上海等地到苏北参加抗日的知青和本地知青，还有来自浙东根据地撤退到苏北的部分干部共五六十人。邓野任团长、方徨任戏剧导演，孙琳任音乐指挥，凡一、朱茵等为团中层领导骨干，团员有长虹、雪飞、郁红来、徐璜、苏星、潘斌（秦明）、玉山等。该团成立不久，于11月15日便排练《新中国的母亲》五幕话剧在阜宁岔头等地慰问新四军大会上演出。年底，因敌伪扫荡，被迫解散时，在宣传部王阑西副部长主持下，成立了凡一、方檀、长虹、雪飞四人的淮剧研究小组，提出了对旧淮剧的研究利用，为抗战、为人民大众服务的问题。虽然时间极短，研究工作还没有启动便结束，但对盐阜区文艺运动的方向作了极为重要的启迪。

1943年盐阜区春季反"扫荡"胜利以后，革命文艺运动出现了一个大发展、大普及的新局面。1943年至1944年间，盐阜区相继成立了三师八旅文工队，阜宁、盐城、涟东、盐东、淮安、阜东、建阳、滨海、射阳等9个县文工团，加上在1935年10月在淮安建立，现又回到盐阜家乡的新安旅行团，共计11个专业文艺团体。这些团体的成员，有的来自鲁艺华中分院，有的来自新四军鲁工团和三师鲁工团，有的是大后方"国统区"和上梅等地的文艺专家，还有的是盐阜地区爱好文艺的知识青年。这些团体在不到两年的时间，就创作演出了大中型剧目60多个。其中有宣传党的抗日民族统一战线和各项方针政策，坚持团结、坚持抗日、反对内战、反对投降的《照减不误》《路遥知马力》《绝头路》《归队同行》《延河边上》《洛河口》《丁赞亭》《忠义田》《宁死不屈》《生死同心》等；有揭露敌人施行离间计，规劝失足者回头是岸的《照妖镜》《真相大白》《美人计》《狼狈为奸》《向死亡道路上前进》《跟前报》《汉奸的下场》《出路》等；有表现抗日军队不屈不挠的英雄形象的《祖国儿女》《好男儿》《刀痕记》《秘密》《指导员之死》《云二姐》《一把锁》《红鼻子参军》《参军去》等；有反映根据地经济建设和生产运动的《组织起来》《生产乐》《开河英雄》《农村曲》《懒龙伸腰》《同心土变金》《小过年》等；有描写军民团结，抗战必胜的《雨过天晴》《人牛太平》《小板凳》等；有批评狭隘经验主义，防止骄傲自满情绪，教育干群要适应即将到来的胜利形势的《同志，你走错了路》《前线》《李闯王》等；还有表现与反动势力作斗争，坚贞不屈的历史剧《李秀成之死》等。这些剧目的演出都有强烈的时代性、人民性、战斗性和感人的艺术性。其中在地方9个文工团中，阜宁文工团成立时间最早，队伍阵容量强，创作剧目最多，演出水平最高，骨干多是原军、师鲁工团及盐阜文工团中精干成员。黄其明连续创作了《照减不误》《路遥知马力》《绝头路》《懒龙伸腰》等剧本，采用盐阜区群众喜闻乐见的地方戏曲——淮剧的形式，表现革命的现代生活，对各县文工团和广大农村剧团起了典型的示范作用。各县文工团成立后，紧随阜宁文工团的脚步，把演现代淮剧作为文艺宣传活动的主要形式，坚定地为抗日战争和党的各项任务服务，为人民大众服务，被广大农民群众称为自己的团体，为盐阜区群众革命文艺运动作出了杰出的贡献。

三师八旅文工团合影

第三章
盐城革命文艺组织建设

第三节　解放战争时期的革命文艺团体

1945年8月15日，日本宣布无条件投降，但盐城人民还未来得及品尝胜利的果实，国民党反动派悍然发动的全面内战就已爆发，中国人民的革命斗争进入解放战争时期。为了适应新的革命形势，更好地发挥文艺轻骑兵的作用，苏北区党委决定在盐城解放区集中力量建立一支具有相当水平的文艺团体，正式成立苏北文工团。黄其明任团长，凡一、张拓任副团长，田平任教导员，主要团员有凡一、范政、王洛夫、吴纯一、王为光、顾骧、雪飞、王新吾、吕恩谊、庞学勤、陈其、徐然、戴煌、刘则先、蔡松阜等同志。该团下设三个队：淮剧队、话剧队、京剧队。八月二十日，刚成立不久的苏北文工团奉命冒雨赶往前线，淮剧队赶赴涟水城后，以最快的速度创作演出了《解放涟水城》，激发起了广大指战员的革命雄心壮志和战斗决心。在攻克淮阴城后不久，苏北区党委和三师决定召开祝捷大会，要求在这个庆祝会上演一出反映攻克淮阴城战斗的戏。于是黄其明、范政、张拓三同志分工执笔，以战斗事迹为题材，创作了一部五幕七场大型话剧《淮阴之战》，再现淮阴战役中我军指战员指挥得当、顽强战斗、不怕牺牲的英勇形象和壮烈场面，深刻揭示了伪军投敌求荣失去民心，拒不投降，导致毁灭的可耻结果。《淮阴之战》演出很成功，得到各界的广泛赞扬。《解放日报》《苏北日报》都详细地报道了这次演出情况。1946年秋，国民党军队向我解放区大举进攻，在涟水保卫战期间，为动员广大军民保田、保家、保翻身、保卫胜利果实而战斗，苏北文工团突击编写和赶排了淮剧《干到底》，连续演出十多场。一九四七年秋，苏北文工团划归华中工委领导。为配合部队和地方进行阶级教育，文工团首次在盐阜地区排演了大型歌剧《白毛女》，连续公演三场，受到工委领导、部队指战员和广大群众一致好评。1948年元月，苏北文工团在苏北根据地完成她的历史使命后，经整编为华东野战军12纵队文工团，随大军南下苏皖、江淮地区，走上新的战场。

在苏北文工团将要离开盐阜区之前，一九四七年秋季，盐城军分区成立了战旗剧团，又称分区文工队，顾长佐为队长，吴岫民为音乐教员，后调进朱超为副队长，徐月亮为戏剧教员。这个团体成为解放战争后期的盐阜地区一个重要文艺团体。他们演出过话剧《不屈的人们》、歌剧《王贵与李香香》

《刘胡兰》《血泪仇》《彝叶河》、京剧《九件衣》《将相和》、扬剧《志愿军未婚妻》、淮剧《小二黑结婚》、黄梅戏《打猪草》、锡剧《双推磨》等。这是一个一专多能文艺团体。战旗剧团除了演出一些大型剧目外，还为配合部队行军、打仗、军训、生产等及时编演了许多小型多样、生动活泼的歌舞文艺节目。《不屈的人们》的演出，对激励盐阜军民同国民党、还乡团作坚决斗争影响极大，每到一地演出都受到当地军民的热烈欢迎和赞扬。该团为盐阜革命文艺运动和地方戏剧改革作出了重要贡献。1948年秋冬季，战旗剧团随军南下，成为华东警备九旅文工队、一〇二师文工队。

苏北文工团的演出照

在盐城革命文艺团体中除了苏北文工团，还有不少地方革命文艺团体。其中比较有影响的有两个：一个是以中小学教师组成，将教育与文化融为一体的阜东宣工队；另一个是以东坎镇中青年工人和青年学生中爱好文艺的同志组成的阜东青工剧团。阜东宣工队成立于1946年9月涟水保卫战时，共有30多名教师组成，杨正吾为队长，钱相摩为副队长。他们有自己的队歌——《阜东宣传队之歌》："我们是宣工队，我们是文化兵。我们活跃在敌后方，寸土不让，顽强的斗争。/同志们！笔杆就是枪杆，嘴巴就是枪弹！调好了嗓子，发出了最后的呼喊！呼喊！呼喊！真理是我们的，谁也不能侵犯。/战斗的号角多么嘹亮！看：胜利的红旗已在飘扬！"他们以自编的民歌、小调、快板、鼓词、漫画、连环画、自编剧本等，在敌占区附近开展活动，发动群众，扩大宣传攻势，让敌人胆寒而不敢轻举妄动。每到一处，他们就高唱着"笔杆就是枪杆，嘴巴就是枪弹"的队歌，向附近敌人宣传"蒋军必败，我军必胜"的道理，教育"还乡团"丢掉幻想，不要与人民为敌，同时与敌人展开"标语争夺战"，即"敌人来了就涂；敌人一走，宣工队进村再写上；敌人进村再涂，宣工队随后再写，而且越写字越大，使敌人涂不胜涂"。他们搞得敌人精疲力竭，自叹在宣传战方面"也吃了败仗"[①]。1945年4月26日，阜东青工剧团在东坎镇堂子巷李家堂屋内正式成立，刚成立时只有26人，平均年龄不足21岁，最小的为13岁。到1948年春，扩大改建为东坎区文工团，简称东坎剧团，还接收文化馆京剧组成员入团，最多达60余人。邢佩、顾节清、庞学勤、熊人昌、殷文庆、顾乃斌、庞开喜、陈正之、刘圣钧等先后担任团长。剧团内部组织，根据当时剧团承担的宣传工作和任务的需要，分设有戏剧、文宣和总务等三个专业组以及一个小型乐队，大力开展宣传鼓动工作并对敌进行反伪化宣传，向广大人民群众宣传党的路线、政策和各个时期的中心任务，足迹遍布黄海之滨，成为当时阜东县城乡中一支较为活跃的文艺宣传队伍。

阜东县东坎青工剧团成立时合影，二排左二为庞学勤

1948年9月成立的盐阜文工团是盐阜区在解放战争时期建立的最后一个文工团体，以阜东县教师宣工队杨正吾、庞学渊、程茹辛、程正环等人为基础，同时调集一些文艺爱好者组成，杨正吾为团长，庞学渊为副团长，张玉

---

① 江苏群英谱编委会编：《忠诚》，江苏人民出版社2013年版，第361页。

哲为指导员。主要演员有程正环、程茹辛、徐雨华、阴署吾等。演出剧目有《柜中人》《兄妹开荒》及凡一、钱璎编写的《民工张仁贤》《保翻身》等。他们曾到淮海战役前线为部队、民工宣传演出。1949年4月随军渡江，进驻苏州后改为苏州市军管会文工团。

第四章
盐城革命文艺思想建设

随着抗日根据地的创建和苏北新文化运动的开展，规范文艺发展方向也成了盐阜地区一项非常重要的思想建设工作。与以前那种纯个人化的文艺活动相比，盐城革命文艺活动更需要有基本统一的思想、相对一致的步调以及大致相同的追求，以便形成一种凝聚力量，配合和服务于革命斗争和解放区的各项建设。革命文艺思想建设就是要使广大文艺工作者能够认同于一种共同的文艺发展方向，形成一种比较一致的文艺指导思想，进而使他们的文艺创作和文艺活动能够产生起凝聚民心、鼓舞斗志、激励生产生活的推动作用。

第一节 陈毅关于文化运动的意见

1940 年，中共中央为了将大江南北的抗日根据地连成一片，进行了一系列军事部署，陈毅率领新四军北上。1940 年 7 月 29 日，以陈毅、粟裕为正副指挥的新四军苏北指挥部进驻泰兴黄桥，大力创建根据地，积极抗日。国民党江苏省主席兼苏鲁战区副总司令韩德勤即根据蒋介石的指示，多次发出《关于进攻新四军的作战命令》等电文，制造反共摩擦。8 月 31 日，韩德勤下令部队"向分界、黄桥附近地区攻击前进歼灭"，由保安一旅和顽八十九军一一七师、独立六旅组成的主力左翼军集结于曲塘、胡集、海安一带，兵锋直指黄桥。9 月 6 日，新四军在营溪全歼保安一旅 1 个多团。营溪受挫后，韩德勤妄图以堡垒推进的方式扼守姜堰，进而封锁黄桥地区新四军的粮食通道，将新四军力量压缩到沿江一带。9 月 30 日，韩德勤又纠集了 26 个团 3 万余兵力分三路大举进攻黄桥，妄图将新四军"包围而歼灭之"。10 月 4 日至6日，在八路军第五纵队和新四军第四、第五支队的战略策应下，陈毅、粟裕指挥新四军与韩德勤主力部队进行黄桥决战，共歼敌1.1万余人，取得了黄桥决战的胜利。黄桥之战的胜利，新四军与八路军实现了会师，打开了华中抗日的崭新局面。11月中旬，华中新四军、八路军总指挥部在海安成立，叶挺任总指挥，刘少奇任政委，陈毅任副总指挥，并在叶挺未到职前，由陈毅代理总指挥。

作为党领导建立的苏北抗日根据地的缔造者之一，陈毅在领导根据地政治、军事、经济斗争的同时，又以很大的精力指导开展根据地抗战文化运动，重视建立抗日民族文化统一战线，加强新四军和抗日根据地文化艺术建设。在新四军取得黄桥决战胜利之后不久，陈毅即在海安主持召开了当地名流士绅以及许幸之等上海文化人参加的"文化人座谈会"，同许幸之探讨新诗创作问题①，并请许幸之回上海再邀请一批文化人，并分别给许广平、巴人（王任叔）、李平心写信邀请他们来苏北开展文艺工作，决定吸收陶行知等生活教育社人员来参加苏北文化教育工作②，有力地推动了军队和根据地的全面建设，揭开了苏北新文化运动的序幕。在这次"文化人座谈会"上，陈毅做了《关于文化运动的意见》的讲话，全面系统地阐述了他对开展苏北新文化运动的意见。

一是认清文化战争面临的形势。陈毅认为在中国抗战时代有三种文化政策正在混战着，其中，两种文化政策是落后的、反动的，是必须在"歼灭"之列的，即敌寇"奴隶顺民"的文化侵略政策和反共顽固派的"愚民顺民"的文化政策，并且日伪"造成奴隶顺民的文化侵略政策"已在向苏北渗透，认为这比军事侵略，更具有危险性。因为"敌人用武力镇压、血腥屠杀觉得还不能灭亡中国，所以又从文化方面入手"来"配合军事政治完成侵略中国的任务"。强调苏北在中国历来有文化发达的称誉，而这种发达却是国民党的"一种愚民的党文化发达，而不是科学的、民主的、合乎抗战要求的那种文化发达，不仅苏北的工农民众尚在愚昧迷茫之中，就是苏北的一般知识青年，也仍在徘徊歧途"，而"国民党的党文化政策是以专制手段来摧残文化，不容许思想言论的任何自由"。它"仅有一个好处，便是替日本帝国主义灭亡中国打下真实基础，替日本帝国主义灭亡中国起了清道夫的作用"，希望广大群众

---

① 计高成主编：《陈毅在盐城》，解放军出版社2001年版，第614页。
② 毛泽东：《注意吸收民族资本家及其代表参加根据地建设》，见中共中央文献研究室编：《毛泽东文集》第2卷，人民出版社2004年版，第300页。

认清日伪汉奸文化侵入的危险性，从国民党长期专制文化而形成的愚昧状态中解脱出来，认清抗日是中国人民的头等大事，进而知道只有中国共产党领导的八路军、新四军才是抗日的领导力量和中坚力量，从而拥护和热爱共产党和抗日队伍。告诫大家，愚昧的、奴役的思想文化是"不能用任何行政、政治、军事手段而可以制胜的"，必须是也只能以"抗战的坚强的文化队伍去回击他"，要"与军事政治经济各方面作全面配合，来完成推翻日寇改造中国的伟大任务"。

二是明确苏北抗战文化运动总方向，最终目标和当前任务。陈毅在讲话中强调："我们的文化运动就要充分提倡与帮助一切抗日的文化组织强固的文化战线，我们要以伟大文化歼灭战来歼灭日寇和压倒顽固派的反共文化活动。这就是我们的文化政策和文化工作的总方向。"他指出："我们的文化工作和我们所主张的文化运动是为全国工农大众及抗日人民所欢迎、所把握、所积极参加、所创造的文化运动……要求以广大人民为对象进行扫除愚昧，提高知识水平……普及并提高人民的文化享受的文化运动"，"是以达到实现社会主义解放工农为最后目的"。而"目前的苏北的文化工作任务就是服从建立苏北抗日民主根据地的总任务，以抗战教育青年，以抗战教育几百万人民……使每个人都有受教育机会，每天每一个人都能与文化有所接触"。同时他又要求文化必须为抗战服务，为工农人民大众服务，大家必须把握当前最迫切、最紧要的任务，用新文化、新思想武装千百万人民群众，使他们觉悟起来投入抗日斗争。提出必须立即建立起各类文化事业单位，并按分工积极开展活动。"在苏北应该有大小报馆、大小书店、大小印刷局、大小图书馆、大小剧团、大小艺术作品、大小学校来担负苏北文化工作的任务"。与此同时，他还把苏北新文化运动同全国斗争，同抗战胜利后的建国，同对全国和世界的影响联在一起，号召苏北的文化工作者要努力把苏北的文化事业做好，"我们在苏北开始工作，我们的结果将是全中国乃至全世界的。"认为苏北文化工作的任务是一个"伟大工程"和"大规模计划"，"不仅是抗战文化推行的眼前需要，而且已经是建国的文化改革的伟大任务之开始"。这显然也是在为革命胜利后建设新民主主义新中国，改造旧文化做出范例、提供经验并做好力量上的准备。

三是解决文化运动人才问题。陈毅在讲话中认为在文化战线上要取得胜利，必须组织起"坚强的文化部队"，"需1万至5万个文化干部参加"，并要"注意锻炼和选拔出优秀的文化干部"以"作为文化战线上的指挥者"。而当时的苏北文艺人才相当匮乏，在军部虽也聚集一些，但远不能适应新文化运动的需要，因此，他对在上海、南京等江南大中城市和国民党统治的大后方这些文化知识界人士的处境进行了分析，认为国民党反共顽固派的文化政策是"不容许思想言论的任何自由，剥夺了文化界、青年界任何讨论质疑的机会"。而日伪在占领区的文化政策"就是要造成奴隶、顺民的文化政策"，用法西斯强盗高压手段来镇压剥夺爱国者的一切权利。所以他非常欢迎"上海文化界同人转移阵地、扩大阵地，调苏北来"，认为"苏北上千万的抗日人民正是文化界同人最肥美的园地"，同时"代表新四军及苏北人民向上海和全国各地的文化界递请愿书"，希望"大家到苏北来开辟新的文化领土"。强调要重视挖掘、组织和利用本地人才资源，无论是外来的，还是本地的文化人、知识青年，我们都要把他们团结在一道，组成抗日的文化统一战线，他说："我们为了完成抗战建国的革命任务，在抗日高于一切的大前提下而且极愿意与一切抗日文化人文化团体或派别结成抗日的文化统一战线"，"各人可以保持个人的立场，但并不妨害统一起来联合起来向日寇进攻……我们并不拿我们作为一个标准要求一切文化派别与我们看齐"。同时，针对部分党政军干部对文化知识界人士、文艺作品以及对待文化团体的态度缺乏正确认识的情况，他严肃指出："我们一部分同志常常拿自己的政治水准，自己的工作立场，自己的生活方式去要求每一个文化人，去要求每一个作品，或者每一个文化团体……于是合乎自己的是对的，不合乎自己的便予以抹杀……特别我们军队中的工作者及其军队中的生活应该与文化人与文化团体的生活不同，万不能以军队的要求去要求他们。"我们要大胆地"让文化人和文化团体有自由创作活动的机会"。因此"对一个作品一种工作，我们要特别以宽容的态度、善意批评的态度去对待"，我们要知道"一个作家当他产生一个作品的时候，需要幽静的环境相当时期，我们就应该尽量地帮助他，而且我们给他更多的机会去与现实接触"。

可以说，海安"文化人座谈会"的召开以及陈毅对于文化运动的意见的发表，使得苏北文艺工作者得到了极大的启发和教育，也为苏北新文化运动的迅速发展指明了方向，对于开辟苏北根据地抗日文化战线，鼓舞盐阜抗日根据地的军民积极投身到抗日的洪流中去，使文化成为与军事、政治并重的"第二条战线"无疑具有极为重要的意义。

第四章
盐城革命文艺思想建设

第二节　刘少奇的抗战文艺思想

作为抗日战争时期党中央"巩固华中，发展华中"战略方针的领导者和践行者，刘少奇于1940年10月31日由皖东半塔集出发东进抵达苏北盐阜区，与陈毅等会合，共同领导华中的敌后斗争。1942年3月19日奉令回延安，离开苏北。其间，他先后兼任了华中总指挥部的政治委员、新四军新军部的政治委员、华中局（中原局与东南局合并组成华中局）书记、中央军事委员会华中分会书记等职。华中的3年是他革命生涯中具有历史功绩的3年，而其中有近1年半的时间则生活、战斗在盐阜区。他在巩固和发展以盐阜为中心的华中抗日根据地，领导和指导根据地群众运动的同时又以极大的精力，对根据地文化艺术工作予以关注，认为"建设抗日民主根据地，也离不开文化工作"[①]，他在苏北文协成立大会上的讲话等更是为陈毅在苏北已发动的新文化运动进一步做了马克思主义的回答，体现了他的抗战文艺思想，直接影响了解放区文艺工作的开展，有力地指导和推动了苏北新文化运动的健康发展，为抗战胜利作出积极贡献。

刘少奇首先从一个马克思主义者、无产阶级革命家的视角来看待文艺工作，以马克思主义的辩证唯物主义观点阐述了苏北抗日民主政权的建立和发展是苏北文化运动得以开展的前提和保证。他认为苏北文代会的召开"是苏北过去历史上所没有过的"，是抗日民主政府存在的缘故，因为此前在具有两千余年历史的苏北平原上，尚未有文化人大聚会来商讨文化问题和国家大事。1919年的"五四"新文化运动，也曾对这里发生过影响，但也未召开过文化知识界人士大会，共议民主与进步的新文化之事。"九一八"事变以后，日本帝国主义把魔爪伸向中国，不断鲸吞我国领土，并在之后爆发了"卢沟桥事变"，中国人民展开了轰轰烈烈的抗日斗争。但由于国民党专制政权推行着"攘外必先安内"的反动方针，一心想消灭坚持抗日的中国共产党和其所领导的军队，消极抗日，限制全国人民的抗日主张和言论行动自由。抗日的进步的文化界人士不可能被允许集会共议团结抗日的问题，而且稍有不慎，即会受到迫害甚至有杀头的危险。认为抗日民主运动和新文化运动是相互依存和

---

① 计高成主编：《刘少奇在盐城》，军事科学出版社2009年版，第304页。

相互推动的,"只有推动抗日民主运动的前进,文化运动才更可能前进……没有民族的民主的新文化建设与发展……民主政治的建立是不可能的。"苏北抗日民主根据地的开辟,建立了抗日民主政权,为人民群众的抗日和民主实践创造了良好的环境和有利条件,所以,苏北文代大会的召开,表示着抗日民主运动的前进,"它将推动整个苏北抗日民主运动的前进,推进中国走向独立民主和自由"。[1]

其次,主张发动普遍深入的新的启蒙运动。以"人的发现"和"人的解放"为标识的"五四"思想启蒙运动,高举起民主和科学的大旗,"希望通过彻底改造以等级尊卑的伦理观念及其本质特征的中国文化,铸造以自由、平等、民主、理性等近代思想观念为其基本信念的新国民,从而建造一个真正实行民主共和制度的强国"[2],然而,随着日本全面侵华的"卢沟桥事变"的爆发和全民族抗战的开始,救亡压倒了启蒙,"熊熊的战火焚毁了思想文化界的温梦,他们已不可能以相对心平气和的心境来从事系统、深入、细致、精微的思想文化运动。时代要求一切思想文化都服从于你死我活的民族决战,以及相应的战时政治、战时经济、战时生活"[3]。这样,侧重于思想文化层面的宣传和个体的觉醒,并由觉醒了的许多个体通过运动来改变现状,最终达到改造社会和拯民救国的目的"五四"启蒙运动便显得不合时宜,原来聚集在一起从事启蒙运动的文化人纷纷走出象牙之塔和亭子间,与抗战救国的实践结合起来,"作为启蒙者的知识阶级与被启蒙者的大众最终打成一片,结为一体,先前的启蒙被让位给革命和救亡","化大众"的启蒙话语被替换成了"大众化"的革命话语和民间话语[4]。苏北抗日民主根据地刚刚建立,宣传动员群众、团结抗日是头等大事,文化事业的建设理应与抗日民主政权建设紧密结合,推动抗日民主运动前进。因此,刘少奇同志特别强调要在苏北开展新文化启蒙运动,灌输民族的、科学的、大众的新民主主义文化,"反对敌寇汉奸殖民地化中国的旧文化,反对旧中国封建、倒退、盲从的旧文化"。要求新文化运动对象"主要的是要在一般人民中,特别是劳动人民中","不只应该在上层,在知识分子中,而应以下层,以一般劳动人民,以农夫农妇及青年学生儿童为主要的对象"。要使他们摆脱黑暗、愚昧、盲从的封建文化的束缚,同时也使他们"对于现实,对于自己的前途,对于国家民族,都有新的

---

[1] 刘少奇:《苏北文化协会的任务》,《江淮文化》1941年第2期。
[2] 冯崇义:《论30年代夭折的"新启蒙运动"》,《开放时代》1999年第3期。
[3] 冯崇义:《论30年代夭折的"新启蒙运动"》,《开放时代》1999年第3期。
[4] 包兆会:《20世纪中国知识分子的启蒙困境》,《文艺争鸣》2002年第5期。

希望与新的理解,使他们从历来不预闻政治、不预闻国际国内事变的状态中,积极起来,参加目前伟大的民族解放战争,参加目前的抗日民主运动,参加改造世界的伟大斗争,并具有高度的自觉性","使他们从长期受人奴役欺压与驯服的状态中挺着胸膛站起来,第一次感到自己是创造世界的一分子,是新世界与新中国的建设者之一分子……并以很大的决心和信心,英勇的姿态和气概,为了国家民族与人类社会的解放和进化而奋斗,为了人类的公共事业而奋斗",从而达到"创造新中国的整个一代的新的人民"的目的。① 刘少奇站在无产阶级的立场,以历史的高度把新文化启蒙运动同反帝反封建斗争,同培养未来新中国一代新人联系在一起,在苏北广泛深入地开展这种新文化启蒙运动,使得那些不识一字的广大农民都卷入到各类抗日的文化活动中去,成为文化的主人,成为抗日的最基本的最积极的力量,形成团结抗日的新的政治局面。

最后,明确了文协的组织任务,要求文协作为"职工会这种团体之一",成为"团结全体文化人的、统一战线的、有工作能力与战斗力的团体"。他进一步明确知识分子地位,认为文教工作者是"脑力劳动者,大部分是出卖自己的劳动力获得薪金以维持生活",是"工人阶级中的一个特殊阶层",指出要将他们"作为开展文化运动的中坚",利用今天的有利条件,把苏北新文化运动开展起来。要求他们以主人翁的精神,积极投入根据地抗日的文化运动,"把普遍而深入的新文化运动作为自己的重要任务"②。刘少奇对苏北广大知识分子作用和地位的肯定,极大地调动了苏北广大文化教育工作者的积极性,他们兴办中小学、冬学、办墙报、黑板报,办报刊,搞墙头诗歌,组织俱乐部、剧团、歌咏队、推广民间文艺,大搞文艺创作,特别是剧本、新诗、民歌的创作,形成一股强大的新文化冲击波,从而也为盐阜区抗战胜利和解放战争胜利奠定了坚实的思想文化基础。

第三节　文艺大众化讨论与盐城革命文艺的路向

文艺大众化是革命文艺运动的一个重要内容,也是革命文艺运动有别于

---

① 刘少奇:《苏北文化协会的任务》,《江淮文化》1941 年第 2 期。
② 刘少奇:《苏北文化协会的任务》,《江淮文化》1941 年第 2 期。

初期的新文艺运动的一个重要标志。从 20 世纪 20 年代基于"文艺欧化"的反思，到 30 年代关于文艺大众化根源、创作主体、创作方式的大讨论，知识界有关文艺大众化问题的探讨其实一直没有停息过，直至到了党领导下的抗日民主根据地，由于其特殊的政治和人文环境，文艺大众化最终得以落地生根并达到高潮。在盐城革命文艺开展过程中也曾就文艺大众化问题展开过讨论，这些讨论主要集中在 1943 年秋天之前，随着毛泽东的《在延安文艺座谈会上的讲话》精神在盐阜区的传达，讨论也便逐渐消歇，盐城革命文艺大众化的路向进一步明确。

盐城革命文艺的文艺大众化讨论始于盐阜抗日根据地开辟后的不长时间内，面对着苏北新文化运动蓬勃发展的局面和许多文艺作品"曲高和寡"的现状，刘少奇、陈毅、彭康等华中党的领导人根据毛泽东《新民主主义论》中有关新民主主义文化思想理论，分别在《苏北文化协会的任务》《为广泛开展苏北新文化事业而斗争》《新民主主义的文化运动》等专题报告和文章中对苏北新文化的内容、对象等进行了明确的阐释，要求广大文艺工作者依靠群众深入群众，使大众"从旧文化思想的影响下解放出来"，号召大家"成为一个大众的文学家艺术家"[1]。苏北文协也号召一切文化工作者接触群众，使新文化为群众服务，用全力使新文化大众化，认为这是开展新文化运动的"唯一大道"。这些文章和讲话激发起苏北广大文化工作者学习和探索革命文艺理论的政治热情，苏北戏剧协会、诗歌协会、歌咏协会、木刻协会等文化团体纷纷围绕这一主题展开热烈的讨论，如苏北诗歌协会与华中鲁艺文学系于 6 月 12 日召开了历时两天的"关于文艺大众化问题的座谈会"，出席者除苏北诗协会员及鲁艺文学系学员外，还有彭康、钱俊瑞、黄源、吕振羽及各部门文艺工作者共七十余人，会议由鲁艺文学系主任陈岛主持。首先由许幸之从"诗运在中国"和"诗运在抗战中"两方面报告了中国诗歌运动简史，对诗歌运动的发展和新旧诗斗争的经过进行了详细分析；接着陆维特报告了大后方诗歌运动开展的情况，刚从桂林来盐阜区的林山谈了桂林及延安的诗运动情况，戈茅做了诗歌运动及大众化问题的报告，史学家吕振羽从史的立场对诗歌运动及大众化问题，发表了颇为精辟的意见，黄源则详细报告了文艺深入部队，反映部队生活并创造部队文学作品的情况。最后由钱俊瑞、彭康一一加以补充。文艺工作者们通过交流讨论，对戏剧、诗歌、音乐、美术大众化

---

[1] 陈毅：《为广泛开展苏北新文化事业而斗争——在苏北文协代表大会上的讲话》，《江淮日报》，1941 年 4 月 18 日。

第四章
盐城革命文艺思想建设

意义的认识进一步明确,对它们在苏北的大众化实践路径的可能性进一步明晰。

1941年6月25日、27日,《江淮日报》在《文艺座谈》栏目分两次刊载《大众化的实践问题》一文,对前面的文艺大众化讨论进行了总结,认为文艺界对大众化问题的讨论和研究已经很热烈,并且"已经朝着这个方向走去"了,希望"文化工作上的动员、文艺作品上的要求"能更多地为大众接受而配合根据地抗日斗争的需要,进而从统治阶级的文化垄断者手中把文化艺术夺回来交给大众,"大量创作出大众化的作品"。因此,在他们看来,盐城革命文艺不是要不要大众化的问题,而是大众化如何实践的问题。在关于文艺大众化的实践问题的讨论上,文章大致概括为这几个方面的意见:一是正确利用旧有文化遗产问题,认为大众化的创作不应抛开过去流行于大众之中,有着悠久的历史根源并正为大众所熟悉和爱好的"旧有文学遗产",尤其是旧小说、山歌民谣、年画等民间艺术应广泛地搜集和研究并且加以汲取和运用,同时对一些脍炙人口的民间的"牧唱渔歌、山海经、小调、口语及民众兴趣、习惯、风气"等也都应该看作极其宝贵的材料,不可予以忽视;二是作品艺术水平的检验问题,认为作品的艺术水平高低实际是以作品是否拥有广大读者作为条件和准绳的,告诫老作家们要身体力行,以身作则,不要"固守其过去写作上的传统,托言提高艺术水平而以为大众化即为艺术水平降低",要求青年作者写作不能光凭热情,不要好高骛远或不知所以,要在大众化实践中努力学习;三是培养大众自己创作问题,认为大众化的目的就要使大众自己有创作,能够创作,要"对于大众的,尤其是劳动群众的一字一句都应极为珍重"并加强培养教育,"使大众自己成为作家"。同时认为,开展大众化必须有计划有组织地进行,在实践中不断探索大众化的方式方法,在坚持中不断提高。

经过上述的讨论和总结,盐城革命文艺工作者不仅在理论上认识到文艺与群众结合的重大意义,而且开始在实际行动中正视和力图解决革命文艺脱离群众的问题。他们需要在充分明晰大众化对象的基础上建构起一套为对象理解和接受的言说模式,进行从"化大众"到"大众化"的话语模式的转换,进而实现"知识者与大众在文艺天平与言说权利上的高低起落"[①]。于是他们开始纷纷投身火热的抗日斗争的新生活,与当地的文艺工作者和大众性的文艺活动相结合,成为抗战时期的解放区向外界表达政治理想、军事动态和文

[①] 文贵良:《话语与文学》,上海文艺出版社2012年版,第41页。

艺发展的窗口，也为文艺发展中知识者改造自身和文艺创作提供了范式。据刘则先、刘小清的《苏北抗日根据地文化散记》一书，仅1941年5月至7月间，就涌现出数量可观的大众化的文艺作品，如诗歌《自卫队》《都来参加妇救会》《送军粮》《割麦歌》、报告文学《五月的盐城》《割麦小景》、小说《小鬼子》《重逢》、话剧《保卫夏收》、歌曲《当兵歌》《当兵把仇报》《打大仗》、连环画《反动的大后方》等。同时，苏北文协、江淮日报社、华中鲁艺等团体和单位还分别通过组织创办通俗的文艺综合半月刊《实践》、特设《大众创作》栏目、编印《大众吼声》刊物等来推进大众化的文艺创作和传播，进而带来了苏北大众化、通俗化文艺创作的春天。

第四节 华中宣教大会的召开及其意义

1945年8月，随着日本宣布无条件投降，饱受战乱之苦的中国人民，迫切需要休养生息，建立起独立自由与富强民主的新中国，然而，在美帝国主义的全力支持下，代表着中国大地主大资产阶级利益的国民党反动集团却图谋发动内战，夺取人民抗战胜利果实，消灭中国共产党领导的八路军、新四军，占领解放区。因此，为坚持与巩固华中原有阵地，保卫抗战胜利成果，进一步集结我党我军力量，击破国民党反动派对华中的进攻，争取全国和平民主的实现和华中乃至全国的解放。1945年11月，根据中共中央关于"同意成立苏皖行署或边区政府统一行政"的指示，苏中、苏北、淮南、淮北四个解放区的参议会、行署领导人和地方开明士绅在清江（即淮阴城）举行联席会议，并于1945年11月1日在清江市正式成立苏皖边区政府，李一氓为主席，刘瑞龙、季方、韦悫、方毅为副主席，统一了淮南、淮北、苏北、苏中四个解放区的行政领导。

苏皖边区政府成立以后，苏北解放区进入了争取和平民主的新阶段，文化工作也很快被提到日益重要的地位，边区政府把发展文化教育事业作为组织和发动人民群众、更好地建设解放区的大事来抓。1946年2月，李一氓在《民主建设》创刊号卷首篇上发表了《苏皖边区的地位》一文，回顾和总结苏皖人民创建根据地的功绩和经验，进一步阐述边区政府存在的必然性和必要性，并满怀信心地号召人民："我们在这个平原上流了血，打了敌人，过了八年的敌后生活，保卫了人民，保卫了国土，并且已经建立了一个有八年历史

第四章
盐城革命文艺思想建设

苏皖边区政府旧址

的解放区，我们还要进一步把它富裕起来，繁荣起来，彻底的民主起来，更好地文化起来。"因此，为全面总结抗战时期华中各解放区的宣教工作，广泛交流经验，提出在新形势下宣教工作的任务和方向，1946年3月18日至4月27日，华中分局、苏皖边区政府和华中军区在清江城南公园大礼堂联合召开了规模浩大的华中宣教大会，解放区的各分区、军分区和县、市宣传、文化、教育部门的负责人和地方、部队各专业文艺团体以及先进人物代表881人出席或列席大会。会议推选邓子恢、李一氓、冯定、韦悫、黄源、范长江、刘季平、白桃、包子静、陈其五、李亚农、夏征农、阿英、楼适夷、赵易亚、华应申、缪文渭、徐学成、陈定国以及各分区代表共33人为大会主席团。中共华中分局宣传部副部长冯定主持会议。大会分三个阶段进行：第一阶段为形势报告，提出今后宣教方针和任务并进行讨论；第二阶段：根据形势和任务，分部门讨论和总结过去经验，提出实施意见；第三阶段：典型报告，大会总结。中共华中分局书记邓子恢在会上做了关于宣教工作的方针任务的报告，强调宣教工作为工农兵服务的目的、要求和方法及今后努力的方向。华中军区司令员张鼎丞要求宣教工作必须贯彻写作上的群众路线。4月27日，中共中央华中分局宣传部部长、苏皖边区政府主席李一氓致闭幕词，勉励宣教工作者埋头去实践，为工农兵服务，要克服困难，坚决把工作做好。大会正式决定成立华中文化协会，黄源、钱杏邨分任正副会长。大会秘书处还专门创办了《华中宣传教育大会会刊》（双日刊）不断报道大会动态，《新华日报》（华中版）集中报道大会并印发大会《增刊》。

这次大会一大亮点是组织军队和地方专业文艺团体进行文艺会演，汇报交流抗战时期在毛主席文艺路线指引下抗战文艺活动的成果。参加演出的团体和剧目有华中军区文工团话剧《李闯王》、小调剧《军民一家》、秧歌剧《最后胜利》，边区政府实验京剧团《风波亭》《汤怀自刎》《救灾演出》，苏中前线剧团话剧《甲申记》《篱篱草》，五分区苏北文工团《淮阴之战》《渔滨河边》，六分区文工团话剧《摔碗》《减租》，七分区文工团方言话剧《不放过一个汉奸》、小调剧《民女劝母》，四分区淮北大众文工团小调剧《光荣抗属》、地方话剧《生产互助》、京剧《反正》，七分区大众文工团方言话剧《冬烘先生》，六分区民间艺人剧团淮海小戏《大后方》，三三业余剧团话剧《赴苏使命》。会议还调盐阜区的阜宁停翅港农村剧团、马庄妇女剧团、涟水县下营剧团到会演出淮剧《照减不误》《刘桂英是朵大红花》《战胜灾荒》《李有才板话》。这么多剧团大汇合，戏剧大汇演，业务大交流，阵容大检阅，为解放区少见。尤其是关于此次会议期间调演的淮剧《刘桂英是朵大红花》的讨论，对如何看待艺术作品的内容和形式，政治和艺术的关系有了较为统一的认识。该剧是五分区范政依据陕甘宁边区于之洲的同名叙事诗于1945年6月改编而成，主要讲述的是农村女劳动模范刘桂英在劳动之余渴望精神解放，想投入到火热的秧歌舞活动中去，但封建思想浓厚的婆婆竭力反对，百般阻拦，最终在妇救会支持下，刘桂英冲出牢笼，戴上大红花，参加了秧歌队的故事。该剧采用淮戏和歌剧联姻的方式，载歌载舞，生动地反映解放区妇女翻身的喜悦，但有的与会人员认为该剧缺乏对劳动妇女本质的刻画，歌舞编排很夸张，有损劳动妇女模范的形象，也有人认为剧作虽然对刘桂英的模范性刻画得不够，有些动作没有从群众现实生活中提炼，但其反封建的主题及其倡导的妇女解放的积极意义是不应该被抹杀的。主持会议的中共华中分局宣传部副部长冯定最后在总结中肯定该剧主题是好的，是革命的，有些同志抓住表现形式中的某些不足就全盘否定是不对的，认为批评任何作品离不开时间、地点和具体条件，一味地苛求十全十美，是在事实上取消了工农兵的方针和路线，同样是有害的。

总而言之，历时41天的华中宣教大会是华中文化宣传工作者在抗日战争胜利后从四面八方汇聚清江的空前大会师，是在历史转折时期承前启后的一次隆重而又热烈的盛会。会议全面回顾了华中根据地文化、宣传、教育工作的成绩，总结、交流了经验，及时地把宣传文化教育工作从为抗战服务转到为保卫和平民主以及新民主主义文化建设服务上来，进一步明确了文化工作为工农兵服务的方向及其任务，全面地提高宣教工作者的思想政治水平和业

第四章
盐城革命文艺思想建设

务水平，进而为不久进行的中国人民解放战争奠定了思想基础。同时也由于苏皖边区政府成立后撤销了苏北、苏中、淮北、淮南 4 个行政公署，将连成一片的四个解放区统一划分为 8 个行政区，其中原苏北盐阜区改为苏皖第五行政区，简称五分区，辖有盐城、盐东、阜宁、阜东、建阳、涟东、淮安、射阳、滨海共 9 县。1946 年 2 月至次年 2 月，淮宝、洪泽两县和清江市曾一度被划进。"由于五分区在苏皖边区的中间地带，加上华中分局、华中军区机关均设在淮安城，苏皖边区政府设于清江市，所以，五分区便成为苏皖解放区的中心"①。这次大会既是华中根据地文化教育工作的大检阅和总动员，同时也对盐城解放区文艺活动起到了示范和带动作用，有力地推进了盐城革命文化教育工作的开展，并使之呈现出蓬勃发展的新局面。

---

① 苏皖边区政府旧址纪念馆编：《苏皖边区史略》，中国文史出版社 2005 年版，第 29 页。

第五章
盐城革命文艺阵地建设

　　文艺事业发展离不开文艺阵地的建设。在抗日战争和解放战争时期，盐城革命文艺面对着广大的人民群众，担负着唤起民众，鼓舞士气，推进革命战争胜利前进的伟大使命，因此，它需要有文艺出版事业、文艺宣传教育阵地的建设，以最大幅度地扩大传播面，发挥革命文艺的宣传教育作用。这样，随着盐阜根据地和盐城解放区的创立和发展，各种文艺期刊和书籍相继出版发行，给盐城人民以精神上的鼓舞，并在政治上思想上教育群众与文艺工作者自己，更好地发挥对敌思想斗争的利器作用。尤其是始终处于战争状态下的盐城革命文艺，文艺工作者在物资极度匮乏的情况下，努力克服着各种难以想象的困难，编辑出版了版面大小不一、出版周期不定、发行范围灵活的油印、石印或铅印的报纸、文艺杂志以及文艺图书。这些在战火中诞生、在战火中成长的出版物，为盐城革命文艺工作者提供了难得的发表园地和宣传阵地，支持了文艺创作活动的开展，并在一定程度上促进了盐城革命文艺创作的繁荣发展。与此同时，鲁迅艺术学院华中分院、抗大五分校等文化教育培训与宣传机构相继创办，对于发展和完善盐城的文艺教育工作，为盐城革命文艺事业的建设提供了大批有用人才，对推动盐城革命文艺事业的稳步发展作出了极大的贡献。

第一节　主要文艺报刊的创办

　　随着中国共产党领导下的八路军和新四军在敌后坚持抗战，中共中央为加强敌后宣传教育工作，高度重视解放区报刊的创办工作。1939年5月17

第五章
盐城革命文艺阵地建设

日,中央书记处发出指示,要求"从中央局起,一直到省委区党委,以至比较带有独立性的地委中心县委止,均应出版地方报纸。党委与宣传部均应以编辑、出版、发行地方报纸成为自己的中心任务。各中央局、中央分局、区党委、省委,应用各种方法建立自己的印刷所,以出版地方报纸,翻印中央党报及书籍小册子"①。1941年6月20日,中共中央宣传部在《关于党的宣传鼓动工作提纲》中再次强调:"报纸、刊物、书籍是党的宣传鼓动工作最锐利的武器,党应当充分的善于利用这些武器。办报、办刊物、出书籍应当成为党的宣传鼓动工作中的最重要的任务。除了中央的机关报、机关杂志及出版机关外,各地方党应办地方的出版机关、报纸、杂志。"②

盐城革命文艺工作者积极响应中央的指示与要求,非常重视报刊的创建,在抗日战争时期新创建了《江淮日报》《真理》《江淮》《江淮文化》《新华报》《盐阜报》《盐阜大众》《先锋杂志》《新知识》《儿童生活》等一批有重要影响的报纸和杂志。在解放战争时期,除继续出版报纸《盐阜大众》外,又新创办《盐阜日报》《黄海日报》《黄海大众》《苏北日报》《苏北大众》《华中少年》等报刊。这些报刊通过及时宣传党的政策纲领、英雄人物事迹、抗敌斗争经验教训以及中国各地区抗战的消息和欧洲各国人民抗击法西斯侵略的新闻,从而发动对敌宣传攻势,争取共同抗日力量。正如陈毅对《新华报》筹备人员说:"创办《新华报》有重大意义……,我们情愿减少一个旅的经费,也要办这张报纸。"③可见,这些报刊对宣传党的主张起到重要的作用。

盐城革命战争期间创办的报纸一般都有副刊,刊有文艺、教育、国际形势等方面的知识,在向解放区人民宣传知识的同时又增加了报纸的科学性、趣味性,其中影响较大的文艺副刊有《江淮日报》的《新地》、《盐阜报》的《新地》、《盐阜大众》的第四版等。登载文艺作品影响比较大的杂志主要有《江淮文化》《先锋杂志》《新知识》等,这些报纸和杂志如同一面面文艺的旗帜,广泛团结起了解放区的文艺工作者,对解放区文艺最初的组织与发动起到了积极的作用,并为解放区文化艺术事业的发展和文艺创作的繁荣作出了重要贡献。比如《江淮日报》这是我党继重庆《新华日报》、延安《解放日报》后创办的第三张大型报纸,也是华中抗日根据地第一张大型党报,就专

---

① 中共中央文献研究室、中央档案馆编:《建党以来重要文献选编(1921—1949)》第16册,中央文献出版社2011年版,第305页。
② 中央档案馆编:《中共中央文件选集》第12册,中共中央党校出版社1991年版,第136页。
③ 严峰:《笔扫千军——回顾刘少奇、陈毅同志对华中解放区党报的重视和关怀》,《江苏报业史志》1991年第1期。

门设有文艺副刊《江淮副刊》《抗敌文艺》《抗剧》及《新诗歌》《文艺》等专栏，为文艺作品提供发表园地，不断报道和指导着根据地新文化运动，促进盐阜抗日根据地新文化运动高潮的兴起，轮流刊登民歌《割麦歌》《麦儿黄》等、民谣《人牛太平》《华北儿歌》、墙头诗《盘查哨》、通讯《一个农救的斗争大会》以及仇泊为庆祝中共二十周年纪念而作的诗歌《中共——辉煌的史页》等，与此同时，还不定期地联合苏北诗歌协会开办《新诗歌》专栏，用以刊登会员的文艺作品，荟萃文艺佳作，如1941年6月10日的《新诗歌》专栏就刊登有许幸之的《黄金谷》、陆维特的《麦香》、辛劳的《新十四行》、戈茅的《风车曲》等。1941年6月14日又专门为华中鲁艺文学系设立"文艺专刊"，刊登《关于诗歌朗诵》《割麦小景》《怀念新华》等鲁艺师生们的诗文。

《真理》《先锋》杂志封面

盐阜区发行的部分报纸

第五章
盐城革命文艺阵地建设

《盐阜报》则每期都固定设有文艺副刊《新地》，用以刊登诗歌、民间小调、通讯、儿童剧等，《射阳河畔》《从建阳县回来》《靠老百姓吃饭》《秦南晚景》《这一年》等诗文都刊登在《新地》副刊上。针对盐阜区轰轰烈烈的墙头诗活动，曾专门设立"墙头诗专号"，发表大量的"墙头诗"，同时还不时刊登一些打鼓说书、快板、小淮剧等文艺材料供各地农村业余剧团宣传演唱使用，报道各地专业、业余文艺团体活动以及转载延安《解放日报》有关文艺大众化方面的重要文章。《盐阜大众》创刊于1943年4月25日，是华中抗日根据地著名的通俗报纸，由中共盐阜地委主办，王阑西兼任社长，铅印，八开四版，半月刊。后由十日刊、星期刊、五日刊、三日刊，逐步改为四开四版，双日刊。主要读者对象是乡村干部和工农兵大众。它的文艺副刊为《俱乐部》，专门刊登群众文艺创作，开辟"墙头诗"等专号，配合盐阜抗日根据地的新文化运动，并且为了推进文艺的通俗化、大众化，大力培养工农通讯员，当时专职负责办报的主编赵平生曾发起"写话"运动，提倡心里想什么就写什么，怎么说就怎么写，事情是怎样的就用自己的话说清楚，说话就是未写成的文章，文章就是写成文字的说话。通过"写话"活动培养出一大批优秀的工农兵通讯员，其中有些工农兵通讯员后来还因此成长为著名作家，如被称为"北赵（树理）南陈"的两位著名农民作家之一、原安徽省作协主席陈登科就是由《盐阜大众》的工农兵通讯员成长为著名作家的典型。

盐城地区登载革命文艺作品的杂志中影响较大的有《江淮文化》《先锋杂志》《新知识》《儿童生活》《华中少年》等。其中《江淮文化》由苏北文协主办，于1941年4月19日创刊。它在创刊号上就发表了丘东平的小说《茅山下》、许幸之的诗《春雷》、殷扬的特写《皖南突围记》、戈茅的《在俄罗斯谁最快乐而自由》、莫朴的木刻《我们活跃在苏北》等文学和艺术作品以及彭康的《新民主主义的文化运动》、吴蔷的《政治宣传通俗化几例》、薛暮桥的《中国青年往何处去》、陈岛的《研究鲁迅之路》等有关政治理论和文学理论的指导文章，激励根据地的文艺创作。《先锋杂志》由新四军三师政治部主办，刊载内容里明确要求"文艺习作应占整个篇幅的百分之二十"。该杂志在第1—22期共"载文337篇，其中文艺习作33篇、通讯50篇、木刻32幅"[①]。《新知识》是为了进一步贯彻党的文艺方针、政策，在新四军代军长陈毅同志，三师师长、苏北区党委书记黄克诚的亲切关怀下所创办的一份以地方干部和青年知识分子为对象的大型综合性杂志。1942年11月13日，黄

[①] 刘则先，刘小清编著：《苏北抗日根据地文化散记》，江苏人民出版社1993年，第177页。

源、阿英、扬帆等人在阜宁停翅港召开编委会，决定将《大众知识》改名为《新知识》，每期 5 万字。后因日寇开始春季大"扫荡"，新四军军部迁往淮南而被拖延。1943 年 6 月 23 日，阿英、王阑西、车载、白桃（扬帆代）、赵平生、孙克定、艾寒松、华应申、沈柔坚等人在阜东县（今滨海县）海边的头庄，重新召开编委会，决定阿英担任《新知识》主编，钱毅为助理编辑。《新知识》为 32 开，铅印，每期 6 万字。由于处于敌后，排印工作困难以及交通不便等，刊期和出版时间经常变化。《新知识》从 1943 年 10 月 2 日至 1945 年 3 月 1 日一共出版 4 刊（1、2 期，3、4 期为合刊）6 期，每期印制 1 700 份。杂志每期内容除了转载延安的一些重要文章外，其余很大的比重用来宣传贯彻党的文艺政策，刊载一些从理论到实践探讨文艺为工农兵服务的文章，如陈云的《党的文艺工作者两个倾向问题》、周扬的《艺术教育的改造问题》、凯丰的《党的文艺工作者下乡问题》、胡考的《文艺大时代》等；同时还翻译、介绍一些苏联卫国战争的文艺作品，发表一些反映苏北根据地的政治、经济、教育、文艺等方面活动的文章以及刊载美术作品和论文，普及美学知识等，如它们就曾登载翻译、介绍反映苏联卫国战争的小说《琴弦》、剧本《女主人》、特写《儿童剧院》、《苏联诗抄》，发表沈柔坚的木刻《苏联元帅斯大林》《田野》等。此外，《新知识》还会根据解放区文艺工作开展的具体情况增辟专栏或出版专号，如为了加强和推动文化统战工作，专门为陈毅倡导成立的"湖海诗文社"开设《湖海诗文选》专栏，用以发表诗文社成员创作的诗词佳作；为配合解放区如火如荼的戏剧活动，曾把该刊第 6 期出版为"戏剧专号"，专门刊登解放区戏剧工作者的剧本以及指导根据地戏剧活动的理论指导文章，如王阑西的《对于戏剧工作的意见》、阿英的《关于剧本的写作》《连队戏剧的一般问题》、方徨的《怎样组织农村剧团》、王啸平的《剧本的动作问题》以及黄其明的淮剧剧本《渔滨河边》等。《新知识》反映了根据地在文学、戏剧、美术等方面的活动及创作成果，也因此为中国革命文化史留下了极为珍贵的文艺史料，对于今天研究华中解放区文艺特别是苏北根据地文化工作具有重要的参考价值。

此外，盐城革命文艺工作者还创办过两份专门面向苏北、华中解放区的少年儿童杂志《儿童生活》和《华中少年》，它们在向少儿传播新知识新思想，促进少儿文学创作和繁荣，推动少儿文艺活动开展等方面曾起过重要的作用。《儿童生活》于 1941 年冬在盐阜区阜宁县境内创办，开始是 8 开铅印 10 日刊的报纸，从第 22 期起改版为 32 开本半月刊小杂志，直到抗战胜利停刊，共出版 30 多期。由范政主编，张渔、王德威等新安旅行团的同志参加

第五章
盐城革命文艺阵地建设

编辑工作。《华中少年》则是在抗战胜利后,为发动和组织全华中少年儿童参与华中解放区的建设,投身到反内战、保和平的斗争中来,在中共华中分局书记邓子恢和苏皖边区政府主席、中共华中分局宣传部部长李一氓的批准和支持下于1946年6月10日创刊发行,9月因国民党向华中解放区发起进攻而被迫停刊。该刊为铅印24开月刊,共出版4期。由于编辑力量强大,内容质量提高,印刷技术改进,因此《华中少年》比《儿童生活》更有活力,成为华中解放区颇具影响力的刊物之一[①]。这两种刊物通过刊登《日本侵略中国史》《撕毁蒋介石的假面具》《谁破坏和平民主?》《中国人民的救星——中国共产党》等文章向少年儿童传播爱国主义、

新安旅行团在盐阜区创刊的《儿童生活》

民族民主思想,懂得中国共产党、毛主席是少年儿童的大救星;通过大量刊载如《儿童们组织起来自己解放自己》《团结力量大,什么都不怕———老尖庄小学生翻身记》《现在我对儿童团有认识了》等指导儿童团工作的专题讲话、报道、特写,启发、指导少年儿童提高自己的思想觉悟,认识自身的价值;通过开辟《写作漫谈》专栏,指导少年儿童写作,培育文艺创作,促进少年儿童文艺的发展和繁荣。因此,虽然《儿童生活》和《华中少年》出版发行的时间不长,出版的期数不是很多,但它们对儿童文艺创作的培育、儿童文艺活动的普及起了很大的作用,在抗战及其胜利后那段特定的历史时期中,成为由陈毅发起的苏北新文化运动的主要亮点之一[②]。

总之,盐城革命文艺工作者创办的这些文艺刊物一方面为解放区广大文艺工作者提供了作品发表的园地,极大地激发起了广大群众写作者的创作热情,及时反映解放区的现实斗争和群众的新生活新思想;另一方面也培养和团结了解放区的文艺工作者和知识青年,为广大军民提供了文艺读物和文艺活动材料,推动了解放区新文化运动的开展,促进了解放区文艺事业的繁荣和发展。

[①] 刘则先:《〈儿童生活〉〈华中少年〉的出版及影响》,《江苏出版史志》1995年第1期。
[②] 黄兴港:《新四军重建军部后的报刊出版工作》,《盐城师范学院学报(人文社会科学版)》2012年第5期。

第二节　革命书刊的出版与发行

　　文艺出版工作对文艺作品的传播和文化事业的繁荣发展具有重要作用。在华中解放区创建过程中，刘少奇等领导人就从战略地位上来看待出版印刷工作，使新闻出版与军事政治斗争、党的建设以及经济和民运工作同步发展。1941年夏，刘少奇在华中局宣传部会议上的讲话中说："我们共产党人搞革命，一靠武装斗争，二靠宣传。就是毛主席说的有文武两个战线，而要宣传，首先要做好印刷出版工作"，"文字宣传就是我们的重要宣传方式"[①]。随着新四军挺进华中敌后，大批文化人和知识青年纷纷汇聚盐城，尤其是华中局在此创办了华中党校，又设立了延安抗日军政大学五分校、鲁迅艺术学院华中分院，迫切需要大量的书籍用于培训和教学，正在这个时候，中共中央南方局周恩来在重庆继教促生活书店、读书生活出版社、新知书店三店联合派出干部在华北太行山和延安等地开设了华北书店之后，又从上海抽调干部到苏北盐城开设了大众书店，并由上海运去书刊，供一时的急需。但从上海运书至苏北，要通过敌人封锁线，难度很大，而且上海的书刊，不可能完全符合根据地的需要，必须自己办出版才行。因此，华中局决定在盐城成立出版机构，办印刷厂。

　　于是在《江淮日报》创办后不久，1940年12月由王阑西任社长的江淮出版社也应运而生，并且依托《江淮日报》的编辑力量和印刷厂，而成为苏北根据地实力较强，影响较大的出版机构。其主要任务是编辑出版或翻印各种抗日书刊，先后出版了大量书籍，编辑出版了"江淮丛书"，其中有刘少奇的《苏北目前的形势与任务》《我们在敌后干些什么》，陈毅的《目前苏北应该做些什么》；翻印出版有《论共产党》《共产党宣言》《共产国际纲领》《论持久战》《抗日游击战争的一般问题》《抗日游击战争的战术问题》《论待人接物问题》《论青年的修养》《致蒋介石书》《反对自由主义》《中国史话》《陕甘宁边区施政纲领》《民主政治与三三制的组织形式》《论新阶段》《新民主主义论》《中国革命问题》《我们的出路》等大批革命书籍。它在盐城、湖垛、高作、伍佑、益林、建阳、东沟、刘庄、南洋岸、北洋岸、西园、掘港、李堡、

[①] 张山明：《解放区印刷出版工作》，《出版史料》2003年第1期。

第五章
盐城革命文艺阵地建设

沈灶、嘹茶、硕家集、天赐沟、东坎、三仓、潘撇、角斜、北安丰、白驹、大中集等地设立了分销处。分销处与出版社属经销关系，各分销处皆自负盈亏。规定："凡各地书店、商店、报社、团体、个人承销本社杂志及出版物一律照定价给以30％的佣金。每月凡销售在国币200元以上者另再给奖励金5％（按销售额计算）"；"承销处应交纳保证金书款之六成，或本地殷实铺保"；"书款于每月月底结清，不得拖欠。否则，除于保证金内扣除或由保证人立即清偿外，并停止寄发"；"存书、存杂志无法销售者，在出版后二个月内向本社调换同价值的其他出版物。"①

江淮出版社的文艺出版主要是出版与发行《江淮杂志》《江淮文化》《江淮艺术》《江淮木刻漫画丛刊》《抗敌文艺》《新诗歌》等综合性或专业性文化刊物以及出版芦芒等人的《木刻选集》《婴儿杀戮》《中共中央挽救时局十二条办法图解》《合法与不合法》等木刻作品。这些专业性或综合性的文艺刊物一方面在积极反映着苏北新文化运动的成果以及革命文艺创作的繁荣和文艺理论研究的兴起；另一方面也在通过刊载文艺理论文章和文艺作品，宣传抗战文艺并扩大其影响，促进苏北根据地文化建设。《江淮杂志》在征稿启事中就明确表示欢迎文艺写作类稿件，先后发表了邱东平的小说《战死的人》、许幸之的长诗《革命要用血来完成》、鲁莽的木刻《武装我们的头脑》等一批文艺作品。《江淮文化》也曾连载过邱东平的长篇小说《茅山下》，《江淮文艺》发表过许幸之的诗歌《春雷》、殷扬的特写《皖南突围记》、莫朴的木刻《我们活跃在苏北》等。而所有的这些编辑出版和翻印的革命图书以及文艺杂志都是通过苏北大众书店发行出去的。

盐阜区出版的部分文艺书籍和刊物

---

① 叶再生：《中国近代现代出版通史》第3卷，华文出版社2002年版，第983-984页。

苏北大众书店是1940年10月，由上海的生活、读书、新知三家书店联合派人在新四军军部驻地盐城创办的敌后抗日根据地的书刊发行机构，归中共华中局宣传部领导。1940年，新四军东进开辟苏北敌后根据地，10月初取得黄桥战役胜利后，生活书店派原先已在新四军军部负责书刊发行工作的该书店工作人员李培源、李忠两人随军来到黄桥，开始着手开办书店并进行销售工作。接着新四军和八路军在盐城狮子口会师，这时根据上海地下党的指示，新知书店派出的王益，生活书店派出的袁信之，读书出版社派出的张汉卿三人到了黄桥。他们会合后，就开始在黄桥创办苏北第一家"大众书店"，经理为王益，并在海安、东台、盐城等地设有分店，决定盐城大众书店为苏北大众书店的总店。"当时在盐城的大批文化人，成为大众书店的常客。大众书店的不少图书，为这些文化人的文学、剧目、美术、音乐等创作提供了大量的参阅资料。"① 盐城大众书店的出版发行也因此成了苏北抗战新文化活动的一项内容，对于提高根据地军民觉悟，引导他们积极投身抗战，起到了一定的积极作用。1941年7月，日伪军对盐阜地区发动了"大扫荡"，为适应战争形势，盐城大众书店总店化整为零，随军部和华中局转移到阜宁农村陈集一带，成为"战时流动书店"。1942年，盐阜地区的大众书店被迫停业。直到1945年全民族抗战取得胜利后，盐城革命文艺的书店出版业才得以恢复和发展，日益活跃，并很快出现了新的繁荣景象。随着中共华中分局和苏皖边区政府成立，中共华中分局开始统一领导华中解放区的出版发行事业，在清江建立华中新华书店总管理处，下辖七个新华书店分店和清江、合德两个直属店，盐城革命文艺所述的五分区新华书店在不长的时间里就出版了钱毅的《庄稼话》、黄其明的《渔滨河边》、顾鲁竹的《人面兽心》、王东凡的《悔后迟》以及《大众文娱》多期等，陈登科的《杜大嫂》、纪实文学《火烧震东市》等亦由在射阳县董家尖重建的华中新华书店出版。此后，随着革命红旗插遍华中各地，盐城革命文艺的出版印刷事业迎来了新的历史时期。

第三节　鲁迅艺术学院华中分院的创建及其功绩

　　1937年7月7日，全民族抗日战争爆发后，中国共产党为了民族的生存

---

① 刘则先，刘小清编著：《苏北抗日根据地文化散记》，江苏人民出版社1993年，第211页。

第五章
盐城革命文艺阵地建设

和国家解放,在动员和利用现有的一切力量的同时还寻求和准备新的力量,尤其是急需培养适合开展各类抗战工作的专门人才。这些专门人才不仅包括军事、政治和经济方面,还包括文化和艺术方面。因此,为进一步发展壮大文化战线力量,在抗日军政大学、陕北公学等学校成立的基础上,中国共产党决定在延安创办一所专门培养文艺人才的学校,以适应抗战形势快速发展的需要,推进革命文艺的发展。1938年2月,毛泽东、周恩来、林伯渠、徐特立、成仿吾、艾思奇、周扬等7人联名发布了鲁迅艺术学院的《创立缘起》。《创立缘起》只有短短的600余字,开宗明义地宣告了延安鲁艺所承担的使命,明确指出:"艺术——戏剧、音乐、美术等是宣传鼓动与组织群众有力的武器。艺术工作者——这是对于目前抗战不可缺少的力量。因之培养抗战的艺术工作干部,在目前也是不容稍缓的工作。"并且说明新成立的艺术学院,决定以鲁迅的名字来命名,"这不仅是为了纪念我们这位伟大的导师,并且表示我们要向着他所开辟的道路大踏步前进"[①]。1938年4月10日,《鲁迅艺术学院成立宣言》在延安中央大礼堂举行的鲁迅艺术学院开学典礼上正式公布。鲁艺成立后,由沙可夫主持工作。1939年夏,沙可夫奉命率领鲁艺部分师生赴晋察冀创办华北联合大学,11月,留下的鲁艺部分师生恢复鲁艺,中共中央任命吴玉章为院长,周扬为副院长。由于师资力量缺乏、经济困难等原因,学院创办之初只有戏剧、音乐和美术三个系,第二届招生时又增设文学系。但因条件所限,鲁艺最初招生规模都很小,加之抗日前线对大批文艺干部的迫切需要,学制最初只有六个月,各系除开设专业课外,以政治理论和文艺理论为共同必修课。但就是在这样艰苦的环境下,鲁艺克服重重困难,坚持办学,站稳脚跟,并且高扬革命英雄主义精神,在全体师生的共同努力下,最终使得延安鲁艺成为"红色艺术教育的鼻祖"和"革命文艺的摇篮"。与此同时,随着延安鲁艺影响力的不断扩大,全国一些敌后抗日根据地为了推动抗战文艺的发展也在效仿延安鲁艺,创办此类专门学校。

1940年秋,陈毅的部队在黄桥决战中取得了胜利,八路军五纵队从山东南下,新四军一支队从苏南挺进苏北,在盐城狮子口会师,开辟了盐阜抗日民主根据地,打开了苏北抗战的新局面。鲁迅艺术学院华中分院的孕育和筹建就是在此背景下开始。1940年11月11日,刘少奇和赖传珠等在海安与陈毅、粟裕等会晤,研究如何建立和巩固华中抗日民主根据地问题,其中之一

[①] 胡采主编:《中国解放区文学书系》(文学运动·理论编一),重庆出版社1992年版,第161-162页。

就是要筹办一所能争取青年学生和知识分子参与抗日民主运动，培养文化艺术人才的学校——鲁迅艺术学院华中分院。随后指定由丘东平、刘保罗、陈岛、莫朴、孟波5人在盐城石头街五号成立筹备委员会，丘东平为筹委会主任。在刘少奇、陈毅的直接关心和指导下，筹委会成员为学校校址、办学方针、学科设置、招生名额以及师资和干部配备等问题多次和华中局领导商讨，并最终确立学校设在盐城贫儿院，暂设文学、戏剧、音乐、美术四个系，学制六个月，确定第一期招生400人，初步框定了各系师资和干部配备。接着又在《江淮日报》等报刊上刊登招生启事、印发招生简章，在盐城、东台、海安、阜宁等地设报名点，并和筹委会成员一起分赴各地进行具体的发动工作。皖南事变后，新四军军部在盐城重建。1941年2月8日正式举行华中鲁艺成立大会和开学典礼，并由刘少奇兼任院长。成立大会上，丘东平代表筹委会报告了学校筹建的经过。丘东平正式担任教导主任，并以丘东平为主，由何士德、陈岛、孟波、莫朴、刘保罗等六人组成院务委员会，负责学院的日常行政、教学工作的领导。学院除设有文学、戏剧、音乐、美术四个系外，还增设了一个普通班，成立一个少年队、一个实验剧团和一个合唱队，创办了院刊。学院除了吸引来自上海、南通、如皋以及盐阜区当地的知识青年，还吸引不少远自重庆、桂林、广东、福建等地来的知识分子和南洋归来的华侨。学院人数高达400人左右。至此，鲁迅艺术学院华中分院作为我们党和新四军在华中抗日根据地创办的一所高等艺术学府，成了华中地区抗战文艺史上一朵奇葩。

鲁迅艺术学院华中分院院部兜率寺　　鲁迅艺术学院华中分院筹委会启事

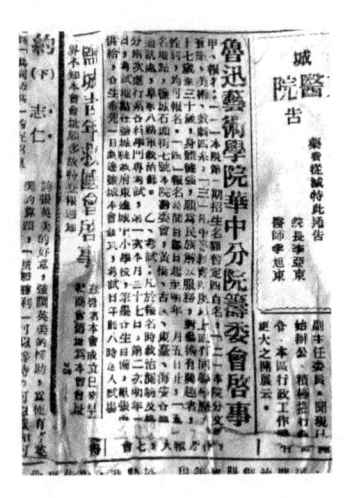

第五章
盐城革命文艺阵地建设

一是贯彻文艺为抗战服务的办学方针，繁荣抗战文艺创作。鲁艺华中分院的办学宗旨是为抗战救国培养文化艺术人才。它在实际办学实践中贯彻文艺为抗战服务、为群众服务的方针和理论联系实际、教学与实践结合的原则，在课程设置、活动组织等方面使学员在这座革命熔炉里都能得到锻炼，奠定革命人生观和世界观，成为有理想的革命文艺战士。因此，分院在课程设置上坚持政治课与专业课并举的方针。在政治课程方面则为学员开设政治经济学、大众哲学、社会发展史、中国革命与中国共产党、新民主主义论、论持久战等课程，并不定期地请刘少奇、陈毅等党政军领导同志和抗大五分校的理论工作者来讲课，从而逐步加深学员对我们共产党抗日方针政策的理解，提高了学员政治觉悟，增强了学员对党的信念和抗战胜利的信心。在专业艺术课方面，注重讲授基础理论和基础知识，提升学员的专业素养，比如在文学系就开设文学概论、现代文学史、世界文学史、文艺鉴赏、创作方法等文学基础课；在戏剧系开设戏剧概论、戏剧史、表演、编导、舞美等课程；在美术系开设素描、速写、木刻、宣传画和技法理论等；在音乐系开有声乐、乐理、作曲、指挥、名曲欣赏等。[①] 这些专业课程均有各系教授担任授课教师。

鲁艺华中分院部分教材

[①] 朱泽主编：《新四军的艺术摇篮》，江苏文艺出版社1992年版，第12页。

鲁艺师生同时也深入城乡和部队调查研究，从生活中挖掘创作的源泉，创作出许多为苏北盐阜地区人民所喜闻乐见的文艺作品，繁荣和丰富华中抗战文艺活动，对推动当时在盐阜区普遍开展的新文化运动起到了积极的作用。他们的创作成果有小说《茅山下》《小鬼子》《战死的人》等；散文、报告文学《割麦小景》《夏令营素描》《夏收声中》等；诗歌《割麦歌》《反"扫荡"》《麦儿黄》等；杂文《怪象》《新翻版》等；戏剧、话剧和独幕剧《皖南一家》《反投降》《王玉凤》等；歌曲《当兵把仇报》《新四军万岁》《亡国奴当不得》等；在美术方面，创作了素描、木刻画等近千幅。他们还成立了实验剧团，和各个系相配合，陆续在盐城和龙冈等周边集镇公演了《一个打十个》《重庆交响乐》《运河边上》《抗议》《月亮东升》《王玉凤》《扬子江暴风雨》等现代话剧和歌剧，演唱了《新四军军歌》《黄河大合唱》《怒吼吧！长江》《八百壮士》《我们是战无不胜的铁军》等歌曲。尤其在1941年"五四"青年节纪念活动期间，鲁艺除演戏外，还举办"五月木刻展览""美术画廊"，又在体育场以音乐系为主，举办了大型音乐会。后来成立的军、师鲁工团更是频繁地在盐阜农村各地军民中演唱反映农村题材的歌剧《农村曲》《人牛太平》和苏联话剧《持枪的人》等现代话剧和歌剧。分院空前地繁荣了苏北根据地的文艺创作，当时的《江淮日报》《实践》等报刊上，几乎每期都能见到分院师生的作品。

二是熔炼革命意志，铸造抗战文艺人才。革命意志对于中国人民取得抗日战争胜利的意义是不言而喻的。鲁迅艺术学院华中分院学员大部分来自敌后和新开辟的华中抗日根据地，少部分来自敌占区和国民党统治的大后方重庆、桂林等地。这些人都怀有满腔的抗日热忱，但由于所处环境、社会经历、教育程度等不同，不少人在思想基础、政治觉悟等方面与革命斗争所需要的统一的思想和精神意志存在不小差距。因此作为一所在革命战火中诞生的高等学府，华中鲁艺始终注意把政治思想工作贯彻在教育活动和日常生活之中，熔炼学员们的革命意志，从而为学员走上革命道路和今后从事革命文艺工作奠定思想基础。华中鲁艺不仅经常请陈毅、刘少奇等党政领导来做报告，对学员讲形势、讲政策，增强大家对抗战必胜的信心，而且还在各系、各中队分别成立党支部和党小组，坚持每周六开展党日活动，并为新党员举行入党宣誓仪式，以此来教育和鼓舞其他青年学员。与此同时，分院在管理上实行军事化管理，从贯彻内务条例做起，对学员进行必要的军事训练。学员每天必须坚持跑步出操，进行最基本的制式教练和军风军纪教育，使大家都习惯于军事化、战斗化生活，努力把学员打造成政治思想、专业素质都合格的新四军文艺战士。1941年6月，鲁艺儿童宣传训练班刘亚、彭彬、蔡均等20

第五章
盐城革命文艺阵地建设

余人加入新安旅行团,增强了新旅的力量。1942年秋冬,成立盐阜区党委文工团,就是以鲁艺的凡一、史秉直等一部分同志为基础组成;1943年夏至1944年春,盐阜区九县成立的县文工团领导人陈亚夫、史秉直、季钰林、王洛夫、刘亚、钱缨、朱文、李克良、洪明、吕冈之等都来自鲁艺。1943年秋成立的三师八旅文工队更是集中了金彪、张惠春、田川、孔方等一批鲁艺人,且大多成为领导和艺术骨干,使八旅文工队成为苏北阵容强大、演艺精湛的文艺团体。1945年8月,苏北区党委成立的苏北文工团,除团长黄其明是延安鲁艺毕业外,副团长凡一、张拓,教导员田平,团委范政均曾在鲁艺学习或工作过,后来继任团长和其他领导干部的王洛夫、洪明、张天虹等也是鲁艺同志。他们把鲁艺学到的东西,运用于盐阜区部队和地方文艺实践,推动了群众性的文艺普遍展开。

三是团结各方人士,壮大革命队伍。华中鲁艺的创办,不但聚集了作家丘东平,戏剧家许晴、刘保罗,音乐家孟波、何士德、章枚,诗人陈辛劳,美术教授莫朴,文学教授陈岛等军部和苏北的文化人,而且吸引了不少盐城革命文艺之外的文化人。他们在沦陷区和国民党统治区,受到迫害,报国无门,所以当华中鲁艺创办的消息传出,再加上陈毅诚恳欢迎并专人邀请,他们便纷纷来到盐阜抗日根据地。如活跃在南洋的华侨,第一代画家、知名美术教授戴英浪,在新加坡从事抗日活动,被英当局逮捕后驱逐出境,潜伏在上海。但他一听说苏北办鲁艺,便毅然前来;文学家林珏和爱人周玉兰为了来鲁艺,忍痛把才四个月的女儿断了奶留在上海;名字响彻全国的音乐家贺绿汀也冒着生命的危险,突破封锁线从上海来到盐城,担任了鲁艺音乐系教授;与此同时,境内外大批知识青年也纷纷来鲁艺就读,只短短的20余天,就汇聚了400余名青年,许多来自上海、南京、桂林等敌占区城市和大后方。这不仅壮大了革命队伍,增强了抗日力量,而且更是成为华中局、新四军军部开展文化活动的大本营。1941年6月,刘少奇、陈毅就以华中鲁艺的丘东平、黄源、蒋天佐、林珏、陈岛、许幸之、戴平万、戈茅等人为基本力量筹办和组建了中国文艺界抗敌协会苏北分会。与此同时,华中鲁艺的文艺骨干还协助盐城县举办了有850名中学生参加的夏令营,传授了文学创作和戏剧、音乐木刻知识,并指导实践;推动各中学纷纷建立起抗战文化中心、校园俱乐部开展各项文艺活动,丰富校园文化生活,传播了爱国主义思想;配合《江淮日报》《抗敌文艺》《戏剧》等开办副刊和专栏;支持和参与《江淮杂志》《江淮文化》《实践》等综合或专业杂志的出版,指导着文艺创作。

因此,华中鲁艺虽然从1941年2月成立到北秦庄事件后的8月撤销,只存在 6 个月时间，但它不仅为中国革命培养和造就了大批革命文艺人才，推动了苏北盐城革命文艺运动的繁荣和发展，还为我们党的文艺统一战线的巩固和发展及在敌后斗争的艰苦岁月里办学，理论联系实际，开展革命宣传提供了宝贵经验，在苏北盐城革命文艺抗战史和文化运动史上留下了光辉的一页和深远的影响。

华中鲁艺殉难烈士纪念碑

第六章
民间文艺形式的改革与创新

苏北民间文艺的挖掘和利用，是创建和发展盐城革命新文艺的重要组成部分，一开始就受到新四军及地方党政领导的高度重视。特别是毛泽东的《在延安文艺座谈会上的讲话》精神在盐阜地区得到贯彻落实以后，盐阜抗日根据地开展的新文艺运动更是在短短的时间内把群众性的民间文艺运动推向新的发展，民间文艺演出一度盛况空前，成了盐城群众性文艺活动的主要形式之一。广大革命文艺工作者纷纷向民间文艺学习，采用"旧瓶装新酒"等形式，改编、创作和演出了一批人民大众喜闻乐见的乡土文艺节目。民间艺人也受到热情鼓励和支持，根据当时的抗战形势需要，自编自演新节目广泛传唱。一时间，民间各种民歌、民谣、歌舞、小调、说唱等艺术形式，被挖掘、被利用，成为宣传群众、瓦解和打击敌人的有力武器，也是当时根据地人民借以娱乐消遣的最有效方式。

第一节　盐阜地区民间文艺的挖掘与利用

盐阜地区，周以前为淮夷地。长期以来，生活在这块土地上的民众不断吸纳四面八方的文化，共同创造了盐城最初的人文万象，创造出了各种形式的民间艺术形式，主要流行有荡湖船、摇花船、挑花担、打莲湘、送麒麟、打花鼓、唱道情、踩高跷、打鼓说书、唱凤凰等娱乐形式。这些民间表演艺术大多由民众在年岁节日或祭祀、庙会、踩街时表演，自娱自乐，表达情感。盐阜抗日根据地创建后，抗日民主政府很快把发展群众艺术纳入苏北新文化运动中来，大力在群众中发展新文艺和改造旧的艺术形式，使这些具有广泛群众基础的旧有的民间艺术形式与新的抗战内容以及健康的表演方式相结合，让它们成为表现新生活的艺术，进而为抗战服务，为根据地建设服务。为此，革命文艺工作者们过滤掉了那些旧有艺术形式中庸俗、落后的成分，添加进新的抗战及民众生活元素，使它们的形式为群众熟悉、内容为群众关心，进而成为引导民众自觉投身抗战洪流，参加抗日宣传的重要形式。比如，在苏北一度因为本身典雅、婉约的风格而"曲高和寡"的民间曲艺形式——宫曲，在盐阜抗日民主根据地开展的新文化运动的推动和促进下，经一些民间艺人和专业文化工作者的整理和改造而得以迅速传播，成为群众接受和喜爱的宣传抗战的表演艺术形式。从抗日战争后期到解放战争期间，东坎镇街上每到夏天，抗日民主政府组织的配合时势政治宣传的"乘凉晚会"，每天必有"五大宫曲"（"软平""叠落""离调""南调""波扬"等诸宫调的总称）节目，其缠绵悱恻的曲调、浓郁的乡土韵味、醇厚的江南丝竹风格常常吸引数千观众。东台各区乡唱凤凰、唱麒麟等旧有的民间文艺形式也被新文艺工作者们填写了反映新生活的内容，编进抗日救国的新词，起到很好的宣传鼓动作用。比如有一个"唱凤凰"的唱词唱道："锣鼓一打闹嘈嘈，毛主席领导真正好，游击战争威力大，打得鬼子哇哇叫。"唱词共四句，一三句比兴，二四句押韵，通俗易懂，朗朗上口，深为百姓所青睐和欢迎。

因此，每逢节日或庆祝活动，表演内容及唱词均结合抗战，表现根据地人民生活、支前送粮、送夫送子参军等群众自发参加或组织的民间演出活动便开展得如火如荼。1944年涟东县创办的70余个农村文艺团体中玩麒麟、唱花鼓等民间文艺组织就有25个，他们在逢年过节非常活跃，他们的表演活动群众非常喜爱。1945年春节期间，射阳业余文艺团体在盐阜区民兵代表大会、整风大会和英雄模范运动大会上大显身手，表演了踩高跷《大战合德》以及荡湖船、挑花担等民间文艺。三师抗大五分校的学员分别组队下乡，以民间踩高跷、摇花船等形式在阜宁县益林镇及周边村庄连续巡演了90余场，观众累计达13万多人。这些民间文艺宣传活动成为根据地文艺宣传特有的新气象。比如，摇花船、挑花担过去常常出现在春节、庙会等节日和重大活动中，以顺口溜说唱为主要演唱内容，曲调由扬州小开口及里下河流行的《小放牛》《八段锦》《十劝郎》《蓝桥调》《五更调》《孟姜女》《四季游春》等，说唱形式活泼多样，可男唱女答，也可女唱男答。随着抗日战争和解放战争的开展，盐阜地区进步的民间文艺工作者以歌唱火热斗争生活和英雄人物、歌唱中国共产党及其领导下的人民军队为主要曲目，取代了旧社会的枯燥无聊、萎靡颓废之音，把抗日救国、推翻蒋家王朝的道理和党的路线、方针、政策，灌输到每个阶层群众的劳动、生活中去，《跟着共产党走》《反清乡》《救亡曲》《大刀歌》《慰问歌》《歌颂人民英雄》《保卫我们的家乡》等成为当时民间艺人摇花船、挑花担演出时经常表演的说唱内容，有力地配合抗日救亡、解放战争、土地改革的开展。

盐阜地区发行的指导民间文艺的教材

此外，盐阜地区境内广为流行的民间小调也在此期间获得很大发展，成为宣传抗战和推翻国民党反动统治，鼓舞解放区军民革命斗志，推动拥军优属、劳动生产等工作的有力武器之一。小调，又叫"小曲""小令"等，多产生于民间日常生活和风俗性活动中，是人们在劳动之余以及生活中抒发情感、娱乐消遣的一种民歌。1940年盐阜抗日民主根据地创建后，革命文艺工作者就开始对流行于境内的上百种小调进行研究整理，一方面是利用原有小调的曲调填写新词，"旧瓶装新酒"；另一方面又在原有的基础对曲调进行加工，创作出新民歌、新歌曲，以适应革命斗争的需要。抗日战争时期当时盐阜区流传较广的新创作的小调作品有《反内战》《联合起来打东洋》《大家齐武装》《家中的事儿别挂心》《送夫参军》《新四军来到苏北游击区》《新四军东进过我庄》《新四军一心为人民》《新四军大显威风》《打击鬼子保家乡》《打倒汉奸汪精卫》《杀得鬼子叫爹娘》等。解放战争时期，又有《武装起来打倒反动派》《斗争地主歌》《打死反动军》《好汉要上前方》《人民解放军天下皆闻名》《刘桂英是朵大红花》《妈妈不再讨饭》《花开三月满树鲜》《现在穷人已翻身》《欢迎毛泽东》等。比如金全冬新创作的《武装起来打倒反动派》就用小开口调唱道："今日里汤恩伯来到泰州，/调兵马向我华中进攻，/我华中人民保卫家乡快拿起枪杆上战场。/保卫自己的田地、牛羊，/保卫自己的儿女爹娘；/病毒要用毒药来医，/要和平靠的是自卫的枪。"从而号召解放区人民拿起枪杆上战场，打倒国民党反动派。杨百民的《打死反动军》则用梨膏糖调唱道："老蒋梦想毒如蛇，/想把我们下地狱。/为了自己救自己，/青年汉子参加新四军，/拿起钢枪上前线，/打得那反动军死干净。"还有揭露蒋介石卖国，增强人民反蒋斗争决心的《蒋介石的卖国罪状》："蒋介石为专制行独裁，/把美帝国主义引进来，/卖去中国领空权，/成群美机飞上天；/卖去中国领海权，/军舰开到沿海边；/中国关税权卖掉，/让美国货运到中国销；/听任美国打骂中国人，/奸淫中国婆妈大姑娘，/众同胞，/赶快武装起来干，/打倒老蒋卖国大强盗……"在动员参军拥军优属方面，石钧的《好汉要上前方》用探妹调把妹妹对哥哥的鼓励、期盼以及怎样做好后勤工作表达得入情入理："听说哥哥上前方，/坚决自卫保家乡，/我喜笑在心上，/哥哥！为的求解放，/大家沾沾光……我们要得福儿享得长，/只有武装去反抗。好汉要上前方，/哥哥！男儿当自强，/四海把名扬……奉请哥哥们把心放，/你们前方去打仗，/家里莫心焦。/哥哥！你们为大家，/大家会优抗。"在盐阜地区新小调的创作上，曹耀南的成绩最为突出。他在1946年短短的几个月时间里就创作出了反造谣的小开口调《望乡台》、反封建的手扶栏杆调《站稳脚跟》《当地虎变成钻洞鼠》、秧歌舞调《追穷根》、道情调《分配果实要合理》、反蒋斗争的十杯酒调《十支钢枪》、翻身参军的梳妆台调《李金贵想五更》、梨膏糖调《紧紧靠住新四军》等近二十首小调，成为盐城革命文艺当时最有影响的小调创作者。如在《紧紧靠住新四军》中用梨膏糖调真切地唱出群众心目中只有靠新四军才能打垮国民党反动派，保卫家乡和平的心声，所以号召人民群众要真心拥护新四军，积极拥军优属："公粮公草要早缴，/担架运输组织好，/保卫伤兵要出力，/优待军属要热心；/还要贡献慰劳品，/鸡鱼肉蛋样样行"，"个个参军后勤队，/不愁反动派打不退"。《盐阜大众》曾专门刊载曹耀南的心得文章——《编小调的一点经验》，推广他编创小调的经验，推动解放区小调等民间文艺创作。盐城革命文艺的这些小调多是从实际中综合起来的，结合斗争形势和群众生产生活，通俗易懂地反映出根据地群众的苦

第六章
民间文艺形式的改革与创新

恨和期盼，对于繁荣解放区民间文艺创作，鼓舞人民斗志，打败日本帝国主义，推翻国民党反动统治起到了很好的宣传鼓动效果。

第二节　新安旅行团与秧歌舞

秧歌舞也被称为"过街秧歌"，是一种主要在中国北方地区流行的历史悠久的民间歌舞艺术，并因流传地域不同，在北方又形成了陕北、河北、山东、东北等多个大的分支。与其他歌舞、表演艺术一样，秧歌与远古时期乡民祭祀天地、祈祷丰年的仪式休戚相关，并随其宗教仪式功能的退化而最终衍化为一种节日民俗和竞技民俗，成为民间狂欢化活动的存在。与此同时，因长期的娱神、娱人的表演，它也"被渗入了为统治阶级歌功颂德、粉饰太平、宣传封建迷信和丑化劳动人民等因素，还掺杂了大量的市侩、色情、愚昧等不健康的假恶丑的东西"①。因此，在陕北，传统的秧歌虽然在陕北广受普通老百姓欢迎，但这种明显带有节日狂欢性质的娱乐形式一开始并不受革命文艺工作者重视，很少有人去关注和研究它。直到延安整风运动，特别是毛泽东的《在延安文艺座谈会上的讲话》发表以后，广大文艺工作者更加重视向民间学习，于是秧歌作为陕北地区最为流行的民间艺术形式，开始进入了根据地文艺工作者的视野，他们在延安发起了致力于利用、改造旧秧歌的"新秧歌运动"。革命文艺工作者开始运用革命的伦理道德来全面净化、过滤和清理传统秧歌所关注的人们的精神世界，并在深入民间，向秧歌舞学习的基础上，努力探索利用旧形式，并加以改造、提高，最终在政治和革命的宏大主题下，通过植入"新的内容"和改造旧秧歌"俗流低级"的旧形式，使新秧歌具有了与旧秧歌不同的性质和形态②，创造出一种崭新的秧歌舞形式——秧歌剧，实现了秧歌由"舞"向"剧"的转化。随后以鲁迅艺术学院创作演出的秧歌剧《兄妹开荒》为代表的新秧歌剧迅速发展了起来，"据不完全统计，从1943年农历春节至1944年上半年，一年多的时间就创作并演出了三百多个秧歌剧，观众达八百万人次。"③延安的老百姓也把这之前自己的旧秧

---

① 许良：《陕北秧歌沿革的文化意蕴》，《北京体育大学学报》2009年第1期。
② 秦林芳：《论解放区前期秧歌活动》，《文艺研究》2019年第8期。
③ 《延安文艺丛书》编委会编：《延安文艺丛书·秧歌剧卷》，湖南文艺出版社1987年版，第2页。

歌唤作"骚情秧歌""溜沟子秧歌",而称呼这种新秧歌为"翻身秧歌""胜利秧歌"和"斗争秧歌"①。此后,伴随着延安各剧团的下乡工作,秧歌开始成为边区最受重视的民间文艺形式,"每个村,每个机关、学校、工厂,都有秧歌队的活动。到处鼓声咚咚,军民歌舞。"② 同时,延安和陕甘宁边区新秧歌运动的经验,也很快被推广到其他各抗日根据地,成为群众性文化运动中最普遍、最活跃的一种形式。

1941年3月,新安旅行团由桂林转移到了盐阜抗日根据地,同时也把秧歌这种在北方极具群众性和代表性的民间艺术形式带到了根据地。新安旅行团是一支著名的抗日少儿团体,由人民教育家陶行知创办的淮安新安小学的少年儿童组成。1935年10月10日,在校长汪达之的带领下,他们离开淮安开始抗日宣传和旅行修学。这趟远行,从苏北到塞外,从江浙到两广,途经全国22个省、市,行程50 000多里,成为近代中华民族解放史和青少年运动史上的传奇。1938年初,他们在西安曾专门向丁玲领导的西北战地服务团学习过陕北秧歌舞,因此一回到盐阜地区,新安旅行团就立即投身盐阜地区的抗日宣传和新文化运动,并根据新四军三师和苏北区党委的指示,他们分成小组,分赴各县进行秧歌骨干培训和传授,大力推广秧歌舞运动,开辟联系群众、向群众开展宣传的新途径,通过艺术和娱乐的方式使群众运动的口号通俗化、形式大众化,成为新四军军部领导下的一支宣传队伍。

秧歌舞旋律和动作简单易学,表演形式热烈、煽情,展示的实际内容又都是农民所熟悉的生产与生活物事,不分性别,男女老幼均可参加,因而它很快引起盐城革命文艺群众的广泛参与和积极响应,先后成立了823个秧歌队,迅速掀起学习秧歌舞的热潮。1943年前后,各种形式的秧歌队不仅在青少年、儿童中普及,也吸引了许许多多的中老年人和妇女群众,并由边扭边唱发展到交换各种队形的秧歌剧。阜宁县汪朱集有1 600人口,而加入秧歌队的就有1 200人,占总人口的75%,除年老体弱、生病和三四岁的孩子外,人人都扭秧歌。建阳县七区沙村乡四保长顾德春不仅本人参加了干部秧歌队,而且还动员了小脚老婆和大女儿参加妇女秧歌队,连66岁的老父亲也搀着三岁的孙女扭来扭去,全家都成了"秧歌迷"。在当时,无论在机关、部队、学校,还是在城镇、农村,处处都听到秧歌舞的乐曲声,都见到人们在扭秧歌,

---

① 郭玉琼:《发现秧歌:狂欢与规训——论二十世纪四十年代延安新秧歌运动》,《中国现代文研究丛刊》2006年第1期。

② 哈华:《秧歌剧杂谈》,华东人民出版社1951年版,前言。

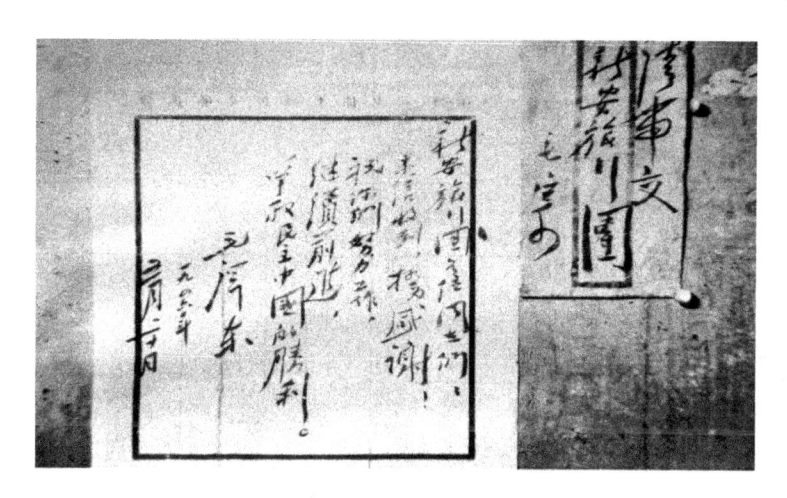

第六章
民间文艺形式的改革与创新

毛泽东写给新安旅行团的信

几乎所有的重大活动和集会都离不开秧歌表演助兴。1945年5月4日,新四军三师和盐阜区各界军民五万余人在阜宁东沟的广场集会,庆祝苏联红军攻克柏林和三师解放阜宁城。会场特意劈出专门的秧歌道进行秧歌大表演,在会场上,儿童、妇女、学生、战士等一批批不同的秧歌队伍,不停地扭着、走着、唱着,接受群众的大检阅,步伐整齐,五彩缤纷,引起大家阵阵喝彩。1944年盐阜区召开参议会时,参议长计雨亭等几位年龄大的议员曾专门组织一个"胡子秧歌队",每天早晨学跳秧歌舞。"他们扭的秧歌舞,有段小调叫《不亏毛主席亏那个》,内容是:少拉少豆拉豆,不亏毛主席亏那个,穿不焦来吃不愁,又得田来又得牛,穷大龙,出了头,掌印把、抓大权,一切事情行民主,翻身当家多自由,不亏毛主席亏那个"①。阜宁角巷区每个乡村都组织起妇女秧歌队,在刚解放的阜宁城大街上,一路唱,一路扭,秧歌舞那"少拉少,豆拉豆"的歌声一时响彻阜宁城,真切地唱出了盐阜人民的胜利心声,扭出了盐阜人民的喜悦欢乐。

随着秧歌舞热潮的兴起,盐阜区的秧歌剧创作和演出也变得活跃起来。作为一种改造和提高的产物,"秧歌剧在一定程度上弥补了秧歌舞'表意不能'的形式缺陷,提供了一种叙事、论辩与宣教的能力。在这个意义上,秧歌剧也就具备了双重的'组织'功能:中国共产党一方面可将其作为组织乡村生活与集体文化的有效手段,另一方面又能利用其相对完整的表意形式来

---

① 周阳生、董少君:《盐阜区群众文化活动的回顾与思考》,《盐城师专学报(社会科学版)》1986年第2期。

进行新观念、新政策的宣传，展开政治动员。"①因此，盐阜区文艺工作者依据革命斗争的实际需要，积极创演秧歌剧，以娱乐的方式实现对根据地群众的教化与宣传动员，使党的各项工作通过这里得以宣传、组织和推动，党的政策法令、制度规范得到传播和渗透。无论是李汉飞的《反法西斯大秧歌》、钱毅的《反法西斯大秧歌》、新安旅行团的《雨过天晴》、张拓的《新年团圆》、韩枫的《慰问烈军属》、刘海峻的《一条心》等专业文艺工作创作演出秧歌剧，还是地方剧团和秧歌队自编自演《新年、新岁、新气象》《参军去》《活地狱》《打倒汉奸吴开先》《参军献枪》等许多带有地方特色的秧歌剧，它们在盐阜区发动群众和政治宣传中都产生了很好的影响。比如，新安旅行团的《雨过天晴》就是根据新四军发动的陈家港战斗而特地编排的。1944年4月，新四军三师为了阻止日军对苏北沿海海盐资源的掠夺，打破日伪军对盐阜根据地的封锁，在副师长兼八旅旅长张爱萍的指挥下，对盘踞在陈家港的日伪军发起了进攻，经过3个多小时的激战，以极小的代价赢得了战斗的胜利，迅速攻占了陈家港镇，拔除了这颗长期钉在盐阜根据地的钉子，扩大了新四军的影响。新安旅行团根据这场战斗迅速赶排了大型秧歌剧《雨过天晴》在新四军三师的祝捷大会上演出，受到广大军民的热烈欢迎。

盐城秧歌舞的兴起，推动了秧歌剧的创作，而秧歌剧的大量问世，则又使秧歌文化更加发展和普及，互为影响，互为作用，使盐阜地区新文化活动更加丰富多彩，并通过秧歌剧这种具有互动性和参与性的艺术形式将政治教化蕴蓄其中，改变着群众的精神面貌，丰富了他们的精神文化生活，从而形成了革命文艺活动中蔚为壮观的群众性的秧歌文化，使集体的、热闹的秧歌舞参与到党的革命工作和中心任务中来，成为革命发动、进程、胜利等环节中的仪式象征，密切了根据地党政军民的关系，有力地推动了根据地各项事业的建设。

第三节　淮剧的改革与创新

抗战时期，民众作为战争主体力量，启蒙不仅是客观需要，也是民众的主动需求。在早期的延安文艺实践中，延安知识分子已经发现了戏曲这一民

---

① 路杨：《"表情"以"达意"——论新秧歌运动的形式机制》，《文艺研究》2018年第11期。

第六章
民间文艺形式的改革与创新

族传统形式在与民众沟通中的巨大能量。在延安文艺座谈会召开以后，知识分子更加深刻地认识到启蒙民众的关键在于顺应民众的审美习惯，只有启蒙者和民众之间的审美隔阂被消除，启蒙思想才能顺利地抵达民间，开始在潜移默化中完成"国民性改造"。

经过数十年反复的理论探索与实践验证之后，戏曲这一适合民族审美习惯，接受门槛较低的文艺体式被证明是最适合进行思想启蒙的文艺类型。这使 20 世纪以来一直以启蒙为己任的知识分子欣喜不已，但问题也接踵而至。此时的戏曲旧形式作为一种民间文艺审美，其陈旧性和简陋性在所难免，这不仅影响到了对现实题材的自由表达，而且也妨碍了启蒙的继续深入，"旧瓶"不能成为最佳的"新酒"容器，因此戏曲因袭的种种传统重负必须经过深入的改革，才能承担起启蒙这一现代性意味十足的时代任务。终于，在天时（在内忧外患的战争时期，以戏曲推进文艺大众化已经成为迫切的现实任务）、地利（无论是现实物质条件还是意识形态导向方面，延安在彼时呈现出相对稳定的状态，有利于戏曲改革的突破）、人和（延安外来的知识分子多是经过"五四"思潮熏陶的现代知识分子，对启蒙有自觉的担当意识，而延安本土的民间艺人在拥有纯熟的艺术技巧之外，也接受了延安意识形态的改造）都具备的条件下，延安戏曲改革破土而出，以前所未有的深度和广度推进了 20 世纪中国的思想启蒙实践，使科学、民主精神等现代性话语借助戏曲这一民族形式渗透到民间社会中去。与延安时代之前的启蒙努力相比，尽管科学、民主、民族国家建构、"改造国民性"等启蒙话语在延安戏曲改革中发生了变异，与作为模板的西方社会的"现代文明"和作为中国文艺大众化源头的"五四"启蒙设想有剧烈冲突，但不可否认，只有在延安时代特别是延安戏曲改革中，这些启蒙话语才真正以具体的、与农业社会的伦理规则以及生产劳动需要相匹配的"二流子转变""拥军""大生产运动"等细碎、粗陋的形态真正抵达了民众的精神世界，取得了实实在在的启蒙成就。因此，促成抗战时期戏曲改革方向转折的深层原因仍是救亡与启蒙的相互作用。传统戏曲与启蒙的贴合程度直接影响了在其后的历史阶段中知识分子对传统戏曲的取舍。延安文艺工作者对传统戏曲进行了取其精髓弃其皮毛的深层次吸收改造，相继成立了陕甘宁边区民众娱乐改进会、延安平剧院等以戏曲改革为发起旨趣的文艺团体，创作出《松花江》《血泪仇》《三打祝家庄》《逼上梁山》等颇具影响的戏曲改革佳作，开拓出了京剧现代戏、秦腔现代戏等以传统艺术手段表现时代内容的戏曲创作道路，使这一已臻成熟的民族艺术形式从封闭走向开放，拥有了表达时代内容的形式弹性，保证了戏曲艺术对现实生活的及时回应，更大程度地发挥了戏曲参与民族文化建构的独特功能，在形式和内容方面都能够与时代同行，表现现实内容，传达现代主题，从而为戏曲继续发展开辟了广阔的道路，避免了沦为艺术化石。延安戏曲改革因深入彻底的理论突破、卓有成效的戏曲创作、繁荣兴盛的戏曲传播成为抗战时期戏曲改革的中心与高地，广泛地影响了其他地域的戏曲改革，其中以各敌后根据地和解放区的戏曲改革所受影响最为深远。

淮剧，又名江淮戏，其基本曲调是由苏北里下河一带农村中的民谣、小调、劳动号子发展起来的，盐阜抗日民主根据地开辟前就已流传在盐、阜、淮一带和上海、安徽、江南部分地区。它最早是一些农民沿门逐户讨饭时所唱的"门叹词"。不过那时还无人伴奏，顶多有一只板子敲敲打打，主要是掌握节拍。后来，因为这些逃荒人群中有的是夫妻搭档、有的是姑嫂联袂或兄妹结伴等情况存在，于是他们中这些人很快就把这种较为单一的"门叹词"变成了两人对唱，并且有的还配上胡琴再加上一把串板，这样就既有简单的过门，也便于把握节奏的快慢，听众也就更加喜爱了。后来随着他们对唱水平的提高，所唱的故事情节变得复杂，逐步发展到多角演唱的"三人六对面"阶段。"三人六对面"时期的唱戏人已不再是沿门乞讨，而是由听戏的负责供饭或为首的筹款给酬。乡村里逢年过节、出会或大户人家喜庆吉日常常请来这些戏班子热闹几天。这样就使流传范围越来越广，加之它们又与这一带农村的香火戏逐步合流，并大量吸取了当地民间的器乐曲、民歌小调等，后来又受徽戏和京剧的影响，在唱腔、表演和剧目等方面逐渐丰富，通过"徽夹可"和"京夹淮"这两个重要阶段，最终发展成为具有一定规模和讲究各种艺术效果的地方戏曲剧种，成了苏北人民喜闻乐见的艺术形式。那时，淮剧演唱的内容大多是民间故事、传说和历史事件的古装戏，其中虽然有些反对封建礼教、鞭挞奸险、邪恶的一面，有一定的人民性和积极意义，但又受着时代的局限和迎合有闲阶层的需要以及屈服于地痞流氓恶棍的淫威而宣扬封建迷信、庸俗低级趣味的一面，糟粕不少。这样的戏显然不适合抗日民主根据地为战争、生产及教育服务的革命文化宣传需要，自然不能有效地宣传中国共产党的抗日政策，也不能有效地唤起民众的抗日热情，因此革命文艺工作者必须要对淮剧进行内容是抗战所需的，形式是群众所了解的改造，以使其能够更好地配合党的政策，成为党的宣传工具。于是，在剧作家阿英、黄其明，音乐家章枚等新文艺工作者的努力和推动下，盐阜抗日根据地兴起了"新淮戏运动"，淮剧艺人开始重组班社，为抗日宣传创演了大批现代戏。

第六章
民间文艺形式的改革与创新

1942年7月,阿英由上海经苏中辗转来到了位于阜宁县境内的新四军军部所在地不久,他便满怀热忱、倾其所长地投入到根据地文化建设当中,在亲自看过几场旧戏班的演出后,感到"尽管当时淮戏演出,总体内容单调,艺术性不强,但因其源远流长影响深厚,加之长期养成欣赏和传播习惯的作用,仍能吸引和拥有广大观众,包括部队战士和当地群众",认为"淮剧是这里人民喜爱的艺术形式,要想开展戏剧运动,一定要把这种形式利用起来"[①]。为此,他不仅亲自审改根据地新创的淮戏剧本,而且还亲自排演示范,对剧团和演员进行理论培训和实践指导,使淮戏的创作演出水平得以进一步提高,进而使淮戏与现实斗争的结合更为自觉和紧密,在抗战宣传中发挥的作用也更为突出和显著。1942年底,新文艺工作者凡一、方徨、雪飞、常虹四人组成的"淮戏研究小组",去阜东一带对淮戏做调查研究,向旧艺人学习调门、语言、动作、乐器伴奏,实验组织农村俱乐部、农村剧团,研究利用和改造淮剧艺术,不久因为日伪军的"扫荡"而被迫中止。1943年春,盐阜抗日根据地取得了第二次反"扫荡"的胜利,同年夏天,毛泽东《在延安文艺座谈会上的讲话》精神陆续传来根据地,淮戏的利用和改造得以迅速开展并很快推广开来,各种专业以及业余的文艺团体纷纷建立,苏北抗日根据地的群众性戏剧运动出现了前所未有的活跃局面。盐阜区九个县文工团先后成立,各团都设有淮戏组。随后,各乡镇业余剧团也纷纷建立,皆以演出淮戏为主。根据中国共产党盐阜区党委宣传部1946年统计资料,1944年到1946年,全区有685个农村业余剧团,男女团员有10 865人,自编现代淮戏剧本667个,演出2 066场,观众达162 900人次[②]。

时任阜宁县政府文教科长的黄其明对淮剧改革与创新作出突出贡献。他创作的《照减不误》《路遥知马力》是淮剧发展史上的一个重要里程碑,开创了淮剧演出现代戏的新路,标志着现代淮剧的诞生。黄其明是四川广安县人,曾先后在延安抗日军政大学、鲁迅艺术学院、中央组织部训练班学习,1939年1月后奔赴抗日战争前线,先后在新四军四支队教导队、新四军江北指挥部等单位工作,1940年10月随新四军、八路军会师开辟苏北抗日民主根据地来到盐城,1941年任阜宁县政府文教科长,1944年后任苏北区党委文艺工作科科长、苏北文工团团长,1945年随黄克诚北上离开盐阜区。他在盐阜区

[①] 朱安平:《阿英与淮戏改革》,《抗战文化研究》2016年第九辑。
[②] 江苏戏曲志编辑委员会编:《江苏戏曲志·淮剧志》,江苏文艺出版社1996年版,第9-10页。

盐城
革命文艺史略

5年时间里，积极投身苏北抗日民主根据地的新文化运动，对淮剧进行了大胆的利用和改造，使淮剧这一旧有的民间艺术形式具有了鲜明时代特色，更加富有地方韵味，成为宣传抗日、发动群众的很好的艺术形式。他在观看了苏北鲁工团演出的歌剧《农村曲》就感到"要使《农村曲》恪尽组织教育的责任"，就必须面向农民，用他们熟悉的语调歌唱，把群众当作演员，让"演员与观众一起做戏"，使"《农村曲》演成与观众共有的艺术"，从而真正达到教育和组织广大农民观众的目的，否则就只能是"咿咿呀呀"的东西了①。因此，为了研究利用淮戏，尽快适应这里的语言和生活环境、风俗习惯以及文化传统，他开始不停地看淮戏、听淮戏，和农民群众打成一片，了解他们的生活习惯，熟悉方言俚语，并不耻下问，搜集了大量的民间谚语、歇后语等，逐条记录在专门的小本子上，用心揣摩，探索利用群众所熟悉和接受的淮剧来表现根据地的建设和抗日的新内容。他根据当时党在苏北农村实行的减租减息政策，尝试用"旧瓶装新酒"的方式，编写了在盐阜区推行"减租减息"政策有利于发动群众并团结地主抗日的新淮戏《照减不误》，把现实生活中的人和事搬上了戏曲舞台。剧情讲述的是地主张百万伙同管家赵管账，千方百计抵制、破坏抗日民主政府颁发的减租法令；受尽剥削压迫的老佃农周大爹夫妇，在民运队员和他儿子的帮助下，冲破重重阻力，同张百万展开面对面的说理斗争，揭露了张百万抗拒减租减息的行为，迫使张百万低头认错，承认照减不误。这出戏用艺术形式反映了当年根据地减租减息斗争的史实，获得了很大的成功，虽然还是沿用的"出将""入相""走过场"的幕表戏和某些象征性表演手法，采用的唱腔还是原来的"淮调""拉调""下河调"等，但已赋予人物和故事以崭新的内容，宣传了抗日民主政府的"减租减息"政策，有力地配合了根据地开展的"减租减息"运动的开展。因而，当阜宁文工团第一次演出时，观众就人山人海，无一人提前离去。各县文工团和农村剧团也争相排演该剧，演到哪里，就轰动到哪里。一时间，《照减不误》演遍盐阜区，大家通过看戏不仅大大激发起了贫下中农"减租减息"的热情，形成了"不减租没有道理"的强烈舆论氛围，而且人们也通过这部戏进一步端正了对"减租减息"的认识，真切地感受到了新淮戏在表现现代生活方面的成功，纷纷称赞新淮戏是"唱得热闹好看，听起来到嘴到肚"②。三师师长、苏北区党委书记黄克诚观看后对淮剧的这种利用改造大加

---

① 黄其明：《〈农村曲〉面向农民》，《盐阜报》，1942年10月1日。
② 王荫：《阿英同志的淮剧情结》，《中国演员》2010年第2期。

第六章
民间文艺形式的改革与创新

肯定，不仅接见演员，祝贺他们演出成功，而且还当场赠送黄其明金笔一支以示鼓励。

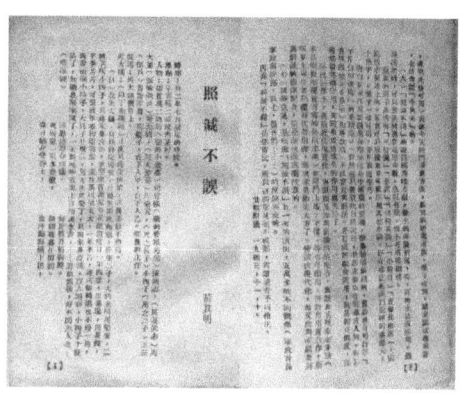

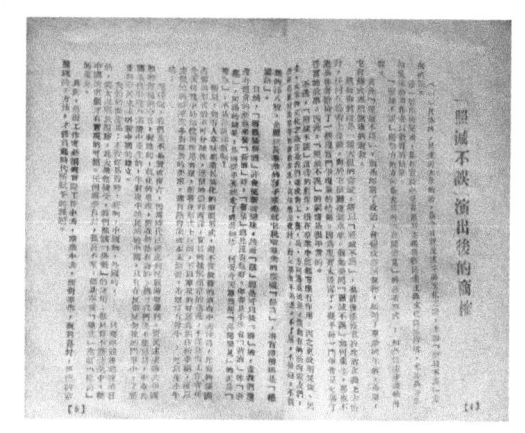

《照减不误》剧本（淮剧文化展示馆收藏）

1944年春，黄其明又根据驻扎在阜宁马家荡西边安丰、草甸、风谷村一带国民党顽固派与地主恶霸相互勾结，欺压群众、敲诈勒索、横征暴敛的罪恶事实，创作了三幕新淮剧《路遥知马力》，取成语"路遥知马力，日久见人心"之意。该剧讲述了贫苦农民郑廷皆在农村封建势力和国民党顽固派33师29支队孙华堂部队的压榨下，生活断炊，借贷无门，借酒消愁；妹妹郑廷珍在庄上为有钱人家做针线活，国民党顽固派军队不但抢走她做的针线东西，而且还对她进行调戏；弟弟小顺子到街上去卖些自捕的鱼虾也被一抢而空。当地财主周友仁依仗国民党军队作后台，趁机与刘乡长相互勾结，狼狈为奸，欺压百姓。他们巧立名目，为了逼迫郑家交出109元的苛捐杂税，而要把郑家兄妹抓走。最后，郑廷皆毅然偷跑到根据地参加新四军并最终打了回来，赶走了只媚日、反共、欺压人民的国民党顽固派。阿英在一开始看过此剧本后觉得"此剧无情节、无结构、无性格、杂乱无章，远不如《照减不误》"，但仔细研究后，感到剧中第一幕揭示矛盾比较深刻，所表现的主题比较集中、深刻和更加精炼，也预示着戏剧冲突发展的必然趋势，可以划出成为独幕剧，遂同作者黄其明共同研究剧情，对剧本进行修改加工，使情节更加紧凑，主题更为突出，并改名为《渔滨河边》。与此同时，该剧还对淮戏的表演进行大胆的创新：一是借鉴现代话剧的场景设计，摒弃了传统淮戏中"出将""入相"的套式以及幕表戏中分场多、过场多、唱词多、交代多的程式，根据剧情需要进行分幕分场并配以真实或仿真的道具来进行舞台布景。演员也不是在用象征性表演手法，而是通过现实的场景呈现和舞台表演，使现实生活中的真实人和事更加集中、更加典型地反映在舞台上，增强了其艺术感染力和艺术效果。二是根据剧情的需要，本着"移步不换形"的原则对淮戏原有的曲调进行改革，大胆地吸收民歌小调和歌剧的唱法，增强淮调的韵律美，以便更好地反映人物的性格和特定情绪，对剧情的发展起到烘云托月的作用。三是唱词、道白大量采用地方方言和群众语汇，尤其是发挥"最新的群众剧的优点，把淮戏从镜框里拉到街头，拉到群众中去"①，使台词更加通俗易懂，雅俗共赏，群众一听就明了，利于台上台下产生强烈共鸣。剧作继续由阜宁县文工团首演，其中雪飞扮演郑廷珍，董叶、王博夫、陈桂楠、陈亚夫、吕荣林（吕波）、王东凡、汤沸波分别扮演郑大妈、郑廷皆、小顺子、胡连长、李特务长、刘乡长、周友仁。该剧公演后观众反响特别强烈，宣传演出效果非常好，尤其是剧中经音乐家章枚整理改编、雪飞演唱的"淮北调"（即"新拉调"）、"大红花调"（即"新悲调"）等更是给新淮戏增添了诸多的淮歌韵味，听起来更加的悠扬悦耳，雪飞也一时成为盐阜抗日根据地家喻户晓的淮剧演员。黄其明以敏锐的政治眼光、尖锐的笔法、熟练的艺术技巧不仅把顽固派军队的胡连长和李特务长的欺压百姓的兵痞形象、刘乡长和地主周友仁狼狈为奸的奸诈阴险行为塑造得活灵活现，而且也把贫苦农民憧憬抗日民主根据地的平安、寄希望于共产党的心理演变描写得合情合理，尤其是对国民党顽固派消极抗日、积极媚日反共欺压人民的真相，更是揭露得淋漓尽致。《渔滨河边》的成功演出，对于深刻揭露国民党顽固派勾结日伪欺诈人民群众的罪行，极大地激发广大人民群众分清敌我，增强对敌人的仇恨心，从而更加热爱共产党、热爱新四军，积极参军参战和做好拥军优属工作，起到

---

① 刘则先：《黄其明与现代淮剧》，《新文化史料》1998年第3期。

第六章
民间文艺形式的改革与创新

了极为重要的宣传鼓动作用。

这一时期，随着《照减不误》《渔滨河边》两剧在淮剧改革利用上的成功实践，淮剧创作与群众性演出也日趋活跃。黄其明在创作《照减不误》《路遥知马力》之后，又连续创作了《绝头路》《王大进冬学》《生死同心》《懒龙伸腰》《照妖镜》《眼前报》《阴阳界》《莫忘恩德》等十多个新淮戏剧作，带动了盐阜区的新淮戏创作，他也因此被选为盐阜区总剧联理事会理事长。同时，在他的影响和带动下，凡一（阿凡）、钱璎、方徨、杨正吾（无忌）、钱相摩、顾鲁竹、曹耀南等外来的和本土的文化工作者也都积极加入新淮戏创作的行列，他们先后创作了一批有影响的新淮戏作品，如《李友才板话》《王小老汉》《射阳河畔》《参军记》《求解放》《干到底》《他是我的儿子》《刨穷根》《人面兽心》《刘桂英是朵大红花》等，有力地推动了盐阜区新淮戏创作的繁荣。钱璎、小晦在《华中根据地戏剧书录》一文中曾就华中地区所见、所知及报章杂志记载的戏剧剧目进行统计，其中仅在 1943 年至 1944 年，淮剧剧作就有 71 个。1944 年 12 月 1 日，《农村文娱》曾发起过剧本征集活动，在启事发布不到 3 个月的时间里就收到各类剧本 155 个，其中绝大多数是新淮戏剧本。盐阜新淮戏创作的繁荣，不仅锻炼和培养了一大批新淮戏的作者，而且还带动了盐阜区群众性演出活动的开展，各区乡、各中小学、各部队的团营都纷纷成立农村剧团、学生剧团、战士剧团等业余剧团，甚至有的村和连队也成立演剧小组，都争相排演新淮剧。1944 年 9 月，盐阜区党委宣传部举办了为期两个月的各县文工团骨干训练班，作家阿英、盐城地委宣传部副部长王阑西多次为学员讲课。集训结束后，文工团深入基层辅导农村业余剧团，教唱淮戏曲调，讲解化妆和表演知识。《盐阜大众》开辟了《文化娱乐》专栏，发表剧本和演唱材料。据 1945 年春统计，盐阜区就已有 500 多个农村剧团，团员达 9 000 余人。农村剧团主要成员包括农会会员、妇救会会员、儿童团团员、中小学教师、商店店员、知识分子和干部。广大中小学教师不仅为农村业余剧团创作剧目，还参加排练和演出。建阳县三区小学教师顾鲁竹、东坎市小学教师钱相摩、阜宁县吴滩小学教师曹耀南都是比较出色的编剧。建阳县二区还成立了教工剧团，文教区员王荫、周炽炎等参加演出。他们不脱产，不取报酬，服装道具自己带。每次演出，群众主动将门板、木料扛来搭台。1945 年 7 月，建阳县高作区西北乡举行以淮戏为主的文艺会演，有 13 个乡镇业余剧团，260 多人参加，历时三天。由此，盐阜区各级领导在贯彻执行各项任务时，都自然把编、演现代淮戏作为宣传发动群众的重要手段之一，如发动参军组织人民抗日武装时，剧团就及时配合演出《参军》《过关》等淮戏；在国民党发动内战时，组织演出《干到底》《求解放》等淮戏。新淮戏也因此成为盐阜抗日民主政府宣传发动群众，推动党的路线、方针、政策和各项工作任务贯彻落实的有力的文艺武器和最为适合用来作为在苏北根据地开展戏剧运动的主要形式。

第七章
诗歌创作

　　诗歌是盐城革命文艺创作的重要形式之一，也是在苏北文艺运动中最早取得成果的文学体裁。它继承了苏区红色歌谣运动的战斗传统，形式比较灵活，能长能短，能发表在报刊上，也能写在墙上，能供识字的人读，也能朗诵给不识字的人听，因此，诗歌创作在解放区开展得最早，也最活跃，以至逐步形成了具有群众性的诗歌运动。盐城革命文学作品中，诗歌占了很大的比重，许幸之、芦芒、福林、方偟、戈茅等诗歌创作者以诗歌为号角、为鼓点、为火把，与解放区同呼吸共命运，创作了对敌寇痛恨、对胜利的确信以及歌颂解放区生产生活和各项建设的诗行，有力地推动了革命文艺事业的发展。

第一节　许幸之、莫洛的诗歌创作

　　许幸之是一个集画家、诗人、电影导演、戏剧编导、艺术史论家于一身的文化人，也是一个从青年时代就投身人民大众解放事业的革命者。他原名许富达，学名许达，笔名霓璐、天马、丹沙等。祖籍安徽省歙县，1904年4月5日生于江苏省扬州市，1922年毕业于上海美术专科学校，1924年赴东京留学。1929年回国，在上海任中华艺术大学西洋画科主任。1930年3月2日出席中国左翼作家联盟成立大会，为左联发起人之一。1930年6月被推选为"中国左翼美术家联盟"（简称"美联"）主席，在上海从事左翼美术运动。1934年，加入上海天一影片公司，1935年年初转入电通影片公司工作。由其作词的《铁蹄下的歌女》随电影《风云儿女》唱遍大江南北。1940年秋从上海到苏北抗日根据地参加新四军。1941 年 2 月任鲁迅艺术学院华中分院教授，并被选为苏北戏剧协会理事长。在盐阜区期间，他设计了新四军重建军部后新四军"N4A"新臂章。1941 年 7 月离开盐阜区后被秘密派往沦陷区的中山大学、上海戏剧专科学校、南京戏剧专科学校执教。中华人民共和国成立后，历任文化部电影局电影艺术委员会编导、中央美术学院教授、中国美术家协会理事。著有《许幸之诗集》《许幸之画集》《达·芬奇传》《柯罗的风景画》等。1991 年 12 月 11 日在北京逝世。

许幸之最早是在绘画领域崭露头角而投身 20 世纪二三十年代文坛的，稍后又在戏剧、电影等方面作出重要贡献。虽然在影视事业上的成就，如作为影片《风云儿女》（由田汉编剧）的导演和作为《铁蹄下的歌女》（由聂耳作曲）的词作者，已使他的名字无愧地载入我国现代文艺史册，但他在诗歌创作方面的成就同样不可忽视。这不仅因为他的绘画作品受到了创造社的郭沫若、成仿吾、郁达夫这些新文化运动先驱者们的肯定和批评，而且还因为创造社的文学氛围甚至一度感染到这个专心作画的青年，使其有一段时间"写诗的兴趣，往往超过作画的热情"。1927 年，他发表了处女作《牧歌》，随后的几年里，他陆陆续续地发表了《鸟》《樱桃》《摇篮曲》《锁住你的自由》《归途》《死去了的苏州城》等。1934 至 1936 年间，先后发表《大板井》（1934 年 8 月 1 日《现代》5 卷 4 期）、《扬子江》（1935 年 11 月 1 日《文学》5 卷 5 号）、《万里长城》（1936 年 7 月 1 日《今代文艺》创刊号）、《悼聂耳》、《铁蹄下的歌女》（1935 年《电通画报》）、《卖血的人》（1934 年《春光》创刊号）等诗作。他的诗作经历了早期《牧歌》时期自然田园的歌咏与忧郁、《大板

第七章
诗歌创作

井》时期社会情景的忧患与悲鸣、《中国的母亲》时期同仇敌忾的激越与忧愤，而最终以诗歌为武器，为祖国的自由和民族的解放大声呐喊。1941年，记录了许幸之从初出茅庐到走向成熟的诗集《诗歌时代》由上海海石书店印行。

1940年秋，苏北新四军派司徒阳来上海邀请许幸之赴苏北抗日根据地，从事革命文化工作。他参与筹建"鲁迅艺术学院华中分院"，并同时担任文学、美术、戏剧三个系的教授。他把盐城大戏院改建为"鲁迅艺术剧院"，使其成为新四军军部的活动中心和群众集会的场所。之后不久，他又完成了新四军后方医院的设计改建任务，设计完成新四军的"N4A"新臂章。在此期间，许幸之不仅积极地给鲁艺的教师们开设"艺术的起源及原始艺术"等专题讲座，承担文学、美术、戏剧三个系教学任务，指导戏剧系学生排演戏剧节目，而且还担任苏北文化协会、苏北戏剧协会等文艺组织的领导工作。然而，紧张的战事没有使他停下诗歌创作的步伐，他那郁积于胸、同仇敌忾的激昂诗情更加狂热，充满激情，更具历史见证性和审美震撼力。皖南事变后，为了粉碎国民党的反共阴谋，新四军在盐城重建军部。在新四军重建军部的誓师大会上，许幸之慷慨激昂地朗诵了自己创作的诗歌《打起你的战鼓吧，同志！》。诗歌一开头就这样写道："打起你们的战鼓罢，同志们！举起你们的战旗，用你们的歌声，喊出你们的悲愤。"接着诗人如歌如泣地叙述着共产党新四军怎样在大敌面前"为着国家的完整，为着民族的生存，为着抗战和救亡，为着人类的解放，痛定思痛地而又包含着泪水把红星帽徽换上青天白日的帽徽，悲愤地摘下飘扬在山上的红旗"。接着诗人写出了抗战三年共产党领导的军队坚持同日军战斗在华北、华中、大江南北，以鲜血记录下一次又一次的反扫荡的胜利，而那些走狗、汉奸、反共投降派顽固派是怎样破坏抗战、反对抗战。诗人又仿佛是噙着泪水在哭诉："随着这不幸的消息传到了江淮，江淮的老百姓同声愤慨，于是在每个战士胸中痛心切凿。"于是，全体将士都脱下军帽向牺牲的烈士们默默哀悼；于是，在千万群众胸中都燃烧着怒火。他们说："为什么要布置这样的阴谋？为什么要惨杀自己的兄弟，为什么要消灭抗战的队伍？""为什么？为什么？为什么？"诗人以连续的"为什么"把愤怒的感情引向高潮。接着诗人笔锋一转："同志们！我们要用血与泪与火与铁的斗争，粉碎任何的民族阴谋和组织任何阴谋的敌人。……同志们，我们举起战旗，我们打起战鼓，我们唱起战歌！……战鼓配合战旗，战旗配合歌声，歌声配合斗争，斗争配合革命，革命要用血来完成，鲜血就是革命的象征。"这是一首纪实、叙事的悲壮诗，也是一首政治鼓动诗。诗人以朗朗上口的音律、强而有力的节奏，辅之以重章叠句、回环复沓的手法，使诗歌的形式与情感起伏相融，张弛有度，以满腔的热血和万丈的豪情激发官兵们的革命斗争热情。在许幸之的号召和推动下，苏北根据地的政治抒情诗创作蓬勃兴起。1941年4月16日，在苏北文协代表大会上，许幸之朗诵了所创作的反法西斯战争的长诗《春雷》，受到与会作家和文艺工作者的热烈欢迎。同年5月30日，许幸之又被推选为苏北诗歌协会理事，陈毅到会讲话，号召广泛开展苏北诗歌运动。许幸之按捺不住自己的诗情创作了《黄金谷》，发表在1941年6月10日《江淮日报》上。该诗通过对蓝天、白云和丰收景象的描写，讴歌苏北军民收割夏麦的那种在自然风光烘托下的欢乐场景："军歌唱哟，民歌唱，军民合唱大麦黄。/日也忙哟，夜也忙，日夜辛苦割麦忙。/风要吹哟，日要晒，风吹日晒，金谷香。/哦！多么美好的风光啊！/蓝绒的天空哟，白玉的云。黄金的谷子哟，红色的心。/革命的政权哟，农人的手，自由的土地哟，幸福的歌。/赤色的原野啊，燃烧着石榴的火。/五月的烈阳啊，卷起了秋月的风。……/割麦鸟哟，叫遍了东村，又叫西村。/锋利的镰刀哟，闪光亮，/粗大的手掌哟，割麦忙。/炎夏的热天哟，拂衣裳。黄金的谷穗哟，发幽香。……"这诗把农民新中国成立后大获丰收的欣喜之情表现了出来，再现了根据地美好的风光和人民在民主政权下幸福的生活。

莫洛是一个比较早的投身诗歌运动的诗人，他原名马骅，字瑞蓁，曾用笔名林渡、林默、林窗、衣凡、依帆、舒朗、苏依、柳滨、蓝河、沙泉、海语、海旅、西窗、M·林等，1916年出生于浙江温州。早年就读于温州中学，"一二·九运动"后因积极参加并领导学生爱国救亡运动，逃亡上海。上海"八一三战争"发生，回家乡与朋友组织永嘉战时青年服务团。1938年组织海燕诗歌社，1939年主编《战时商人》月刊。1940年到皖南，后随新四军转战到苏北盐城。1943年至1945年在《浙江日报》主编副刊《江风》《文艺新村》。抗战胜利后在杭州编辑《浙江妇女》。新中国成立后，任《浙江日报》编辑。1951年任温州市文联主席，1954年调浙江师范学院（后改为杭州大学）任写作教研室主任，后调温州市教师进修学校任教，是浙江省文联委员。著有：诗集《叛乱的法西斯》（1938年，温州海燕诗歌社）、《渡运河》（1948年，上海星群出版社）、《我的歌朝人间飞扬》《风雨三月》《梦的摇篮》《闯入者之歌》；散文集《生命树》《哑鱼集》等。2011年6月15日在温州去世。

1940年9月，莫洛到达皖南参加新四军，11月，莫洛等人随新四军江北指挥部北撤来到江南丹阳地区，半个月后莫洛一行人渡过运河、再渡长江，抵达江北后，经过泰兴、泰州、海安等地，然后到达东台。在东台传来了

第七章
诗歌创作

"皖南事变"爆发的消息。莫洛乘小货轮离开东台，抵达盐城。到达盐城后，莫洛被分配到县立盐城中学教书并担任训育主任，与诗人王远明、黄凡一起共事，并开始构思长诗《渡运河》。莫洛在那时先后创作了组诗《月亮照在江南》《我们渡过长江》，小叙事诗《母亲》，以及《晨》《枪与蔷薇》等短诗。1941年4月初，他在盐城袁家河仅用两天时间完成了六百多行长诗《渡运河》，后由《青年日报·语林》连载刊出。该诗共分六章，除序诗外，有"奔向运河""运河边上""早安呵，运河""渡运河""在运河的彼岸""离运河"，全诗开篇写道："怀着深切的感情/我奔向运河……运河，记载着古老的故事/运河，如今/却驮负着深重的悲哀/我是多么殷切地渴望着/去慰问那被辱的河水/去谛听她怨愤的鸣咽啊……"长诗意象丰满，气贯长虹，势如破竹，运用比喻、想象、抒情、象征等艺术手法，"以诗人参与战斗的实际体验，以矜持的浪漫蒂克风度，抒写了在新四军中渡长江、渡运河到盐城的行军感受"，既有对黑暗的诅咒，又有对理想的憧憬，"感情热烈而沉挚，堪称是叙事长诗中的力作"[1]。因而"在我国的新诗人中，无疑是别具个性的"[2]。诗作写成后曾被诗人辛劳推荐给鲁艺演员在"五一"集会上朗诵。1941年暮春，在盐城街头，莫洛常看见陈毅在太阳将要西斜的时候骑着一匹栗色马，穿过盐城市街跑向郊外。诗人敏锐地捕捉到了这一幕，写了《陈毅同志》，并于1941年11月19日发表于《奔流新集》第一集上，后《大江南北》发表时改名《骑马走在盐城的街上》。诗歌通过对"陈毅同志/骑马走在盐城街上/像夜海里一星煌

---

[1] 王嘉良，叶志良：《战时东南文艺史稿》，上海文艺出版社1994年版，第176页。
[2] 韦泱：《百年新诗点将录》，文汇出版社2017年版，第136页。

亮的灯火/牵引万众的注意"的神态、语言以及街上老人惊疑的目光、姑娘钦羡的眼神、孩子跳跃欢迎的话语及神态的描写,赞颂了陈毅军长"多么雄武而魁伟"的光辉形象,表现了根据地人民对他的衷心爱戴。在全新的战斗生活中,尤其在苏北诗歌协会成立后,随着诗歌运动的开展,莫洛诗情勃发,还继续写了《晨颂曲》《串场河两岸的春天》《炊事兵》《军长啊,我们等你骑马回来》等诗作,记录下他在盐阜抗日根据地的所见所感,极富政治鼓动性。

第二节　芦芒、辛劳的诗歌创作

芦芒,曾用名鲁莽,上海市人,1920年生。自幼酷爱美术,1938年在上海美专学西洋画,受到进步思想影响,参加地下党所领导的抗日救亡运动。1939年初到皖南新四军军部,参加了革命,开始在军部战地服务团担任美术宣传工作,创作宣传画、墙画、壁画,刻过军歌木刻,但对文学一直有浓厚兴趣,深受《马雅科夫斯基诗集》等十月革命时期的苏联文学作品的影响。在皖南军部《抗敌杂志》工作期间,他曾为陈毅同志的报告文学配过木刻插图。1940年夏,芦芒随新四军战地服务团到江南一支队任绘画组组长。1940年10月八路军新四军会师苏北后,芦芒被调到《江淮日报》任美术编辑和文艺副刊编辑,发表过几首小诗,同时在华中鲁艺讲美术课。1941年7月"反扫荡"后调到新四军第三师政治部任鲁艺工作团美术教授,在部队《先锋杂志》发表过诗。解放战争时期,芦芒在苏北、华中、两淮坚持敌后斗争,后任《苏北画报》社长,在华东海军政治部任画报社长。1953年后转业任上海作协党组成员、书记处书记、副秘书长,中国作协会员,上海文联理事,《上海文学》《收获》编委等。其时,芦芒的主要精力转向诗歌创作,先后出版新诗集有《红旗在城市上空卷动》(新文艺出版社1956年出版)、《上海,上海,向前,向前!》(上海文化出版社1958年版)、《东方升起朝霞》(上海文艺出版社1959年版)、《奔腾的马蹄》(上海文艺出版社1962年版)、《大江行》(作家出版社1964年版)、《红色的歌》(少年儿童出版社1965年版)等,同时还创作电影剧本《钢城虎将》(上海文艺出版社1960年版),以及为描写抗日战争的故事影片《铁道游击队》创作插曲《弹起我心爱的土琵琶》歌词。1979年病逝于上海。

芦芒在抗日战争和解放战争时期创作了《东海船夫曲》《骑兵行》《东海

老人》《苇荡营》《人民参军》《女担架队员》《东海之歌》《转移》《东海边的一夜》《洪泽湖》《禁门》《人民誓盟》等诗歌,这些诗作后来被收入了他的第一部诗集《东海之歌》,并由新文艺出版社于1955年出版。

芦芒在盐城从事革命文艺工作期间创作的诗歌主要有新诗《东海船夫曲》《骑兵行》《东海老人》《苇荡营》《人民参军》《女担架队员》以及墙头诗《斗争》(外三首)等。这些诗作以现实主义的笔触,描写了革命斗争主题,讴歌了人民战争的伟大胜利,如《骑兵行》就写出了"我们"——骑兵兄弟们,骑着北方的马,纵横奔驰在南方敌后——东海边沿,保卫祖国人民的豪情,歌颂了新四军骑兵战士豪迈的战斗气概。写于1942年的《东海老人》一诗主要写了东海边一条小街上,一个当上民兵的白发老人被残暴的敌人抓住,威逼他不仅要"招出干部和战士""带路追杀新四军",而且"还要搜寻姑娘们",老人宁死不屈,受尽毒刑拷打,壮烈牺牲,歌颂了像东海老人一样的我们中华民族的英魂忠魄。诗人一开始就用纪实的笔调写了小街"像死掉一样的沉寂"的肃杀的景况:"冬尽开春,一个逢集的日子,/在海边的一条小街上,/却像死一样的沉寂。/没有一个摊子,也没有一个人,/只有几堆沙光鱼在发散着腐烂的腥臭。/海风卷起了灰尘,/两边房屋,冷冷地瞪着眼睛,……/它们,就这样迎接了'扫荡'的敌人。"这时一群像"丧门神"般的敌人凶狠地扑了过来:"一队骑兵(穿黄呢军装的),/疯狂地向街头冲进,/后面紧跟着大批步兵,/就像'丧门神'成了群,/露出无限的残暴和凶狠!""但到处扑空,怒恼、烦躁和恐惧,/不断敲击着他们的心。"诗人接着写了"这儿站着一个白发老人,目光闪烁,瘦骨嶙峋","共产党带给他幸福和光明",儿子参军,他当了民兵,现在"干部们嘱咐他留下来,把敌人的情况探听……""老人已探清敌情,正想悄悄地溜出街心,几个提刀的太君忽然截住了老人",敌人先抽了一阵皮鞭,又剥掉他的破棉袄,一身的皱皮肉,怎挡得住冬夜刺骨的寒冷。鬼子"进出恶狗一样的叫",强迫老人喊三声"欢迎日本皇军!",威逼老人做三件事:招出干部和民兵、带路追杀新四军、寻找花姑娘。老人义愤填膺,双目怒睁,眼冒火星,大声怒吼道:"干部和民兵,就是我们人民的心,他们远在天边,近在你们眼前!新四军好像老鹰,马上要啄瞎你们的眼睛!你们要奸淫、杀人……哼!东海边的姑娘不许你们碰一碰……"老人接着骂他们:"野兽!野兽!畜生!"敌人恼羞成怒,老人的牙齿被打得一个不剩,鲜血喷着强烈的憎恨:"任你油煎刀剐,也莫想动摇我的心!"敌人一定要他带路,老人说:"就指给你们两条路,第一条到东海底;第二条到俘虏营。"敌人恼羞成怒,拿起了木棍,塞进了老人的喉咙,冷水也向喉咙里灌进。忽然,老人流血的喉咙里发出最后的震撼的声音:"我活着不能打死你们,我死了也要抓住你们。"就在这个时候,小街周围发出了怒吼,新四军和民兵像潮水一样涌进,紧紧地围歼着这一股敌人。"儿子抱住父亲的尸身,同伴们举起了旗,脱下了帽子。那东海上的波浪也壮烈地在响应。"诗歌结尾是海面上"弥漫起一片大雾,在白雾蒙蒙中,一个白发老人,在浮动着走向太空——他就是:'东海老人'",通过浪漫主义手法,寄托着诗人和根据地人民对老人的真挚感情。《苇荡营》写于1942年前后。诗作用清朝苇荡营的不幸和人民的抗日政权作对比,描写了人民抗日政权建立后,它变成了民主的村庄,到处燃烧着杀敌的怒火。诗中展现了鬼子在东海边像梳篦子一样"扫荡"着东海边,一个鬼子的军医官搜到了一批花布、杂物和器皿,抓到一条小毛驴驮着东西,在草滩里随着大部队后边行走,掉了队。诗人接着写道:"呵,芦苇丛里好凶险!/尖刺刺着脚,/弯刀一样的芦叶'沙沙'划脸颊!/四周阴沉沉地……/遮蔽得抬头不见天。鬼子医官心发慌脑袋直流汗!/拼命地拖着毛驴要它走出来,/可是那驴子偏偏再也不愿动一步,/只是气呼呼的……睁着两只圆瞪瞪的眼/逼住那医官慌张的鬼脸!/猛然地——/从横里一条扁担伸出来,/白晃晃的就这么一闪……这个黄呢军帽的尖脑袋,早已给劈得稀烂!"杀死鬼子的大根被群众保护了起来,汉奸魏八却做了替死鬼。诗最后写出苇荡营今日的和平幸福生活:"每天——/在红色的晚霞里,/在晨风吹拂时,/只听到人民播种的歌声,/在你空旷的原野上震荡……"诗作不是用华丽的辞藻来堆砌,而是用事实来铺垫,来叙述,既有传奇式的英

第七章
诗歌创作

雄人物和故事，又有对和平景象的描绘，因而更生动，更有感染力。《向黑土泥进军》是歌唱人民翻身过新生活的诗作，通过诗句"向黑土泥进军"的循环往复，要求千百万军民响应党的号召，"合力同心"去做"生产劳动的英豪"，"战胜卑鄙敌人"。《人民参军》一诗则通过对根据地人民敲锣打鼓地欢送参军人们的热闹场景描绘，表达了根据地人民响应号召，踊跃参军，争做抗日英豪的豪情壮志。《女担架队员》是一首表现解放战争时期拥军支前的诗作，通过一个名叫金凤的农村妇女动员全家力量，投入人民爱国自卫战，在火线抬担架支前，她抬着负伤的丈夫"在火光熊熊的战场上穿插"，"脸上照出一片动人的红霞"的描写，反映了人民群众在战火中成长以及渴望"解放"的急迫心情。

辛劳，原名陈晶秋，化名陈中敏，笔名有肖宿、叶不凋、煊明、骆寻、辛洛、骆寻晨、方可和晴夏等。他1911年出生于内蒙古呼伦贝尔盟。"九一八"事变后，他与一些东北的文学青年流亡到上海。1932年5月，参加左翼作家联盟，从事写作，并参加革命活动。1934至1935年间在私立江苏中学任教，除授课和教学外，还热衷于诗歌、小说、散文等的创作，发表《阴影》《小说家》《中流》《光明》等散文、小说多种。抗战初期致力于诗歌创作，曾在《救亡日报》先后发表《火中一兵士》《夜袭》《在火中》《战斗颂》《难民的儿歌》等诗歌十多首，歌颂抗日军民的战斗业绩，宣传抗日救亡运动。1938年1月赴皖南参加新四军，先后在战地服务团及浙东一带从事抗日救亡文化活动。不久返回上海参与革命诗歌团体行列社的工作，更加积极地投入诗歌创作，写有长诗《棉军衣》，短诗《土地》《年夜》等。1945年在战斗中被俘，死于狱中。作品有诗集《捧血者》《五月的阳光》《深冬集》等；散文集有《古屋》《炉炭集》等。

辛劳是位"胸中充满革命激情的，文学素养深厚的诗人"，也是位"才华横溢"的革命诗人[1]。辛劳曾说过："诗歌虽已被人注意得多了，但作为这大时代的进军战鼓与历史的里程碑的诗歌，我们需要更响亮、更开朗。"[2] 他的诗歌创作以现实主义手法为主，然而他不可遏止的创作激情与坦率、热情的诗人气质的交织又使他的诗作抹上一层浪漫主义的瑰丽色彩，呈现出"一种深沉、激昂、豪壮的风格"。创作于1939年皖南小河口的著名长诗《捧血者》长达千余行，由《序诗》和《行人》《月黑的夜》《我爱》《奥秘》《林雀》《古

---

[1] 吴强：《新四军文艺活动回忆》，《新文学史料》1980年第4期。
[2] 辛劳：《捧血者》，珠海出版社1997年版，第200页。

盐城
革命文艺史略

歌》等六章组成。诗作以抒情主人公的灵魂告白登场，"捧着"自己的"生之鲜血"汇入一股"血"的洪流中，使"诗绪由压抑奔向昂扬"，使诗色由"月黑的夜"变换到"红霞辉煌"，也使"诗的节奏由缓慢转为急促"。整首诗也使我们读到一个"心热如火"的诗人，"一个血与火的时代，也读到一个不甘屈辱的民族，共同的深沉、激昂、豪壮。"[1] 他的诗歌具有很强的叙事性，也充满着强烈的抗争意识，如他写于1940年的《秋天的童话》就抒写了一个病中的新四军战士坚信抗战必胜的豪情："血换来我们的胜利，敌人的毁灭——/光彩，焕灿"，因此，在中华民族用血肉筑成的长城面前，当"有一天，世界飘扬的都是血旗"的时候，诗人由衷地感叹"这着了火的土地，欢喜更多于忧伤；/花不是从前的开，/用勇气的血涂染了的！"1941年辛劳随新四军战地服务团来到苏北盐阜区新四军军部，从事革命文化宣传活动，并在1941年5月5日，在苏北诗歌协会成立大会上他被推选为副理事长。这一时期，根据地军民欢乐祥和的气氛感染着他，触发了他的诗情，写作更加勤奋，不久他便采用了十四行诗的形式，但又不拘泥于传统十四行诗的格律束缚，创作了《新十四行》诗，发表在1941年6月10日《江淮日报》的《新诗歌》专页上。诗作的主要内容描写了在丰收季节里，子弟兵与农民们一起收割麦子，并保卫土地、使敌人不敢来骚扰的欢乐场景。而面对敌人对根据地发动的

---

[1] 赵文菊：《寂寞者和他的血——"孤岛"诗人辛劳》，《新文学史料》2000年第2期。

"扫荡"时，诗人郁积于胸的愤慨喷涌而出，他在《先埋了他》一诗中直斥"法西斯强盗，/命定要埋葬"，因为"世界上集中了火力，给他们掘坟。/怎么挣扎都没有用"，所以他们只能是"东咬一口，西咬一口"。而人们也对法西斯发出了警告，指出日本法西斯"不过是只小狗，/四年来在中国，/到处挨揍"，认为"法西斯的寿命，/现在只剩个蜡烛头"，号召人们"先埋了它，/这只日本法西斯小狗"。作为在上海"孤岛"时期和东南文艺战线上作出过重要贡献的革命诗人，辛劳以嘹亮的歌喉和歌唱的情绪与欲望，发出了盐阜根据地人民与时代和民族共同觉醒的呐喊，真切地表达出了一个战士诗人的爱憎感情。在此期间，他还积极推动盐阜区的"墙头诗"运动。1942年2月1日，他在《盐阜报》的《新地》副刊发表了《街头诗断论》一文，认为墙头诗是诗歌大众化的先锋，"如果使诗歌走上大众化，写出能为大众所需要所喜欢的诗歌，必须从街头诗做起。"强调墙头诗"创作态度要严肃，不能吊儿郎当"。诗人"比写普通的诗要更加细密注意、推敲、考量"，善于"打游击战"。如他发表于1941年7月20日《江淮日报》上的《人牛太平（外二篇）》就极富鼓动性，通过群众祈求"人牛太平"的心理，要求群众别把它写在"草房门口"以及"古庙的红土墙"上，"要写在杀敌的刀尖上"，告诫人们"若是日本强盗来了"，"烧香没有用，神鬼不灵"，只有"子弹、大刀"才是"人牛太平"的保证！诗歌主题突出，简洁明了，干净利落地把宣传发动群众的要义凸显了出来，显示了作者对于诗歌大众化的追求。

第三节 陈毅、张爱萍的诗歌创作

在盐城革命文艺工作中除了专业的文艺工作者以外，还有不少党政军领导干部也加入了诗歌创作队伍，写下了许多诗歌佳作。他们或是在某次斗争取得胜利之后，挥毫抒发胜利的喜悦；或运用诗歌这一特殊的武器，在特定环境中同敌人进行特殊的斗争；或以诗会友，相互唱和，团结一切可以团结的力量共同抗日。这类作品多为古体诗词，有的发表于当时的报刊，有的只是在某种场合朗诵或互相书赠，后来才在报刊上发表或收入诗集。在这类诗歌创作方面，无论是数量还是质量，都要首推陈毅、张爱萍这两位新四军领导人。

1940年11月底，陈毅从海安进入盐城，1942年底离开阜宁去延安，在

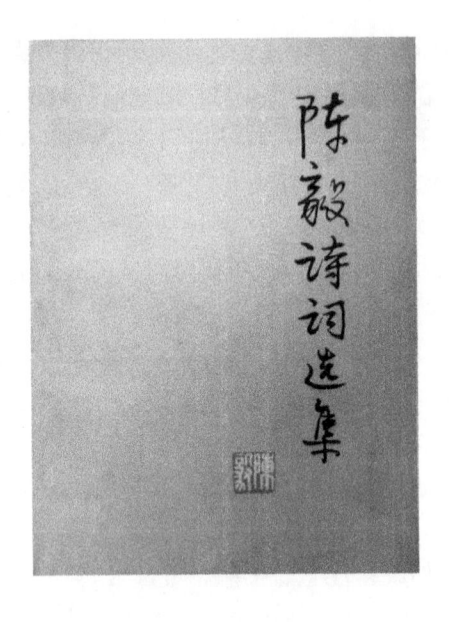

盐阜区这 2 年时间内，他共写诗 20 多首，其中被张茜编选收入 1977 年人民文学出版社出版的《陈毅诗词选集》的共有 6 首，即《记遗言》《与八路军南下部队会师，同志中有十年不见者》《"七七"五周年感怀》《盐阜区参议会开幕感赋，兼呈参议员诸公》《湖海诗社开征引》《送沈、张诸君赴延安》，其余的《酬良父并同赋诸君七律四章》《闻韩紫翁陷敌不屈而死，诗以赞之》《悼韩紫翁》等十几首，散见于盐阜区党的机关报《盐阜报》和阿英主编的《新知识》杂志。陈毅以其文韬武略与非凡诗才，记录了新四军在盐阜地区的光辉战斗历程，赢得了广大人民和知识阶层的信赖，从而为盐阜抗日根据地的建立、巩固和抗日战争的胜利，奠定了良好的基础。

作为"一代儒将"与"将军诗人"，陈毅的诗歌充满着雄浑豪爽的气派，他在戎马倥偬、日理万机的紧张的军政工作之余，以诗歌为武器，服务、服从于当时的政治军事斗争，充满着革命英雄主义和革命的乐观主义精神。1940 年 10 月，随着盐阜抗日民主根据地的开辟，新四军与八路军这两支抗战劲旅在盐城的狮子口胜利会师，两军将士将同仇敌忾，奋力杀敌，其中也有十年不见的老友得以会见，他有感而发，随之赋诗一首《与八路军南下部队会师，同志中有十年不见者》，诗中写道："十年征战几人回？又见同侪并马归。江淮河汉今属谁？红旗十月满天飞。"既表达了对"同侪并马归"的两军会师、老友相逢的喜悦与激动心情，又抒发了对取得抗敌斗争胜利的壮志豪情与坚定信念。1941 年 1 月，他闻听"皖南事变"的消息后，义愤填膺，挥毫写下《皖南事变书愤》一诗:"嬴秦无道即今同,血债千重又万重。倒海翻江人呐喊,干将莫邪斩苍龙。"诗作一方面指出国民党倒行逆施的行为,就像当年残暴无道的秦王嬴政一样,所犯下的"血债千重又万重",完全是自掘坟墓,其覆亡的命运已为期不远;另一方面又强烈地表达了我抗日军民必将前赴后继,"倒海翻江人呐喊",就像干将莫邪一样挥剑斩苍龙,与日寇和国民党反动派展开浴血斗争,奋勇杀敌。《记遗言》则是他听说新四军女战士李珉在渡江遇敌负伤牺牲前的"革命流血不流泪"豪言所感动写下的,抒写了革命战士流血不流泪,视死如归,"生死寻常无怨尤"的革命英雄主义精神,赞扬了他们以身报国的赤胆忠心,必将如滚滚长江水一样汹涌澎湃,铮铮誓言"一言九鼎重千秋"。诗歌格调昂扬,壮怀激烈,有力地鼓舞和坚定了抗日根据地军民奋起抗战的高昂斗志与坚定信念。与此同时,他又以诗歌为媒介,结交和团结当地的文人士绅,努力与其结成抗日的统一阵线,促使乡绅名流、骚人墨客写诗作文为抗战而歌唱。盐阜区士绅耆宿有不少人,如杨芷江、庞友兰、唐碧澄、宋泽夫、姜指庵、王冀英、顾希文、杨幼樵、沈其震等。他们都是地方名流,富有民族正义感,是统一战线的重要对象和力量。陈毅刚到盐阜区不久,就接到了当地士绅臧良父写来的诗,意在试探将军对自己的态度与诗才,陈毅随即和诗四首,并以《酬良父并同赋诸君七律四章》为题公开发表在1941年7月15日的《江淮日报》上。诗作发表时又特意加上小序说明写作缘由以及表明自己谦逊的态度:"今春臧良父先生惠诗,一时和者甚众,余不文,回避诗坛久矣。鞍马间虽有作,存者百不及一。今者诗债积累日深,走笔以酬,感时伤事,所怀万端,聊博良父及同咏诸君一粲。"四首七律诗分别为:"淮南风雨惠佳章,良夜长吟齿颊香。愧我菲才惭大树,愿君戮力转沧桑。妖氛未靖谁无咎?战局纡回见小康。莫道忧天天不坠,可怜西狩正郎当!""虚传神话斩长蚺,白帝于今势正酣。欲破鸿沟思猛士,每观雁阵感征骖。乘机突击围华北,反共阴谋见皖南!只手遮天愚妄极,是非自有国人谙。""廿年革命几人存?国共纠纷应细论。抗敌救亡凭正气,特工党恶凿离痕。逋踪不少逃边境,胥首仍多系国门!何处光明留净土?还看敌后万军屯。""血战玄黄春复秋,光明黑暗竞神州。法西困兽拼孤注,极北辰星拱万流。谋晋谢公饶善策,椎秦子房费深忧。战云转变还堪喜,正义风雷荡亚欧。"诗人首先用"愧我非才惭大树"诗句自谦,称誉其诗才是"惠佳章""齿颊香",表达自己对他的敬佩与尊重,接着在第二首中希望国共双方能"欲破鸿沟思猛士",团结一致抗击日本帝国主义,揭露国民党反动派发动的"皖南事变"及其的"反共"阴谋是"只手遮天愚妄极,是非自有国人谙"。

第三首则说明抗日形势已经发生转折,"抗敌救亡凭正气","敌后"已是"万军屯"。第四首是说日本法西斯已是"困兽拼孤注","战云转变还堪喜",胜利的曙光即将到来,"正义风雷荡亚欧"。诗人希望广大乡绅与民主人士应和共产党、新四军团结合作、一致对外,"戮力转沧桑"而共赴国难。该诗一经刊出,顿时赢得乡绅名流、文人雅士的赞叹、佩服,一时和者云集,其非凡的诗才一下得以名震盐阜。此后,他惊闻与他有过诗词唱和的著名乡绅韩国钧因不愿就任伪职而以身殉国,随即作《闻韩紫翁陷敌不屈而死,诗以赞之》的七律一首以表深切悼念,称赞其"坚持晚节昭千古,誓挽狂澜励后生"的凛然正气,其民族气节足以"留取丹心照汗青"。在接下来的1942年5月5日,盐阜区各界代表在阜宁西乡郭墅张庄开会追悼韩紫石,陈毅参加了追悼大会,在此期间他作了《悼韩紫翁》七律五首,深得当时盐阜地区爱国知识分子的同情与响应。当地著名乡绅庞友兰、杨芷江分别写了《悼韩翁诗》《参与韩紫老追悼会感赋》的和诗,说明他们已将陈毅视为知音、同道和诗友,也由此可见陈毅悼亡诗的巨大艺术感染力与追悼会的宣传作用。陈毅与盐阜区地方名流的诗词唱和也一时传为佳话。1942年10月25日,盐阜区参议会经过三个多月的筹备工作,首届会议正式开幕,刘彬、曹荻秋、骆耕漠、白桃、唐碧澄、计雨亭等和县参议员以及各界人士共100多人出席了会议。在会议开幕这天,陈毅特地写下了《盐阜区参议会开幕感赋,兼呈参议员诸公》这首诗。该诗一开始首先言明帝国列强侵略、国民党腐朽统治是"列强风雨苦相催,腐朽犹存是祸胎",希望各界人士组成最广泛的统一爱国阵线,"碧血前驱流万斛,新坟后继起千堆",紧密团结,前赴后继,共同抗敌,保卫和拥护新生的民主政权,这样才能使"飘摇专制霸图尽,茁壮新生民主来",人民也才能"日月重光世运开",夺取抗战的最后胜利。

  这一时期,陈毅在战斗间隙或是行军途中或是生活闲暇时所写的写景状物、感时咏怀的诗歌也很为人所称道,如写于1943年4月的《大柳巷春游六绝》就是他在新四军第四师取得淮北山子头战斗胜利,俘虏包括韩德勤在内1 000多人后,亲自赴第四师主持对韩德勤等处理事宜的间隙,于淮河中的沙洲游憩时所写下的,后发表于1944年3月6日阿英主编的《新知识》第5期上。这六首或是表达诗人骑马畅游的欢快(《试马》);或是表达他"人间好景随时在,满眼梨花锦作堆"的春游雅兴(《赏春来迟……》);或是他在观剧后"抗战新声更展眉"的深思(《晚会观平剧》);或是他在宋祠纵谈时政时"群彦相看笑展颜"的情景(《宋祠讲战后和平》);也有他在淮河晚眺,为"长天淮水鹭争飞"的晚景所陶醉而萌发的"我欲骑鲸跋浪归"的冲动

第七章
诗歌创作

（《淮河晚眺》）；更有他在围棋树下小醉的闲情雅趣。这一组诗或写景，或抒情，或融情、景、事于一体，颇有一种"战地黄花分外香"的意味与情调，给人留下深刻而难忘的印象[①]。他的《读史四首》，虽说是其读史时的心得和感受，实际是言志抒怀、以史鉴今的咏史诗，告诫人们要"外举不避仇，灭亲见大义"，吸取历史教训，坚定抗战信念。除此之外，陈毅还是个诗论家，对古典诗歌、诗人、当代诗歌发展道路和方向有着比较系统和完整的看法。1942年11月，陈毅在"反扫荡"准备中，骑马走笔，为湖海艺文社写的《湖海诗社开征引》六十韵长诗，就是一篇诗歌改革的宣言书。在这篇宣言中，他对中国诗坛从李杜以来每一个时期的代表性诗人都做出精到的评价，对元明以后诗风"下坠"深感痛惜，主张"师今亦为古，玩古生新意"，认为新诗一切都是本着正义的战争来进行，自会产生可歌可泣的"情文两具备"新诗作品来，希望当今士绅、耆老、骚人墨客为抗战写诗，写诗为抗战，使这个被敌寇蹂躏的国土"重见汉旌旗"。这篇长达三百言的诗论立意高远，大气磅礴，为湖海艺文社的创作与发展指明了前进与努力的正确方向。

张爱萍是当年新四军的主要将领，也是一位"马背诗人"。他1929年参加红军后任红三军团第四师政治部主任，第十一、十三团政委等职。抗战后，先后任八路军皖苏鲁纵队政委，新四军第三师第九旅旅长，第三师副师长兼第八旅旅长、政委，第四师师长，同时兼任苏北军区副司令员、盐阜军分区司令员、政委、中共盐阜地委书记等职。新中国成立后任中国人民解放军副总参谋长、国防科委主任、国务院副总理兼国防部长等职。著有《神剑之歌》《张爱萍军事文选》等。

张爱萍从1940年10月率部从皖东北挺进盐阜区，直到1944年夏调任新四军第四师师长去淮北，在盐阜区近4年的时间里，张爱萍创作了《会师》《青阳歼敌》《平定洪泽湖》《陈集歼灭战》《祝捷》《寄邹韬奋同志》《忆秦娥·猎大雁》《诉衷情·佳期》《南乡子·解放陈家港》等绝句、律诗和词，生动地记录了他在抗日战争时期在苏北盐阜地区留下的光辉战斗足迹和生活经历，抒写了老一辈革命家豪迈、奔放、乐观的战斗豪情，显露出其将军诗人的英雄本色。他的诗词大多是其战斗生活和重要事件的纪实，以事件真实、感情真切的纪实风格而强烈地感染我们，比如，诗人有感于陈毅在新四军与八路军会师后庆祝大会上即席所作《与八路军南下部队会师，同志中有十年

[①] 李军：《论陈毅抗战时期在盐阜淮地区的诗歌创作》，《盐城工学院学报（社会科学版）》2011年第1期。

不见者》一诗，随后步陈毅诗原韵和诗一首《会师》以庆祝两师相会以及他与陈毅老友的相见，诗中既回顾了他与陈毅间"忆昔聆教几多回，抗日敌后旧属归"的革命友谊，又饱含对当下"新四军与八路军，兄弟共举红旗飞"的兴奋喜悦与对胜利的展望；七律《青阳歼敌》则是记录他1942年2月率部指挥了位于苏北与皖北交叉地带的"青阳镇战役"胜利所写下的壮志豪情的诗作，既表现了新四军战士"神兵夜昏重霄降，尖刀雪亮挖敌心"的所向披靡、一往无前的大无畏精神，又有"痛快淋漓复失地，军民欢畅迎新春"的胜利喜悦；《陈集歼灭战》是他指挥盐阜区反"扫荡"首战告捷后所写，记述了战斗场景，抒发了战斗豪情，记述了群众为保夜袭战斗顺利，把家犬抱在怀中抚摸，使其不叫，"千村人迎招手笑，百户犬卧抚怀中"，以免我军行动被敌人发现的军民深情，最终我抗日军民是"大圣扬威罗刹腹，小鬼跪降龟壳丛。陈集歼敌获全胜，丧魂落魄寇技穷"。1943年5月初，张爱萍指挥新四军三师官兵发起了解放陈家港的战役，除击毙日伪军一部外，生俘伪军官兵400余人，同时缴获食盐40万吨和一批武器弹药，并在攻占后开始拆垛分盐、救济民众。《南乡子·解放陈家港》这首词就是记述这次战斗的，上阕说的是日伪统治下的陈家港的黑暗现实以及人们渴盼新四军的心情："乌云掩疏星，夜潮怒号鬼神惊。滨海林立敌城堡，阴森。渴望解放迎亲人。"下阕描写的是我新四军奋勇杀敌"远程急行军，瓮中捉得鬼子兵"，最终胜利的"红旗飘扬陈家港，威凛。食盐千堆分人民"。词作意境高远，格调激昂，充满着革命英雄主义的情感。此外，张爱萍的诗词不仅有阳刚豪情的风格，而且也有抒情温婉的特征。《诉衷情·佳期》就是一首清新健朗，柔婉明丽，富有情致的词作，写出了诗人的儿女情长与人性的柔美。词云："身披彩霞跨轻鞍，快马再加鞭。人约黄昏时候，绿水小河湾。//天轮镜，柳梢巅，照寸丹。战场结伴，相见恨晚，同难同甘。"恋爱的甜蜜，相聚的美好，患难与共的情感流溢于纸面之上和字里行间，显得那么情真意切。《忆秦娥·猎大雁》："东方白，恶雕天外歇洪泽。歇洪泽，黄粱一梦，妄分秋色。//披星戴月运河越，戏言赌胜谁先猎。谁先猎，会餐野味，庆回师捷。"则语言质朴，不事雕琢，清新自然，写出了诗人在战争间隙的闲情雅致，"披星戴月运河越，戏言赌胜谁先猎。谁先猎，会餐野味，庆回师捷。"作者不仅在繁忙的军政要务和战斗的间隙，用手中的笔，创作了丰富的诗词，为我们记录下了光辉的战斗足迹与辉煌战史，而且也为我们留下了最可宝贵的精神宝库与文化财富。

第七章
诗歌创作

第四节　林山、陈允豪、钱毅的诗歌创作

林山，别名林可、林仰可，广东澄海人，1910年出生。1934年毕业于上海暨南大学文学院，1937年初到延安，任陕甘宁边区文协秘书，发表有《誓词》《战斗与劳动》《我们的船在大风浪中前进》等诗作。1939年到1941年任桂林文化供应社编辑，出版诗集《战斗之歌》。皖南事变后，去香港，1941年夏进入苏北盐城，从事敌后诗歌运动和通俗读物编写工作，参与创办苏北诗歌协会。1943年返延安，在鲁艺文学系研究室学习，后任延安鲁迅艺术学院文学研究室实习研究员，陕甘宁边区文协委员和说书组组长，负责旧艺人改造工作，帮助韩起祥等人整理作品。新中国成立后，先后任广东省文化局副局长，中国民间文艺研究会秘书长等。著有《新的土地》《战斗之歌》等诗集以及关于曲艺、民间文学的文章多篇，整理陕北说书《刘巧团圆》等。

林山在苏北敌后写的诗歌收集在他1958年由作家出版社出版的《新的土地》诗集中，主要包括《新的土地》《"N4A"——献给新四军的战士们》以及街头诗《蝗虫和皇军》《鬼子诡计多》《鸡伴黄鼠狼》《若要不死》《组织自卫队》等。他的新诗创作主要是政治抒情诗，深受马雅可夫斯基诗歌的影响，

115

盐城
革命文艺史略

语言明快有力，富有激情，有的歌颂新四军创造抗日根据地的业绩，有的赞美党领导的武装革命斗争，有的赞美祖国的新生。如1941年秋天学习马雅可夫斯基诗歌形式写于苏北陈家集的政治抒情诗《"N4A"——献给新四军的战士们》就是一首赞颂新四军，形式整饬，格调高昂，节奏明快的政治抒情诗。"N4A"是新四军重建军部后由许幸之设计的新臂章的图案。诗人借助这个意象，由物及人，对这"朴素的蓝色臂章"，对佩戴"这漂亮的臂章"的手臂予以热情歌颂，连用五个"这手臂"的排比句，写出它"扼住日本法西斯的咽喉""粉碎了投降派的阴谋""叫汪精卫发抖""夺回了/广阔的国土""救出了/无数的群众"，从而"创造/这不可动摇的/抗日民主根据地"。而诗人在这里自由地写诗，就是想倾吐自己衷心的希望：第一，希望新四军战士们"爱护N4A"，"并且/用战绩，用血……/把它渲染得更漂亮"。第二，希望他们佩戴着这漂亮臂章的手臂，"发出/百倍于今天的力量！担负起/百倍于今天的任务！"第三，诗人自己也希望"手臂上佩上'N4A'——这漂亮的臂章/跟你们/走上火线……"全诗一共59行，呈楼梯式排列，情绪饱满，充溢着对新四军建立苏北根据地的功绩的歌颂以及热爱人民军队的一片真情。此外他还是盐阜区的墙头诗运动的积极推动者，对苏北盐阜区墙头诗的普及与开展作出积极贡献。早在1938年1月25日，林山就在延安战歌社举行的"诗的朗诵问题座谈会"上做过关于街头诗运动的发言，经《新中华报》发表座谈纪要后，成为中国诗坛开展街头诗运动的宣言。他还与柯仲平等30多个诗人带头创作街头诗百多首，并在1938年8月7日参与发起延安第一个"街头诗运动日"，"把诗贴在街头上，写在墙头上，给大众看，给大众读，以引起大众对诗的兴趣"①，使"诗歌服务抗战"，成为"创造新大众诗歌的一条大道"②。《新中华报》也曾开辟《街头诗选》专栏用于选登延安街头诗运动的作品。街头诗运动事实上也是延安诗人们"对新诗及文学大众化传统的自觉传承"，因为自"五四"新文化运动以来，"新诗在语言和情感等方面显示出大众化的发展方向。胡适在《文学改良刍议》中提出'不用典'便舍去了文学的陈腐艰涩，'不避俗语俗字'便容许了大众话语进入文学作品，使文学变得更加清晰、通俗、明白，有利于平民大众的接受。陈独秀在《文学革命论》中提出'推倒雕琢的阿谀的贵族文学，建设平易的抒情的国民文学'。继之而起的文

---

① 张根柱，刘香，徐元绍：《中国现代文学的历史语境与文化选择》，中国戏剧出版社2020年版，第37页。
② 柯仲平，田间，林山，等：《街头诗运动宣言》，载《新中华报》，1938年8月10日。

第七章
诗歌创作

学研究会在 1920 年关于'民众文学'的讨论中已把民众具体化为工、农、商、学、兵以及其他下层民众，并初步探讨了文学与民众的结合问题。1923 年开始的革命诗歌提出了诗歌与工人、农民和士兵相结合的口号，后来中国诗歌会曾提倡创作'大众歌调'，代表诗人蒲风就曾尝试创作方言诗、明信片诗等"，所以街头诗既关乎这全民族抗战的现实，又"是中国诗歌史上的一次创举，是'五四'以来新诗革命传统的发展和飞跃"①。1941 年 6 月，林山从上海辗转来到了苏北后便立即投入到此时正在开展的苏北新文化运动中，参与辛劳、芦芒、贺绿汀等发起成立的苏北诗歌协会工作，并因苏北诗歌协会常务理事分散各地无法集中，而于 1941 年 6 月 28 日被副理事长辛劳聘为由陆维特、江明、高文等四同志组成的诗歌辅导委员会的主任委员。由于有在延安从事街头诗运动的经验，他在一边参与《大众知识》杂志编辑工作的同时，一边又满腔热情地推动苏北墙头诗运动的开展，他在 1941 年 7 月 9 日发表在《江淮日报》的诗论指导文章《开展街头诗运动》中认为盐阜区是发展街头诗的理想地区，具备开展墙头诗的主观条件（诗人的努力）与客观条件（群众运动的开展，大众政治文化水准提高），希望大家"认真地经常地来写街头诗，大胆地有组织地走向街头，走下乡村，把诗歌写到或贴到一切可以贴的地方去"。他"甚至想一个人拎一桶石灰水，带一支毛笔，跑遍盐阜区，把盐阜区乡村土地庙上都写上他的诗篇"②。此后，他身体力行地写了很多墙头诗，1942 年《大众知识》第七期曾连续发表了 10 首他创作的墙头诗，同时，他为了有组织地开展这一运动，来辅助巩固根据地的宣教工作，带头组织了一个墙头诗画社，出了一本内容着重反"扫荡"动员与民主建设的《墙头诗画集》，其中收墙头诗 28 首，配画 6 幅，通过诗配画的新颖形式，进一步增强墙头诗的宣传鼓动效果和艺术感染力。此时的《江淮日报》《盐阜报》等也都辟有《墙（街）头诗专号》，不断刊载有关墙头诗的论述文章和墙头诗选。只不过这时的墙头诗还没有从"上报"到普遍"上墙"，盐阜区的墙头诗真正地普遍"上墙"是到了 1945 年后。林山的墙头诗多采用民歌民谣风格来创作，短小精悍，通俗易懂，读起来朗朗上口，听起来生动有趣。如鼓励群众起来斗争的《若要不死》通俗易懂，明白晓畅："逃走饿死，/顺民气死，/当伪军陪死，/做汉奸两头死，/若要不死，/只有把鬼子杀死。"讽刺汪精卫

---

① 张根柱，刘香，徐元绍：《中国现代文学的历史语境与文化选择》，中国戏剧出版社 2020 年版，第 37-38 页。
② 朱德发，蒋心焕，李宗刚编：《第三次国内革命战争时期解放区文艺运动资料汇编（上）》，辽宁人民出版社 2018 年版，第 348 页。

投降卖国的《厚脸皮》比喻形象生动:"南京城门高,/南京城墙厚,/南京城里有个汪精卫,/脸皮比城墙厚十倍。"揭露日寇"三光"政策的《蝗虫和皇军》则比喻巧妙,对照鲜明:"蝗虫来到/庄稼吃光/皇军来到/样样都光/抢光、烧光、杀光!"反映根据地民主建设的《民选》结合农民生产实际,形象地告诉群众怎样选好代表:"下种要下好种子,/选举要选好代表;/下种之后要除草,/选举之后要检举;/除草要除得干净,/检举要毫不留情!"盐阜区的墙头诗在他的带动下很快便轰轰烈烈地开展了起来。1943年,因为根据地形势紧张,为保护文艺工作者的安全,他被疏散回延安,在柯仲平领导的陕甘宁边区文化协会工作,从事敌后诗歌创作和民间文艺整理及创作工作。

陈允豪,笔名福林,上海市宝山县城厢镇人,1919年出生。他在宝山城西高小毕业后,随即去当米店学徒,1940年11月到苏北参加革命,1941年从苏北抗大毕业后留校当文化教员,后任民运干部。1944年加入中国共产党,并开始从事编辑出版工作,先后担任苏北《盐阜大众》报的编辑、主编,新华社苏北十一支社工农通讯股股长,《苏北日报》文艺副刊主编,华中新华书店副主编、主编,三野二十三军随军记者,苏南新华书店副经理、编辑科长,苏南行署文艺科科长。新中国成立后曾任华东新华书店通俗读物编审科科长,华东人民出版社副总编辑,通俗读物出版社、人民出版社编审,《时事手册》主编,《人物》杂志编委等职。他尤其擅长诗歌、小说、杂文及通俗文艺作品创作,在革命战争年代培养过大批工农通讯员,经常在根据地的报刊上发表作品和通讯,影响很大。新中国成立后出版有诗集《桥》《英雄常在》,回忆录《敌后纪事》,通讯集《卖鱼郎》,小说《涧河水》《草荡里的枪声》《马家荡》《雪地上的血迹》《战火中的成长》等十余种。

第七章
诗歌创作

他在苏北盐阜区所写的诗歌主要收集在 1950 年 5 月由三联书店出版发行的诗集《桥》以及 1950 年 12 月由新华书店华东总分店出版发行的诗集《英雄常在》中。主要包括《吃饭想起种田人》《黑泥》《灾荒在李家舍》《桥》《麦子不给蒋匪吃》《情郎》《找敌人算账》《郭大年的稻头》《墙头草》《血祭》《张八太爷》《让田》《请毛主席到我家望望》《没有新四军哪块有这日子》《快读把我们听呀》《马家荡》《红旗手——徐家标》《英雄常在》《给前线》《我报名》等。这些诗歌写于 1940—1949 年他在盐城从事革命文艺工作期间,主要反映的是讴歌苏北盐阜区农民生活、劳动和斗争。他的写作崇尚通俗好懂、情见于辞,反对隐晦曲折、生僻艰涩。诗歌形式上大多采用叙事的歌谣快板体,或包含着较重的民间形式成分,注重口语化,盐阜方言气息较浓。如《没有新四军哪块有这日子》:"我们这块,/这几年日子,/就算是天堂;/大家安居乐业,/晚上敞门睡觉。你看,/麦把撂在田里,/也没人偷!真是'一正逼二邪',/鸡毛贼子也没得一个。/靠新四军的洪福,他一来,/尽是好年成,真是风调雨顺……现在,/家家都在打算,/秋后,/要多打几亩花本,/多拿黑泥塘子。/人人都晓得,/往后,人人都相信,/日子会过得更好。你看,/我们这块,/麦把撂在田里,/也没人偷,/没得新四军,/哪块有这日子。"诗歌通过根据地群众之口,热情地歌颂了新四军来了之后根据地人民安居乐业、风调雨顺的生产、生活景象以及对未来美好生活的憧憬,由衷地表达了广大根据地人民对共产党、新四军的拥护和爱戴之情。诗作共 43 行,"哪块""麦把""撂""一正逼二邪""鸡毛贼子""没人摇膀子""捞不到睡觉""打几亩花本""黑泥塘子"等苏北盐阜区方言、口语俯拾皆是,老百姓一听就懂,起到了很好的革命宣传鼓动效果。又如《马家荡》:"马家荡,水茫茫,/鱼虾螃蟹水里藏;/芦苇高高蒲草长,/荷花嫩藕甜又香。自从韩德勤派来张安体,/马家荡望不见太阳光;/鱼不跳,花不香,/姑娘奶奶们更遭殃。/大船穿荡货物空,/小船过荡命也丧。/去年春上鬼子扫荡,/汽划子拍拍到处闯,/马家荡上鸟不飞,/张支队长当二黄。/车桥泾口两个寨,/老百姓的眼泪流成江。/叫天天不应,/叫地地不灵。/新四军,为百姓,/车桥打仗振人心,/活捉鬼子三十三,/打死二黄张司令,/拔去车桥泾口两只钻心钉,/眉开眼笑老百姓。/马家荡,鸟又飞,/马家荡,花更香;/大船小船千千万,/来来去去鸟自在,/先摘菱角后掏藕,/吃了长鱼吃螃蟹;/有人要问当年事,/请坐小船下荡来。"诗人把马家荡在蒋伪军统治时期和新四军解放后的不同情景做比较,抓住荡区生活的特征和自然环境,以鲜明对比的手法,生动地反映了盐阜区马家荡人民群众在共产党、新四军领导下的幸福安宁的

盐城
革命文艺史略

生活。诗作语言明快，意象丰富，叙事明理，深受根据地人民喜爱。陈允豪诗歌的题材内容除了歌颂共产党、新四军以及反映根据地人民生产、生活和斗争外，还有一些为英雄人物立传的诗作也很有特色，如他发表于1945年6月17日《苏北报》的诗歌《红旗手——徐家标》就是写了在攻打阜宁城和淮阴城战斗中涌现出来的一位战斗英雄——徐家标。诗人欲扬先抑，首先说徐家标"生来不爱多讲话"，但他"打仗就想缴机枪"，"机枪哪儿叫，就往哪儿冲"，在"阜宁战斗里缴到两挺好机枪"。接下来的攻打淮阴城战斗中，徐家标充当的是要把红旗插上城头的"红旗手"，他立下了"死，也要把红旗插上城墙"的誓言，而这时的敌人在"南门城上摆下杀阵"，"手榴弹炸得天摇地晃"，徐家标无所畏惧，"带着红旗勇往直上"，终于"红旗飘在城头上"，此时的英雄徐家标被"枪子打中了头，刺刀刺伤了手"，"鲜血流干了，胸脯刺通了"，最后"扑倒在敌人机枪口上"，"全身打得筋骨四散"，从此，淮阴城头刻上了"特级战斗英雄"——"红旗手徐家标"的名号，"千秋永祭，万世难忘"。诗作通过纪实铺叙的手法，用诗的语言，再现了解放淮阴城战斗的惨烈以及英雄牺牲的壮烈，讴歌了为了解放战争事业而牺牲的烈士，气势高昂，节奏铿锵，充满了革命英雄主义精神。

钱毅，原名钱厚庆，安徽芜湖人，1925年出生。他是文学家阿英的长子，自幼爱好文艺。1937年，抗日战争爆发初期，他在上海读书，团结进步同学，组织子夜剧社，课余从事戏剧活动，创办手写本文艺杂志，进行抗日救亡宣传，后参加中共地下党领导的上海剧艺社、新艺剧社，演过《夜上海》《碧血花》等戏剧，受到观众好评。1941年赴苏北解放区参加新四军一师一旅服务团，后随调新四军军部，分配在三师鲁工团戏剧组工作。1943年到东海大队工作，任《新知识》杂志编辑。1944年任《盐阜大众》报编辑，翌年任副主编。同年加入中国共产党。1946年被聘为华中文协大众文艺委员会委员，1947年调新华社盐阜分社任《盐阜日报》特派记者。同年3月在淮安石塘区采访中被国民党军杀害，时年22岁。钱毅在盐城从事革命文艺工作期间，积极开展群众文化活动，认真学习群众语言，努力学习用群众语言表达群众思想感情的方法，号召工农写稿口语化。他给群众读报，和劳动英雄交朋友，搜集大量写作素材。他带民工上前线，和民工联防队突进敌占区，在枪林弹雨下记录人民英雄斗争事迹。他在盐阜区期间搜集了几百条谚语、语汇，编选出版了《庄稼话》；总结了工农写稿经验，完成了《怎样写》；向老农访问，写出了富有民间色彩的《海洋神话和传说》；他写了许多墙头诗，编出大众诗歌、大众故事集。主要作品有《海洋神话与传说》《庄稼话》《大众诗歌》等。1980 年 3 月，三联书店出版了由陈允豪、钱璎、钱小惠编的综合文集《钱毅的书》，包括《怎样写》《庄稼话》《故事、诗歌和通讯》《海洋神话与传说》《日记摘抄》几个部分，其中大多俗文学之作。

钱毅在盐城从事革命文艺工作期间，以很大的精力推动大众诗歌的创作，尤其是墙头诗的创作。他在 1946 年 4 月 1 日夜里为其编选的《大众诗歌》所写的序言中认为大众诗歌的形式一方面要"尽量利用旧小调，改造旧小调"，另一方面也要"创造与提倡适合大众生活、要求的各种新的诗歌形式"，认为"它能把今天解放区的情形，说得更真确，写起来周转地盘又大，不受字句调门限制，又顶配用工农口头的话来写"，坚信"将来的诗歌，是大众诗歌的天下，只有写大众诗歌，才能做到把诗歌真正为人民服务"[①]。随后，他又在 1946 年 5 月 10 日《新华日报》上专门发表《谈谈"墙头诗"》一文，认为"墙头诗是介于民谣与新诗之间的形式"，提倡墙头诗"是因为它适合今天群众的文化水平，每首短短的几句，大部分有韵脚，又采用了群众熟悉的语言，吸取了民谣民谚的朴素风格"，所以"它可以是新诗的普及形式之一。通过它，能引得群众对新诗渐渐习惯，提倡墙头诗，也是为大众新诗的发展打下基础"[②]。不久，他又在 1946 年 6 月 1 日的《江淮文化》创刊号上发表《盐阜区的墙头诗运动》及补记，对盐阜区开展的墙头诗运动进行了全面的回顾和总结。在这篇长文中，他既对 1940 年秋新四军建立盐阜抗日民主根据地以来墙头诗开展情况及取得的成绩进行了回顾，认为"近几年盐阜墙头诗运动的这许多成绩与影响，是摆得明明朗朗的事，它为抗战所尽的力，是值得我们称道的"，同时又认为它"没有成为一个广大的群众运动"，需要从认识与组织问题、写作问题等方面加以改进和提高。在认识与组织问题上，他认为大家必须知道墙头诗"并不等于广告、标语"，"也不是分行的论文或分行的有韵的传单"，它"必须是诗"，认为"要真正深入开展墙头诗运动，必须大胆放手发动群众来写"，"通过诗歌工作者、民间诗人、报纸通讯员、村学干校教师、黑板报委员会，来发动组织群众，当地写，当地上墙"；在写作问题上，他认为盐阜区的墙头诗在技术上"不摆洋架子，与民谣结合了起来"的写作应该保持与发扬，但要"使墙头诗打开一个新天地，更使人看起来有情趣"，就必须在取材上"从群众实际生活出发，在区村里找些具体材料、典型

[①] 陈允豪，钱璎，钱小惠编：《钱毅的书》，生活·读书·新知三联书店 1980 年版，第 61-63 页。

[②] 陈允豪，钱璎，钱小惠编：《钱毅的书》，生活·读书·新知三联书店 1980 年版，第 64-65 页。

人物、事情，把它们写成墙头诗"，在语言和情感上放手使它"口语化"，全部采用群众语法，并且对写的事情"要有丰富的与群众切肉连皮的感情，把这感情渗进诗里去，更深打动人心，诗的作用就更能发挥了"。钱毅不仅对盐阜区墙头诗运动进行理论总结和实践指导，而且他还在编辑工作之余，勤奋地创作墙头诗，仅1945年3—9月，他就一连写作了45首。钱毅的墙头诗既接近民谣，又比它形式更自由；既接近新诗，又比新诗更简朗明确，总是能根据本地情形，标语口号中提的任务，写成更形象更具体的墙头诗，配合解放区革命和建设任务，如他写于1942年底，后来收入1947年出版的《盐阜大众诗歌选》中署名"豪·毅"的六首墙头诗，其中有一首这样写道："解放区欢天喜地，/大后方乌烟瘴气。/要把解放区的欢喜，/带到全国各地。"全诗四行28字，内容充实，结构完整，通过解放区与大后方生活的强烈对比，热情地赞颂了解放区人民的幸福和平的生活，无情地嘲讽了敌占区的暗无天日，号召人们要跟着共产党，解放全中国，"把欢喜带到全国各地"。同样，《千门万户眼睁睁》这首墙头诗短小精悍，直接明快地写出了人民群众对人民解放军的渴盼之情："南京城，北京城，/千门万户眼睁睁，/北京望的老八路，/南京望的新四军"。《劳军》一诗则用快板体形式，节奏明快地发动人民群众拥军优属："快！快！快！/鞋子做得快，/军队向前进得快，/伪军投降快，/太平日子来得快。"再如，写于1945年抗战胜利之后的一首墙头诗这样写道："流血流汗三千日，/百年苦水才吐得。/伸腰日子要长久，/端起钢枪防民贼。"诗歌句式整齐，通过绝句形式，四行28字，明确地告诫人民"流血流汗三千日，百年苦水才吐得"的胜利来之不易，需要倍加珍惜这"伸腰日子"，时刻防止国民党反动派反攻倒算，抢夺人民的胜利果实，就必须"端起钢枪防民贼"，防范并粉碎国民党反动派发动内战的阴谋，捍卫革命胜利果实。此外，钱毅用盐阜区群众语言写的新诗也很有特色，如他写于1945年8月10日半夜的《大喜临门》就表达了解放区人民在听到日本投降时的激动喜悦之情。诗歌一开头就写了半夜里被"咯嘟嘟响"的电话吵醒，听到了"日本投降了！——投降了我们"的消息高兴得"光着身子在庄上直奔"，而这"消息像炸雷，/通庄上直滚"，庄上麦场上都是人，"老乡乐得直蹦"，"几百颗心跳嘣嘣"，笼罩在人们头上的阴霾终于散尽，阳光普照大地，解放区人民大喜临门，洋溢着喜庆气氛。诗作吸取了民谣风格，注意运用口语化形式表达工农群众的感情，使之真正成为群众自己生活里产生出来的大众诗歌而为大众所接受和喜爱。他的文学创作也正如柳亚子在钱毅牺牲后的题词所说的那样是"人民的文学"，"辉映着血写的生命的火花"。

第七章 诗歌创作

《盐阜大众》报记者钱毅和他的著作《怎样写》

第八章
小说创作

　　相对于诗歌、通讯报告、戏剧创作的活跃，盐城革命文艺活动中的小说创作显得相对沉寂，这一方面因为盐阜抗日根据地和盐城解放区开辟和发展时面临的艰苦形势使得文艺工作者很难有安静的创作环境来进行冷静地思考和构思，虽然他们"下乡""入伍"获取了不少真实的生活素材，但由于战事的频繁，难以有充裕的时间来从容地整理提炼这些生活素材、生活感受，精心地构思和写作小说；另一方面还因为新来的文艺工作者需要熟悉盐阜区新的环境、新的生活、新的人物等，艺术上的准备也不够，所以这个时期的小说作者比较少，除了丘东平于1940年随着苏北抗日根据地以开辟来盐阜区后写作的《友军的营长》《两个靖江青年》《溧武路上的故事》《茅山下》等几篇小说较为成熟和有一定影响外，其他小说作品寥寥，多以小故事为主，内容单薄，艺术上也较为粗陋。抗日战争结束后，随着苏北盐城革命文艺创作的客观环境和物质条件的改善以及地方作者的锻炼成长，短篇小说初步出现了走向繁荣的势头；有的作品在艺术上已达到了一定的水平，也有的作者在文学上开始显露了头角而后来逐步成长为著名的作家，如陈登科等。这些小说作品不仅在当时广大群众心中留下深刻印象，对于我们今天总结历史有认识价值，而且其中少量优秀之作至今亦具有审美价值。

第一节　丘东平的小说创作

　　丘东平，原名丘谭月，又名丘席珍，笔名东平。1910年出生于广东省海丰县梅陇镇马福兰村一个农民兼小商人家庭。1922年，他在彭湃领导和发动

第八章
小说创作

土地革命、组织农民暴动时参加儿童团。1924年，丘东平考位于上海丰县城的陆安师范，参加"程曦文学社"的活动，第二年加入共青团，协助共青团海陆丰地委编辑出版《海丰青年》杂志。1926年，他参加农民自卫军，任文书并加入共产党。1927年参加第二次海陆丰武装起义，担任中共东江特委书记彭湃的秘书。1928年，海陆丰苏维埃政权失败，躲过敌人搜捕，在香港为生活一度当过渔民船工，后在天主教办的报纸做过校对并开始写作。其后因哥哥的关系到十九路军当翁照垣将军的私人秘书。十九路军后被调往江西打红军，丘东平于是去了香港与几位同志一起合办《新亚细亚》月刊，他创作的第一篇小说《梅岭之春》就在创刊号上发表，月刊出了三期被香港当局迫令停办，他便又转到上海参加左联活动，进行文艺创作，在左联主办的《文学月报》上，他发表了以海丰革命斗争为题材写的小说《通讯员》，立即引起了进步文艺界的注意。周扬在编后记中肯定"这是一篇非常动人的故事"[①]。1933年11月，十九路军蔡廷锴、蒋光鼐和李济深等联合倒戈反蒋在福建成立中华共和国人民革命政府，丘东平去革命政府工作并负责同中共中央和苏区联络，由于王明的"左"的路线，福建政府垮台，丘东平又回到上海从事革命文艺工作，陆续写了以海丰暴动、"一·二八"抗战为题材的短篇小说。1934年他去日本参加东京左联，是领导人之一。他找到郭沫若，郭沫若对他的作品评价很高，在《东平的眉目》一文说："我在他的作品里发现了一个新的时代光影，我觉得中国的作家中，似乎还不曾有过这样的人。"[②] 这时他才24岁。1935年底，他又到香港与进步人士组成反蒋、联共、抗日的"中华民族革命同盟"，并在九龙开办"半岛书店"。1936年回上海写作出版了《长夏城之战》《火灾》等中篇小说。抗战爆发后，他在南京会见过叶挺，参加过"八一三"抗战，这些使他认识到文学工作者应毫不犹豫地参加全国民众总动员。于是他去了汉口参加新四军战地服务团，积极从事战地文学创作，并随军挺进华中敌后。其间，他担任敌工科长和陈毅司令员的对外秘书。1941年7月在苏北盐阜区的反扫荡战斗中，为了指挥鲁迅艺术学院华中分院学生撤退，在苏北建湖县北秦庄，丘东平牺牲在日本侵略军的枪弹下。1941年12月14日，延安文艺界在文化俱乐部为丘东平举行了追悼大会，《解放日报》随即报道并称丘东平是"在文坛上曾被期许成为最有希望的青年作家之一"，"他忠于生活、忠于艺术、忠于革命，他的死为抗战以来文艺文学上最大的损

[①] 周扬：《编辑后记》，《文学月报》一卷四期，1932年11月15日。
[②] 罗飞编：《丘东平文存》，宁夏人民出版社2009年版，第338页。

盐城
革命文艺史略

失。"丘东平在其短暂的革命生命历程中，不仅为我们留下了小说集《沉郁的梅冷城》《长夏城之战》《茅山下》以及通讯报告特写集《向敌人腹背进军》等作品，而且还以其独具风格的"战争文学"，在20世纪战争小说创作历程中占有着独特的地位。

刊登丘东平作品的部分杂志

丘东平是1938年4月随新四军先遣队挺进江南，在卫岗首战告捷后，作通讯特写《截击》后随军渡江并于1940年秋随军来到盐城，参与筹建鲁迅艺术学院华中分院。1941年2月正式担任华中鲁艺的教导主任并兼任文学系教授。1941年4月丘东平被选为苏北文协理事。但他仍思创作，欲辞去鲁艺行政工作。直至皖南事变后，陈毅才批准他专门从事创作。6月初，陈毅对他说："今天请你来，一不下棋，二不摆龙门阵，而是通知你准你创作假，完成你的创作原著。"陈毅又说："盖文章经国之大业，不朽之盛事，成百上千的战士好找，要想找你丘东平这样的作家不易啊！我希望你写一部反映我们新四军纪念碑式的作品。"[①] 从此他继续《茅山下》长篇小说的创作，并写了前五章。

丘东平是一位在血与火的斗争中成长起来的作家和军人，也是一手拿笔、一手拿枪的文艺战士。颠沛流离的战争生活，使得他不可能有充裕的时间去想象和构思，于是他采用类似于报告体或新闻体的纪实手法去表达他的所看、

---

① 张华锋：《华中根据地新闻出版事业概述》，见《新民主主义革命时期出版史学术讨论会文集》，中国书籍出版社1993年版，第303页。

第八章
小说创作

所闻、所感,以适应反映瞬息万变的战争生活需要,进而构建起了有别于当时主流革命文学的崭新叙事方式和审美形态,开创了"纪实小说"这一现代小说新的创作路径。他的纪实小说大致分为两类:一类是事件型纪实小说,主要以某一事件或某次战争为中心而营造情节故事;另一类是人物型纪实小说,一般采用以"人"为本的叙事策略,将人物置于各种复杂的矛盾之中,并从中刻画人物性格或挖掘人物心理。[1] 他在盐城写作完成的《友军的营长》《战死的人》《溧武路上的故事》就是立足于事件过程的原生状态,从自己真实而独特的战争经验出发,以尽量接近生活原生态的叙事内容及对生活实录式的叙述方式来记录战争的进程或战争中发生的某一事件。写于1940年12月5日的《友军的营长》叙述的是一个驻扎在金坛下新河南边的国民党军队的营长,率领部队英勇作战,突破了日军的包围,当他们来到新四军驻地时,受到新四军司令员的热情接待和表彰。可他们回到自己部队防区时,营长的这次在寡不敌众时主动撤退,却被认为是犯了丢失阵地罪而遭枪毙。小说一方面表现了这位营长坚毅的性格,明知回去会被处死而依然带着他的残兵回部队;另一方面,通过友军营长在新四军根据地和国民党部队感受的对比,揭露了国民党抗日军队中的"专横暴戾的军纪"的僵硬教条以及国民党军队的腐败,歌颂了新四军所开创的抗日根据地的光明。发表在1940年12月25日出版的《江淮》杂志第二期上的小说《战死的人》讲述的是黄桥战役结束后一个新四军侦察员唐元宝在一个俘虏兵带领下去寻找在韩德勤部队中被打死的亲弟弟尸体的事。他的弟弟本已经给他来信说准备投奔新四军,却不想在这场战斗中被我军击毙。小说既写出了新四军在战场上的胜利,俘获了大量的俘虏,又直击人物心灵深处,写出了战争中亲兄弟对垒时的残酷及其对亲情撕裂的疼痛感。《溧武路上的故事》写于1941年6月4日,取材于新四军帮助国民党军队突破日军在溧武路上布下的封锁线的故事。小说一开始就以嘲讽的口吻首先叙述了冷欣指挥下的国民党军队不仅不依靠人民,反而残酷地屠杀人民,经常在溧武路上被日军打败或消灭。接着在这样的背景下,详细描写了一个紧张的战斗故事:国民党军队一个团在新四军一个支队参谋和一个小战士带领下,安全地越过溧武路,进入了敌后。就在这个团即将过完时,日军的坦克开了过来,为掩护部队行动,新四军的参谋让小战士一个人先走。结果,这个小战士牺牲了。作品在一定程度上揭露了国民党残害人

---

[1] 黄景忠:《革命战争文学的另类叙述模式——简论丘东平的战争小说》,《文艺理论与批评》2005年第4期。

民的本质和片面抗战的危害性，赞扬了新四军顾全大局，灵活机动，与人民群众相结合的作战方针以及新四军小战士的牺牲精神。《两个靖江青年》《茅山下》则属于人物型纪实小说，描写的是人物的某一段特定的生活经历，展现出战争背景下人物的隐秘的深层心理与生命本能的微妙复杂性，使人物成为一个充满情绪波动、人性矛盾的活生生的感性的存在，并在血与火的炼狱里显示出英雄主义的光彩。《两个靖江青年》写于1940年12月10日，讲述的是从靖江中学毕业的两个好朋友林纪云和曹光吾相约去参加新四军，却因两个人性格差异，在选择从事何种工作时发生争执，两人分道扬镳，最后，曹光吾"带着满腔的愤怒和进取心，走到古溪，投入了新四军二纵队的特务营"，并"在特务营担任了文化教员的工作，而且是一个相当漂亮的文化教员"。他对于林纪云的离去一直耿耿于怀，以为他会"回到老家腐化堕落去"，却不想一个月后意外地在海安街上碰到了林纪云，此时的林纪云和他一样是一个新四军战士，他在和曹光吾离开之后就加入了新四军苏北政治部的服务团，成为并不坏的服务团团员，两人也摒弃前嫌，握手言欢。整个故事的情节并不复杂，甚至是有点简单，但作者抓住了事件性的生活内容，采用了冲突、悬念、巧合等故事性较强的结构方式，对现实生活中发生的真人真事进行创造性的处理，形象地写出了共同的革命理想是如何把两个性格迥异的人凝聚在了一起，使他们克服自身的个人意识、个性缺陷、心理弱点而逐渐变得意志坚定、人格完善。

丘东平在此期间最有影响的小说莫过于他一直念兹在兹的长篇小说《茅山下》。这是一部未完成的长篇，只有前五章，也是丘东平留给祖国大地的最后遗墨。这部没有完成的遗稿比较真实地再现了苏南茅山抗日根据地初创时期的战斗经历，较为广阔地反映了茅山根据地抗日政权的自身建设和抗敌卫国的英雄事迹。作品以抗日战争时期苏南新四军根据地茅山地区为背景，描写了江南人民在中国共产党的领导下，在极端艰难困苦的环境下，人民力量的生长、壮大和发展，追溯了知识青年干部周俊与工农干部郭元龙之间的思想性格冲突以及知识青年与人民结合，在血与火的斗争中成长为坚强的共产主义战士的心路历程。学生出身的周俊工作积极、热情，但缺乏实际斗争的锻炼；他有坚定的革命信念，但对抗日统战工作复杂性估计不足。在九里地区没有充分发动群众的基础上，他指望通过一次改选就能解决基层一切问题，最终处处碰壁，导致九里工作的失败。好在他后来有所醒悟，在艰苦斗争的磨炼中，终于战胜了自我，成长为一个比较成熟的干部，并且敢于带领一个中队去开辟新的地区。正如他自己所说："我追慕着一种时代的典型，我赞许那样的斗争者：他是那样的满身创疤，他带着随胜利以俱来的严重的疲乏，他以杜斯退夫斯基式的长而踉跄的黑影的出现"。他的成长过程同时也说明："一个勇敢而有缺陷的青年怎样在斗争中成长起来，并且如同把手掌放进火中燃烧一般的证实：这是一个痛苦的过程"①。整个小说一方面展现了民族矛盾与阶级矛盾交织在一起的广阔画面；另一方面也展示了新四军政治与军事工作的壮丽景象，既展现了根据地军民抗日斗争的旺盛的战斗精神，也反映了人民军队在建设和发展中如何处理工农干部与知识分子干部的关系。与同一题材中对知识分子思想和心理状态的习惯性描写不同，丘东平在描写周俊和郭元龙这两位不同出身的革命干部时，没有把周俊这样的知识分子思想、精神状态简单化为在工农面前必然低矮，而是采取一种平等的态度来描写，表明对于持同一目标的革命战士来说，互相尊重、互相学习、共同提高，把革命推向前进，是何等的重要。作品同时也交叉地穿插了新四军同日寇激战的雄壮场面，突出了根据地革命工作的艰巨性和新四军的英雄气概。其中尤为可贵的是，第一次在小说作品较为成功地描绘了以陈毅同志为原型的"新四军的司令员"形象。虽然在小说的情节发展中，司令员并非主要人物，但笔墨简洁，光彩照人。他不仅有非凡的洞察力，而且在错综复杂的战斗环境里，具有高度的革命警惕性，像一只雄健翱翔的鹰"在整个大江南北战区的高空中飞翔着，精细地从百仞的高空把地上的松鼠和落叶都加以判别"，同时"谨慎地防备着从背后、从黑暗中射来的阴谋的猛箭"。在新四军战士的心目中，"他的正确的领导使一个战士当伏在草莽中还感觉着他的热的视线的迫射"②。小说字里行间始终贯串着对革命事业的忠诚，以渗透着感情和体验的感觉型的句子去描绘生活，充溢着内在的不可抑制的激情，而使小说呈现出一种史诗般的品格，进而表现出了作者的文学探索在一定程度上的另类性和深度意义。

第二节　陈登科的小说创作

陈登科，乳名"公丫头"，曾用笔名小科，江苏省涟水县人。他1919年出生于江苏省涟水县上营村的一个贫苦农民家庭。12岁时，靠母亲为塾师洗

---

① 罗飞编：《丘东平文存》，宁夏人民出版社2009年版，第291-292页。
② 罗飞编：《丘东平文存》，宁夏人民出版社2009年版，第266页。

衣而进私塾读了两季寒学，私塾先生为他取名陈登科。但他因顽劣异常，被先生视为"只能放猪，不能读书"而逐出学门①，从此便在家里务农。15岁起，因父亲早故，开始种田、推车，肩负起全家生活重担。1938年参加涟水县抗日游击队。1940年参加新四军，先后在涟水、阜宁、淮安、盐东等地参加抗日游击活动，当过警卫员、侦察员、通信员、执法队员等。他杀敌英勇，斗志顽强，手刃伪军、匪军百多人，且在上级的关怀和帮助下，刻苦学习文化，逐渐掌握了写信、写日记、写墙报稿的基本要领。1944年秋，他写出了第一篇通讯稿《鬼子抓壮丁》，经编辑钱毅修改发表在《盐阜大众》报，并由此产生了写稿热情。以此为起点，陈登科开始了新闻写作，在1945年1月5日至4月5日期间，他在《盐阜大众》通讯员写稿活动中写稿32篇，发表29篇，被评为盐阜区特等模范通讯员，并被该报聘为"特约工农记者"。同年7月，正式调入《盐阜大众》任工农记者。1947年调任《苏北大众》报编辑，5月发表了第一篇报告文学《铁骨头》，从此开始了文学创作生涯。1948年冬出版了第一篇中篇小说《杜大嫂》，成为开创他小说创作的起点。1949年初调新华社安徽分社工作，随解放大军进入合肥，参与组办《新合肥报》，后任《皖北日报》记者。1950年《活人塘》的问世，则标志着他"正式步入新中国第一代优秀工农作家群体，并以这部小说显示了陈登科身上蕴藏的文学潜能和非凡的毅力"②。1951年到中央文学研究所学习深造，受教于丁玲、赵树理等著名作家。1952年任《安徽日报》记者，同年出版《淮河边上的儿女》。1954年在安徽省第一次文代会上当选为安徽省文联副主席。1958年出版长篇小说《移别山》。1964年代表作长篇小说《风雷》出版。1978年再次当选为安徽省文联副主席、中国作家协会安徽分会主席，并被任命为中共安徽省文联党组副书记。1979年2月彻底平反，恢复名誉。同年参与创办大型文学期刊《清明》，并任主编。曾当选为中共八大代表，是第三、五、六、七届全国人大代表。另著有长篇小说《赤龙与丹凤》《三舍本传》（第一卷）等，中篇小说《雄鹰》《无声手枪》《深山的鲜花》《黑姑娘》等，散文报告文学集《铁骨头》，散文小说集《春水集》。还与鲁彦周合作电影文学剧本《柳湖新颂》《卧龙湖》《风雪大别山》等。1998年，陈登科在合肥病逝。2003年，北京燕山出版社出版了8卷本的《陈登科文集》。

陈登科是在党的培养下成长起来的工农作家的典型代表之一。他从一个

---

① 陈登科：《我的小传》，见《陈登科文集（7）》，北京燕山出版社2003年版，第331页。
② 苏中：《苏中自选集》，安徽文艺出版社2018年版，第71页。

第八章
小说创作

只能写百十字文稿的通讯员起步，在革命斗争中积累素材，锻炼写作能力，陆续发表了数百篇通讯报道、战地小故事以及快板、小调等，并且在不自觉中培养起一种"生活本身在说话的写作路子"[①]，直至写出了具有鲜明的个人风格、产生了广泛影响的鸿篇巨制。在半个多世纪的时光里，他写下了800余万字作品。其中，写于盐城革命活动期间的中篇小说《杜大嫂》《活人塘》是他小说创作的最初收获。这两篇小说都取材于作家亲身参加的对敌斗争的故事，描写了一幅抗日战争胜利后苏皖边革命根据地人民为了保卫革命果实，同国民党反动军队、地主还乡团武装进行殊死斗争的壮丽生活图画，具有浓郁的生活气息和地方特色。《杜大嫂》是他小说的处女作，也是他跟随盐阜地委宣传部部长熊宇忠同志带领的敌后游击队，深入淮安、洪泽两县（当时合并为淮宝县，属盐阜区）的蒋军占领区采访时所积累的故事素材写下的，讲述的是一个农村妇女杜大嫂怎样从消极忍耐到积极起来进行斗争的成长过程，表现了党所领导的革命斗争是如何依靠群众、发动群众，进而取得革命斗争的胜利。小说写的是杜大嫂一家在抗战胜利后的好日子刚开始，眼看翻身后第一年丰收在望，却遇到了国民党军队的进攻，破坏了她们一家的幸福安宁。她的丈夫杜学华跟随部队转移，家也被洗劫一空，不仅生病的婆婆和两个孩子整天挨饿，而且还被逼租、逼捐、逼税，并把她抓进监牢，折磨拷打，迫使她找丈夫回来"自新"。但是，她坚决不屈服，即使在敌人的监牢里和审讯过程中，几次被打得浑身血肉模糊，也始终没有吐露半点丈夫消息。她一出狱，就把两个孩子送到娘家，继续跟敌人斗。这时婆婆也被保长潘立中一脚踢死了，她自己也被地主王九卿再次抓进土牢，可是斗志并没有泯灭，反而使她认识到"要活命，就要靠自己拼出活路来"，只有跟党走，参加斗争才有出路，"若是听天由命，再过两个月，就连你娘儿俩也保不住了"。出狱后，她很快就与马长太等人商议，发动农民，组织起"人民保命队"，夺过敌人的武器来打击敌人。面对陆地上敌我斗争的严峻形势，她带领队伍转移到洪泽湖里坚持同敌人战斗。最后，杜大嫂的队伍终于坚持到大军南下，并配合主力打败了敌人。杜大嫂和她的两个孩子、丈夫也在战争胜利声中成功地会合了。这部小说写好后送给当时中共华中工委宣传部部长邓南筑（即俞铭璜），他看后觉得整体上来说"这本东西是写得很好的"，并亲自写序，认为"它的特点是朴实、自然、结构相当完整，是以农民自己的语言，以直接表现为方法，有头有尾地叙述了一个动人的故事，使人读来感到亲切、生动"，称赞它

---

① 周扬：《谈陈登科的小说创作》，《文艺报》，1951年6月25日。

盐城
革命文艺史略

"真正是工农自己的创作"①。1948年冬,《杜大嫂》由华中新华书店出版发行,受到解放区群众的喜爱。

《盐阜大众》报培养起来的工农记者陈登科和他的小说《杜大嫂》

《活人塘》是陈登科成名作,也是代表作,完成于1948年底,原名为《替死》,于1950年经赵树理修订并改名《活人塘》在《说说唱唱》十月和十一月号连载发表,后编入"文艺建设丛书",由北京三联书店出版。小说取材于苏北涟水战役中的真人真事,讲述的是解放战争初期,苏北新河集的一个小村子在地主孙在涛的统治压迫下,人民生活在水深火热之中,他家的房子也被老百姓称之为害人的"活人塘"。1942年新四军在这里建立了人民政权,孙在涛逃走,人民在党的领导下,开展减租减息运动,实行土地改革,直到1946年夏天"这里才又像花草一样"。可就在这年秋天,蒋匪军开始反攻倒算,大举进攻解放区。这里的军民在党的领导下,团结一致,村不离村、乡不离乡,原地坚持与国民党反动军队和恶霸地主孙在涛作英勇顽强的斗争。其中,寡妇薛陆氏的丈夫被孙在涛害死,田地房屋被霸占,因此,她是孙在涛的死对头,也是支前运动的积极分子,她和她的两个女儿大凤子、七月子,全家出动,事事走在支援前线战斗的前头。解放军某部班长、共产党员刘根生,在同敌人肉搏了七次后,又冒着敌人的枪林弹雨砍断了三道铁丝网、炸毁敌人的三角塔形碉堡,最后因掩护其他同志撤退而负了伤,被俘后敌人要把他活埋。这时与孙在涛有杀夫血海深仇的薛陆氏,用自己的亲生女儿偷偷替换下刘根生,把被敌人飞机扫射身负重伤、生命垂危的小女儿七月子,抬

---

① 陈登科,萧马:《陈登科文集(7)》,北京燕山出版社2003年版,第10页。

第八章
小说创作

到了坟场埋掉。刘根生在薛陆氏和大女儿大凤子以及沈长友、周步叔等人精心治疗和护理下恢复了健康。根据党的指示，刘根生留在地方坚持战斗，成立党小组，积极领导和组织群众与敌人开展抗丁、抗捐、反拆房等斗争，并取得了一些胜利。他还亲自侦察敌情，率领群众进入敌人严密控制的关帝庙内，炸毁了敌人的火药库，里应外合，配合解放军解放了新河集，活捉了孙在涛。战斗胜利后，他又辞别了薛陆氏和众乡亲，回到部队，踏上解放全中国的征途。小说场面较为壮烈，语言口语化，生动形象，真实地反映了解放战争初期的"军民一体"的血肉关系是取得胜利的重要保证。小说发表后深受群众欢迎，在解放初期，影响较大。周扬在读过这部小说后曾称赞陈登科的小说"写出了劳动人民的强烈的真实情感和力量"，认为陈登科的小说"简直不是作者在描写，而是生活本身在说话。生活本身就是那样一场惊心动魄、天旋地转的斗争风景"[①]。作品笔调质朴，生活气息浓郁，所描写的人物和讲述的故事极富生活质感，始终洋溢着爱憎分明的阶级情感。同时这也构成了陈登科小说创作的一个最鲜明的特点，正如有论者所说，"无论是成名作《活人塘》，还是扛鼎作《风雷》，抑或是晚年力作《三舍本传》，他几乎都是'以生活本身在说话'这样的叙述方式，展现着生活真实和人物性格的复杂性和多样性，他的小说世界和生活本原世界浑然一体，时代影像、地域风情、人物话语等，都是以逼真而又传神的形态出现在读者面前，所以他的小说艺术魅力，主要不是靠情节设计的诡谲多变或故事的波澜起伏来吸引读者，而是靠真实的生活情境、真实的人物形象、真实的感情表达、真实的地域风情、真实的性格化语言等特色，构筑起陈登科小说世界独特的艺术个性"[②]。尽管作为一个走上文坛不久的工农作家，在写作技巧上还缺乏更高的艺术概括力，多多少少地受制于生活本身的体验，而带有些自然主义的痕迹，但这丝毫不影响对于小说现实主义创作的追求，及至1951年《淮河边上的儿女》、1964年《风雷》创作完成时，他的这种融广泛的生活积累和人生体验的现实主义创作风格开始臻于成熟，并终使他步入有影响力的当代作家行列。

---

① 周扬：《谈陈登科的小说创作》，《文艺报》，1951年6月25日。
② 苏中：《苏中自选集》，安徽文艺出版社2018年版，第69-70页。

第九章
通讯报告创作

　　战争的烽火、社会的动荡使得"作家们不能不采取短小轻捷的形式——速写、报告、通讯之类,以把握住剧变的现实的断片"[①],也让以迅速反映社会现实见长的报告文学立即跃进到战时文艺的前沿阵地,成了革命战争年代异常活跃的文艺样式。在盐阜敌后根据地和盐城解放区,无论是期刊,还是报纸或是印行的小册子,经常出现一些标以"通讯""报告""特写""速写""素描""随笔""访问记"之类的作品,有时甚至占有很大的篇幅。这些作品以直接而单纯的形式上的优势,真实地描述了盐城军民丰富多彩的战斗生活,生动地记叙了各种英雄人物的感人事迹,热情地反映出解放区人民的心声和愿望,生动传神地表现他们的思想和情感,进而为我们形象地记录下盐城人民伟大的革命斗争史。这其中,不少的新闻记者凭借着职业上的便利和特长,活跃在苏北盐阜区的敌后战场,及时记录和报道盐阜地区发生的各种战况和军民的英勇顽强斗争故事以及根据地和解放区建设的各项成就,并通过报纸,将这些带有炮火硝烟的通讯报告,迅速地传播到盐阜地区内外,对于宣传教育大众,激励军民斗志起到了很好的作用。他们中间也涌现出了一些以《盐阜报》《盐阜大众》等报刊的几位记者为主力军的战地通讯报告写作的佼佼者。

第一节　常工的通讯报道写作

　　常工是盐城革命文艺运动中一位有影响的新闻工作者,曾先后担任《盐

---

　　① 以群:《关于抗战文艺运动》,《文艺阵地》1938年第1卷第1期。

阜报》和《盐阜大众》的记者和编辑。在担任新闻记者和编辑期间,他不仅活跃在敌后,与战士、群众紧紧生活在一起,紧密配合现实革命斗争宣传需要,及时传递群众所关切的信息,写下了《战斗在淮河堆上》《两个张乡长》《七天二十二个》《佃湖敌人逃跑了》《黄师长访问记》《记盐阜区抗日阵亡将士纪念塔》《陈家港之战——记一个战士的谈话》等通讯报道,而且还发现和培养了不少工农通讯员。作家陈登科就是他发现并培养成《盐阜大众》工农通讯员的,陈登科的第一篇新闻稿《鬼子抓壮丁》也是在他的具体指导下写成,并经他和钱毅的修改而发表在《盐阜大众》上的。他的作品及时、敏锐,写人叙事都很清晰、明白,具有很强的新闻性、可读性。

通讯《战斗在淮河堆上》发表于1942年的《江淮文艺》,写的是阜东九区陆集乡军民怎样自发组织起来保卫家园的事。陆集乡地处敌人据点六七里地,是敌人经常来烧杀和抢劫的中心地方。群众起先在对敌人"打"与"和"的问题上意见并不统一,最后在政府代表的推动和鼓励下,主张"打"的人占了大多数,而左庄的民兵在张正达领导下打败敌人进犯的事实也证明"政府的话讲得有理,工作同志的话很对,要活命,只有打"。从此,主张"和"的人"静寂无声"了,"敌人来一次,便被打退一次,民兵的战斗信念也一次比一次更加坚定了",而且陆集乡的民兵还把战斗范围扩大到陆集乡的门户——新安乡和复兴乡,他们作战勇敢,"在张桃园,他们配合主力部队打退了五百多个敌人和伪军,打死了个伪军大队长和一个小队长",并且他们还在麦子收割的时候,日夜蹲守,保卫群众劳动果实,深得群众拥护。陆集乡的民兵就这样战斗在淮河堆上,"敌人来,就打他回去"的战斗口号也响亮地挂在嘴巴上。作品不但描述战斗过程,更主要的是写出了在对敌斗争上群众思想统一的过程,使群众明白了"和就是伪化"的道理。《佃湖敌人逃跑了》则用了倒叙的手法,先从十二日夜里敌人逃跑写起,接着叙述了在二月十四日到九月十二日这个将近七个月的时间里,佃湖被敌伪占领,他们怎样作威作福,烧杀抢掠,奸淫妇女。最后逃出佃湖的人民自发组成联防队,七个月来,同敌伪斗争三十余次,最后赶跑了敌人,佃湖重回人民手中,重新焕发出生机,呈现出一派祥和的画面。佃湖敌伪的逃跑也证明了人民团结抗敌力量的伟大。

与《战斗在淮河堆上》《佃湖敌人逃跑了》这两篇通讯通过一个个小故事来叙述战斗不同,写于1943年5月10日《陈家港之战——记一个战士的谈话》这篇报道则采用的是速记形式来真实地再现新四军解放陈家港战斗的场景。作品首先写了部队在拂晓的时候,以急行军速度赶到了陈家港,接着写

盐城
革命文艺史略

奋勇队的"机关枪发狂一样的叫着,手榴弹爆炸着","陈家港立即陷入烟和火的氛围中",我们的部队"迅速地前进着,占领碉堡,占领房屋",敌人也退到了大源公司的碉堡去了。随后奋勇队对大源公司的碉堡发起了围攻,当"炮弹一个一个地轰过去"的时候,碉堡里的伪军伸出白旗投降。新四军优待俘虏,为一个负伤的伪军包扎好伤口并放他走时,被俘的伤兵流下了感激的泪水,幡然醒悟,表示伤好后一定回来找为他包扎伤口的范同志,并让他相信中国人是不会打中国人的。所以,虽然第二天敌人派来飞机、轮船增援,妄图夺回陈家港,但最终"像夹着尾巴的狗一样地逃走了",而陈家港"一千万斤穗头扛走了,高山一样的盐搬运了……一切的一切,都不成为敌人的,而成为我们自己的了"。作品通过战斗画面的速写和人物间的对话,描绘了陈家港战斗的激烈,表达了军民一心,同仇敌忾打败敌人的决心和意志以及共产党一心抗日的正确主张。

常工的通讯报道除了表现战争生活,勾画战争场景,写出敌人的横暴以及民众的惨痛和坚决反抗外,还有一些歌颂在革命根据地斗争中涌现出来的英雄模范以及新四军领导人的通讯报告也很有特色。发表于《盐阜报》的通讯《两个张乡长》中的两个乡长分别指的是涟东县北集乡的乡长张道行和丰安乡的乡长张广田,他们虽然一个是共产党员,一个不是共产党员,但他们在党的领导下,意志和行动都很一致,"特别是在敌人面前,更同样地表现了中华民族伟大的气魄和崇高的品质。"作品追记了两个张乡长的英勇事迹:共产党员乡长张道行在掩护总队部突围后,却因寡不敌众被敌人活捉,敌人用枪托打他,用冷水灌他,却始终征服不了这颗跳跃的心,最后他喊着"中国共产党万岁"的口号而被敌人枪杀;而丰安乡的非共产党员乡长张广田,在带领民兵守卫家园时,不幸被化妆成民兵埋伏在稻头地里的敌人抓住,敌人把他送到响水口对他进行了严刑拷打,拔光他的头发,逼迫他招供投降,放弃"反伪化"的斗争,但他"不但没有动摇和气馁,反而更加坚定和顽强起来"。敌人想不到当民主乡长不到两个月的张广田,意志竟如此坚强,于是恼羞成怒,决定把他拖到大街上当众枪杀,张广田临危不惧,凡是走到有人的地方总是愉快地高喊"我就是八路的乡长",最后英勇就义。作品以简练、朴实的笔触,通过对两个张乡长英勇事迹的追述,昭示人们在民族大义面前,无论面对什么样的敌人,都要无所畏惧,为人民、为革命都要赴汤蹈火,英勇前进。《黄师长访问记》是当时解放区较为成功地描写新四军高级领导人的通讯,发表于1944年1月25日的《盐阜报》。在这篇通讯中,作者首先从进入师部后在桌上看到数百封慰问黄克诚师长的信写起,说明了黄师长为人民

第九章
通讯报告创作

所爱戴,接着描写了黄师长在二十一年的战争生活中养成的"沉静严肃而又慈祥的风度"以及为革命事业操劳而加深的额头上的皱纹,回顾了黄师长从1923年投身革命活动,始终屹立在武装斗争的最前线。他1927年领导了湘南一带的农民暴动、奔赴井冈山、参加红军五次"反围剿"战斗以及二万五千里长征。抗战爆发后,他又转战华北平原,担任八路军第四纵队政委、第五纵队司令员兼政委;皖南事变后,又率八路军第五纵队南下与新四军会师盐城,任新四军第三师师长兼政委,而在这光荣的革命生涯中,黄师长也养成了实事求是的工作作风、赤诚率直的性格特征以及平易近人、勤俭节约的生活态度,最后作者深情地写道:"黄师长是一个忠于民族解放和人民解放的战士,而且是一个老练的革命舵手,他在毛泽东同志为首的党中央及华中局领导下,紧握着走向胜利的旗帜,这旗帜将招展在苏北的每一个角落。"作者以深深的敬意写出了这位在苏北坚持抗战的共产党高级领导人的音容笑貌和伟大的人格力量以及根据地干部、群众对他的拥戴之情,较为详尽地刻画了新四军高级将领的形象,进一步坚定了解放区人民抗战必胜的信心和勇气。

1941年7月—1943年春,日伪对盐阜区发动了两次大"扫荡",新四军第三师在师长兼政委黄克诚将军的率领下,击破了数万日伪军的层层包围,粉碎了敌人的大"扫荡",盐阜大地上洒满了烈士的鲜血。为昭彰先烈,激励后人,盐阜区行政公署决定建造抗日阵亡将士纪念塔,以资纪念。1943年6月15日纪念塔开工,9月10日建成竣工。1943年9月25日,盐阜区党政军负责同志、各界人士代表、新四军指战员及当地群众万余人在阜宁芦浦举行抗日阵亡将士纪念塔落成典礼暨追悼大会。黄克诚师长宣读了祭文,与会全体人员肃穆恭听,沉痛悼念烈士。作为《盐阜报》记者的常工亲历了这一重大典礼,写成通讯发表在1943年10月3日的《盐阜报》上。这篇《记盐阜区抗日阵亡将士纪念塔》不仅对塔顶、塔周、塔身进行了详细的描绘,指出它是"牺牲壮士崇高的民族气节,钢铁一般意志的象征",而且对修塔群众所说的"战士流血,我们流汗"的奉献精神进行了赞扬,认为"这塔,是血和汗的结晶,也是盐阜各阶层人民铁的团结的象征。"作品的文学色彩浓郁,事例生动,具有很强的现场感,字里行间处处充溢着一个革命战士对牺牲烈士的敬仰之情。

第二节　白桦的战地通讯写作

白桦是盐城革命文艺活动中非常活跃，也是非常勤奋的战地记者和通讯员。他将反映战争当作自己自觉的实践，努力地去表现战争，勾画战争的全过程，他深入军民团体，采访部队官兵和英雄人物，在战地倾听官兵讲述战争经历，从而将一腔激情凝于笔端，写下《保卫粮食战斗》《夜击裴刘庄》《叫出来打他》《丁玉龙》《抢救空中堡垒》等战地新闻通讯。

在敌占区，日伪军常常会出动到各个村庄去烧杀、抢掠，尤其是庄稼收获的季节，他们常常下来抢粮，敌后武装这时就会组织力量打击敌人，保护老百姓的胜利果实。发表于1943年6月24日《盐阜报》上的通讯《保卫粮食的战斗》讲述的就是一场驻扎在高作东南三里的小舍的新四军部队保卫老百姓收粮的战斗故事。在麦子丰收的季节里，高作的鬼子的抢粮队经常下来抢夺老百姓的粮食，于是驻扎在此的部队除了担任警戒人物的人，"其余的人把袖口一卷"，都下田去帮助老百姓收割麦子、栽种稻子，带路的老乡高兴得"咧开大嘴"。而在东岑庄附近没有捞到好处的鬼子以及和平军，在第二天中午，就集结了300多人，从东北迂回，占据了高作和季陆墩子，机关枪"磕磕磕……"向着麦田里的老百姓扫射。为了保卫老百姓收割好的庄稼，新四军的部队就出没在金黄的无际的麦浪里，准备打伏击。半夜时分，新四军的部队开始朝敌人的据点射击，打得鬼子一夜没有睡觉，天一亮，鬼子害怕再被袭击，便分开三路向南去了，我们部队赶紧追赶，发现敌人早跑到建阳，又返回湖垛躲起来了。在作品中，作者不但描写半夜里发生的紧张激烈的枪炮战，而且还腾出笔来写了敌人走后村子里被洗劫、破坏一空，百姓回来找锅、找碗的情况，揭露敌伪烧杀抢掠的罪行。最后作者在通讯里又加入了文学的笔调，写出我军民欢唱的场景，说明了我们的队伍是老百姓的保护神："开饭啦——吃过饭帮助乡亲们割麦子！"这时队伍也响起了哨子声，愉快的歌声很快响了起来："一片麦田哟黄又黄，/男女老少割麦忙，……军民合作力量强，/不让鬼子来抢粮！"

白桦还擅长在不长的篇幅里讲述战斗的全过程，具体地写出时间、地点、进展过程中的敌我双方情况，以及最后的战果，尤其对我军的游击战术运用写得灵活生动、出神入化。发表于1943年7月27日《盐阜报》上的《夜击

第九章
通讯报告创作

裴刘庄》就是写了发生在建阳五区的一场夜袭的战斗过程。建阳五区的裴刘庄、大崔庄、郑沟、匡周庄、东夏庄、楼夏庄等地敌伪据点稠密,但他们做梦也没想到,新四军会突如其来地扑入他们的腹心,结实地打他们一拳。通讯从七月一日夜里开始写起,当时"天色异常黑暗,微风挟着雨丝,队伍行进在曲曲折折通向裴刘庄的泥泞烂滑的田塍上",原计划十一点钟打响的战斗,推迟到了将近一点钟。虽然"庄子南头的碉堡上,从窗口和枪洞透出灯光,像野兽的眼睛监视着漆黑的原野",但我们的突击队员还是以迅雷不及掩耳之势,窜进了碉堡,把刺刀对准了敌人的胸膛,一枪没打,和平地解决这座碉堡,抓住了五个和平军,缴到了全部枪弹。随后队伍又兵分两路,攻打东头和西头碉堡里的敌人,但"敌人碉堡造得相当牢固",敌来我往,战斗处于胶着状态,就在我们部队准备发起最后突击来歼灭敌人时候,天亮了,敌人的增援也赶到了。为了避免意外损失,部队便迅速地撤退。作者详细地叙写了敌我双方交战的场面以及部队游击战术运用的情况,并且在结尾时还通过老百姓的亲眼所见,特意交代敌人伤亡情况:在裴刘庄西边新葬了两座坟,有四个敌人被担架抬去大宿庄(伪军头子阎斌司令部驻地)医伤去了。而我们这边却是新增加了五个新战士,一个人负了一点轻伤。总体上看这场战争规模比较小,但作者却把它写得有声有色,跌宕起伏,让人身临其境,也使广大群众对我军灵活机动的战术有了更深切的印象。《叫出来打他》则生动地描写了一场建阳纵队采用调虎离山,引诱敌人出来进行伏击,在东夏庄荡里的牌楼附近所打的一场漂亮的伏击仗。作品从建阳纵队和盐城纵队比赛打鬼子写起,引出建阳纵队这次打伏击的目的:要缴阎旅的机关枪。于是他们夜里便在荡里设伏,准备天亮把敌人引出来缴他们的机关枪,哪知天亮我们的侦察员侦察时惊动了敌人,鬼子躲进据点不出来,这时我们就"派几个人去引他们,叫他们出来再打他",结果伪旅长阎斌部队不经打,碰到我们新四军就落荒而逃,这场战斗"一共捉住了十二个俘虏,从水里捞出两挺捷克式轻机枪,一支掷弹筒,一支手枪,十八支步枪,一些子弹和八具死尸",而我们的人却没一个伤亡。作者不仅详细地写出战斗经过,而且还用了敌我之间伤亡比例的差距,赞叹了这场伏击战的成功。《抢救空中堡垒》所写的这场战斗却更为别致,写的是盐阜独立团第六连为了营救因飞机坠毁而落难的美国友人,与日伪军进行的一场敌我力量悬殊的战斗。日伪军近滕中队长带着七十多个鬼子、四十多个伪军的一百多人的队伍来拦抢飞机,而盐阜独立团只有八十多人,面对这样的人数、装备悬殊,战士们毫不退却,勇敢抗敌,越打越激烈,最后整个"乡村沸腾了起来,枪声、锣声、喊叫声震动原野,成百上千的民兵、区队、老百姓，在雨地里从四面八方枪响的地方集拢来","敌人吓得跌跌滑滑地窜回湖垛去"了。最终我们独立团以牺牲了三个战士，伤了二个战士、一个班长的代价把这个空中堡垒抢救了过来，获救的五个美国机师挂念的"飞机最新式装置"和"里面的重要文件"都安然无恙。美国友人因此感动得说不出话来。作品通过对这场战斗的叙写，既表现了我们指战员身上所具有的国际主义和英雄主义精神，也表现了我们军民团结、共同战斗的人民战争力量的强大以及革命军队和人民群众之间的血肉联系。

同时，我们也看到，白桦的通讯不仅有对敌战斗的报道，还较广泛地涉及解放区生产建设、英雄模范等方面。他写的人物通讯《丁玉龙》就写了一个32岁、工农出身的丁玉龙，在5年的战斗生活里，最终锻炼成长为一个全旅第二名战斗模范的事。丁玉龙以猛打猛冲出名，每次打仗，总喜欢冲在第一。作品首先为我们摄取了丁玉龙几个英勇战斗的场面：担任勇敢队队长，在袭击涟东大顺集南边的小卞庄时第一个爬上圩子和敌人拼刺刀，战斗中打死鬼子十名，打伤二十余名，缴三八步枪三支；敌人进攻佃湖，丁玉龙带一班人固守北圩门，抗击十倍以上的敌人；在1943年秋天讨逆战中，丁玉龙所在的连队被千余敌伪包围夹击，他临危不惊、退却在后，把牺牲了的同志的枪支弹药带了下来。接着又写了他不仅作战勇敢，而且还通过他平时关心战士、爱护战士的事例，点明了他得到战士们尊敬的原因，同时也对他个性强、乱发脾气、讲上级的怪话等缺点进行了批评。这篇通讯最难能可贵的地方在于，没有像有些通讯写作那样把人物写得那么"高大全"，作者不仅写出丁玉龙这个英雄模范身上的作战勇敢、敢打敢冲的优点，而且还对他身上存在的缺点进行了点到为止的批评，从而使丁玉龙这个英雄形象变得更加立体和有血有肉，也显得更为真实、可信、可敬。

第十章
戏剧创作

戏剧是盐城革命文艺活动中普遍开展的一种文学形式。在战争时期，戏剧以其直观性情景再现、人物塑造等特点，在宣传、组织群众方面起着特别的作用，尤其受到广大群众的欢迎。整个抗日战争与解放战争时期，盐阜地区的"戏剧活动基本没有间断"[①]，话剧、活报剧、儿童剧、秧歌剧等都得到长足发展，成为群众喜闻乐见的娱乐形式和对敌斗争的思想武器。

第一节　许晴的戏剧创作

许晴，原名许多，祖籍安徽歙县，1911年出生于江苏扬州。1928年中学毕业后，在南京、北平搞学生运动。1931年在联华影业公司五分厂演员养成所从事演剧工作，曾和著名电影演员白杨合作，拍过一部无声电影《故宫新怨》。"九一八"事变后，参加了宋之的和于伶组织的"苞莉芭"（俄语"斗争"之意）剧团，继续与白杨同台演出进步话剧。1932年，受中共地下党的派遣，在北平城西单附近开了一家专门出售进步书籍的"卿云书店"，传播革命真理。这期间，开始为北平《世界日报》副刊、《蔷薇》月刊写稿。1933年冬，被北平国民党当局逮捕入狱，判刑三年，关押在德胜门外第二模范监狱。1936年底，国民党释放政治犯，许晴出狱，从此将原名许多改为许晴，以示纪念。1937年初到上海，在小学校排演儿童戏剧。"八一三"淞沪抗战爆发不久，参加了文化界救亡协会组织的战地服务团，他在歌咏组任导演，

[①] 陈辽主编：《江苏新文学史》，南京出版社1990年版，第142页。

盐城
革命文艺史略

在昆山演出了街头剧《放下你的鞭子》。1937年11月，服务团离开江西到武汉，改组为武汉卫戍总司令部政工大队。后因国民党消极抗日、积极反共，他被迫离开武汉到安徽，在何伟领导下，从事抗日文艺宣传活动和戏剧创作。1939年，他在金寨县参加安徽省总动员委员会，曾担任导演，与抗敌演剧队一同演出洪深的剧作《飞将军》，并在安徽省文化协会主编的文艺杂志《中原》上发表了他著名的话剧《汪、平沼协定》。同年冬，他到苏皖抗日民主根据地，任津浦路东各县联防办事处教育科长。1940年，许晴参加了新四军江北游击纵队，后随军转至盐城。1941年7月23日在率领华中鲁艺师生转移中，不幸英勇牺牲，年仅30岁。1943年苏北反扫荡胜利后，陈毅在为《新四军革命烈士纪念文集》所写的序言《本军抗战将校题名录书端》一文中不无痛惜地写道："又如丘东平、许晴同志等，或为文人学士，或为青年翘楚，或擅长文艺，其抗战著作，驰誉海外；或努力民运，其宣传动员，风靡四方。年事青青，前途讵可限量，而一朝殉国殉身，人才之损失，何能弥补。言念及此，伤痛曷极！"言辞之中，充满了对丘东平、许晴等优秀文艺人才不幸牺牲的悲痛惋惜之情①。

1940年10月，许晴随刘少奇到达盐城，先为盐城县文教科长，后到鲁迅艺术学院华中分院担任戏剧系教授和普通班兼课教授。不久，戏剧系主任刘保罗在排演独幕剧《一个打十个》时发生意外，不幸牺牲，他继任华中鲁艺戏剧系主任。许晴在盐城创作过《重庆二十四小时》（后改名为《重庆交响乐》）、《胜利》、《王玉凤》、《惊弓之鸟》等多部大型话剧，为苏北根据地的戏剧发展作出了极大贡献。他的剧作针对性强，人物鲜活，结构紧凑集中，剪裁得当，情节发展入情入理，语言精练简洁、深入浅出，表现了他深厚的生活基础和艺术积累。他在皖南所写的三幕话剧《汪、平沼协定》，就针对的是汪精卫卖国投降行为，故事写的是汪精卫从重庆叛逃到日本东京后，与日本内阁首相平沼骐一郎进行的一场出卖中国的肮脏"交易"，签订《汪、平沼协定》。这不仅是一个重大的政治事件，也是涉及高层官僚情感扭曲的大丑闻，许晴以犀利的笔触，把汪精卫卖国求荣、卑贱罪恶的丑行揭露得淋漓尽致的同时，也入木三分地勾画了平沼麒一郎表面上谦恭有礼，实际上阴险狠毒的嘴脸。而对于陈璧君这个人物，不仅写出她与丈夫汪精卫沆瀣一气出卖祖国，一脸谄媚，而且还写出她与那个日本女特务菊子争风吃醋的丑态，表明她既是个干卖国勾当的政治妓女，又是个骂街泼妇的卑污形象。许晴亲自

---

① 刘小清：《华中鲁艺"三英杰"：丘东平、许晴、刘保罗》，《新文化史料》1997年第1期。

在剧中扮演汪精卫,造型逼真,惟妙惟肖,把汪精卫这个曾经以刺杀清摄政王而闻名全国的反清义士和声名显赫的国民党元老,最后堕落为卖国求荣的大汉奸的嘴脸活脱脱地呈现在观众面前。他的精彩表演,引得台下观众群情激奋,"打倒汉奸走狗卖国贼"的口号声一片。《惊弓之鸟》是他到盐阜区后所创作的话剧,主要针对的是当时国民党江苏省主席韩德勤破坏抗日民族统一战线、妄图阻止新四军北上开辟敌后抗日根据地的行径,写了他顽固反共,不顾民族大义,肆意破坏抗日民族统一战线,大举进攻新四军的倒行逆施行为,最后韩德勤在我军民英勇还击下,节节败退,狼狈不堪,有如惊弓之鸟,龟缩在了阜宁凤谷村。剧作由魏征、朱丹、章枚、张炳炎等主演,生活气息浓郁,语言通俗,观众对韩德勤等顽军的军政头面人物及其姨太太们所表现出的狼狈相无不拍手称快。1941年春,在刘少奇同志指导下,盐阜区召开了一次规模盛大的农民代表大会,为配合此次大会召开,许晴热情地编写了一个十多场的大型活报剧,内容主要是写根据地人民抗日拥军、减租减息以及农民如何当家做主、扬眉吐气等方面。该剧规模宏大,形式灵活,十分接地气,很受群众欢迎。在盐城大礼堂演出,数千到会的农民代表无不为他们自己翻身求解放后的幸福景象而感到欢欣鼓舞。

1941年3月,华中鲁艺戏剧系在盐城准备公演由许晴编剧的五幕话剧《重庆二十四小时》,陈毅看后建议将原剧名改为《重庆交响乐》,认为剧名要画龙点睛,"二十四小时只说明故事发生时间,西洋剧的'三一律'原则,没有现实意义",而"用《重庆交响乐》为剧名,说明戏中有各种声音,有国民党官场、商场、舞场的声音,有大官僚小百姓的声音,也有我们共产党的声音"[①]。与此同时,陈毅还对该剧剧本内容、台词和演员表演也提出了不少自己的看法。1941年5月30日,《重庆二十四小时》改名《重庆交响乐》在纪念五卅运动会上正式公演,获得了巨大成功,《江淮日报》在报道当时的演出盛况时称赞"该剧场景宏大,在苏北首属创举"。该剧通过孔祥熙的二女儿孔二小姐在重庆商场和官场的活动,深刻地揭露了国民党"蒋、宋、孔、陈"四大家族不顾国家危亡,人民疾苦,与敌伪合流,大发国难财的罪恶勾当以及国民党顽固派对内反共反人民,对外卖国求荣的反动本质,尤其是孔二小姐用飞机运水果吃、用牛奶洗澡等细节安排颇具匠心,产生了较好的艺术效果。

---

① 朱泽:《陈毅军长和华中鲁艺》,见中国新四军和华中抗日根据地研究会、四川省新四军史料征集研究会编:《陈毅百年诞辰纪念文集》,四川人民出版社2001年版,第331页。

盐城
革命文艺史略

独幕剧《王玉凤》写于 1941 年 3 月 3 日鲁迅艺术学院华中分院，1941 年 5 月由新艺社出版发行，当时许晴正在担任戏剧系教授。这个剧主要揭露的是国民党反动派消极抗日，积极反共，阴谋消灭新四军，勾结日伪向我军进攻的反动本质，同时热情地歌颂了我地下工作者王玉凤英勇机智、忠贞不屈的大无畏精神。由于她的机智英勇，终于给敌人以沉重的打击。故事发生在 1941 年 1 月安徽南部太平泾县间之茂林附近，靠近青弋江的某小村落。这天，国民党中央军正在严刑拷打妇女抗敌协会会员张四嫂的丈夫张四哥等人，逼问被他们藏匿起来的新四军黄部长的下落。王乡长在家里喝着酒，对张四嫂恳求他出面救她丈夫张四哥，充耳不闻，见死不救，反而一直在盘算如何抓到黄部长，好拿到一万块的赏钱。王玉凤曾是"妇抗会"主席，也是王乡长的亲侄女，借机向她叔叔献计，一边假装告诉他黄部长的藏匿地点以及"学狗叫"的接头暗号，一边又设计让她的丈夫李德昌暗地里借为团长买东西之机，护送黄部长回部队，同时又诓骗团长去藏匿地点捉黄部长，团长开枪打死了王乡长。最后，团长知道中计了，恼羞成怒，正命令手下准备抓王玉凤时，被他的卫士刘有庆拔枪打死，于是王玉凤和刘有庆带着反水的国民党士兵一起投奔新四军队伍去了。剧作构思缜密，情节环环相扣，一方面揭示和暴露了国民党反动派反共反人民的反动本质；另一方面又寓人物性格和剧作主题于特定的具体事件中，起到了极好的警示和宣传教育的效果。剧作由杨露主演，在苏北各根据地多次演出，产生了极好的反响，显示出了许晴较为娴熟的艺术创作技巧和较高的驾驭题材的能力。

第二节　阿英与历史话剧《李闯王》

　　阿英，原名钱德富，笔名钱杏邨、张若英、魏如晦、阿英等，安徽芜湖人，1900年出生。青年时参加"五四"运动，1926年加入中国共产党。1927年与蒋光慈等组织文学团体"太阳社"，出版《太阳月刊》《海风周报》等。1930年参加中国左翼作家联盟，被推选为常务委员、党团书记，从事革命文艺创作。全国抗日战争期间，在上海从事救亡文艺活动，与郭沫若、夏衍共同创办《救亡日报》，任《救亡日报》编委，《文献》杂志主编。创作了《碧血花》（又名《明末遗恨》）、《海国英雄》、《杨娥传》等多幕剧，利用历史题材文艺作品，宣扬民族气节，激励人民抗日斗志。1941年太平洋战争爆发后，举家奔赴苏北抗日根据地。途经新四军第一师第一旅驻地泰州，经旅长叶飞挽留，暂留一旅指导部队文化工作。奉陈毅代军长指令，于1942年7月底抵达阜宁地区新四军军部驻地，指导新四军第三师鲁迅艺术工作团、军部鲁迅艺术工作团开展部队文艺活动。参与陈毅代军长倡导的湖海艺文社的筹建工作，亲自起草"社约"，开展诗文活动。同时，主编《江淮文化》《新知识》等文艺刊物，在《新知识》上增辟《湖海诗文选》专栏。1944年夏，主编《盐阜报》副刊《新地》。1945年10月，任华中文化协会常务委员，华中建设大学文学院院长。1946年3月主编《江淮文化》。全国解放战争时期，随军北上，任中共中央华东局文化委员会书记，后任中共大连市委宣传部文委书记。中华人民共和国成立后，先后任天津市文化局局长、天津市文学艺术界联合会主席兼《民间文学》主编、华北文学艺术界联合会主席、中国文学艺术界联合会副秘书长、中国作家协会理事、中国戏剧家协会常务理事等职务。著有剧本《碧血花》《李闯王》，文艺论著《弹词小说评考》《女弹词小史》《晚清小说史》《小说闲谈》《小说二谈》《小说三谈》《小说四谈》《现代中国文学作家》《现代中国文学论》《中国年画发展史略》。编辑《晚清文学丛钞》《鸦片战争文学集》《中国新文学运动史资料》。另有记述华中敌后斗争的《敌后日记》《阿英文集》《阿英散文集》等。1977年6月17日在北京逝世。

　　1942年7月14日，阿英率全家由上海抵达阜宁县停翅港新四军军部，住在新四军专门为到根据地的文化人建立的"文化村"里。在这里，阿英一方面为军部鲁工团讲授中国戏剧运动史，创作出历史剧《郑家父子》，另一方面还指导三师鲁工团排演戏剧，撰写出《农村剧团组织训练与演出》《编剧杂谈》《演剧四讲》等论文，指导淮剧改革，为苏北抗日根据地的戏剧运动的进一步发展作出了卓越贡献。尤其是他1945年根据郭沫若同志《甲申三百年祭》，响应党中央的号召和张爱萍同志的提议而编写的五幕话剧《李闯王》更是其艺术成就最高、最有代表性的一部，也是延安文艺座谈会以来优秀剧目之一，对群众起了很大的教育和鼓舞作用，具有极高的艺术价值和现代意义。1945年5月6日，新四军三师八旅文工团在苏北驻地益林镇举行庆祝阜城光复的大会上正式公演了《李闯王》，2 000多观众一致赞赏。第二天，黄克诚师长发来信件祝贺演出成功。该剧在盐阜区先后演出了30多场。1945年10月，三师去东北后，东北军区翻印了40万册《李闯王》剧本，作为思想形象教育材料演出。从抗战胜利前夕到解放战争时期及新中国建立后，该剧作在包括上海、南京、昆明、北京等城市各地的演出达400余场次。捷克斯洛伐克布拉格民族剧院也在1955年4月上演该剧，并成为剧院的保留剧目。

剧作一共分为五幕，首先从李闯王率部攻打宁武关写起，接着就写了他及其将领胜利攻占北京城后，将帅不和，一些当权者贪图享乐、腐败堕落，骄傲轻敌，纪律败坏，他也偏听偏信错杀功臣良将，政策失误，李岩劝谏无

第十章 戏剧创作

效以至被冤杀，终于在吴三桂和清军的袭击下失败，昔日叱咤风云的农民起义领袖最终遁入空门，沦落到石门县夹山普慈寺做了个道号为奉天玉的和尚，在晨钟暮鼓中了却余生。剧作主题具有明确的指向性，试图通过李自成功败垂成的惨痛教训引起广大指战员的深思，从而使他们受到了一次形象的战斗思想的教育。阿英自己在谈到该剧写作的目的时也说是"企图以'历史剧'演述前代失败的经验教训"。同时也"在告诉我们自己，如果你不以这些教训警惕自己——特别是在进入大城市的时候——而骄傲自得，贪污腐化，背叛大众，你将会收到怎样的后果——身败名裂，凄凉悲惨，一直危害到国家、民族"[①]。1944年郭沫若同志的《甲申三百年祭》在重庆的《新华日报》发表，延安的《解放日报》迅速予以转载，随后党中央通报全国各根据地和各军区，要求认真学习这篇文章以做将来我军进入大城市、解放全中国的思想准备，并把该文印发全党作为全党的整风文件。为了配合这一思想教育工作的开展，阿英遵照党的指示，以郭文为基础，用他广博的历史知识于1945年在苏北新四军三师驻地创作完成。剧作一方面满腔热情地赞颂李闯王及其领导的农民革命战争和必然的胜利；另一方面，他又没有把李自成神化，而是按照历史的本来面貌，一步一步地揭示农民革命的消极因素和局限性，以及导致失败的根本原因，从而揭示了"得民者昌，失民者亡"的历史真理，让人们看到闯王进京后，怎么在"以民为本"的天平上倾斜、滑坡，最后导致无可挽回的悲剧结局，告诫解放区抗日军民在胜利的形势下，必须牢记其血的经验教训，以保证革命事业取得最后成功。

《李闯王》一剧在艺术上也具有极高的成就，显示了他高超的写作技巧。首先，该剧体现了他一贯秉持的尊重历史，言必有据的创作观，努力做到历史剧既能入史又能出史，写古也是写今。因此，他创作的历史剧"既不仅仅满足于一般的再现历史，也不是随心所欲地将历史情节与人物现代化"，而是"站在时代的高度，以现代精神观照历史，以现代意识参与历史剧的创作，在尊重历史真实的前提下，紧扣时代脉搏进行选材"[②]。他在写作《李闯王》时，尽管处于战争环境，没有足够的历史资料可作参考，但他还是利用一切机会和可能，广搜博采了《明史》《明史北略》《明纪》《李自成传》《李自成墓碑记》《历代通鉴辑览》《古今图书集成》《谀闻续笔》《陈圆圆传》等近20种，编写李自成年谱，在头脑中形成历史轮廓，并在对剧本分场分景作了初

---

① 阿英：《杂考三题》，《阿英剧作选》，中国戏剧出版1980年版，第156页。
② 吴家荣：《阿英传论》，安徽教育出版社2002年版，第83页。

步构思的基础上,他又对李自成、李岩、李牟、牛金星、刘宗敏、宋献策等文武将领以及崇祯皇帝、吴三桂等重要历史人物和事件逐个地进行考证、研究和分析,以求作品里反映的时代、人物、事件符合历史真实。比如他在塑造李自成这个形象时没有"像过去的戏剧工作者,无批判地依据正史把李闯王写成'暴戾'、'无赖'的人物,替他抹上一脸白粉"①,而是从丰富的历史资料中寻找、认识、把握李自成的性格特征,通过若干史实佐证,认为李自成"他性格的多样性、复杂性、矛盾性,依随着他的思想(封建的农民思想、流寇思想与帝王思想)反映到具体事件上,就形成了他在农民暴动史上性格的独特存在,不是陈胜、吴广,不是朱元璋,也不是后来的洪秀全,而是大顺皇帝,是李闯王"②。在剧作中,作者通过登场人物的道白,对李自成进行介绍;用花鼓女的"迎闯王、不纳粮"的歌唱,对李自成予以赞颂;以音响效果"马蹄声""闯王驾到"的喊叫声,对李自成加以渲染,使李闯王的形象显得高大、感人,显示了革命文艺的教育作用和斗争威力③;既极力刻画李自成的不屈不挠的韧性战斗精神,又写他轻敌狂傲,暴怒暴躁,粗中有细的性格特征;既表现他的大度宽容,得民心的一面,又暴露出他忠奸不分,是非不辨,狭隘的农民思想,同时在李闯王最后的结局处理上也是取"逃禅"而非"击毙","使该剧在尊重历史的基础上,巧妙地将总结历史教训的使命与现实主义创作方法的精髓——批判意识和反思精神融为一体,从而达到了超越历史史实的艺术真实。"④ 其次,在写作形式上,正如阿英在《关于〈李闯王〉的写作技术》一文所说,考虑敌后的环境,主要的是农村和小市镇,主要的观众是部队与农民,他们中大部分人文化水准是相当低的。在戏剧的形式上,更多的是习惯于淮剧、平剧和其他地方戏的格式,而对于话剧,尤其是大型的话剧,往往对他们是生疏,不习惯,甚至于不能接受的。因此,在写作形式上并没有按照历史上的真人真事,截取李闯王一生的几个大转换点,写实地反映他历史的全部,写成一部"传记剧",而是在"传记"基础上,加上了"传奇"的"情节的穿插和表面的效果"成分而变成"传记剧"与"传奇剧"的混合体,以便多角度地阐明主题,加强主题的印象,使中心

---

① 阿英:《杂考三题》,《阿英剧作选》,中国戏剧出版1980年版,第141页。
② 阿英:《杂考三题》,《阿英剧作选》,中国戏剧出版1980年版,第149页。
③ 徐月亮:《阿英与〈李闯王〉——阿英在盐阜根据地革命文艺活动掇评》,《盐城师专学报(社会科学版)》1988年第2期。
④ 贾翼川:《试论"甲申史剧"——〈李闯王〉的艺术价值与现代意义》,《成都大学学报(社科版)》2014年第4期。

内容的教育意义能够较深地影响观众。最后，在写作技巧上，作者说是话剧和平剧的混血儿，采用话剧与平剧杂糅的方法来写的，既用话剧的"暗场"，又吸纳平剧、淮戏的场面铺排，以增强形象性，比如，剧情从山海关之战直到退至平阳杀李岩，如一股激流，倾泻直下，至杀李岩，戛然而止。在这种场合，若不形象地写失败之"因"，则杀李岩的"果"必然会显得无力，因而作者才会在第四幕中对几场战斗进行逐地逐场的交代，而不是用话剧中的对话来补叙，为的是用类似于平剧中的场面来增强戏剧的形象性，进一步吸收"中国气派"与"中国作风"的新的营养，扩大《李闯王》的教育意义的影响。此外，剧作里对话的基调，同样是融合了"话剧对白"和"平剧道白"于一炉的，语言的遒劲有力，声调的铿锵，与动作节奏配合相得益彰。如在第四幕闯王兵败如山倒的路上——闯王行宫里，作者写出头脑清醒的李岩对牛金星讲的一段话更是语言铿锵，节奏有力：

  李岩：（愤慨地）……进了北京之后，大家就像疯狂了一样，你以"元勋"自居，他以"功臣"自豪，互相倾轧，各不相下！贪污腐化，敲诈勒索，无所不为！人人自满，个个自得，什么军纪，什么边防，什么百姓，全都抛到九霄云外。以至于不到一个月的日子，弄得怨声载道，民心尽失！（顿）从山海关起，这一连串的军事失败，是很明白，不是由于军事的原因，北京一个月的暴行，早就种下了恶果。（顿）毁灭我们的不是吴三桂，不是鞑子兵，主要的，却是你们这些"元勋"，这些"功臣"，自以为劳苦功高的"英雄好汉"。

而这点，李自成在晚年幡然醒悟时的肺腑之言也是掷地有声，振聋发聩：

  奉天玉和尚：制我们死命的，不是鞑子兵的凶狠，也不是吴三桂的反复，而是由于打到了北京，胜利把我们冲昏了，以为天下太平，海内无事，再没有对抗我们的敌人了。没有想到，自己已离开了人民，注定了要失败，自满自得，互相排挤、骄傲轻敌……

总而言之，阿英的《李闯王》以其娴熟的艺术笔法，独到的艺术匠心，将历史剧作为话剧的一种，推到了较高的水平，产生了广泛的影响，在中国现代史剧的创作史上留下了浓墨重彩的一页。《李闯王》剧本于1946年由华中新华书店出版发行。之后，东北军区作为学习材料翻印了几万册；1949

年，被编入《中国人民文艺丛书》；1955 年和 1962 年作家出版社、中国戏剧出版社又再次先后出版该书。

第三节　黄其明与话剧《淮阴之战》

剧作家黄其明在盐城从事革命文艺活动期间，不仅对淮剧的改革创新作出极大贡献，先后创作《照减不误》《路遥知马力》《绝头路》《王大进冬学》《生死同心》《懒龙伸腰》《照妖镜》《眼前报》《阴阳界》《莫忘恩德》等十多部新淮戏剧作，示范和带动了盐阜区的新淮戏创作，而且还积极投身话剧的创作和演出，《淮阴之战》就是他与张拓、范政二人于 1945 年 9 月上旬，在刚解放的淮阴城内集体创作的五幕七场大型活报话剧，真实地记录了抗战最后胜利时期发生在苏北的那场解放淮阴的战斗，在苏北话剧活动史上留下不可抹杀的一页。

淮阴城（又名清江）为苏北中心城市和战略要地。它扼运河、盐河及镇江至徐州、海州水陆交通线，长期为日军南皮大队和伪军第二方面军 28 师潘干臣部所把持，自古为南北水陆交通要冲，也是兵家必争之地。1945 年 8 月 15 日，日本宣布投降后，盘踞在淮阴的潘干臣，原是敌伪和平军 28 师师长，抗日战争胜利后，摇身一变为国民党第二军军长。新四军围城 20 多天，仍希望他回头是岸，但他执迷不悟，负隅顽抗，残酷杀害新四军使者，为此，新四军决定发起总攻。于是，新四军三师由十旅旅长刘震统一指挥，集十旅、师特务团及地方部队——射阳独立团、新二团、淮阴警卫团等，于 9 月 6 日发起解放淮阴城的战斗。1945 年 9 月 6 日下午，新四军攻下淮阴城，黄其明随军入城。上级领导要求以此次战斗为题材创作新剧本，并要在 14 日召开的祝捷大会上演出。黄其明和张拓、范政商量后决定，考虑到现在观众主体是广大指战员和城镇居民，不同于农民，决定改变原来熟悉的淮戏路子，改用话剧的形式演出。他们三人集体创作，突击编排，仅用 7 天时间，便完成了五幕七场大型活报话剧《淮阴之战》的创作任务，如期在淮阴城南公园召开的祝捷大会上演出，取得圆满成功，极大地鼓舞了士气，使新解放的城市人民呼吸到新的文化气息，受到了深刻的教育。《淮阴之战》剧本被北京图书馆作为新善本收藏在新善本室，可见该剧本具有珍贵的历史价值。

《淮阴之战》一剧就是以三师特务团攻打南门前后的真实情节为蓝本，采

第十章
戏剧创作

用话剧的艺术手段来展现新四军指战员在十旅旅长刘震将军和特务团团长郑贵卿为原型的指挥员指挥下,阜宁战斗英雄许家标率领全班作为突击队,把"战斗堡垒"的红旗第一个插上淮阴城头,一举攻下淮阴城,击毙潘干臣,取得淮阴战斗胜利的情景,成功地塑造了英雄班长许家标、副班长张龙、机枪手王镇等英勇顽强的革命战士形象,写出了军队同人民的鱼水深情。剧本在一开始就通过其他人之口说出战斗英雄许家标的光荣历史:从小替人家放牛,14岁父亲被地主逼债逼死,娘也病死,只孤单一人,恰好遇见八路军进山西,就参加了部队,16岁就要求下连队扛枪,回回打仗都冲在前头,"今年,打阜宁,他单人1支枪,活捉了鬼子大队长,还缴了一挺轻机枪,被全团大会选做战斗英雄"。这一铺垫也为后来许家标攻城时的英勇顽强打下伏笔。第3幕攻城是全剧的高潮,当冲锋号吹响、枪声大作时,舞台上硝烟弥漫,只见许家标背插红旗大喊:"同志们!冲啊!"并带领尖刀班,身先士卒飞架云梯,冒着枪林弹雨,爬上城墙,把红旗插上城头。这时许家标不幸中弹,红旗倒下,许家标挣扎再将红旗插上,但他还是倒下了,鲜血染红了城墙一角。他的战友们有的倒下了,有的登上了城墙,昂首提枪向纵深扫射,攻进了城内,并一举击毙了潘干臣。

剧作不仅仅再现了攻城时血战的壮烈场面,同时还通过林老头这一新四军使者形象,反映了人民群众爱憎分明、全力支援攻城的情景。林老头原是一个普普通通的打更人,他听说新四军要派使者去给伪军师长潘干臣送信劝降时,自告奋勇,愿意只身去见潘干臣,递交我军令其投降的最后通牒。临行前,他对部队同志讲:"同志,我走了,要是你们看我不出来,你们就打进城来,替我报仇,我死也闭眼啦!"他在向潘干臣递交通牒后问:"师长,有回信吗?"潘听他称师长,勃然大怒,拍桌而起;他的卫士班长立即趋炎附势,凶相毕露地说:"你这老不死的,现在我们不是和平军28师,是国民党中央第2军,这是潘军长,你懂吗?"林老头毫不畏惧地给以辛辣的回答:"我不懂。昨天是和平军,今天是中央军,我老头子分不出来。"当潘干臣恼羞成怒地下令杀害林老头时,他很镇静地说:"我这次进城,知道凶多吉少。你杀了我这个老头子不要紧,新四军会报仇的。"林老头的言行,充分表明了广大普通群众把生死置之度外的可贵品德和对新四军的高度信任以及人民战争的巨大力量。剧作最后,新四军战士迈着整齐的步伐,走上舞台来;群众倾城而出,拎着或抬着慰劳品,抢着向战士们手中和口袋里塞;部队首长向群众挥手致意。顿时,锣鼓喧天,鞭炮齐鸣,火把照亮整个舞台。战士们在群众喜庆解放的欢悦气氛中,在群众感激新四军的真情实意中,唱着军歌,一行行、一列列雄壮而又陆续不断地走过台面，走向夺取抗战最后胜利的新战场。整个剧作场面宏大，气氛壮烈，情节生动，主要人物许家标形象突出，是当时难得一见的较为成熟的战斗剧作。

《淮阴之战》的演出也是颇费一番周折的。据新四军老战士、苏北文工团团员刘则先回忆，当时苏北文工团一边以黄其明团长为首的编、导、演一条线，尽量挑选能说普通话或能说些普通话的同志担任主要角色，并迅即集中担任角色的演员，抢抄、抢对台词，抄一场对一场排一场，随时注意修改完善；另一边，人数众多的舞台工作人员，则在教导员田平领导下分成装置组、道具组、效果组、灯光组、服装组、化妆组。所需物品或借、或寻、或制、或购、或请调拨。装置组还请来十几个木工，日夜赶制和绘制硬景。灯光组通过部队和地方政府调拨了缴获的十几盏汽油灯，并设计和制作了木质灯箱，解决顶灯、面灯，制作了幻灯、聚光灯、变色灯等保证舞台等需要。效果组的同志们从寺庙里借来了直径 1 米和 1.5 米的两只大鼓，擂起来时轻、时重像远处、近处隆隆炮声……从中，我们也能体会到，革命文艺工作者在革命战争年代对于文艺工作的热忱和敬业，使得大家能在淮阴解放的第八天，就能看到这出反映新四军为了解放人民前赴后继，英勇牺牲精神的大型话剧。苏北文工团在淮阴连演数场后，又马不停蹄地奔向淮安、龙岗、伍佑、盐城前线，先后为新四军战士和解放区的群众做多场次的演出，每一次演出都是一次生动的形象化的爱国主义教育，激励着人们前进。《苏北日报》、延安的《解放日报》等报纸也对该剧演出和反响情况分别予以报道。1946 年春，在中共华中分局在淮阴城内召开的华中宣教大会上，《淮阴之战》又作为汇报剧目，由苏北文工团向大会汇报演出，受到参会的领导和代表的广泛好评，纷纷称赞该剧是一出表现战斗题材且有很深的政治意义而又成功的好戏。

1945 年 9 月 28 日，黄其明随新四军第三师离开盐阜区，随部队转战东北，先后担任西满广播电台台长、嫩江省委宣传部文艺科长、省文协筹委会主任等职。1949 年 4 月随部队南下任广东省造纸厂军代表，1951 年 1 月任中南局文化部办公室主任、艺术处处长。1962 年底调任鞍山钢铁学院院长。1963 年底调文化部任中国电影科研所所长兼党支部书记。1966 年夏调任广西机械厅厅长兼党组书记。1981 年 1 月，黄其明任广西机械工业局顾问。1983 年 6 月，任广西区经委副主任。1984 年 3 月，任广西区政府经济研究中心副主任。1987 年 6 月离休。1992 年 6 月 26 日，黄其明因病逝世，享年 76 岁。

第十章 戏剧创作

第四节 杨正吾的戏剧创作

杨正吾是一位在盐城革命文艺活动中成长起来的本土的革命文艺工作者、剧作家，笔名无忌、吴蓟。1920年4月出生于江苏省滨海县五汛农村。1934年毕业于通洋小学。1937年毕业于盐城化工职业中学初中部。1939年肄业于江苏第三临时高中。从小喜爱文学、戏剧。中学时代广泛涉猎中国古典戏曲、通俗文学及莎士比亚、易卜生等人作品，并颇受影响。抗日战争初期，在家乡组织抗日宣传队，曾登台演出《放下你的鞭子》《三江好》等剧。1943年在苏北盐阜抗日民主根据地参加文化工作。他在著名戏剧家阿英等人的影响和指导下开始编写剧本，组织农民业余剧团和儿童剧团，辅导群众戏剧运动。1944年至渡江前夕，先后担任阜东县教师宣传队队长、阜东县文工队队长、《盐阜文娱》编辑、《盐阜大众》报记者、盐阜地委文工团团长。在此期间，曾先后创作《王小老汉》（独幕方言剧）、《射阳河畔的好汉》（淮剧）、《勇敢的小华》（儿童剧）、《送郎参军》（小戏曲）、《平分土地》（大型话剧）、《王大妈买猪》（话剧）、《捉三鬼》（闹剧）等剧作十多部，还有《扬州城下》《翻身保田》《还乡梦》等数个小戏被五汛大众剧团、阜东文工队等演出，其中《王小老汉》获盐阜区剧本征文一等奖，《射阳河畔的好汉》获盐阜区剧本征文三等奖，《勇敢的小华》获盐阜区儿童戏剧竞赛优秀奖。新中国成立后，他的戏剧创作成果更为丰硕，淮海剧《姑嫂看画》、广场话剧《送肥记》以及《寒桥泪》《风流寡妇》《马娘娘》《彩舟记》等剧作影响较大，曾任中共苏州地委文工团团长、江苏省群众文化艺术学校副校长、江苏省文化局艺术处处长、江苏省地方戏剧院院长、中国戏剧家协会江苏分会副主席等职。1989年病逝于南京。

在杨正吾创作于革命战争年代的剧本中，1945年4月10日《农村文娱》第6期发表的独幕方言剧《王小老汉》无疑是最有代表性的。它不仅在当时盐阜区《农村文娱》社组织的剧本写作征文中被评为一等奖，而且新中国建立后，于1983年12月被江苏省文联资料室收入所编《江苏革命根据地文艺资料汇编（苏北部分）》的《戏剧·曲艺》分册中，后又被收入江苏省文化艺术丛书编委会编辑出版的《杨正吾剧作选》中，由江苏文艺出版社1989年11月出版发行。剧作通过苏北根据地一个村子里的"二大流子"王小老汉从

盐城
革命文艺史略

过去"提到赌钱，头打扁了往里钻，人头上钱能拿；提到做生活，就如上杀场"的二大流子怎样痛改前非，"再不摇膀子，参加换工组做生活"的转变过程，反映了盐阜抗日根据地人民在民主政府的领导和现实生活的教育下，依靠民主团结、齐心协力和辛勤劳动，共同创造根据地崭新生活的时代风尚，赞扬了抗日民主政府组织换工组为老百姓谋生活，改造落后分子的伟大成功。

在盐阜根据地的一个小村庄里，村长王以福正组织换工组，带领村里"大大小小、老老少少的忙着生产"，"婆妈姑娘织布纺纱，男子汉挑方挖土，参加换工。"可是，他的弟弟王小老汉和他媳妇王二嫂却成天成夜在外赌钱，家里生活"一把不做"，成天"一千八百"地输，搞得家不像家，整天被人追要赌债。这天，村里靠放利债的韩二姑奶奶又到王小老汉家催要他借的利债，可是王小老汉家里除了一些山芋糊口，几乎一无所有，哀求韩二姑奶奶再宽限些日子，韩二姑奶奶却借机要王小老汉把家里仅有的三亩田典给她抵债。就在王小老汉准备请人写典契时，村长和一些村民来到他们家门前，准备开组织村民换工的会，在众人的开导下，尤其是看到先前"靠赌钱抽一点头子"的马小秃子现在也已下决心不赌钱，参加换工组做生活，王小老汉深受刺激，幡然醒悟，发誓"再不摇膀子，参加换工小组做生活"，并把已写好准备给韩二姑奶奶的典契撕得粉碎。

《王小老汉》的篇幅不长，文字比较简洁，但艺术结构相当完整，情节紧凑，矛盾冲突设计巧妙，人物形象鲜活，表面上看是表现的一个普通家庭的生活琐事，但实际上也暴露了一些隐藏在这些家长里短中的封建落后思想以及对农村中存在的落后人物改造的迫切性，王小老汉、马小秃子这些"二大流子"在以村长王以福、朱大奶奶为代表的进步思想的批评教育下，得到了初步的改造和纠正，进而使得作品的思想主题得到有益的深化。其实，在陕甘宁边区也曾针对农村中不务正业、不事生产的人开展过一场"改造二流子"运动。1943年，延安大生产运动全面展开时，朱德就曾强调"在生产中不许有一个败家子、一个二流子"[1]。与此同时，延安《解放日报》发表社论《改造二流子》，号召全区掀起"改造二流子"运动高潮，通过说服教育、树立榜样、鼓励参加劳动、开展劳动竞赛等多种方式相结合的改造手法，成功地改造了许多二流子，使他们自食其力，"努力开荒种地、纺线织布，或者加入生产互助组织，在集体劳动中改造自我"，进而成功转变为符合意识形态要求的"新人"和合乎乡村伦理道德规范的"好人"[2]。因此，在文艺作品中，"它通常表现出二流子的落后和人们对他们的憎恶，过后经过大家的教育帮助，他们最终完成了思想转变，并明确表示他们将坚定地采用新的群众形象走向新的时代态度。这就与传统的丑角只是荒谬笑声的氛围制造者迥然不同，从更多元化的角度展示了新时代人的形象。它在表达对中国共产党领导的革命的支持和后续行动的同时，强烈地证明了革命思想话语的建构吸引力及其宣传动员的强大力量，实现政治力量对群众意识形态的最大操控"[3]。从这一点来说，《王小老汉》也可以说是对延安"改造二流子"运动以及华中抗日根据地进行的二流子改造活动的一种呼应，对于增强盐阜抗日根据地的社会治理，稳定基层社会秩序，培育健康、文明之风，开创根据地和党的农村工作新局面都具有一定启示意义。

此外，《王小老汉》对人物性格的把握也比较到位，在作者的笔下，无论是一心为公的村长王以福、好逸恶劳的王小老汉、好吃懒做的王二嫂，还是勤劳肯干的枵薄嘴朱大奶奶、喜欢皮闹的毛小五以及乘人之危、势利、靠放利债过活的韩二姑奶奶等，都是性格鲜明，特点突出。尽管他们的言语和活动详略不一，但基本上都写得栩栩如生，给人们留下了较深的印象，尤其是剧作广泛采用民间词汇，充斥着盐阜地区方言，语言生动诙谐，富有浓厚的

---

[1] 《延安举行生产总动员，建立革命家务》，《解放日报》，1943年3月6日。
[2] 宋颖慧：《劳动把"鬼"变成"人"——论延安文学中的二流子形象塑造》，《延安大学学报（社会科学版）》2016年第6期。
[3] 孙晓东：《鲁迅艺术学院与新中国文艺规范建构》，中国戏剧出版社2020年版，第59-60页。

生活气息，比如，盐阜农村中说房屋朝向的"有钱不砌门朝西，寒暑受人欺"，说为人不地道的"绝色""死不地""二大流子"，说男人当家的"小小狸猫能逼鼠，小小男人能做主"，说人做事不靠谱的"盐城人放知了——一去乌嘟嘟"，说现在生活比过去好的"孙猴子吃大蒜——麻了皮了"等民谣、谚语和日常会话，作者都信口道来，显示了作者较为深厚的根据地农村生活积累，这些群众语言，根据地的观众听得入耳，也感到十分亲切，进而也使剧作产生了较为普遍的教育作用。

第五节　钱相摩的戏剧创作

　　钱相摩，原名钱宝善，钱保献，自取别名哈哈，江苏阜宁人。1920年7月出生于一个地主家庭。1932年毕业于阜宁城中小学。1935年毕业于阜宁县初级中学。1940年毕业于江苏省第三临时高中。1941年，曾考入上海大同大学经济系。1943年，阜城沦陷，他因家庭经济破产而被迫停学回家，投身革命。1944年春参加抗日根据地的文化教育工作和抗日文艺活动，任阜东县郭集干校校长。1945年，任东坎小学副校长。1946年秋起先后任阜东县战地服务团负责人和宣工队队长，率队穿插到敌人心脏地区开展宣传工作，编写淮剧剧本。1947年6月作为中共特别党员，调至阜东县委敌工部、华中公安处侦察科从事地下工作。1947年10月被批准为中共正式党员，1948年夏转移至上海，打入国民党中统江苏省驻沪机关，从事情报工作，组织了党的外围组织"爱国民主大同盟"，发展盟员170余人，建立40多个区站、分站和小组，为解放事业作出了重要贡献。1945年5月，因叛徒告密，不幸被捕就义，时年29岁。

　　钱相摩自幼酷爱文艺，积极参加抗日救亡宣传工作，不但能编剧本，能导演，还能登台扮演角色。在1944年到1947年两年多时间里，他个人编写的淮剧等独幕和多幕剧本就有近30部。这些剧本，紧紧围绕党的中心工作，服务于打败蒋介石、解放全中国的总任务，起到投向敌人匕首、投枪、炸弹的作用。剧本上演后，在社会各阶层激起强烈的反响。阜东县委和盐阜地委宣传部，多次推荐其中较好的本子。他先后编写有《新状元》《大家打》《上阜宁》《胜利第一》《哪个力量大》《还是我不是》《五子登科》《扬州风雨》《新官场现形记》《反动派出洋相》《真面目》《皆大欢喜》《功与过》《大家有功劳》《寸土不让》《儿女泪》《主人》《雪恨记》等二十多个剧本，其中不少是新淮戏。在编写这些剧本时，他曾和盐阜区党委宣传部凡一、钱璎夫妇以及建阳市文工团编剧顾鲁竹等同志，在一起研究淮戏创作工作，其中不少剧本除由东坎区青工剧团排演外，还被其他农村剧团移植排演，对宣传和鼓舞群众，起到了很好的作用。

独幕剧《活报》写于1946年，通过在上海的一个冷落的马路角落里，一大一小两个外号分别为"活死尸""命不长"的叫花子所讲述的他们讨饭的经历和遭遇，尖锐地讽刺了孔祥熙、宋子文等家族的奢靡腐败，深刻揭露了以蒋介石为代表的国民党反动派与美英日等帝国主义沆瀣一气，反共卖国，实行法西斯统治的罪行。剧作一开始小叫花子上场就用快板，烘托出上海"人山又人海，有钱老爷们，日子真不坏，吃的是鱼皮和大拐。住的是七层楼上房间开，高鼻子，美国人，更像头一代，横膀子，把路走，眼闭起来把个汽车开，撞死我们要饭的，只怪你命里派遭灾，可怜我们小花子，日子实难挨，拿瓢夹棍跑满街，要的好来把一口，要的不好眼一罗，不如老爷们一条狗，受尽冤枉气，实在没过头……"的阶级分化的严酷现实以及外国人在中国作威作福的情形。接着，小叫花子向大叫花子讲述他前几天在孔祥熙家碰到他

盐城
革命文艺史略

家"请美国人谈买卖,想买洋布发洋财",揭示了"他的家私分把全国人,没人一年还吃不掉";在宋子文家讨饭与狗争饭,砸了狗一砖头,差点被卫兵拿枪打死,反映了"美国一条狗比中国人命值钱"的现实。接下来,大叫花子又扮演起了蒋介石,小叫花子扮演副官,通过蒋介石戴日本人送的眼镜、赫尔利送的流线型帽子、墨索里尼送的武装带子、穿希特勒送的皮靴、杜鲁门送的大衣,配魏特梅耶送的指挥刀以及亲自接听杜鲁门的电话,活脱脱地为我们刻画出了蒋介石这个勾结外国、卖国反动的傀儡和独裁者的形象。该剧极具观赏性,它紧紧抓住国人普遍对国民党倒行逆施行为不满的心理,通过两个叫花子活灵活现的闹剧性质的表演,以小见大,引导人们进一步认清国民党反共反人民的本质,准确反映了市民阶层的政治态度和物质生活状况,揭示了在国民党统治下广大基层民众的悲惨境遇。《活报》所采用的杂调剧形式,是抗日战争和解放战争时期革命文艺中一种特殊的表现形式,它融小调和戏剧于一炉,风格诙谐幽默,生活气息浓厚,采用喜闻乐见的群众语汇,并依情感与语言发展的疾徐快慢,强弱长短,轻重缓急,抑扬顿挫和喜怒哀乐来决定押韵,烘托气氛,生动快捷地反映和表现革命斗争生活,加之,剧中所采用的小调都是苏北群众所熟知的梨膏糖调、补缸调、调兵调、老淮调、小麻雀调、孟姜女调、小开口调、秧歌调,并辅之以快板、数落板等的运用以及耳熟能详的苏北方言,因而备受广大苏北根据地群众喜爱,起到了良好的宣传鼓动效果。

《真面目》是钱相摩于1946年秋赶写出来的,先为淮剧,后改为杂调剧。该剧共分三幕两场,讲述的是1946年秋,国民党军队占领了苏北解放区某重点村庄。"还乡团"在国民党军队的支持下,反攻倒算,对土改中的积极分子、乡村干部和无辜百姓,或抓捕,或活埋,或枪杀。全乡民兵在指导员和张中队长的领导下,转移群众,坚壁清野,坚持原地斗争。此间,因叛徒告密,乡民兵张中队长的家人被地主"还乡团"抓去,遭到严刑拷打,他10岁的弟弟小扣子因唱革命歌曲而被国民党军队的营长枪杀。后来,解放军主力部队和民兵协同作战,里应外合,攻克了这个被国民党军队占领了的村庄,一举打败了国民党部队,击毙了地主"还乡团"团长解民清("害民精"),解救了张中队长的家人和其他乡亲,取得了斗争的最后胜利。剧作以涟水保卫战为背景,结合自己的所见所闻,深刻揭露了国民党军队疯狂进攻解放区,侵占两淮时所犯下烧、杀、抢、奸的罪行,控诉了国民党"遭殃军"和地主"还乡团"的罪恶。剧作真实感很强,矛盾冲突集中,舞台布景设计精心,布景与情节结合密切,形象生动,栩栩如生,特别吸引观众,在前线和后方演

第十章 戏剧创作

出中,广受观众的好评。该剧 1946 年 10 月 23 日晚由东坎青工剧团首演于东坎镇沙家巷露天剧场,后来又到阜东县的蔡桥、五汛等地演出过,并到八大家(今射阳县临海镇)慰问淮南纱厂的工人,均引起了轰动。自 1946 年秋冬至 1947 年春夏之交,《真面目》共演出 40 余场。①

《寸土不让》是钱相摩创作的一部较有影响的三幕淮剧,写作完成于 1947 年 1 月。剧作通过吴正祥一家为了保田,从一开始对地主抱有幻想、对参加游击队动摇到最后在严酷现实面前认清现实,面对地主、还乡团的淫威而起来反抗,并在张指导员和众民兵的帮助下打死了地主顾汝春,证明只有跟着共产党干才会有活路,才会翻身。《寸土不让》从 1946 年底,敌人占领阜宁以后开篇。第一幕用很大的篇幅铺陈了敌军占领阜宁第一天,吴正祥一家对吴正祥参加民兵保田不理解并加以阻挠以及吴正祥本人思想的动摇,没有跟随游击小组行动。这时,还乡团团长顾汝春打回老家,逼问新四军,知道吴成贵家是他家的梨户而对吴成贵一家进行收买,让吴成贵放心,从前的事情绝不提,并且要他再关照别的梨户,蹲在家里就不会有事。第二幕时间设置在敌军占领阜宁后三四天后的一个夕阳惨淡的傍晚,这天,中央军不仅抢走了吴三妈家里的一块肉,还调戏大祥子媳妇。吴成贵背了点粮食回来,刚到圩口就被中央军抢去,还被抓去做了苦力。游击小组长施如银告诉吴正祥主力还没有走,希望跟他们去打游击,吴正祥准备跟他们走。这时候,顾汝春派他的爪牙来到吴正祥家,不但要带走他媳妇去陪大太爷顾汝春喝酒,而且周营长还把吴正祥绑走了。张指导员带人救下了大祥子媳妇,并安慰吴三妈想法子再去救吴正祥,这时吴三妈才彻底后悔当初阻止儿子去当民兵。第三幕则是发生在吴正祥被抓后的第二天的晚上,在顾汝春家里,吴正祥被他们严刑拷打,逼他说出游击队实际情况,吴正祥大骂顾汝春,他恼羞成怒,要当归还田契的人的面掏吴正祥的心下酒,就在一切就绪,准备动手的时候,众人从自己怀里拿出了刀,刺死爪牙赵三虎、顾宏。顾汝春和他老婆趁机向外逃,被随后感到的张指导员等人用枪打死了,众人迅速给吴正祥松绑,高呼寸土不让,共产党万岁!剧作艺术结构相对完整,情节紧凑,尤其是第一幕和第二幕的矛盾冲突设计巧妙,层层递进,一波未平一波又起,显示了作者情节设置的匠心独具。吴正祥一家的遭遇,代表了国民党统治下无数民众的苦难,他们的斗争经历也反映了只有在共产党的领导下才能取得斗争的胜利。此外,《寸土不让》对人物的塑造也很有特色,吴正祥思想不坚定、悲喜

---

① 张开明:《庞学勤传——从新四军走出的电影明星》,中共党史出版社 2008 年版,第 42 页。

不一、个性时强时弱，吴成贵对时局认识不清、胆小，吴三妈对国民党有幻想、思想落后、溺爱儿子。这些主要人物性格的塑造各具特色，真实可信。当然，正如作者在1947年1月17日剧作的"附致"中所说，"这个戏在编写的时候，极端匆忙，故对结构和人物的素描称不上严密和适合身份"[1]，剧作中张指导员、游击小组长施如银的性格塑造还略显单薄，对他们斗争的果敢、思想的纯洁表现得还不够丰富，他们在斗争中的主心骨作用凸显得还不够，但瑕不掩瑜，《寸土不让》仍不失为一部表现农民抗争保田、富有教育意义的较为成功的剧作。

---

[1] 中共盐城市委党史办公室等编：《相摩烈士作品选》，东南大学出版社1990年版，第153页。

第十一章
音乐创作

音乐是艺术中最活跃,最动人,最富有"感染力"和"亲和力"的一种比较直观的艺术形式。在革命战争年代,与文字仅限于识字阶级相比,它有声音、有语气、有诗的热情和音乐形象,"是经了艺术的整理的合乎人类本能的口号……它的力量一定不可估计,它可以在这抗战期内,使民众的精神,取得最大团结与奋起……积极方面,可以增强抗战力量;消极方面,也可以澄清污浊的精神,为此庞大的民族注射复兴的血液,实为挽救危亡和实行新生的唯一利器了。"[①] 因此,当现代画家、散文家、音乐家丰子恺从浙江,通过江西、湖南来到汉口的沿途中,听到荒山中的三家村里,也有"起来,起来""前进,前进"的声音出自村夫牧童之口,不由得发出"有人烟处,即有抗战歌曲"的感叹,感到音乐是抗战中最勇猛前进的艺术[②]。盐阜根据地和盐城解放区的革命文艺工作者也正是这样紧跟着战争的步伐,用音乐作品去唤起民众,抒唱时代的最强音,打击敌人,歌颂胜利,教育和鼓舞广大军民为打败日本侵略者和国民党反动派而团结斗争。

第一节 音乐歌咏活动述略

在盐城革命文艺活动中,音乐工作者队伍十分广泛,既有新四军战地服

[①] 叶志良:《战火中的文化:抗日战争时期东南三省的文化研究》,吉林大学出版社2016年版,第144页。

[②] 丰子恺:《谈抗战歌曲》,《战地》1938年第1卷第4期。

盐城
革命文艺史略

务团、抗敌剧团、华中鲁艺音乐系、新四军军部鲁迅艺术工作团、第三师鲁迅艺术工作团、苏北文工团等专业团体，也有各县区文工团、农村业余剧团、秧歌队等群众团体；既有贺绿汀、何士德、孟波、章枚等知名音乐家、教授，也有很多颇有造诣的业余音乐爱好者、世代相传的民间艺人。他们在音乐活动中互相学习、借鉴、吸引，促使了盐阜根据地和盐城解放区音乐创作的大繁荣。他们创作的音乐作品既有多声部大型合唱歌曲，也有便于战士和人民群众演唱的短小精美的歌曲，尤其是其中为数不少的配合中心任务的短小、精美歌曲作品，注重从民歌小调中汲取营养或直接利用民间小调改编或填词，深受广大军民喜爱。这些革命歌曲，歌颂共产党和伟大领袖，歌颂新四军和抗日民主根据地，歌颂军民生产劳动、参军支前以及青年、妇女、儿童坚持斗争，激励着战士冒着枪林弹雨向敌群冲锋，民兵游击队与敌人迂回转战，鼓舞着支前民工抬担架、运粮草，妇救会会员深夜做军鞋、救护伤员，儿童团团员们在要道口站岗放哨，盘查敌人……

盐城的革命音乐活动首先是由随军北上的部队文艺团体开创的，即新四军战地服务团和抗敌剧团。战地服务团于1938年1月在南昌建立，直属新四军军部，主要以音乐、戏剧、美术、讲演等形式，宣传抗日，鼓舞士气，创作演出了《新四军军歌》《渡长江》等音乐作品。1940年4月，大部分成员来到新四军江南指挥部，后又渡江北上，11月23日，随苏北新四军指挥部来到盐城，开展各项文艺活动。抗敌剧团前身为青年剧团，1940年10月21日，抗敌剧团部分骨干随刘少奇率领中原局机关、江北军政干部学员组成的"乌江大队"从皖北来到盐阜区。1940年12月，抗敌剧团和盐城亭湖中学学生寒假工作队一起到海边龙王庙，积极表演《保卫郭村》《黄桥烧饼歌》《黄河大合唱》等歌曲，宣传抗日主张，传播革命文化，并创作了大型演唱节目《大红灯笼》，受到军民的热烈欢迎。为庆祝盐城县参议会闭幕，新四军战地服务团和抗敌剧团还与盐城县青年抗日救国会联合举行文艺演出。

1941年2月，鲁迅艺术学院华中分院正式成立后，何士德、孟波等抗敌剧团骨干以及后来到盐阜区的贺绿汀等分别担任了华中鲁艺音乐系的教授，培养出一批急需的音乐人才，也为盐城革命音乐事业的发展以及群众性的歌咏活动的开展奠定了基础。音乐系的基本乐理（简谱和线谱）、声乐常识及练声，由章枚教授担任，合唱与指挥课由何士德教授担任。由原大众剧场改建成的鲁迅艺术剧院，是音乐系和鲁艺实验剧团的主要演出场所。他们在这里演唱过《新四军军歌》（集体作词陈毅执笔、何士德曲）、《我们是战无不胜的铁军》（朱镜我词、何士德曲）、《新四军进行曲》（吴蔷词、章枚曲）、《中华

第十一章
音乐创作

民族好儿女》（许晴词、孟波曲）、《怒吼吧！长江》（章枚词曲）、《新四军万岁》（西蒙词、何士德曲）、《父子岭上》（林因词、何士德曲）、《当兵把仇报》（刘保罗词、何士德曲）、《勇敢队》（李增援词、章枚曲）、《反扫荡》（林擒词、孟波曲）等很多战斗性很强的歌曲，这些歌曲后来在苏、鲁、皖等广大抗日民主根据地广泛传唱，极大地鼓舞了军民同仇敌忾的斗志。1941年8月，根据斗争形势的变化，华中局和军部决定停办华中鲁艺，建立新四军鲁迅艺术工作团：一个属军政治部领导，叫军鲁工团，也称江淮鲁工团（因当时军直属队代号为江淮大队），分文学、美术、戏剧、音乐四个组，由何士德领导全团及音乐工作，培育出一大批出色的音乐人才，创作出许多优秀的音乐作品；一个属三师政治部领导，叫师鲁工团，又称黄河鲁工团（三师直属队代号为黄河大队），由戏剧系和美术系师生组成，孟波任团长。军鲁工团偏重于音乐方面的活动，随军部住阜宁亭子港后，音乐组王洛夫、张天虹、陈明等13名学员，由贺绿汀同志负责授课。在此期间，军鲁工团的同志还创作了很多优秀歌曲，如《1942年前奏曲》（鲁军词、贺绿汀曲）、《轻骑队》（王韬词、王洛夫曲）、《上战场》（贺绿汀曲）、《爱护苏北》（江星词、许以倩曲）、《欢迎战友歌》（粗夫词、张天虹曲）、《同志歌》（金虹词曲）、《满天星》（范政词、贺绿汀曲）、《战斗》（粗夫词、东峰曲）等，其中《轻骑队》等许多歌曲流传很广，久唱不衰。而他们演唱的气势恢宏、高亢嘹亮的大合唱更是在根据地军民心中留下了深深的印记。1942年1月中旬，中共华中局在阜宁单家港召开扩大会议，军鲁工团为会议专场演出了鲁军作词、贺绿汀作曲的《1942年前奏曲》。当时他们还曾先后排演冼星海作曲的两幕歌剧《军民进行曲》（王震之编剧，兰天、安波、韩塞、震之作词）、《九一八大合唱》（兰天作词）以及歌剧《生产大合唱》（塞克作词）等。[①] 章枚在第三师鲁工团写了一首《胜利之歌》，又为田平写的《新年之歌》《民兵之歌》谱曲。在盐阜地区自己作词作曲的还有《打胜仗》《打倒汉奸》《换工号子》《换工小组歌》《要学习》《一把铁锹》等。师鲁工团团员也写了一些歌，刘亚谱写《倘若敌人来抢粮》（吴山词），冯智写《小白菜》，朱霞雯写《夏收曲》，学文菲写《送公粮歌》，杨音写《犀鱼歌》《春耕曲》《欢迎新兵歌》。这些歌曲，在苏北等地广泛流行，有的还刊登在大后方桂林出版的《新音乐》月刊上。盐城新四军军部原址纪念馆筹备处1981年编选出版《盐阜区新四军抗战歌曲

[①] 吴岫明：《鲁迅艺术学院华中分院史略》，《南京艺术学院学报（音乐与表演版）》1988年第4期。

选》时，有些歌曲被选登在该选集上。同时，新四军鲁工团还担负着为军队、地方培养和输送艺术干部的任务。他们为了开展连队的文化艺术活动，活跃连队文娱生活，为战士服务，向战士学习，曾到警卫军部的军特务团工作了几个月。1987年何士德、方士心、东峰、蒋祖同、李德荣、黄苇等同志的曾回忆当时部队全团集中的时候，军鲁工团同志当啦啦队长，互拉唱歌的热闹场景。如八连啦啦队长喊："同志们！九连唱个歌好不好？"八连战士答："好！"九连唱完后，九连啦啦队长喊："我们唱完了，八连来一个好不好？"九连战士答："好！"当时在苏北流行的歌曲是很多的："你是灯塔，照耀着黎明前的海洋！你是舵手，掌握着航行的方向。伟大的中国共产党！你就是核心，你就是方向！我们永远跟着你走，人类一定解放！……""谁是乌龟大王八？汪精卫和他的爪牙！爬在日寇的裤裆下，签了字来画了押……"每次集会，喊声、笑声、欢呼声、歌唱声此起彼伏，彼起此伏，广场成了欢乐的海洋[①]。1942年12月下旬，三师鲁工团和军鲁工团同时停办，学员大多分配到第三师和盐阜地区工作。1945年，苏北文工团的同志们即兴创作的《一定要拿下淮阴城》在新四军解放淮阴城的战斗中也发挥了很好的呐喊助威的作用。

抗日战争是需要"全国总动员"的，为了使音乐走向大众、发挥战斗作用，开展群众性的歌咏活动必不可少。1941年4月中旬，盐阜区为"加强苏北音乐工作者和各部队、各地方、各群众团体密切联系"，专门成立以何士德、章枚、孟波为发起人的苏北歌咏协会，要求"所创作的音乐作品应兼顾到军队和群众，提高军民觉悟、战斗情绪，加强胜利信心，激发起积极参加抗日民主根据地的工作热情"。因此，盐城革命文艺运动中歌咏活动开展得极为普遍，极为广泛，也极为深入，广大的音乐工作者一方面向军民教唱当时流行的《黄河大合唱》《松花江上》《打回老家去》等抗战歌曲；另一方面又向工农群众学习，推动歌咏通俗化，创作出富有地域风情元素，群众所能喜爱的通俗化歌曲。如《呼牛曲》就是贺绿汀住在阜宁陈集附近的文化村时，根据牛耕田时农民吆喝的"牛歌"而写出歌词，并指导他的学生陈明、刘飞谱曲的。牛歌，俗称"打哩哩"，是农民赶牛劳作时的特殊歌谣，没有固定的曲调，没有明确的歌词，以自己的方式即兴创作，吆喝成调，或悠扬、或高亢、或感伤，记录了田园生活的情感和味道。2009年阜宁开始举办一年一度

[①] 刘伯超主编：《上海市新四军暨华中抗日根据地历史研究会第三届年会纪念特刊》，1988年，第319页。

的牛歌大奖赛，2016年阜宁牛歌入选江苏省第四批非物质文化遗产代表性项目名录。《呼牛曲》歌词的第一段这样写道："嗨嗨哟！嗨哟！我的老黄牛呀！人要牛耕田，牛要人人爱，人牛劳苦一辈子，一年到头不停休。嗨嗨哟！嗨哟！我的老黄牛呀！指望收成好，人牛太平过日子哟！"描绘的是农民指望收成好，期待人牛太平的祥和场景；接下来，歌词就诉说了鬼子进庄，百姓妻离子散，人民仇深似海："嗨嗨哟！嗨哟！我的老黄牛呀！自从鬼子到庄，逃荒苦难当，到如今未见爹娘面，老婆儿子被杀光。嗨嗨哟！嗨哟！我的老黄牛呀！大仇如海深，要是不报枉为人哟！"第三段开始由牛及人，号召大家武装起来，军民合力保家乡："嗨嗨哟！嗨哟！我的老乡们呀！莫怨天，莫怨地，大家起来干一场，武装起来保家乡。嗨嗨哟！嗨哟！我的老乡们呀！帮助新四军，军民合力保家乡哟！"歌词通俗易懂，朗朗上口，百姓一听就懂，一唱就会，宣传鼓动效果十分明显。这首歌在教唱时，周围百姓恍然大悟，原来经常看到贺绿汀在田边看他们耕田，原来就是在创作这首歌。此外，《打倒汉奸汪精卫》《天上有个扫帚星》《民兵歌》《满天星》《盐阜之歌》《一条心》等富有地方风味的歌曲也流传甚广，反映了根据地人民的爱憎情感以及火热的军民生产和斗争生活，富有抒情韵味。那时候，

1943年，莫朴、邵惟、何士德、孟波等原华中鲁艺师生赴延安前在盐阜区合影

在根据地不论是部队，还是地方党政机关，都经常组织啦啦队拉歌或歌咏比赛，歌咏成了根据地军民舒缓情绪，激昂斗志，发动群众、联系群众的一种极为有效的手段，"在不少乡村，教唱抗日歌曲是群众生活，尤其是青年生活中不可缺少的一种主要活动。每个地方干部，尤其是青救会、妇救会干部，大都会几十首甚至更多的抗日歌曲，他们下乡宣传头件事就是教唱新歌。群众亦很有兴趣，往往将干部围住，不教会不让走，不学会不散。"[①] 群众性歌咏活动的开展，不仅促进了音乐作品的革命化、民族化和大众化的进程，而且更是使歌咏活动成为广泛开展的经常化的群众运动，对于发挥音乐运动的

---

① 刘则先，刘小清编著：《苏北抗日根据地文化散记》，江苏人民出版社1993年版，第182页。

作用，不断提高群众音乐工作者的水平，鼓舞根据地人民的革命斗志和英雄豪情，都具有极为重要的意义。

第二节　贺绿汀、孟波的歌曲创作

贺绿汀，原名贺楷，字安卿，号抱真，湖南省邵东县人，1903 年 7 月 20 日出生。著名音乐家、教育家，是中国现代音乐的奠基人之一。1923 年春，他考入长沙岳云学校艺术专科学习音乐、绘画。1924 年冬，他从岳云艺专毕业后留校任教，担任中学部的音乐与绘画的教学。同时在毛泽东等创办的湘江中学兼课。他边教学边习作歌曲并学习马克思主义和进步文艺理论。后参加湖南农民运动及广州起义，起义失败后被国民党逮捕入狱两年。1931 年，他考入上海音乐专科学校。1934 年在俄国作曲家齐尔品征集中国风格钢琴曲比赛中，其创作的《牧童短笛》获一等奖。此后，他参加"左翼"电影音乐制作，为 20 多部电影谱写了歌曲及器乐作品，其中最具影响的是《十字街头》的主题歌《春天里》和《马路天使》的主题歌《四季歌》《天涯歌女》等。抗日战争爆发后，他积极投身抗日救亡运动，谱写了许多救亡歌曲，以《游击队歌》最为著名，赢得了广泛赞誉。1941 年，他加入新四军，后奔赴延安。1949 年后，他出任上海音乐学院院长，1984 年退休后，任名誉院长。他曾任全国政协常委、中国音乐家协会主席、国际音乐理事会荣誉会员。其主要著作有《贺绿汀歌曲选》《贺绿汀合唱曲集》《贺绿汀钢琴曲集》《贺绿汀管弦乐曲二首》《贺绿汀音乐论文选集》和译著《和声学理论与使用》等。1999 年 4 月在上海去世，享年 96 岁。

贺绿汀在华中鲁艺音乐系编印的教材《和声学》

1941 年 1 月，震惊中外的皖南事变发生后，大批文化人士离开重庆前往抗日根据地。贺绿汀从重庆经香港、上海等地，于同年 6 月抵达盐城。在苏北盐阜抗日根据地期间，贺绿汀先后在华

第十一章
音乐创作

中鲁艺和新四军鲁工团担任教授,一边教学并编写乐理学、作曲法、和声学、对位法等讲义,一边从事音乐创作的实践活动。他创作的《我的爸爸》《满天星》等儿童歌曲深受盐阜地区十万儿童的喜爱。而他在盐阜区最有影响的歌曲莫过于混声四部大合唱《1942年前奏曲》。这是贺绿汀在新四军鲁工团任教期间看到文学组鲁军同志写的一首歌词《胜利前奏曲》,他觉得内容很好,建议鲁军把它从古体诗改为自由诗,便于形成曲调的宏伟气势。后来经他谱曲便成了《1942年前奏曲》(又名《和平、光明前奏曲》,后改名《新世纪前奏曲》)。这首合唱曲旋律优美、威武雄壮,歌词写得气魄豪迈,以强音开始:"啊! 1941年,你将和法西斯的恶魔永远离开人间!它用罪恶的魔手,想摧毁人类的文明,在欧洲,在亚洲,又挖下了自己的坟墓;它张开了血口,想吞下一切和平民主的国家,要使全世界被压迫者,永远看不见春天。但是这一切狂妄的梦想,已被人民彻底埋葬,伟大的1942,已唱着胜利的歌来临。"最后歌咏了1942年的和平之神:"啊!你带来了春天的消息,你带来了人民的觉醒,啊!高举红旗勇敢向前进,最后的胜利就要来临!全世界将永远得到光明。"歌词以磅礴的气势使歌曲达到高潮,同时贺绿汀又运用和声转调、独唱、领唱、齐唱、花腔、合唱等音乐手法,实现了内容和形式的完美统一,"其艺术处理的成功之处主要表现在,该曲较多吸取西洋作曲技法,并结合民族音乐传统加以创造,在大调为主的进行曲式基础上,采用复杂的单三部曲式以及四部合唱的和声手法,中间又三次转调,充分表现出全世界反法西斯战争的艰难曲折过程和不断走向胜利的高昂情绪。"[1] 在阜宁单家港为新四军师以上干部会议作首次演出时,获得了轰动效应,后在整个华中地区广为流传。特别是在首次演出时陈毅听完全曲,曾握着贺绿汀的手说:"很好,谢谢你!"新四军宣传部部长钱俊瑞连连称道这是国际水平的作品。的确,抗日战争胜利后,苏联莫斯科电台曾在反法西斯胜利纪念日专门播放过这首具历史意义的合唱曲。每次在军部、部队、农村演唱,抗日军民都会群情振奋,增强了抗战必胜,反法西斯的正义战争必胜的信念和勇气。

1942年3月,贺绿汀离开新四军鲁工团,先后到新四军四师的拂晓剧团和二师的抗敌剧团讲过课,其间还到淮南艺专和大众剧团做辅导。1943年2月,在黄克诚的精心安排下,贺绿汀伴随重病在身的邹韬奋从滨海县的笆斗山海口出海到东台境内的新四军一师师长粟裕处,后化名陈益君返回上海,

---

[1] 郭仁怀、袁德龙编著:《淮南抗日根据地文艺史》,安徽人民出版社2003年版,第172页。

于1943年7月14日到延安。贺绿汀在盐阜区虽然时间不长，但正如刘少奇所说，贺绿汀在半年左右的时间为新四军培养大批音乐骨干，这是件了不起的大事。盐城新四军纪念馆珍藏着他在盐城讲课时自编的《和声学》讲义稿以及他亲笔手书的《游击队之歌》歌词。

孟波，原名孟绶曾，江苏常州人，1916年生。1935年参加抗日歌咏活动。1936年与麦新编辑出版《大众歌声》《新音乐丛书》。1937年10月，与何士德等组织"国民救亡歌咏协会国内宣传团"到各地宣传抗战。1939年秋在安徽参加青年剧团宣传活动，同年加入中国共产党。1940年随青年剧团来到新四军江北指挥部驻地，组建抗敌剧团，任团长，同年底来到盐城。1941年1月新四军重建军部后，任鲁迅艺术学院华中分院教务科科长、普通班班主任，鲁艺实验剧团团长。同年8月，盐阜区反"扫荡"之后，任新四军第三师鲁迅艺术工作团团长。1942年底赴延安。1943年起，任延安鲁迅艺术学院教员、研究员。1946年任中共中央党校文工室党支部书记。解放战争时期，任华北人民文工团团长。中华人民共和国成立后，先后任天津、广州、上海市文化局局长，中共上海市委宣传部副部长，上海市对外友好协会会长，上海市音乐家协会主席、副主席，上海音乐学院党委书记兼副院长，上海市电影局局长，上海市文学艺术家联合会副主席，上海市人民代表大会教科文卫副主任。创作歌曲400余首。2001年5月荣获首届中国音乐金钟奖荣誉勋章。2015年3月16日在上海逝世。

孟波的作品风格受聂耳、冼星海的影响，音乐语言朴实，结构简练，富于大众化。代表作有《牺牲已到最后关头》《中华民族好儿女》《高举革命大旗》《长工歌》《路东大合唱》和歌舞剧《难民花鼓》等。著有电影剧本《聂耳》（与于伶、郑君里合作）、传记《麦新传》（与乔书田合作，1982）。编有救亡歌曲集《大众歌声》（与他人合作）和数十篇有关音乐、文艺的论文等。他除了曾在群众中广泛传唱的代表作之外，还创作有《农民苦》《壮丁队歌》《反法西斯进行曲》《我们的岗位在前哨》《文化战士歌》《祖国万岁》《流浪者之歌》《反扫荡》《反投降小调》《苦瓜瓜》《参军去》《担架队》等歌曲，其中不少是他在盐阜区期间所创作的。他的《中华民族好儿女》是盐阜抗日根据地最具代表性的抗战歌曲之一。这首歌是根据许晴的诗歌《中华民族好儿女》，于1941年夏天在盐阜抗日根据地创作完成，记载了新四军反扫荡战役获得胜利的历史以及粉碎了敌人企图围歼中共中央华中局和新四军军部的阴谋诡计，巩固了苏北、苏中抗日根据地的历史事实。该歌曲第一部分的歌词和第三部分歌词基本相同，第三部分的旋律也是第一部分旋律的变化再现，是一首带再现的单三部曲式的优秀歌曲①。歌词第一段这样写道:"春天的太阳放彩光,胜利的歌声响四方!我们是中华民族好儿女,千锤百炼已成钢,从不怕千难和万险,坚持抗战在敌后方。敌后方,敌后方,前门有虎,后有狼,反共派进攻要打退,鬼子来了要反扫荡。进攻扫荡都不怕,我们在斗争中成长。"它"以中版进行曲的节奏及大调和弦分解进行的旋律,抒发了中华民族好儿女的英勇豪迈之情",接下来的第二乐段,"紧缩了节奏,旋律转入了下属调,使曲调变得既激越挺拔,又深沉刚健"②,表达出战士们在"敌后方"的坚强的战斗意志和必胜的信念:"春天的太阳放彩光,胜利的歌声响四方!我们是中华民族好儿女,千锤百炼已成钢,从不怕千难和万险,坚持抗战在敌后方。敌后方,敌后方,军民合作力量强,抗战歌声震天地,民主旗帜在飘扬。抗战民主齐努力,我们的祖国得解放。"整首歌曲具有鲜明的地方特色,通俗易唱,真挚朴实,具有鲜明的群众性特征,有力地配合了反"扫荡"斗争,因而很快便在盐阜地区和滨海地区流传开来。此外,他的《我们的岗位在前哨》《担架队歌》《反投降小调》等歌曲或鼓动人民抗战或赞扬人民拥军支前或批驳投降卖国行径,表现出了独特的苏北盐阜抗日根据地音乐文化的特征。

第三节 何士德、章枚的歌曲创作

何士德,原名何炳文,广东阳江人,1910年生。他自幼爱好音乐,在教会小学读书时就已学会了读五线谱、拉小提琴、弹奏风琴。1931年考入上海新华艺术专科学校音乐系,开始系统地学习乐理、和声、作曲、声乐、钢琴、提琴及昆曲。1934年转入上海国立音专学习声乐和作曲。1935年在上海新华艺专担任音乐指挥,还受聘到上海美专音乐系任教。1936年后,投身抗战救亡歌咏运动,组织"洪钟"合唱团等。1937年任上海"国民救亡歌咏协会"副干事长兼总指挥。"八一三"抗战时创作《中国空军战歌》,并组成上海救亡歌咏界战时服务团,任团长。1938年在南昌参加新四军,组织抗战歌咏活

---

① 雍凌凌:《流动的音符,无形的丰碑——盐阜区新四军抗战歌曲的创作特色》,《北方音乐》2020年第9期。

② 郭仁怀,袁德龙编著:《淮南抗日根据地文艺史》,安徽人民出版社2003年版,第175-176页。

动,担任南昌抗战歌咏协会主任兼总指挥,创作《挖战壕》《义卖歌》等一批抗战歌曲。1939 年到皖南新四军战地服务团和文化队工作,任新四军教导总队文化队队长。其间,为陈毅等集体作词的《新四军军歌》谱曲。1939 年 10 月至 1940 年 6 月任新四军政治部宣教部文艺科副科长、科长。1940 年 6 月至年底兼任新四军战地服务团第二团团长,创作《繁昌之战》《父子岭上》《反"扫荡"》《我们是战无不胜的铁军》《渡长江》等十多首歌曲。1940 年底到达苏北盐城,1941 年,任鲁迅艺术学院华中分院音乐系主任、教授,兼任分院办公室主任。1941 年 1 月皖南事变后,创作了为牺牲的战友报仇之歌《当兵把仇报》和四部混声合唱曲《新四军万岁》,并撰写了《指挥法》《发声法》等音乐教材。1941 年 8 月,任新四军鲁迅工作团团长。1942 年赴延安,任延安鲁艺音乐系教师、秧歌学习班班主任。1945 年 4 月至 6 月作为华中代表团成员参加中共七大,在中共七大开幕式和闭幕式上指挥唱《国际歌》。1946 年至 1949 年,一直在东北从事音乐工作,曾任合江文工团团长、总政联合文工团团长及东北电影制片厂总支书记,是"长影乐团"的主要筹建人。中华人民共和国成立后,曾任文化部电影局音乐处处长、人民音乐出版社辞典编辑室主任,1982 年离休。曾为《桥》《光芒万丈》《解放了的中国》《林家铺子》等多部电影配乐,其中,电影《解放了的中国》荣获 1951 年斯大林文学艺术奖一等奖。2000 年 12 月 2 日因病在北京逝世。

  正如有论者所言,作为音乐家,何士德对新四军的音乐工作作出极大的贡献,他在新四军工作时期的歌曲创作,不仅是他个人创作的重要时期,而且这批以《新四军军歌》为代表的作品同时也对新四军歌曲的创作产生了重要的影响,"在继承救亡歌曲传统基础上,开创了与填词歌曲也与救亡歌曲不同的新特点",表现了"充满胜利信心、一往无前、战无不胜的革命精神,具有鲜明的时代性、高昂的战斗性、亲切的民族性和坚定的军队性质",塑造了"前所未见的新型的强大的人民军队雄壮、乐观、必胜的艺术形象,凝聚着浩气长存的军魂"[①]。《新四军军歌》虽然不是写于盐阜抗日根据地,但随着新四军在盐城重建军部,它很快在盐阜抗日根据地风靡一时,对军民的实际战斗生活产生了极大的影响,成为鼓舞军民斗志、抒发战斗豪情的有力武器。这是一首"集体创作,陈毅执笔"的曲与词结合得相当完美的作品。歌词是在陈毅的诗作《十年》的基础上修改加工完成,主题明确,精练流畅,意境

[①] 北京新四军暨华中抗日根据地研究会编:《铁流·6——新四军文化工作专辑》,解放军出版社 2002 年版,第 300-301 页。

高远，大气磅礴，既表现新诗的自由洒脱，又蕴含古典诗词的浓郁韵味。歌词共分为两段，第一段是通过对新四军"光荣北伐武昌城下""孤军奋斗罗霄山上"，赞扬了"八省健儿"所汇成的铁流，"千万里转战"，"为了民族生存，一贯坚持我们的斗争"精神；第二段表现我新四军在"扬子江头淮河之滨"的驰骋纵横，深入敌后奋勇杀敌以及"为了社会幸福，为了民族生存"，"高举独立自由的旗帜"，实现"抗日建国"。而这一切都是依仗着"我们是铁的新四军"。何士德根据歌词的内容的含义、格调和感情，将其分为四个连贯而又展开的四个段落："第一段以庄严雄壮的行进节奏和旋律，体现我铁军继承了北伐第四军、红军第四军的光荣历史和光荣传统。第二段变换了节奏，即在强拍上唱一拍半，弱拍上唱半拍的一长一短的节奏，旋律上从提高六度的6展开，一起一伏的旋律，带着激动的心情回忆十年征战的艰苦历程和自豪感。第三段开始用短促的节奏，继而变为一长一短的节奏，后又用均衡的、坚定的、大步前进的节奏，在旋律上由低音起，逐句向上横进直到以威武的旋律到达1止。这段节奏和旋律运用了铜管乐的表现手法，为的是加强声乐顿挫有力地表现共产党领导的军队'为了社会幸福，为了民族生存，一贯坚持我们的斗争'的崇高目标，推向第一个高潮。第四段即结束段，由于歌词内容、格调和字数的原因，以及为了把这段推向全曲的最高潮，不宜采用像一般作曲法那样再现歌曲开始的旋律，而把'八省健儿汇成一道抗日的铁流'一句连唱两遍，让旋律起转折性经过句的作用，推出富有推进力的一短一长的节奏和旋律，高唱'东进，东进！我们是铁的新四军！'连续唱三次。运用向上摸进的手法，一次比一次高昂，雄壮有力。特别是第三次注有延长符号，要求唱的同志在发出最强的长音，最雄伟、最有力的歌声中，感觉到毛主席的手直指向东方，指挥我们把侵略军打到东海去的气概。"[1] 这样，整首歌曲的曲调就显得雄浑有力，节奏铿锵，旋律嘹亮，不仅准确生动地表现了歌词内容，还推进了歌词所要表达的情感。所以，使人唱起来浑身充满信心和力量，听起来令人内心无限激荡和澎湃。它也因此在1949年9月27日，与《义勇军进行曲》一起被中国唱片公司灌制成唱片送往北京。

而创作于1941年由自己作词的《当兵把仇报》、西蒙作词的《新四军万岁》则是他在鲁迅艺术学院华中分院任教时所写的。当时"皖南事变"刚发生不久，想到了昔日的战友不是壮烈牺牲，就是身陷囹圄，于是愤怒地以音

---

[1] 何士德：《唱军歌 振军威 战日寇——记〈新四军军歌〉创作前后》，《大江南北》1985年第2期。

盐城
革命文艺史略

乐为武器，创作了这两部作品来痛击国民党顽固派，歌颂新四军。其中《新四军万岁》的歌词这样写道："辽阔的东方，/古老的大地上；/解放的烽火，/燃遍了城市乡镇田庄。/皮鞭激起切齿的愤怒，/创痕迸发出血的反抗。/千万双劳动者的拳头，/交织成一只钢铁的拳头。/多少叛徒在人民惩罚下毁灭。/多少敌寇在我们打击下溃败。/新四军战旗飘扬大江两岸，/新四军武装是华中的栋梁，/新四军的名字深刻在人民心上。/人民都向它齐欢唱：新四军万岁！/人民武装越打越坚强。"歌词气势磅礴，慷慨激昂，壮阔豪迈，曲调以进行曲风格和有力的节奏展现出意气风发中巨大的信心和力量，表达了新四军"创痕迸发出血的反抗"般的钢铁意志以及"多少敌寇在我们打击下溃败"的辉煌战绩，不但不会被消灭，反而在华中发展壮大了起来，"战旗飘扬大江两岸"，"越打越坚强"，成了"华中的栋梁"而"名字深刻在人民心上"，并最终迎来"人民齐欢唱"的胜利曙光。《当兵把仇报》是由刘保罗写的《当兵歌》一诗改编谱曲而成，表达为战友报仇雪恨，激励根据地人民踊跃参军："人心有血，/黄海有潮。/潮涨浪涛高，/血战志气豪。/日本强盗进了门，/抢你的谷子割你的稻。/屋子烧光，/家破人亡，/海样深仇怎不报？/啊！亲爱的同胞！/肩起钢枪，插起刺刀，/当兵把仇报！/当兵啊！趁早啊！/打了胜仗，父母妻儿都还乡！"作品开篇就以音节匀称的"人心有血，/黄海有潮，/潮涨浪涛高，/血战志气豪"等对偶乐句营造了平衡而稳定的歌曲情绪，配以铿锵悦耳、朗朗上口的旋律节奏，歌颂了根据地军民同仇敌忾、参军支前的志气豪情。

章枚，原名苏寿彭，广东佛山人，1912年生。1932年在中华基督教青年会北平歌咏团学习声乐。1933年从北平税务专科学校毕业，分配到上海海关工作，业余时间参加"上海雅乐社"业余合唱队、"万国合唱团"等音乐团的活动。1935年参加中国音乐家学会，任秘书。全国抗日战争爆发后，参与"上海海关同人救亡长征团"到广州。1938年10月，随"上海八一三歌咏队"到桂林，任桂林"抗敌宣传队第一队"歌咏指挥。1940年加入中国共产党，同年3月到皖南参加新四军，任新四军战地服务团音乐教员，创作歌曲《怒吼吧！长江》《新儿童》。1940年10月参加黄桥战役，创作《黄桥烧饼歌》。1941年2月任鲁迅艺术学院华中分院音乐系教授。同年7月盐阜区反"扫荡"后，任新四军第三师鲁迅工作团教授，创作《胜利之歌》。后任新安旅行团教授，盐阜师范学校音乐系主任。全国解放战争时期，任山东大学艺术科主任、山东大学剧团团长，华东军区政治部宣传部文艺科科长，第三文工团团长。中华人民共和国成立后，任上海音乐工作者协会主席，上海乐团

第十一章 音乐创作

合唱队指挥。1954年任北京音乐出版社副总编辑。1973年任文化部文化艺术研究院编译室主任。1995年在北京逝世。

在苏北新四军工作期间，章枚音乐创作进入了高峰期，先后创作《黄桥烧饼歌》（李增援词）、《勇敢队》（李增援词）、《打大仗》（司徒扬词）、《新四军进行曲》（吴蔷词）、《中国青年节歌》（吴蔷词）、《黄桥的新生》（陈毅词）、《保卫郭村》（陈毅词）、《胜利之歌》（章枚词）、《新年之歌》（田平词）、《三八小唱》（林风词）、《伟大的七月》（孔方词）、《打胜仗》（章枚词）、《换工小组歌》（章枚词）、《一把铁锹》（章枚词）、《㓥鱼歌》（杨音词）等歌曲。他创作的歌曲"很好地实现了艺术形式与题材内涵的统一，革命的激情与谨严的技法的统一，民族特色与时代精神的统一，'下里巴人'与'阳春白雪'的统一"[1]，深受新四军战士、广大群众喜爱和传唱。章枚的音乐是时代的呼声，承载着中国人民的呐喊和一段新四军们与千万名抗战英雄奋战疆场的光辉历史，讴歌了仁人志士们的勇敢，赞颂了中国人民不畏艰难困苦的爱国主义精神。他曾号召学音乐的艺术家们，"有眼睛的就看吧！有耳朵的就听吧！看看这是什么时代？听听前线是什么声音？朋友，如果你那支《秋怨》还未作好，就不必作下去了，我们需要一支《马赛曲》。如果你不是靠你的钢琴或提琴吃饭，那你那支 Hungarian Dance No. 5 或 Sonata in E-flat Major 就不必急忙练下去了，我们需要 Trumpet（军号），我们需要 Drums（鼓）！我们更要唱，不是唱 Cavalleria Rusticana 里什么'La tua Santuzza Piange t' implora！'（你的桑杜莎在这里哭着哀求！）我们要——'起来，不愿做奴隶的人们！'"[2]《怒吼吧，长江》是他在皖南参加新四军一个星期后创作的，虽然不是写于盐阜区，但它在苏北广泛地演唱，给军民奋勇杀敌的革命注入了新力量。作品从长江两岸美丽富饶的和平环境写到日本侵略中国后的凄惨场景，从中国人民的浴血奋战写到抗日力量的风起云涌，从中国共产党领导人民坚持抗战的坚强意志写到人民对抗战胜利的憧憬和希望，领唱和合唱相互映衬，在气势磅礴之中，感情的抒发痛快淋漓，表现出了抗日力量后浪推前浪，长江儿女前赴后继，展开抗日斗争的英雄气概。此外，他还有不少深入苏北民间采风，借用民间曲调，创作改编的一些歌曲也深受盐阜抗日根据地人民喜爱。如他于1943年根据盐城农村车水号子填词改编的《人多手多好种田》就是一首采用"一领众和"的典型性号子语汇，完全使用当地的方言，鼓励群

---

[1] 陈志昂：《章枚声乐作品的审美特征》，《人民音乐》1992年第12期。
[2] 章枚：《歌唱艺术的复兴》，《音乐教育》1937年第4期。

众积极生产劳动,具有很强艺术感染力的歌曲[①]。歌词是这样写的:"(领)人多(那个)手多(就)好种田(哪),快来参加换工队。/(齐)哎!哪个说的哦?/(领)哎!人家都说的哦!莫把(那个)换工就歇了台(呀)(嘿呀嗬)。/(齐)嘿呀啦嗨!/(领)热吵吵的换工真有劲,/(齐)哎,大家一起来呀,努力生产打日本。/(领)跟着共产党(啊)穷人闹翻身,全靠自己干(哪),不靠那个天来,不靠他人,/(齐)不靠菩萨不靠神,/(领)嗨呀哪嗨,/(齐)嗨呀哪嗬,嗨嗨咿呀嗬嗬喽嗬!"它的歌词朗朗上口,旋律亲切,悠扬动听。该首歌曲的"曲调建立在五声音阶、商调式上。由 A、B 段组成两段体曲式结构,A 段含长短不规整的六个乐句;B 段是在 A 段音调的基础上,采用重复、变化和发展的方法组成的。最后的六小节在有力而热烈的劳动呼号声中结束"。歌曲节奏明快,旋律流畅爽朗,"领唱"与"众和"相互辉映,烘托出热烈的劳动气氛[②],深得根据地群众喜爱,曾在根据地广为传唱,并对当时的大生产运动起过积极的推动作用。

[①] 游驰飞:《苏北抗日根据地音乐作品的艺术特征》,《盐城师范学院学报(人文社会科学版)》2017 年第 5 期。

[②] 吴岫明编著:《中国民歌赏析》,高等教育出版社 2000 年版,第 31 页。

第十二章
美术创作

在民族斗争和人民解放事业中，盐城革命文艺活动中美术工作与其他的文艺工作一样，成为宣传群众、发动群众、打击敌人、消灭敌人的重要武器，为民族解放和革命胜利作出了重要贡献。尤其是"皖南事变"后，新四军在苏北盐城重建军部，众多文化人集聚盐城，推动了包括美术在内的文艺宣传活动的繁荣发展。美术工作者拿起手中的画笔、刻刀，以战斗的姿态，积极开展街头美术宣传、举办美术展览，报纸杂志大量刊登美术作品，以其绚丽多姿的形式和丰富多彩的内容为抗战和人民革命斗争发挥着积极的作用，成为苏北新民主主义文化中甚为活跃，也极富特色的重要组成部分。

第一节　美术创作活动述论

"卢沟桥事变"爆发后，中国的抗战"是反对日本帝国主义野蛮的侵略，是全国的，也是民主的，这也便决定了中国绘画应走的道路"[①]。因此，美术工作者与全国人民一样，奋起抗敌，一起加入抗日战争的伟大洪流中来。1938年1月，新四军军部迁到南昌，新四军战地服务团开始组建并设立了美术（绘画）组，成员包括沈柔坚、林圣伟（林伟）等18人。军部在南昌时期，绘画组初期的工作主要是墙画宣传。1938年3月，新四军军部移驻到皖南。绘画组的主要工作是配合当时抗战形势通过创作宣传画进行抗战。在皖南期间，由于新四军重视抗战文艺事业，吸引了不少美术人才前来工作，军

---

① 赖少其：《抗战中的中国绘画》，《刀与笔》1939年创刊号。

部从事绘画的有赖少其、吕蒙、沈柔坚、涂克、孙从耳（孙谏）等。此时，还有从日本留学回国的绘画组组长梁建勋，从上海来的画家沈光，以及来自江、浙、湘、鄂等省的丁剑影、涂克、费必立、严仁南等青年美术人才。新四军中的美术工作者，除极少数是在美术学校里受过训练外，大部分是在游击战争中勤学苦练而成的，如版画家沈柔坚、程亚军、杨涵等人。在环境相对安定的皖南军部时期，再加上周恩来等领导的关怀，在上海地下党和爱国人士的支援下，新四军军部建立了自己的印刷厂。因此，战地服务团绘画组在军部领导下有计划地开展丰富的创作和宣传活动：每两周出一期《老百姓》画报，每期根据宣传中心要点分工作画，一稿复制多份，集中编排，贴在一张大面积的纸上，并分成多份张贴在驻地和云岭集镇街头；绘制大幅的布画，宣传党的抗战救国主张，举行流动画展，并配合戏剧组的演出到集市或连队流动宣传。有时配合民运组外出进行抗战动员宣传，长途行军时，则分头沿途绘制传单壁画；军部印刷厂建立后，绘画组为军政治部编的《抗敌报》和《抗敌画报》提供画稿[①]。此外，这一时期绘画组主要作品还有绘制报头和木刻版画，版画和石版画也开始出现。

"皖南事变"后，新四军军部在盐城重建，部队整编为七个师。盐城成为华中抗日根据地的指挥中心，为适应形势发展的需要，抗日军政大学第五分校和鲁迅艺术学院华中分院相继成立。因此，盐城一度成为新四军所在的华中地区的"文化新村"。此时的盐城，犹如一块巨大的磁铁，吸引着来自全国各地的抗日志士和热血青年，其中不乏大量的文化人。在鲁迅艺术学院华中分院筹备不到两个月时间，"报到的同学便已近二百人；其中大半是从根据地外面进来的，除了长江下游两岸的同学外，还有远自广东、福建以及南洋归来的华侨。"[②] 教学干部也有很多来自外地，如美术系的教员许幸之、刘汝醴，甚至还有海外回来的戴英浪、庄五洲等人。1941年2月8日，鲁艺美术系正式开学。美术系主要教授包括莫朴、许幸之、刘汝醴、戴英浪等，该系课程设置、教学、专业创作等具体方面基本上都由上述几位教授安排。美术系的教学计划，"主要是培养能从事一般宣传画制作的美术干部，并通过实际的美术工作来进行教学。"[③] 美术系有50多名学生，是人数最多的一个系。教学安排一般是上午开设专业课，下午开设政治、军事、文艺理论等公共课。

[①] 杨涵编：《新四军美术工作回忆录》，上海人民美术出版社1982年版，第2页。
[②] 朱泽主编：《新四军的艺术摇篮——华中鲁艺生活纪实》，江苏文艺出版社1992年版，第36页。
[③] 杨涵编：《新四军美术工作回忆录》，上海人民美术出版社1982年版，第18页。

专业课包括素描、速写、宣传画实习、解剖、透视等；专业课时间，约占整个教学时数的三分之二。美术系教师除担任教学任务外，还领导学生从事各种美术活动，尤其是创作了不少作品，如许幸之、刘汝醴创作了一些油画，庄五洲、洪藏都画了许多宣传画，铁璎、吴耘、莫朴创作了众多的木刻版画等等，内容主要以当时的真人真事为题材进行创作。师生之作，除在《盐阜报》《苏北画报》发表外，还手印出版过2本《木刻集》。1941年三四月间，鲁艺华中分院美术系为庆祝苏北文协成立，还曾举办了一次规模很大的美术展览，除了上述的鲁艺师生的作品外，当时在盐城工作的美术工作者芦芒、沈柔坚、涂克、孙从耳、费星等都有作品参展，其中展品有木刻、宣传画、连环画、漫画、石版画、年画等300余件，取得了较好的宣传效果。新四军鲁迅艺术工作团的同志注意运用民族形式进行创作，搞木刻，画连环画，办民众画廊，为农民速写画像，演出影子戏等，受到了战士、农民和干部的赞赏。美术组组长吴耘曾专门为群众画新"门神"，印给农民张贴在门上，受到农民群众的欢迎。此外，华中鲁艺美术系的教师还组成多个美术团体，以更好地在华中各根据地开展美术工作。如1941年成立于盐城的"苏北木刻协会"，由鲁迅艺术学院华中分院部分木刻工作者发起组织，主要成员有莫朴、戴英浪、吴耘、庄五洲、吕蒙等以及当地一些业余木刻爱好者。[1] 1941年7月，在江苏海安成立"华中鲁艺工作团美术组"，它是由华中鲁迅艺术学院部分美术工作者发起组织，组长吴耘，主要成员有吴耘、张拓、莫朴、丁达明、陈角榆、顾德、程默等。该"美术组"在艰苦的战争环境中开展多种美术活动，创作了一大批木刻、漫画、宣传抗战救国思想。新四军整编的七个师中，也都成立了服务团，服务团下面设置绘画组，人员数量不一。

墙画是新四军美术工作者创作较早且最多的一种美术作品。这显然与当时紧张的战争环境密切相关。但是，最重要的原因还应当是源于墙壁易于寻找，仅需简单加工即可有关。每当新四军出动时，一般都是绘画组同志走在前边，边行军边作画。"大军足迹所至，无论是城镇或乡野，只要有墙可以利用的，即绘上墙画，用简明的绘画形象宣传党的抗日民族统一战线的政策和抗战建国十大纲领等。"[2] 在华中鲁艺成立后，美术系同学和文学系同学还联手画了很多诗文并茂的墙画，这些墙画被毕业后到各根据地工作的美术系

---

[1] 陈天白主编：《救亡美术——中国抗日战争美术作品精选集》，江苏凤凰美术出版社2015年版，第376-377页。

[2] 杨涵编：《新四军美术工作回忆录》，上海人民美术出版社1982年版，第1页。

学生所传遍。正如时人所描述的那样："凡是较大的墙壁，都被画上画，有些村子很难找出一块大的空墙壁来。画的品种也非常多，有宣传画、漫画、连环画等。"① 因此，可以说，从战地服务团绘画组在南昌成立到抗战结束，墙画一直成为新四军美术工作者创作的重要形式。

华中鲁艺木刻作品一组

布画，也是新四军美术工作者作品的一种表现形式。新四军战地服务团首先采用这一形式进行宣传。1938年秋，绘画组创作多件巨幅布画作品，如《屠场》《夺取敌人武装武装自己》《打鬼子，保家乡》《军民合作打日本》等。尤其是沈光的《屠场》，由于其"揭露了日本鬼子残暴的狰狞面目；同时也预示着敌人必将走向灭亡的命运"，激起了无数群众抗日救国保家乡的决心②。甚至国际友好人士史沫特莱也对新四军美术工作者创作的布画作品十分赞赏，还嘱托沈柔坚绘制《为了正义》大幅布画，回赠给曾经支援过新四军的国际红十字会总部③。鲁艺华中分院美术系的师生也制作过许多布画，在盐阜区搞宣传时，走到哪里，就将布画挂到哪里，甚至将它们布置在文艺演出场地周围，让群众边看文艺演出边看布画展览，边展出边唱着配合画面的唱词，很受群众的欢迎。

画报是普及美术作品的一种很好的形式。由于广大新四军战士与根据地群众文化水平的限制，通过图画这一形式可以更加形象地表现他们渴望知道

---

① 杨涵编：《新四军美术工作回忆录》，上海人民美术出版社1982年版，第99页。
② 杨涵编：《新四军美术工作回忆录》，上海人民美术出版社1982年版，第12页。
③ 吴云峰，向虎：《论新四军的美术创作》，《齐齐哈尔大学学报（哲学社会科学版）》2011年第1期。

第十二章
美术创作

的内容。而在全面抗战期间,由于环境恶劣和物质技术条件不足等原因,新四军美术工作者创作的画报多数是油印和石印,铅印的也有一些。但是,不管什么形式印刷的报纸和杂志,都十分重视发表美术作品。军部创办的《抗敌画报》是新四军中最早的专门刊登美术工作者作品的一本杂志。《江淮日报》和《江淮文艺》每期几乎都有一幅木刻插画,《盐阜报》《盐阜大众》也不时刊登木刻版画作品,内容以部队生活、战斗英雄、模范事迹、生产运动、拥政爱民活动等激励军民的抗战士气。此时,除新四军军部的《抗敌画报》外,各师、旅部都曾编辑画报出版,如三师政治部的《先锋画报》《苏北画报》《盐阜画报》等。其中创刊于阜宁县益林镇桑树街的《苏北画报》为十六开打的套色石印画刊,第一期封面是胡考画的《春耕》,第二期封面为丁达明刻的部队生产的大幅套色木刻。1942年,转至苏北的新安旅行团创办了《儿童画报》,由当时尚不满18岁的王德威负责编务,芦芒、吴耘、黄丕星、丁达明等供稿,推动了抗日儿童美术的发展。

　　木刻版画是新四军美术创作中的另一种主要形式。"因为它是用尖刀刻划出来的一种艺术"[①],加之木刻版画在印刷上具有纸板简易、印刷设施及场地限制性小的优点,非常适合战时使用,所以备受战时美术工作者器重。虽然新四军木刻艺术随着新四军战地服务团美术组的建立而诞生,但木刻版画的创作高潮是在《新四军军歌木刻组画》创作完成后。战地服务团绘画组很多同志对木刻版画发生兴趣,这是"由于鲁迅将木刻版画作为一种有力的战斗的艺术积极倡导的影响;同时在艰苦的战斗环境中,木刻版画最能发挥广为传播的作用"[②]。所以,新四军新的军部成立后改编为七个师,版画工作者都分散到各师开展工作。他们以木刻为武器,从事各种宣传工作,刻钞票、邮票,为铅印报纸刻地图、报头、美术字,为书籍刻封面、插图等,并在条件允许的情况下,结合解放区的减租减息、参军、备战、冬学、春耕等活动创作版画作品,在各师的报纸、杂志、画报上发表。除了盐城三师地区木刻协会创作的大量木刻作品外,一师的《苏中画报》、二师的《抗敌画报》(江北版)、四师的《拂晓木刻》、五师的《七七画报》、六师大队的《前哨报》、七师的《大江报》上都设有木刻专栏,发表了新四军美术工作者创作的大量木刻作品。战时木刻版画这一艺术作品表现形式,包含有十分丰富的内容:一

[①] 野夫:《现阶段的木刻艺术》,《战时中学生》1940年第2卷第12期。
[②] 江苏省文学艺术界联合会、上海市新四军历史研究会编:《铁军轻骑兵——新四军战地服务团》,南京大学出版社1991年版,第81页。

是军事题材。内容主要是参军、练兵、行军、战斗、劝降、支援前线、部队学习、军民团结等。如吴耘的木刻作品《百日练兵》（1942年）表现的是苏北新四军开展大练兵的场景，杨涵的《沙沟战斗（登陆战）》表现的是新四军攻打兴化、高邮、宝应交界处沙沟等地的战斗场面，芦芒的《激战》表现的是战场上新四军战士们在炮火掩护下与敌人激战即将取得胜利的场景。二是乡村题材。这一题材的作品较多，内容主要包括苏北乡村百姓的生产、生活及乡村风光。如芦芒的《帮助老百姓收割》表现的是新四军帮助根据地农民收割的劳动场景，杨涵的《晒盐》《舂米》《割草去》《车水》等木刻作品都是作者取自当地盐民生活及乡村自然风光。三是实用美术方面。新四军木刻艺术中还创作了大量的实用美术作品，如报头、插花、花边、广告宣传单、新四军臂章、邮票、抗币等。

除了墙画、画报以及木刻版画外，"洋片"也是新四军美术工作者创作的一种形式。所谓洋片又称"拉洋片"，是中国的一种传统民间艺术，表演者通常为1人，使用的道具为四周安装有镜头的木箱，箱内装备数张图片，并使用灯具照明。表演时，表演者在箱外拉动拉绳，控制图片的卷动。观者通过镜头观察到画面的变化，内容除了根据当时的宣传中心编绘的时事漫画等，大部分是10幅左右的真人真事的连环画，每幅画并配上说明或七字唱。群众十分钟爱这种一边听说唱，一边看"拉洋片"的形式。这种美术创作形式，使观众看后，能够留下难以忘怀的印象，宣传效果非常好。华中鲁艺美术系师生曾采用拉洋片形式向群众宣传减租减息运动，对根据地减租减息运动的开展起到了很好的宣传推动作用。此外，美术工作者还根据斗争形势的需要，结合老百姓的需求，以富有生活情趣的题材创作出大量的版画宣传作品。如莫朴领导的美术组下乡搞木刻、画连环画，并为农民画速写，刻"牛印"（盐阜民间流行的一种年画，印出后送给农民，祝愿六畜兴旺），画"新门神"等，这些美术作品加入了抗战、生产的内容，印出后受到农民群众的热烈欢迎。这些作品在群众中生根并得到了滋养和发展，成为团结人民、打击敌人的有力武器。此外，盐城革命文艺创作中美术作品形式还包括宣传单、漫画、连环画、年画、书籍装帧、货币图案等方面。为了迎接抗战胜利后的大好形势，盐阜区地委宣传部在邱庵成立了苏北美术工厂，创作了一批石印宣传画，揭露蒋介石想独吞抗战胜利果实、搞特务破坏以及宣传新四军抗战的光辉战绩等。1945年9月6日新四军在解放淮阴、淮安战斗中，美术工厂同志也奔赴前线，住在淮安河下镇，画了不少大幅彩色壁画，有力地配合了部队的围城、作战。

总之，盐城革命文艺运动中新四军和地方的美术活动十分活跃。美术工作者克服困难，与广大的农民群众相结合，在紧张艰苦的战争环境，举办美术展览，设置街头画栏，出版美术刊物，创办美术工厂，创造出的具有鲜明民族特色的艺术作品，充分发挥了美术作品为革命战争服务，鼓舞人民、瓦解敌人的作用。这些具有强烈民族特色的美术作品是一种拯救民族危亡的心理在艺术上的反映，其自身蕴含的文化及艺术价值也对当代的艺术创作产生着重要的影响。

第二节　莫朴、沈柔坚的木刻创作

莫朴，原名莫璞，曾用名丁甫、夏仁波，江苏南京人，1915年生。1930年在苏州美专、南京中央大学艺术科学习，1933年毕业于上海美专西画系。1934年组织上海国难宣传团北上到华北等地进行宣传。1935年在南京等地任中、小学教员。1937年组织江都县文化界救亡协会和流动宣传团，并被选为常务理事，后又组织江都文救会流动宣传团，去皖中及大别山一带开展救亡活动。1939年任《中原》杂志及《大别山日报》美术副刊编辑，创作木刻作品《夜袭前》《迎接1940年的胜利》等。1940年2月在淮南参加新四军，3月加入中国共产党。先后在《战斗报》《抗敌报》任美术编辑，曾任《抗敌报》美术编辑、苏皖地区文委兼出版部长，创作有木刻《百团大战》《娘子关战斗》等。1941年任鲁迅艺术学院华中分院美术系教授兼系主任、新四军政治部鲁艺工作团美术组组长，创作木刻有《我们活跃在苏北》《三代》《秋》《鲁迅》等作品。1942年夏到淮南抗日根据地，在新四军四师为《拂晓报》编写《绘画入门》，同年与吕蒙、程亚君合作木刻连环画《铁佛寺》百余幅。1943年到延安鲁迅艺术文学院美术系参加整风学习。1944年创作水彩画《收获》、年画《平型关大战》《夜袭阳明堡机场》。同年还参加陕甘宁边区生产展览会美术工作，绘制劳模事迹连环画多套。1945年在延安鲁艺美术系教授素描课，创作木炭画《毛主席与劳动模范》。1946年任华北联合大学美术系教员，创作有年画《慰问军属》《大生产》等，曾参加太原战役和解放北平的宣传工作。1949年后，曾任中央美院华东分院副院长、教授，浙江美术学院副院长、院长、中国美术家协会常务理事、浙江美术家协会主席、全国文联委员、浙江文联副主席等职，主要创作有油画《入党宣誓》《南昌起义》《鲁迅与陈赓》等。出版有《莫朴画集》《莫朴之路》。1996年病逝。

莫朴的作品具有鲜明的时代性和强烈的革命性，他"把自己的一切真诚

莫朴的木刻《我们活跃在苏北》（江苏省美术馆收藏）

地献给中国革命的文化事业和艺术教育事业，把自己的艺术深深扎根在人民性的基础之上，从中汲取力量，形成了坚实质朴、扎实沉厚的现实主义的艺术风格"①。当时苏北抗日根据地处于日寇和伪军、国民党顽固派夹缝中，时常面临国民党顽固派搞反共摩擦的威胁，物质条件十分艰苦，物资非常匮乏，严重缺乏油画创作所需要的工具和材料。于是他充分发挥革命热情和艺术创造力，因陋就简，就地取材，用宜于雕刻的梨木、枣木板做画版，自制刻刀，创作木刻版画，以适应革命军民的审美特点，满足革命军民的审美需要。"在20世纪30年代后期至40年代末长达十余年时间里从事版画创作，从黑白木刻、木刻宣传画、木刻连环画到石版、木板套色年画等，留下了百余幅版画作品，其中木刻作品最多。艺术形式与风格从黑白大块面对比、光影层次表现手法，逐步转变为大体块线条的结构塑形，再到精细线条造型与平面色彩套印木刻版画的风格转换，为我们展示了他多方面的才华和艺术追求"，成为名副其实的"木刻家"②。创作于1941年的木刻版画《我们活跃在苏北》构图更为复杂也更为整体。作者以分组的形式巧妙地安排数十人于一张小小画幅之中，又在画面前景后景保留大片空白表现一望无垠的天空与广阔的水田。画面中间位置，一头壮实有力的水牛正在水田中劳作，田头间新四军战士正和农民亲切交谈。"两个群体的众多人物组合的精心设计使画面更加饱满而丰富，人物的动势与形象塑造都十分成熟，前后主次的对比与关联处理都十分明确"③，生动地刻画了盐阜军民的战斗生产生活和盐城的水田风光，淋漓尽致地展现出新四军战士与苏北人民之间的鱼水深情。该版画现为江苏省美术

---

① 赵辉：《从现实性到历史性——莫朴的革命历史题材美术创作考索》，《美术》2021年第6期。
② 安滨：《怀朴至真：莫朴版画艺术风格演进的成因及其历史价值》，《新美术》2021年第4期。
③ 安滨：《怀朴至真：莫朴版画艺术风格演进的成因及其历史价值》，《新美术》2021年第4期。

馆收藏，被收入王阑西主编的《苏北盐阜抗日根据地木刻选集》中。《三代》也是莫朴一幅非常成功的黑白木刻版画作品。画面表现的是祖孙三代在瓜田李下一起促膝交流的情景，爷孙的面部是迎向观者，爷爷抽着旱烟，慈祥地看着对面的儿子，孙子仰起头，靠在爷爷的怀里，而近景的战士（应是老人的儿子）则手持长枪坐在他们对面，似乎在专心地聆听长辈的叮咛。画面背景则是农家菜园的农作物枝叶所构成的一个环形，"点化了农村的具体环境，并以此衬托出三个主体人物，使画面非常整体有力，视觉中心极为突出。"[1]与此题材类似的还有《田间归来》，画面中近景是一对夫妇，丈夫肩扛着一把铁叉，妻子胳膊上挽着一个篮子，里面装满了棉花，似乎刚从田间劳作满载归来；中景则是个丰收场景，一个人在打谷场赶着牛打着粮食，旁边是一个堆得好高的草堆，一个人正在草堆顶上卧着，防止堆好的草滑落；远景是蓝天白云下的一排郁郁葱葱的树木和四间农舍。这三个单元景色，既层次分明，又有机地融为一体，营造出根据地一派祥和的丰收气氛。《鲁迅》的刀法极为俭省，用富有几何般张力的直线与曲线，巧妙地使鲁迅的额头、鼻梁、眼眶、颧骨、下颚及头发胡须显得更加凸出，再配以对比醒目强烈的黑白灰使得画面整体极为概括，鲁迅这个棱角分明的文化战士形象跃然纸上，是当时根据地难得一见的关于鲁迅肖像的木刻版画。

  沈柔坚也是苏北盐城革命文艺活动中一位有影响的木刻版画家，自小爱画国画，后转学西画，又在鲁迅先生倡导的新兴木刻影响下，做起了版画。他是福建省诏安县人，1919年生。早年肄业于福建省立龙溪师范学校。20世纪30年代中期开始接触版画。抗日战争爆发后，1938年3月赴皖南参加新四军，从事美术创作，以版画形式作宣传画、年画。历任军部战地服务团绘画组长、苏北根据地《新知识》杂志编委、山东省文化协会美术记者、《大众日报》美术研究员等职。1939年加入中国共产党，同年曾创作大幅布画《为了正义》赠送国际红十字会，还作有黑白木刻组画《新四军军歌》等。解放战争中曾主编《中国人民爱国自卫战争华东战场一年画刊》。战争时期的木刻作品还有《赴集》《活该》《田野》《拥军爱民》《拾草》《拉纤者》《鱼水情》《盘查哨》《支援前线》《立功的民工》等。年画作品主要有《参军光荣》《劳军》《庆功图》《劳动英雄得奖归来》等。新中国成立后，曾任上海市军管会美术室主任、华东美术家协会创作委员会主任委员。中华人民共和国成立后，历任中国版画家协会副主席、全国文联委员、中国美协常务理事、上海美协

---

[1] 安滨：《怀朴至真：莫朴版画艺术风格演进的成因及其历史价值》，《新美术》2021年第4期。

副主席、上海市文化局副局长、上海大学美术学院教授、《辞海》美术科目主编、《中国美术辞典》主编。出版有《沈柔坚画集》《欧行写生画辑》《沈柔坚速写集》《沈柔坚中国画选集》和文集《柔坚画谭》等。1998年病逝。

沈柔坚的木刻《侵略者的下场》

　　沈柔坚是从革命队伍中成长起来的画家。早年主攻版画，后兼作水彩、水粉和中国画。他的创作取材广泛，注意吸收中国画的写意精神和民间美术的装饰风味，结合印象画派的色彩方法，加以融化，强调写意和色彩感，因而在不断的创新中逐渐形成了自己的风格，作品有较强烈的时代精神。其版画注重对比色穿插，构织出强烈节奏，成为他形式语言的重要特色。"那简练概括的造型质朴雄健的线条，强烈明快的色彩，使他的早期版画创作，在探索群众喜闻乐见的民间形式民族风格方面取得可喜的成就。"[①] 创作于1942年的《田野》是他抗战时期较有特色的木刻作品，曾被选作盐阜银行发行的抗币的本票底板。画面描绘的是一幅盐阜敌后抗日根据地的田园牧歌图：近处是两头膘肥体壮的牛儿在茂密的草地上悠闲地吃着草儿，旁边是一个新四军战士和放牧人席地而坐，亲切交谈。远处是几个农民在田间劳作，背后是茂密的庄稼。整个画面以灰色调为主，人物周边留有大片空白，远处的庄稼则采用细密的线条加以涂抹，与空旷高远的天空、云彩搭配，营造出幽静深远的意境。《赴集》整个画面以黑色为主，近处是三三两两的人群，有的骑着毛驴，有的赶着毛驴，有的推着车，有的手里提着篮子，一起向着远处的集市走去，此时的集市人群熙熙攘攘，天空辽远，反映了根据地人民生活安定，环境祥和的生活图景。《拾草》中的画面比较简约，表现的是两个人在尘土飞

---

① 杨可扬：《勇于探索 敢于创新——沈柔坚的艺术道路》，《漳州职业大学学报》1999年第1期。

扬的季节里拾草的情形：图中一共有两个一大一小的人物，背着装满草的篓子，佝偻着腰，迎着风在艰难地走着。在他们的前方是一排被风刮弯了枝叶的树以及远方所扬起的尘土。在这幅木刻中，作者同样在两个人物周围留有大片空白，用以突出人物，表现群众备战备荒的情景，而飞扬的尘土、弯曲的枝条则用浓墨重彩的线条作为背景衬托，表现风势的凌厉，突出了人们生活的艰难和环境的险恶。《拉纤者》的画面近处是河畔三个饱经风霜的纤夫弯着腰在努力地拉着纤绳，艰难地朝前走着，远处是波涛汹涌的河水，反映了苏北水乡中生活在社会最底层的这群劳动者所承受的苦难以及为了生活艰难挣扎的情景。这是一支在苦难中练成坚韧不拔、相互依存的队伍，三位纤夫穿着破衣烂衫，高矮不一，神态各异，也许有着不同的经历和个性，但他们为了生活在努力向前，苦苦挣扎。画面具有写意性，纤夫和波涛中间以大片的空白隔开，背景简洁，空间空旷奇特，给人以惆怅、孤苦、无助之感，构图、线条、笔力等绘画技巧运用得较为成功。《侵略者的下场》画面更为紧缩，中心是一位日本母亲趴在她丈夫的骷髅头上，痛哭流涕，而一旁跪着的是她弱小的孩子，在抱着他的母亲，形象地说明了作为日本侵略者终将家破人亡，走上自我毁灭的道路。《盘查哨》是他解放战争初期创作的木刻作品。画面呈现的是一个手持红缨枪的儿童团员正在认真地盘查骑着毛驴的年轻妇女，身后两个中年妇女正在一边纺线一边观察来者，目光机警，表现了解放区群众保卫红色政权的高度责任心和革命警惕性。人物造型简洁、生动，线条粗细并用，远处的大树和云彩营造出宁静的田园气氛与眼前机警的盘查形成了鲜明对照，使人进一步感受到解放区保卫胜利果实的急迫和必要。他的《盘查哨》《拾草》《田野》等版画作品，后来被法国巴黎第二次世界大战博物馆征集去，列为反映反法西斯战争的艺术精品。

第三节　芦芒、吴耘的美术创作

芦芒不仅是个诗人，而且也是"当时苏北解放区威望最高的版画家"[①]。他是美术科班出身，曾在上海美专学习西洋画，后因生活艰辛，流浪于上海租界，曾做过家庭教师。他在抗战初期就投身于抗日战争的烽火，在中国共

---

① 江苏省美术馆编：《江苏省美术馆年鉴》，1983年，第133页。

产党的领导下，作为新四军一名年轻的战士，他曾在皖南的崇山峻岭中留下过足迹，然后随着部队渡江北上，到达水网交织的苏北平原，参加过陈毅亲自指挥的著名的黄桥战斗，接着又辗转来到盐阜地区，在那里一直坚持到抗日战争的胜利。之后，他一直留在华东战场。先后担任《江淮日报》美术编辑、新四军第三师政治部文艺股长兼师鲁迅艺术工作团美术教授、美术工场场长、苏北区党委画报社社长、华中军区政治部《江淮画报》社总编辑、苏北军区政治部画报社社长、苏南军区政治部画报社社长、华东军区海军政治部画报社社长等。在苏北期间，他在《先锋》《江淮日报》《盐阜报》《盐阜大众》《先锋画报》《苏北画报》等报刊上发表了大量的木刻插图、漫画作品，甚至有一段时间，他为了配合新闻和宣传工作，曾每天为《江淮日报》刻一幅木刻。然而，或许与他在新中国成立后专力于诗歌创作有关，目前关于芦芒的美术创作研究并不多，他的美术活动主要是一些方志、辞典在记载其生平事迹时有所提及以及散见于其他一些同仁、亲人的回忆录或专门史的著述，如莫朴的《华中鲁艺美术系的回忆》、朱峰的《历史铭记他们的铁军美术兵》、王小鹰的《穿越战争硝烟的画集——忆我的父亲芦芒》、张军的《抗战时期苏北地区新四军木刻艺术研究》、夏治国的《抗战时期盐阜根据地报刊上的宣传画》等。这与他丰富的创作很不相称。1962年，江苏人民出版社出版了一本《江苏解放区画选》，其中选了芦芒10余幅素描和木刻。1984年，人民美术出版社出版的《芦芒画集》中收集了他的版画、雕塑、素描、国画等形式多样、风格各异的140多幅作品，其中大约有三分之二以上都是抗日战争、解放战争时期所创作的。在这部《芦芒画集》中，"那在雷雨交加的茫茫荒原上的夜行军，那在火光冲天的敌人据点里的街垒战，那男女老幼围坐一桌的冬学课堂，那人忙马叫高堆粮垛的丰收场上，那用简陋帐篷搭起的前线医院，那锤声叮当紧张繁忙的敌后军火工厂，那军民合作抢收庄稼的麦田，那贫苦农民闹翻身斗地主的会场，这些当年在抗日战争中革命军民战斗生活的真实场景"，以及一个个跃然纸上的工农兵身影，都一一记载在他的画笔下，因此，这些作品"既是一幅幅耐人品味的美术珍品，也是一卷卷感人肺腑的革命历史回忆录"；"既有紧密结合实际斗争，忠实记录战斗生活的即景之作，也有完全是抒情写意、状物写人、文图并茂的传统之笔。"[①] 他的作品就其内容和题材来说，主要包括这几个方面：

一是记录和表现根据地军民的对敌斗争，如木刻《陈集战役》记录的是

---

① 李一氓，王阑西：《俯首甘为孺子牛：〈芦芒画集〉代序》，《美术之友》1984年第6期。

1942年张爱萍将军指挥新四军在盐阜区陈集镇进行反"扫荡"战斗的场景。《向敌人腹背进军》表现的是一次部队在雨夜急行军的场面。"仅10×7公分窄小的画面却展现了千军万马的气势,以刀法娴熟而刚劲的线条,疏密相聚、阴阳相对,勾勒出狂风暴雨之夜,雨夜中天地混沌,隐隐约约可见一支逶迤蜿蜒的队伍正急行军插向敌人的腹背,你仿佛能听到充溢天地间滚雷一般踢踢踢踢、答答答答,交织成一片的脚步声马蹄声,感受到那一种赴汤蹈火的昂扬斗志。"[1]《激战》的画面由前、后两个场面构成,前面战士正在用炮火同敌人进行激烈交战,后面是战士们举起枪支、手臂欢呼胜利,表现的是新四军战士们在炮火的掩护下即将取得胜利的场景。《战斗的号声响了》中一支冲锋号在漆黑的夜晚里朝向天空,"线条整齐、急促、有力,特殊的木刻肌理烘托出紧张的战斗气氛,画面仿佛传出激昂的小号声和战士们的冲杀声,表达感极强。"[2]

芦芒的木刻《激战》

二是反映根据地建设和群众生产生活场景,如木刻《兄弟会师》(又名《八路军与新四军在华中会师》)记录的是1940年南下的八路军五纵队和北上的新四军胜利会师于盐城"狮子口"的激动人心的时刻,画面中一高一矮身背钢枪的两个战士,正面对面地交谈,其中一个战士的手臂还搭在另一个人的肩上,他们像是久别重逢的兄弟,互诉衷肠,脚下是坚实的土地,形象生动地反映了两支抗日劲旅胜利会师的历史场景以及革命一家亲的主题。《送子参军》中一个面容沧桑,稍显佝偻的老农正在兴高采烈地送儿子去参军,

---

[1] 王小鹰:《父亲芦芒的画集》,《档案春秋》2005年第7期。
[2] 夏治国:《抗战时期盐阜根据地报刊上的宣传画》,《南京艺术学院学报(美术与设计版)》2012年第6期。

表现的是根据地人民积极参军支前的场景。《帮老百姓收割》反映的是新四军战士在庄稼成熟的季节里帮助群众收割的劳动场景。画面中一陇陇的麦田里，一个背着枪的战士正在弯腰收割，后面一个戴着斗笠的老农正在捆着麦把，老农旁边有一个孩童蹲在地上玩耍，生动地诠释了军爱民、民拥军的主题。《互助小组》《助割》描绘的是根据地组织群众成立互助组，在农忙春耕、农忙时节实行生产互助，共同建设家园的情景。《上冬学》表现的是根据地人民上冬学，努力学习文化知识的精神面貌。画面上一群人围在桌子周围，他们中间有背枪的民兵、有手拿烟袋的农民，有怀抱婴儿的妇女，有稚气未脱的儿童等，他们或站着或趴着或跪在凳子上，神态各异，目光专注，栩栩如生，举手投足间透露出根据地人民对文化知识的渴求。《四六分租图》通过一个佃户理直气壮地同地主讨价还价的画面，反映了广大贫雇农在根据地减租减息运动中地位的提高。

芦芒的木刻《上冬学》

三是描画各类人物和革命根据地方方面面生活的素描，如创作于1941年的《新四军代军长陈毅同志》《陈毅、粟裕同志在指挥部研究开辟根据地计划》，1942年的《反扫荡战斗动员》《海防大队》《海防哨上》《前方医院》《苏北盐阜八滩民兵》《敌后武工队员》《贫协委员》《苏北小丫》，1943年的《老游击队员》《贫农老大娘》《船老大》《儿童团员》等，寥寥数笔便描摹出事件的来龙去脉或事物的形态、勾勒出一个人的身份特征与性格特点，笔触灵动、形象鲜活，具有很强的艺术感染力。此外，芦芒创作的一些讽刺漫画作品也很有特色，如《旧阴谋新花样》《罗斯福的新买卖》《现代推背图》等就是以漫画或诗配画的形式介绍国际时事动态、中国抗战时事，一方面以讽刺的手法把法西斯帝国主义的丑态揭露得体无完肤；另一方面又使人们对国际、国内战争形势有了非常真切的了解。尤其是芦芒和王阑西、杨帆合作创作的别具一格的讽刺性的木刻小品《现代推背图》，采用时事讽刺诗配以漫画般的木刻作品，并附有诗义的解释，产生较好的宣传教育效果，如其中一则诗是这样写的："血雨腥风近五年/成仁失节各盈千/艰辛两载难关过/胜利光辉到眼前。"所配画面中的一座城门顶上是一只雄壮有力的手，打着胜利的手势，一个扛着长枪的人正骑马向城门走来。画面后附的诗义解释是"此诗第一、第二两句，是指中国抗战已近五年，光荣牺牲的忠烈之士和认贼作父的无耻汉奸，都已盈千累万。第三、第四两句预言坚持抗战的中国人民，只要能咬紧牙关度过两年，最后胜利一定到来。那时一片自由幸福的新地，光辉耀目，好不快乐！"可以看出，这种图文并茂的木刻小品，诗句寓意深刻，画面清晰简练，诗义解释明白晓畅，通俗易懂，富有战斗力和针对性，对于宣传教育人民、增强抗战信心具有很强的指导意义。芦芒的这些诞生于战争年代的作品都具有很强的真实性和民族性，"他所画的不仅是他所看到的，而且有些也正是他所做的；他不仅在画别人，而且甚至可以说有时也在画他自己。"他的作品"技法纯净而精到，没有丝毫矫揉造作馋谄媚俗之态，也没有半点遮遮掩掩追名逐利之心"，故而"它们是当之无愧可称作为艺术的"[①]。

吴耘，上海市人，1922年生。曾当过邮电工，1939年考入上海美术专科学校半工半读。1940年参加新四军，历任新四军挺进纵队战地服务团美术组组长，第七师政治部文工团美术股股长，鲁迅艺术学院华中分院美术系教员。后至皖中任《大江报》美术编辑。1945年后，在二纵、七纵及山东《华东画报》任编辑。中华人民共和国成立后，任上海《华东画报》记者。1951年任上海人民出版社美编第一科（《工农画报》编辑室）科长。1953年任华东人民美术出版社《漫画》编辑室主任。1955年调北京任《漫画》月刊副主编，后任中国美术馆展览部副主任。1977年因病在北京去世。

吴耘是在1942年4月，新四军鲁迅艺术工作团撤销文学、美术两组后调出盐阜区的，因此他在盐阜区的美术创作主要集中在他1941—1942年先后担任华中鲁艺美术系干事、教员，新四军鲁工团美术组教员工作期间，创作形式主要为木刻。他的作品经常发表于《江淮日报》《盐阜报》等盐阜地区的报

[①] 王小鹰：《穿越战争硝烟的画集——忆我的父亲芦芒》，《档案春秋》2000年第6期。

纸杂志上。1980年人民美术出版社为纪念他而出的《吴耘美术作品选》一书中收录了他不同时期创作的版画、漫画、报头画、速写等各类作品76幅,其中创作于盐阜区的木刻版画《快打快收快碾》《推行战时公约》《把废铜烂铁捐给新四军造枪炮打敌人》《不让鬼子来抢粮》及报头画《盐阜妇女》等被选入其中。另还有木刻《修堤》《劳军》被收入王阑西主编的《苏北盐阜抗日根据地木刻选集》中,成为纪念新四军在盐城重建军部45周年的献礼作品之一。

吴耘的木刻《劳军》

　　吴耘是在战斗中锻炼,在战争中成长起来的美术家,他在抗日战争和解放战争时期创作过大量的漫画、木刻、连环画和皮影戏等,作品具有很强战斗气息和政治气息,"在每次政治运动中,他是最活跃的一员。他的作品经常被群众放大复制,张贴街头,或举起在群众游行队伍里。"[1]其中1941年创作的木刻版画《修堤》《快收快打快碾》、1942年的《把废铜烂铁捐给新四军造枪炮打敌人》《推行战时公约》等作品都是紧跟当时根据地形势发展,配合根据地革命斗争和生产生活建设的宣传需要而创作的,具有很强时代感。如《修堤》描绘的就是1941年5月,盐阜民众在黄海岸边参加捍海大堤——宋

---

[1] 方成:《革命战士吴耘》,载《吴耘美术作品选》,人民美术出版社1980年版,扉页。

第十二章 美术创作

公堤建设的宏大场面。这里，过去在国民党政权统治时期，水利年久失修，海潮漫滩入侵，百姓流离失所。盐阜抗日民主政府成立后积极采纳民主人士杨芷江的建议，兴筑海堤，以安民居。1941年春，盐阜区党委做出修堤决定，3月27日后，经阜宁县参议会通过修堤方案后，随后县长宋乃德积极组织上万民工进行施工，最终在1941年7月年底赶在大潮前筑成了高7.8米、长达45千米的"宋公堤"。因此，"这不仅仅是修一道海堤，而是筑起共产党部队、新政权同广大人民群众联系的坚不可摧的桥梁！"[①]《修堤》既是对这一重大事件的宣传，也是对共产党、新四军抗日主张和根据地建设政策的宣传。小小的画面里，百姓们筑坝的筑坝，挑泥的挑泥，打夯的打夯，一派热火朝天的景象，生动地反映了民众对这条共产党带领下修筑的"民心堤"的拥戴之情。《劳军》则是配合根据地拥军、开展大生产运动宣传而作的。画面中一位战士正在村口站岗，这时两位青年妇女喜气洋洋地拿着礼物前来慰劳战士，一位妇女将装满东西的篮子放在脚前，左手竖着大拇指，右手指着战士，一边夸赞着战士，一边想把慰问礼物递给战士。这时，身背步枪的战士看到这个情形，连忙笑着摇手致谢，表示礼物不能收。画面简洁，人物表情细腻，表达了军民之间和谐融洽的鱼水深情。

第四节　洪藏、丁达明、严学优的美术创作

洪藏，广东省普宁县人，1913年生。1927年由榕江中学转入广东省立第二师范学校（今韩山师范学院），专修美术、音乐、工艺和体育课程。1931年毕业后到惠来县立第一小学任教。1933年考取了上海美术专科学校西画系，在校期间，开始接触马克思列宁主义的理论著作，加入了进步美术团体"MK木刻会"。1935年毕业后在普宁兴文中学担任美术、音乐教师，在学校的地下党组织领导下，积极参加抗日救亡运动，经常和其他师生一起到农村、前线进行宣传演出，1937年在学校加入了中国共产党，任区工委委员，是年以"别动队"的名义在里湖地区秘密组织武装活动。1938年夏，参与了党所领导的创办南侨中学的工作，为党培育了一批革命人才。1939年夏，潮汕部分地区沦陷，形势日益严峻，为了进一步深入发动群众，他参与组织抗日演

[①] 姚有志主编：《红色将帅·十大大将 黄克诚大将》，民主与建设出版社2017年版，第72页。

剧队，到农村地区巡回演出。1940年秋，与黄声等徒步从揭阳出发到香港，后经上海到达苏北抗日根据地参加了新四军。同年进入抗日军政大学学习。在苏北抗日根据地，先后担任了华中鲁迅艺术学院美术系干事、教授、《盐阜报》编辑等工作。1945年，调到东北局，任《东北画报》副总编，1947年任《西满画报》社社长。1948年冬，随第四野战军南下，先后创办了《天津画报》《武汉画报》等期刊。广州解放后，作为军管会代表接管了广州美术学院。1950年，调到中央电影局中南影片经理公司华南分公司任经理，此后又相继调任中南公司经理、人民美术出版社副社长副总编辑、中国电影发行放映公司副经理、代经理、经理等职。1980年任文化部电影局副局长兼中影公司党委书记、总经理、中国电影家协会书记处书记。1985年离休。2004年8月8日因病在北京逝世。

《盐阜抗日根据地木刻选集》收入了洪藏在盐阜区创作的《农忙时节》《劳动者》《欢送新战士》《收割》的木刻作品以及9幅连环画《翻身》。他的作品具有鲜明的战斗风格和通俗化、大众化特色以及田园气息。其中《欢送新战士》表现的是根据地人民欢送新战士入伍的欢乐场面。画面近处是两个老百姓，其中一个人不时地用手指着远处，兴高采烈地同另一个人交谈着，似乎在做他的思想工作，而远处则是三个骑马戴红花的新战士正被老百姓簇拥着走在队伍的中间，前面的人在敲锣打鼓，后边的人提着鞭炮鸣放，欢送他们光荣入伍，赞扬了根据地人民在党的领导下踊跃参军，勇敢走上战场打敌人的革命精神。《农忙时节》《劳动者》则反映的是根据地群众从事生产劳动的愉快场景，前者是一个人抓着缰绳，挥动鞭子，奋力地赶着老牛在田里紧张地耕作，后者是一家三个人正带着劳动工具一起朝地里走去，准备开始劳动。《收割》画面中一个肩挎篮子女农民遇见了一个肩上正扛着一个麦把男农民，关切地询问着收成情况，背后是一排排成熟待收割的麦子，反映了抗日民主政权成立后农村生活安定，收成喜人的景象。而他的《翻身》则用了9幅连环木刻画，图文并茂地介绍了一位阜宁新河乡女换工小组长闵林，怎样从17岁到婆家过着受丈夫打骂、逃荒的生活到新四军来了后开始觉悟，自告奋勇地报名做换工组长的思想转变过程，以及后来她是如何认真做好换工工作，积极参加民兵，同男人一样站岗放哨的事迹，而这时她的丈夫也受她的影响在庄里当了干部，一改过去的大男子主义作风而凡事总同她商量。九幅图画根据不同的情节组成不同的画面，叙事清楚，远近开合，简明生动，形象地表达了新四军和抗日民主政府给根据地人民生活和思想所带来的新变化、新气象。

第十二章
美术创作

洪藏的木刻《欢送新战士》

丁达明,原名善光,海南省文昌县人,1916年生。他在家乡艰难读完小学、中学后,1935年与几个同学一起结伴到南京继续求学,其间参加学联组织的抗日救亡运动。1937年抗战爆发后,返回家乡,以画笔为武器从事抗日宣传活动,后奔赴延安。1938年毕业于延安抗日军政大学,被分配到新四军四师政治部任宣传干事。1941年调至新四军军部鲁迅艺术工作团任美术组副组长。1943年调新四军三师政治部,参与创办《苏北画报》。1944年担任《苏北画报》美术编辑,负责木刻工作,同年加入中国共产党。1945年抗战胜利后,调往苏北美术工厂,后随军北上到达东北,参与创办《东北画报》并担任美术编辑。1947年调东北局西满分局任宣传干事,创建《西满画报》并担任画报社副社长。1949年南下任接管广东省艺专军代表。1951年调任中央电影局中南影片经理公司华南分公司副经理。1954年任中南区电影公司经理,同年调任中国电影发行公司宣传处处长,后任副经理、经理、顾问等职。1985年任中国电影放映发行学会会长。1987年离职休养。1999年11月在北京病逝。

丁达明在盐城革命文艺的美术作品主要是他在新四军军部鲁工团、苏北画报社、苏北美术工厂工作期间创作的。这一时期,他在《盐阜报》《盐阜大众》等根据地报刊发表了一批以抗战为内容的作品,如木刻《农救会要为自己办事情!》《农村剧团演出》《生产》《割草的人》《放哨》《老奶奶头像》《晨耕》《茄子》《大椒》《反对蒋伪合流,坚决收缴蒋伪武器》《烧杀》《绑架》以及四幅连环画《王二进东学》等。他的木刻刀法细腻，线条流利，形象生动，构图优美，黑白对比强烈，很受根据地人民喜爱。木刻《农村剧团演出》反映的是根据地农村剧团开展群众演出活动的场景。画面中前方是一个木棍和篱笆搭起的简易舞台，台上有两个演员正在演戏，其中一个农民模样的人在用手指着一个像地主模样的人，似乎在控诉他的罪行，底下是黑压压的观众，正在全神贯注地看着演出。整个画面以黑色为主，舞台以白色的粗线条与细线条勾勒突出，底下观众的头部、肩部间或以白色相区隔，疏密有致，形象地传达出农村剧团演出受到根据地人民欢迎的盛况。《苦难》的画面同样沿袭了他一贯的黑色基调，用简笔勾勒出的一家三口正坐在路边乞讨，周边以大块大块的黑色团墨来烘托压抑、苦难的气氛，反映了广大农民群众在旧社会重重压迫剥削之下的痛苦生活。《割草的人》中一男一女两个背着装满草的篮子、手里拿着镰刀的人正匆匆朝前走着，周边是林立的一根根长势良好的玉米秸秆。人物造型简洁，形态逼真，中间留有大片空白，充溢着乡村田野之趣。《放哨》表现的是根据地儿童团员站岗放哨的情形。画面中一个带着头巾、手拿红缨枪的少年儿童正机警地站在村口，警惕地注视着前方，背后依靠着一棵粗大的树干，象征着人民群众所筑起的铜墙铁壁以及人民群众保卫家乡的决心。《晨耕》表现的是根据地一幅晨曦初露的耕作图。画面中浓浓的夜色刚刚透出一点白，一个农民就赶着牛儿，肩扛着犁田的工具向地里走去，虽然人物呈现的是背影，但人民群众抓紧生产劳动以及勤劳的本性已显现无疑。

丁达明的木刻《农村剧团演出》

第十二章
美术创作

严学优，江苏阜宁人，1923年生。1945年参加革命，先后任新四军第三师政治部《苏北画报》干事、中共盐阜区党委《盐阜大众》编辑、华中文协《大众画报》编辑、中共华中五地委《盐阜大众》编辑和《盐阜画报》主编等职。中华人民共和国成立后，先后任《南通市报》副主编、江苏人民出版社美术编辑兼《江苏画刊》主编、中国美术家协会江苏分会理事，江苏版画家协会顾问。1991年9月，作为20世纪40年代中国新兴版画事业中卓有贡献的版画家，被中国美术家协会、中国版画家协会联合授予"鲁迅奖章"和"中国新兴版画纪念奖"。出版有木刻集《苏北新农村》。作品多次入选省及全国美展。2018年在南京去世。2022年1月20日，盐城新四军纪念馆在纪念新四军重建军部81周年活动中举办了"木刻丹心 时代印记——新四军老战士严学优版画展"，共展出严学优同志的美术作品68幅，彰显了这位盐城籍新四军文艺战士拿起刻刀为国家命运和革命真理振臂疾呼的艺术功绩。

严学优在抗战时期开始从事木刻创作，日军投降前，他在苏北美术工场工作。解放战争时期成为盐阜地区版画界的主将，被誉为"严木刻"[1]。1947年至1948年是他版画创作最为旺盛的年月，主要作品有《土地》《在工地上》《送粪下田》《粮草站》《生产自救》《积极支前》《互助拉犁》等。1950年上海晨光出版社编印了严学优的木刻集《苏北新农村》，收入了他在20世纪40年代的作品40余幅。1984年，王阑西主编的《苏北盐阜抗日根据地木刻选集》收入了他的《民兵》《向敌人冲去》《送粪下田》等3幅木刻版画。解放战争时期，他在盐阜地区工作期间除了主编《盐阜画报》外，还为盐阜大众创作了不少木刻独幅画、连环画、刊头以及一些单幅的宣传画等。他曾在《苏北盐阜区美术活动片断》中回忆盐阜区墙头画的盛况："当时，盐阜区的墙画，真是到处皆是……内容多半是反映生产和斗争的。""在城市，领袖像就画得比较多了，如在1945年，淮安、淮阴、盐城等城市解放后，在城门口和市中心高大的墙上画毛主席和朱总司令的肖像，有的像高达一丈多。"他的作品注重写实与浪漫相结合，内容包括号召支援前线、反映民工生活、反映农业生产以及军民关系等，具有鲜明的战斗风格和通俗化、大众化的特色，充满着不怕牺牲、英勇斗争的革命精神，洋溢着欣欣向荣、朝气蓬勃的时代气息，热情地歌颂党的丰功伟绩和反映人民的伟大创造。他的《向敌人冲去》以简洁画面反映新四军冲锋陷阵的壮观场景。只见一队手拿插上刺刀的步枪

---

[1] 孙楠楠，姜振军：《铁军魂 盐城红！纪念新四军重建军部81周年活动在盐举行》，《现代快报》，2022年1月20日。

和手榴弹的新四军战士,在飘扬的党旗指引下,正以锐不可当的攻势,奋勇地向前冲去,使敌人瞬间溃不成军,形象地表现新四军战士英勇顽强、一往无前的大无畏的革命精神。《民兵》反映的是地方武装力量正在研究作战计划,讨论配合主力部队打击敌人的场面。画中摆放的一个方桌上放着一张地图,两个领导人一个坐着,一个站着,正在对着地图在商讨作战事宜,旁边的,或认真听着,或在旁边摆弄着手里的枪支,等待着作战命令。作者将6个造型各异的人物浓缩在了一张小小的画面中,通过对人物神情、动作的刻画,为我们描绘出了一幅地方民兵战前研究部署的场景,说明了不管是新四军,还是民兵进行的每一场战斗都是经过了精心准备、精密部署才取得胜利的。《送粪下田》反映的是解放区大生产运动的热烈场面。画面近处是一个农民扛着一把粪勺,赶着旁边的两只身上驮着粪桶的毛驴高兴地向前走着,远处有两个人正在田间劳作,不时地抬起头朝这边张望,似乎在催着他们赶紧把粪送过来,好及时给庄稼施肥。画面近处以黑色为主凸显人物,远处以白色虚景来衬托,黑白对比强烈,人物鲜活灵动,形象地传达出了根据地人民开展大生产运动的热闹景象,具有很强的艺术感染力,是当时解放区不可多得的描绘乡村人民愉快劳动的较为成功的木刻版画作品之一。

严学优的版画《向敌人冲去》

附录
盐城革命文艺主要活动纪事

1919 年

5月　"五四运动"兴起，盐城学生奋起结队游行，全县5所高级小学组成学联，化装演讲，检查日货。

是年　季龙图等人邀请回盐城探亲的印水心给盐城县学校编写乡土教材，《盐城县乡土历史教本》不久编成。

1923 年

2月　盐城上冈部分知识分子组织"共进社"。宗旨为"砥砺德行，交换智识，谋乡梓公共事业之进步"，并在恽代英主编的《中国青年》杂志上发表了《上冈情况》等文章。

9月　盐城县创立第一所初级中学，校址设泰山庙。

秋　季龙图、张延寿（张逸笙）、赵鸿翔等发起组织盐城贫儿教养院（简称贫儿院），收养贫苦儿童，实行半工半读，学习普通文化和生活技能。

1925 年

4月　东台栟茶进步青年叶实夫、蔡牧山、蔡晦渔等发起组织青年进步团体"栟茶青年知社"。该社于1926年4月，出版进步刊物《海日》，由叶实夫主编。叶实夫在《海日》上连续发表《马克思小传》，详细地介绍了马克思的生平及其学说。

1926 年

7月　吴广文在大冈堂子巷成立了国民党盐城县第一区分部。

秋　上海美术专门学校学生朱红瘦发起，盐城县知事赞助，在盐城举办第一届艺术展览会，历时 25 天，展出名家吴昌硕、刘海粟、张大千等人的书画作品。

1929 年

6月　中共盐城县委委员骆继乾在盐城学生中组织"青年读书合作社"，他们经常秘密传阅《马克思主义浅说》《巴黎公社史》和党刊《红旗》《布尔塞维克》等，向青年灌输革命思想，从中吸收进步分子入党。

1931 年

9月下旬　盐阜县委成立，王岫华任盐阜县委书记，县委创办了《阜宁真理报》，由张凤吾任主编。

12月　响水口私立中学师生于校庆一周年之际，在中共地下党员高大成的组织下，高呼抗日救国口号，高唱抗日歌曲，在校内张贴大幅标语，并举行示威游行，抵制日货。

1929 年至 1931 年，盐城县委为了做好宣传工作，广泛发动群众，编印了五首革命歌曲，秘密传唱。其中《妇女歌》《贫雇农歌》《十二月花名歌》由张汉文负责到东区的二条港、南舍一带，西区的水府庙一带教唱；《工农歌》《反假三民主义歌》印成传单，在青年学生中广泛学唱。现辑录三首歌词如下：

《十二月花名歌》（孟姜女调，张汉文、朱云梯编词）：正月里梅花喜逢春，天下穷人要翻身，家家户户心头恨，痛恨土豪与劣绅。/二月里杏花白如银，天下财主没良心，住的楼房与瓦屋，穿的丝绸和罗绫。/三月里桃花满园开，国民党中的反动派，勾结洋人把国卖，反共反人民不应该。/四月里梨花白如霜，蒋介石出身"安清帮"，他的师傅黄金荣，盘踞上海大流氓。/五月里榴花红似火，蒋贼凶恶如狼虎，苛捐杂税往下派，老百姓逼得气难喘。/六月里荷花正鲜明，汪精卫专门欺骗人，他在广州与武汉，杀害穷苦工农们。/七月里稻花遍地扬，汪蒋争权闹分赃，勾内斗角狗咬狗，两狗咬得血汪汪。/八月里桂花满村香，正大光明共产党，他为人民谋幸福，反对汪匪与蒋帮。/九月里菊花开多祥，城市贫民力量强，罢工罢课起风潮，反动阶级消灭光。/十月里芦花满河塘，乡村农会威名扬，抗租抗债抗捐税，阶级压迫永不忘。/冬月里雪花遍地飘，反帝反封建不动摇，土地革命分田地，土豪劣绅齐打倒。/腊月里蜡梅开树梢，头上大山齐推倒，工农弟兄大联合，苏维埃政权就是好。

附录
盐城革命文艺主要活动纪事

《贫雇农歌》（卖药糖调，何一吾编词）：提起雇工真正苦，起早带晚为富主。为富主，苦耕锄，他吃细来我吃粗。/天下农人真可怜，一天到晚忙不停。忙不停，无余盈，衣食不足总受贫。/最苦租种老板田，老板一怒要退佃。要退佃，痛难言，一家老小泪涟涟。/贫苦农民终日忙，为缴地租完钱粮。完钱粮，饿肚肠，三天六顿喝粥汤。/一年到头拼命干，都为地主忙财产。忙财产，千千万，都与穷人不相干。/地主豪绅心太坏，收租剥削放利债。放利债，债滚债，逼迫穷人把田卖。/贪官污吏是豺狼，欺穷帮富没理讲。没理讲，受冤枉，逮捕穷人坐牢房。/地主官吏相勾连，狼狈为奸刮民钱。刮民钱，不要脸，耍尽花招搞欺骗。/牛马生活到如今，只怪我们不齐心。不齐心，要倒运，今后日子苦不尽。/土豪劣绅是冤家，就怕我们反对他。反对他，力量大，工人农民打天下。/要想穷人不受气，团结起来建农会。建农会，立条规，统治阶级大粉碎。/统治阶级一打倒，苛捐杂税齐取消。齐取消，真正好，镰刀斧头旗子飘。

《妇女歌》（北方小调，何一吾编词）：未曾开口泪纷纷，满腔屈气没处伸，世上为何穷富分？我的姐妹哎，我的同胞呀！为什么男女不平等？/六、七岁儿裹小脚，那般疼痛实难忍，还要去挑菜挖草根。我的姐妹哎，我的同胞呀！风吹日晒不像个人。/扣草篮子也罢了，拾麦拾稻苦难路，常听财主辱骂声，我的姐妹哎，我的同胞呀！忍气吞声头一坑。/一年一年长成人，做套衣裳嫁出门，身边没有半分文。我的姐妹哎，我的同胞呀！比不上富人的脚后跟。/丈夫在家没田种，雇到人家把地料，当牛做马哪个问。我的姐妹哎，我的同胞呀！何时才把人当人。/一家大小没得吃，三天六顿咽草根，鱼肉从来不上门。我的姐妹哎，我的同胞呀！一年到头过荒春。/大人挨饿也罢了，小孩子挨饿瞎扯魂，锅前转到锅后哼，我的姐妹哎，我的同胞呀！哼得大人心里疼。/弄来弄去没办法，只好借债上江南，夫南妻北度难关，我的姐妹哎，我的网胞呀！一家大小活分散。/要得妇女不受罪，赶快组织妇协会，抗租抗债抗捐税，我的姐妹哎，我的网胞呀！革命团结大无畏。

1932年

12月　胡鼎新（胡乔木）指示地下党员参加盐城城镇进步青年组织"综流文艺社"，使这个文艺团体成为盐城地下党的外围组织。

是年，由阜宁县县长吴宝瑜主修、庞友兰纂的《阜宁县新志》问世。

1937 年

9月　从上海回到家乡响水口的进步青年史成章自费办起小报《抗战三日刊》，转载抗战消息，报道本地抗日情况，从事抗日宣传活动。

11月　由上海学生陈飞、冯国柱负责的上海国民救亡歌咏协会宣传团第二队联络当时苏北的进步青年许家屯、俞铭璜等到阜宁进行抗日宣传，演出话剧《放下你的鞭子》和抗日歌曲《打回老家去》等节目。

1938 年

2月19日　苏北抗日同盟总会在清江市成立，推选宋振鼎为理事长。

3月　盐城县成立抗日同盟会盐城分会，会长宋泽夫。

其间，抗盟组织大批抗日救亡青年成立宣传队和歌咏队，积极宣传抗日，广泛开展抗日活动。东台县抗日同盟会成立后，还出版油印小报《火花》，宣传抗日民族统一战线政策和抗日主张。

1940 年

10月10日　南下八路军一部和新四军北上一部会师于苏北白驹狮子口，从此，开辟了苏北抗日民主根据地，也创造了开展苏北文化运动的条件。

10月15日　新四军战地服务团随新四军一支队司令员陈毅、八路军五纵队司令员兼政委黄克诚去盐城县龙冈，向五纵队一支队进行慰问演出。

中旬　由新四军战地服务团副团长李增援作词、章枚谱曲的《黄桥烧饼歌》创作成功，成为抗战优秀歌曲之一。

10月21日　中共中原局书记刘少奇率中原局机关由半塔集向苏北迁移。原青年剧团改编的抗敌剧团在团长孟波率领下同行。

10月31日　刘少奇一行抵阜宁县益林、东沟八路军五纵队司令部。抗敌剧团在黄克诚主持的欢迎会上向八路军慰问演唱了《黄河大合唱》《农村曲》等歌曲和歌剧。

本月　司徒阳在上海邀请文化人许幸之等到苏北开展文艺工作。陈毅在海安接见了许，并开了"文化人座谈会"，也是欢迎会。陈毅在会上做了《关于文化运动意见》的讲话，号召大家"为开展苏北抗日民主根据地的文化运动而斗争"。陈毅同许幸之谈新诗创作问题。还请许回上海再邀请一批文化人，并写三封信分别给许广平、巴人（王任叔）、李平心，请他们来苏北。上海生活、新知、读书三书店派人来黄桥，开办大众书店。后随新四军迁至盐城，并改为苏北大众书店总店。

11月7日　刘少奇、赖传珠、黄克诚等经盐城抵海安。新四军苏北指挥部召开庆祝苏联十月革命节暨欢迎刘少奇、赖传珠、黄克诚大会。战友久别重逢，陈毅赋《与八路军南下部队会师》诗一首。抗敌剧团到盐城，积极准备在盐城广泛开展文艺活动。

11月17日　华中总指挥部在海安成立。政治部所属宣传部部长为张崇文。下设宣传教育科、文艺科和战地服务团。

11月20日　战地服务团在海安召开的华中总指挥部成立大会上，演出戏剧、歌曲。章枚指挥大合唱。

中旬　抗敌剧团由孟波率领，根据中共盐阜地委书记杨纯的提议去盐城县秦南仓，对亭湖中学师生进行抗日宣传和组织工作，推动文化活动。

11月23日　华中总指挥部由海安迁至盐城，战地服务团随之抵盐。

11月30日　新四军苏北抗日军政学校、江北军政干校、八路军五纵队教导队合并成立中国人民抗日军事政治大学第五分校，陈毅兼任校长，赖传珠、冯定为副校长。

下旬　刘少奇委托秘书刘彬在盐城召集丘东平、陈岛、莫朴、孙湘等人开会，讨论在苏北筹办鲁迅艺术学院华中分院问题。决定到会同志均参加筹备会。

本月　新建立的盐阜区地方武装阜宁大队成立宣传队。队长李济南，副队长王德诚，指导员王中一。队员有刘斌、仲德芳、王博夫、李杰等30余人。曾在部队和地方演出《小放牛》《补缸》"工农舞"等民间文艺节目。八路军五纵队三支队司令员张爱萍和陈毅诗作《兄弟共举红旗飞》。新四军苏北指挥部政治部成立印刷厂。随后不久，由巴一熔作词，涂克谱曲的《印刷厂之歌》成功诞生。

12月2日　中共中原局机关报《江淮日报》在盐城创刊。刘少奇兼任社长，并以"胡服"名字为报纸题了报头。王阑西任副社长兼总编辑部主任，刘述周任总编辑部副主任，并有钱俊瑞、王阑西、刘述周、范仲禹、洪海泉组成党报委员会。在《江淮日报》创刊后，江淮印刷厂、江淮出版社成立。抗大五分校第一期开始招生，并宣布办校宗旨是"培养军事、政治、文化艺术等各类人才，以适应长期抗战中各方面需要"。课程有政治、军事以及行政、教育、歌咏、戏剧、绘画、新闻等方面。学习时间暂定为6个月。

12月4日　江淮社编印的《大众报》创刊。报头为毛泽东手迹。该报以后共出143期。

12月15日　《江淮日报》发表重要文章《开展苏北识字教育运动》，指出这"是大众文化运动的基本工作"。

12月25日　《江淮》杂志在盐城创刊，由华中总指挥部（后为新四军政治部）主办，发刊词中说"建立新民主主义文化"是该刊任务之一。《江淮日报》发表社论《文化运动与组织动员》，把文化建设作为苏北抗日民主根据地建设的一个重大工作提出来。动员苏北青年知识分子在抗战建国目标下团结起来、组织起来，推动文化运动的开展。鲁迅艺术学院华中分院以筹备委员会名义在《江淮日报》刊登招生启事，暂招400名，分文学、音乐、美术、戏剧四个系。

月底　抗敌剧团与盐城亭湖中学组织的学生寒假工作队到海边龙王庙一带，用文艺等形式向渔民、棉民宣传抗日。孟波、刘保罗、何士德等参加这一活动，并搜集不少文艺素材，创作了新歌曲。

本月　涟水县李圩乡卢老庄青年学生与民间艺人合组成苏北最早的农村剧团。民间艺人汪士俊帮助该剧团编导《小放牛》《大地主》《鬼子勒索》等节目，在乡农民抗日救国代表大会上进行首次演出。阜宁县益林镇青年抗日救国会成立益林剧团，该团是苏北集镇最早成立的业余剧团。

1941年

1月1日　陈毅在《现在的苏北应该做些什么》的文章中谈到过去的工作实绩时，指出已"切实注意解决文化教育问题"，"把文化教育提高到为抗战而直接努力的阶段"。该文后在《江淮》杂志第5期发表。抗大五分校正式开学，共招学员1 400余人、其中女学员120余人。

1月3日　《江淮日报》刊毅贞写的通讯《亭湖中学的演出》，介绍抗敌剧团与亭湖中学在同乐晚会上演出《农村曲》《黄河大合唱》《自杀》等节目的情况。

1月4日　战地服务团、抗敌剧团和盐城县青年抗日救国会联合举行文艺演出晚会，庆贺盐城县参议会闭幕。刘少奇、陈毅等出席并观看了演出。

1月10日　《江淮》杂志第3期全文刊载毛泽东的《新民主主义论》。同时刊载了许幸之的长诗《革命要用血来完成》。

中旬　新四军战地文化处一部分同志由苏中抵苏北盐城。

1月25日　新四军军部重建大会在盐城游艺园召开，陈毅发表就职演说。其中谈到文化教育时说："新四军是革命的军队，提倡文化教育，……提倡革命的艺术，正当的娱乐。"鲁艺华中分院筹委会同抗大五分校在大会上和庆祝晚会上分别演出话剧《惊弓之鸟》《大别山头》《皖南一家》《血祭》，舞蹈《大蠹山头》和活报剧《复仇》。重建的新四军军部所属组织机构中，宣传部部长为钱俊瑞。下设宣传、教育、文艺三个科。战地服务团划给一师。

下旬　刘少奇、陈毅在盐城贫儿院听取鲁艺华中分院筹备工作情况汇报，讨论确定分院正式成立的时间和主要干部名单，同时，决定把"抗敌剧团"并入鲁艺华中分院以充实骨干力量。

本月　刘少奇召集彭康、孙冶方、薛暮桥、戴白韬等人参加华中委员会会议，讨论和决定在敌后开展文教工作和建立文化统一战线问题。

2月8日　鲁艺华中分院在盐城举行成立大会和开学典礼。刘少奇、陈毅、赖传珠等出席大会。院址设在兜率寺、贫儿院等处。它是我党在抗战时为适应华中抗战需要而创办的一所新型高等文艺学府，以"培养文化艺术人才，适应抗战建国需要"为宗旨。刘少奇兼院长，彭康兼副院长。

月底　鲁艺华中分院成立实验剧团。团长孟波，副团长刘保罗。黄克诚在阜宁县政府于东沟召开的全体教师会议上做政治报告，阐明我党我军宗旨，勉励教师做好文化教育工作。会后，阜宁县开始在学校建立"抗日儿童团"和"抗日宣传队"，在中心区建立"儿童剧团"。

本月　新四军三师政治部主办的《先锋报》创刊，主编方言。

3月3日　新四军三师八旅政治部主办油印《战斗报》出刊；八旅22团政治处也创办油印小报《火光报》。

3月12日　彭康、薛暮桥等出席《江淮日报》社召开的座谈会。商讨筹备成立苏北文化协会问题。在盐城的文化界前辈、青年工作者及文化机关与团体的领导者都被聘参加筹备工作。

3月15日　鲁艺华中分院实验剧团在龙冈排练《一个打十个》话剧时，扮演新四军战士的演员在举枪"枪毙""伪军"时，忘记了枪膛有子弹，打死了扮演伪军的费民杰和正在导演的副团长、戏剧家刘保罗，使苏北文化事业受重大损失。

3月16日　实验剧团同志在新兵团成立大会上演出《一个打十个》，该剧为刘保罗所写，描写我军英勇作战的事迹。

3月18日　鲁艺华中分院全体师生和实验剧团全体同志举行追悼刘保罗大会，集体悲痛地唱了林路亚作词、何士德作曲的《刘保罗挽歌》。会后，刘保罗的遗体安葬在院部西边的城河边上。中共中原局宣传部为刘保罗、费民杰不幸牺牲事件发出通报，要求全军和各个地区文工团（队）从中吸取教训。

3月31日　抗大五分校、鲁艺华中分院、《江淮日报》社、盐城县政府、县联合抗日救国会等单位联合组织红五月纪念活动筹备委员会，准备在五月组织一个新文化活动高潮。

本月 鲁艺华中分院戏剧系公演话剧《重庆交响乐》多场，陈毅曾三次参加导演。该剧主要揭露国民党官僚阶层欺压群众，挥金如土，假抗日，真反共的面目。他是通过剧中"新华社"记者对国民党反动派的不屈斗争来表现这一主题的。记者由沙地扮演，陈毅之后风趣地称沙地为"新华社记者"。

4月12日 苏北戏剧工作者许幸之、殷扬、吴蔷、黄其明、仇泊、袁万华、杨铭为出席苏北文化协会代表大会代表。苏北音乐工作者何士德、章枚、孟波、腾雪飞、吕洛曾、陈灼庭、俞炎白、王衡之等举行苏北歌咏协会筹备会议，推何士德为筹委会主席。盐城时化中学学生在12区（湖垛区）农救代表大会上演出器乐、舞蹈和《私送粮食》《活捉鬼子》《革命之花》等现代话剧。

4月15日 苏北歌咏协会举行成立大会，到会有100余名代表。

4月16日 苏北文化界协会代表大会在盐城举行，到会代表200余人。冯定主持并致开幕词，陈毅到会致辞："为广泛开展新文化事业而奋斗"；国际友人罗生特被邀参加会议并介绍欧洲文化的情况；刘少奇在会上做了题为《苏北文化协会的任务》的报告，盛赞苏北文协代表大会召开和苏北文协即将成立"表示抗日民主运动的进步，它本身即是抗日民主运动的内容、性质、对象、任务、方针政策等一系列问题"。苏北歌咏研究会、鲁艺华中分院为大会举行专场诗歌朗诵晚会。《江淮日报》发表社论《集中全力，创造苏北新文化》，热情地赞颂代表大会"是苏北敌后文化战线之最进步、最活跃、最坚决和英勇的文化战士的大汇合"。

苏北木刻工作者协会筹备会在盐城西大街举办木刻展览会。

4月16—18日 《江淮日报》社于盐城太平桥报社发行站举办"报纸展览会"。陈列有抗日民主根据地报纸、国民党大后方报纸、敌伪报纸。让观众鉴别比较。

4月17日 彭康在苏北文协代表大会上做《开展苏北文化运动，为巩固新民主主义根据地而斗争》的报告。苏北文协代表大会选举钱俊瑞、夏征农、许幸之、薛暮桥、冯定、王阑西、丘东平、何士德、王益等25人为苏北文化工作者协会第一届理事会，钱俊瑞为理事长，正式成立苏北文协。大会还讨论通过《大会宣言》《协会简章》《工作纲要》以及提案的报告。鲁艺华中分院为庆祝大会胜利闭幕和苏北文协的成立举办文艺晚会。除歌曲演奏外，还演出话剧《运河边上》《抗议》《惊弓之鸟》。

4月18日 新四军军部文化俱乐部、抗大五分校、苏北青年新闻记者学会、《江淮日报》社、《江淮》杂志社、《江淮文化》社、大众书店出版社等文化单位分别或联合举行招待会，招待出席苏北文化协会代表大会的有关方面代表，联系各自的工作贯彻文代会精神进行座谈。夏征农、薛暮桥等分别参加招待会并讲了话。《江淮日报》在头版左上角刊登标语口号："在广大的苏北，要普遍的开展文化工作，只靠现有的文化工作者是不够的，我们要在工作中培养大批的新文化工作同志一万至两万，为达到苏北新文化的普及而奋斗。"

4月19日 《江淮文化》杂志在盐城创刊，它是一个综合性的偏重于文艺方面的群众性刊物。创刊号刊有彭康的《新民主主义文化》、吴蔷的《政治通俗宣传几例》、丘东平的小说《茅山下》、许幸之的诗《春雷》、殷扬的特写《皖南突围记》、莫朴的木刻《我们活跃在苏北》等。

中旬 刘少奇、陈毅与彭康到鲁艺华中分院检查教学工作，在了解师资和教学设备缺乏时，指示孟波、刘汝醴去上海，聘请于伶、王任叔来分别担任戏剧系主任和文艺理论教授，并采购设备。后孟波等至上海，始知于、王已离沪他去。《苏北记者》创刊。创刊号刊有王阑西的《论新闻政策》、江山的《开展苏北新闻事业》等文。以莫朴为首的苏北木刻工作者协会成立。新四军三师二十二团火光剧社为涟东县参议会演出《铁蹄下的工人》《新教子》两剧。

4月21日 盐城县各界救国联合会出版大众读物《老百姓报》。刘少奇为报纸题词"老百姓报要为老百姓讲话"。报纸为8开版。栏目有《老实话》《国家大事》《世界大事》《工农生活》《小知识》等。

4月30日 苏北木刻工作者协会出版《木刻漫画选》一书。陈毅亲临盐城县中学教师抗日救国会成立大会。表示政府将尽所有力量扶植所有中等教育，以奠文化之基石。曹荻秋也到会讲了中学教师抗日救国会在开展苏北新文化及指导各群众团体运动中所起的作用。会议通过《纲领》《章程》及《宣言》。要求编纂音乐书籍、提倡艺术、体育等，以适应抗战需要。新四军供给部缝工、船工俱乐部为纪念"五一"，举行文艺晚会，由工人们演出"滑稽舞"、歌咏和戏剧《活捉鬼子》《梁副官》。

春 刘少奇在盐城听取张崇文去香港会见范长江、邹韬奋、汪达之、邵崇汉等文化人的情况汇报，当得知他们接受邀请准备来苏北参加根据地建设时很高兴。盐城县景鲁中学在新四军派遣的工作队帮助下成立学救会。不久，学校歌咏队、话剧团、新文学创作组、美术、木刻小组等都相继成立，并积极展开活动。

5月1日　鲁艺华中分院音乐系、戏剧系为纪念"五一"国际劳动节和祝贺盐城县职工联合救国会第一次代表大会的召开,在民众剧场演出歌咏和话剧《扬子江暴风雨》。他们唱新创作的歌曲《祝职工大会胜利》,使全场职工激动不已。

5月2日　抗大五分校首届学员于盐城民众剧场举行毕业典礼。鲁艺华中分院、抗大毕业学员分别在典礼上演出话剧《扬子江暴风雨》《审判》。陈毅、饶漱石、曾山、赖传珠及国际友人罗生特等观看了演出。

5月4日　苏北文化协会发表《纪念"五四"宣言》,提出"目前新文化工作迫切的任务,莫若站在新文化岗位上,使用我们的文化武器,参加苏北抗日根据地的工作"。《江淮日报》发表《纪念"五四"22周年》社论和《"五四"与新中国的创造》重要文章。阐明"五四"树起了新文化运动的旗帜。而今天的新文化运动则是"五四"精神最高级的发展。

5月4日—7日　为纪念"五四",盐城等城镇首次出现空前规模的群众文化运动热潮:各有关文化部门在盐城分别举办"五月木刻展览会""美术展览会""自然科学展览会""卫生展览会";盐城还举行为时3天的扩大纪念青年节活动。4日,各界在游艺园召开纪念会,刘少奇、陈毅到会并讲话,5日鲁艺华中分院音乐系在体育场举行大型音乐会,6日军直各单位和盐城县各中学举行文艺演出和演讲、墙报、篮球比赛。在闭幕式上,钱俊瑞作了活动总结报告,鲁艺华中分院演出歌咏《怒吼罢!长江》和话剧《月亮上升》《王玉凤》等节目;盐城近郊新兴镇千余人大会上区署干部演出了《工农商学兵》等文艺节目,抗大演出话剧《冲过封锁线》《到农救会去》和哑剧《摸哨》,上冈镇举行各小学歌咏竞赛……

5月5日　彭康著文《"五四"的文化运动》在《江淮》杂志第9期发表。文章对"五四"文化运动的特点、意义、弱点等问题和经验教训做了系统的论述。

5月7日　苏北文化协会决定成立"巡回文化工作队",拟招考选拔20余人经短期培训派到各县、区开展文化教育工作。苏北各戏剧界代表300余人在盐城大众戏院集会,成立"苏北戏剧协会"。许幸之主持会议并报告开会意义"在于开展戏剧运动,巩固抗日民主根据地……推动新民主主义文化"。大会选举许幸之、许晴、杨帆、吴蔷、黄其明、邵惟、王凤鸣、唐采庭、司徒阳、金吏、仇泊、丁力、李洛夫、袁乃华、魏征、朱凡、张丙炎、叶珍、邱强、陈海清、林鹤荣、孙宁、杨文骝23人为理事会理事,会议通过协会简章、宣言和8条提案。

附录
盐城革命文艺主要活动纪事

5月8日　向阳在《江淮日报》发表题为《开展"街头诗"和"墙头小说"运动》的文章，在苏北开始发动墙头诗运动。苏北美术工作者协会、鲁艺华中分院美术系联合召开美术运动座谈会，对今后木刻的各种问题进行研究讨论。

5月28日　苏北文协在盐城举办民众书报流动展览会，并将赴各县流动展出。

5月30日　新四军军部召开"五卅"纪念大会，鲁艺华中分院演出《怒吼罢！长江》《八百壮士》《我们是战无不胜的铁军》等歌咏，由章枚指挥，还有话剧《重庆交响乐》第一部"天堂与地狱"。《江淮日报》报道"场景的宏大，在苏北首属创举"。在纪念"五卅"活动中，盐城县湖垛新成立的"大众剧团"在千余人集会上演出《出租》《橡皮人》《张大爷》等戏；还有京剧艺人演唱《捉放曹》《空城计》京戏，东南中学在伍佑举行的纪念大会上演出话剧《血与泪》。苏北诗歌协会在盐城成立。出席了知名作曲家、诗人30余人。陈毅、钱俊瑞等到会并相继讲话。会议推选葛健吾、辛劳为正副理事长，许幸之、何士德、莫朴、陆维特、戈茅、邓炬之、戴英浪7人为理事。

5月31日—6月3日　阜宁县召开有200余名教师、塾师参加的文教工作总结扩大会。鲁艺华中分院安排文化教员在会上教唱《缴公粮》《苏北进行曲》《国际歌》3首歌曲。会议布置教师在暑假期间对群众开展教唱工作。

本月　新安旅行团先行小组一、二批的张杰、张拓、陈明、丘崇烈、郭华、韩枫、范政、张天虹等先后由国民党统治区到达盐城。陈毅、曾山接见新旅负责人张杰、张拓，欢迎他们到来，并指示他们先成立苏北分团开展工作。不久，苏北分团成立，张杰、张拓任正副团长。

6月1日　鲁艺在盐城大众戏院举行的庆祝延安抗大总校成立5周年大会上演唱《新四军万岁》《保卫延安》《保卫夏收》《旗正飘飘》《渡长江》等歌曲，何士德指挥。章枚独唱《站在父子岭上》，最后演出话剧《天堂与地狱》。刘少奇、陈毅、吕振羽等观看演出。

月初　陈毅与丘东平谈话，准他创作假搞创作。陈说："盖文章经国之大业，不朽之盛事，成百上千的战士好找，要想找你丘东平这样的作家不易啊！我希望你写一部反映我们新四军纪念碑式的作品。"从此，丘东平继续他的小说《茅山下》的创作。

6月2日　鲁艺华中分院儿童宣传训练班举行毕业典礼，30余人毕业，大部分到新旅工作。

6月3日　刘少奇在盐城县第一届参议会第二次全体会议上做"我们在

敌后干些什么"的演讲，演讲中把建设新民主主义的文化列为创造新的盐城，新的苏北的任务之一。《江淮日报》刊载白桃的《什么是新民主主义教育》、丁华的《普及大众教育》以及《为解放千百万塾师而斗争》3篇文章，分别论述了新民主主义文化教育的性质、内容和艺术的教育作用以及对孔子文化思想的评价。

6月5日　盐城县第一届参议会第二次全体会议通过文教提案20条。内容有请县政府通令各救国团体创办抗战室、俱乐部，创立识字班，推行小先生制，编印大众读物以提高文化政治水平等。

6月6日　苏北歌咏协会决定举行会议，讨论新音乐大众化问题、华中新音乐运动总方针及华中新音乐运动的方式与步骤。

6月8日　抗大五分校召开大会，欢迎抗大晋东南总校洪学智等100余名干部来盐，刘少奇、陈毅等出席会议并讲话。洪学智被任命为五分校副校长。会上，分校女生队演出歌咏和舞蹈，戏剧队演出话剧《审判》。总校南下同志演出《耕种舞》和《爱护根据地》等文艺节目。

6月12日　苏北诗歌协会和鲁艺华中分院文学系联合在鲁艺华中分院举行"关于文艺大众化问题"座谈会，对新民主主义文化的大众化问题进行漫谈研究。彭康、钱俊瑞、吕振羽等和文艺界70余人出现会议。中国文艺界抗敌协会苏北分会筹备会在盐城成立。由丘东平、黄源、蒋天佐、林珏、林山、陈岛、许幸之、吴蔷、夏征农、戴平万、彭冰山、王于耕、林果、戈茅、陆维特16人组成，丘东平为召集人。苏北文协和《江淮日报》社联合在农村举办军民联欢会。文协、新旅和当地士绅、民众及王庄儿童团400人出席，新旅演出歌舞，《江淮日报》社演出"黑人舞""三簧"和歌剧《农村曲》。

6月14日　《江淮日报》刊载鲁艺华中分院专文《关于诗朗诵》，认为诗歌是"最精练的语言""能打动读者的心"，因此"应用朗诵的形式，交给大众"。《江淮日报》作"全面开展大众化运动"的专题报道，指出连日来在盐城各文化团体热烈地讨论"大众化问题"是推行和实施新民主主义文化的"进军号角"。

6月15日　苏北文协主办的《实践》创刊，为16开本。创刊号内容主要有钱俊瑞的《我们要说些什么呢?》、白桃的《论学生救国会》、许晴的独幕连环剧《胜利》。

6月18日　"抗大五分校文艺工作团"成立。

6月20日　鲁艺华中分院召开纪念高尔基晚会。会上邵惟朗诵高尔基的《海燕之歌》，刘蓴独唱《流浪者之歌》，三分队合唱《怒吼吧！长江》《勇敢队》等歌曲。

6月23日　苏北文协发表《告国人书》，强烈抗议大后方当局倒行逆施；反对屠杀青年、摧残文化，同时宣称敢作大后方后盾。鲁艺华中分院在黄家巷组织一个盛大的军民联欢晚会。歌唱《亡国奴当不得》《当兵把仇报》《丰收大喜》等10首歌曲。演出《打敌人去》《傻子打游击》《运河边上》三个独幕剧。

6月24日　钱俊瑞代表苏北文化界向仍在香港的邹韬奋等人发电致敬，拥护邹韬奋、茅盾、沈兹九、金仲译、沈志远等9人于5月27日在香港发表的要求团结进步、民主自由的政见主张，同时阐明苏北文化界对抗战的立场。

6月24日—28日　鲁艺华中分院组成3个队在盐城县5区以文艺形式向农民进行准备反扫荡宣传，节目内容都是就地搜集编写而成。

6月25日　《江淮日报》刊载《大众化的实践问题》的文章，希望"文化工作者与大众接触""大量创作大众化的作品"。

6月26日　《江淮日报》报道：抗大五分校文工团成立后，冯定副校长、谢祥军副部长分别在该团做《政治与文艺》《文艺工作者的修养》《宣传工作》等专题报告，帮助团体提高政治、艺术水平，以使能起到"文艺进军先锋"的作用。

6月27日　鲁艺华中分院在反"扫荡"斗争准备中编印的通俗报《大家看》创刊。

6月28日　苏北诗歌协会因常务理事分散各地无法集中，特由副理事长辛劳聘林山、陆维特、江明、高文4同志组成诗歌辅导委员会，林山为主任委员。其任务：帮助各地组织诗歌小组、诗歌协会；指导会员活动；解答诗歌问题。

本月　新安旅行团在农村体验生活，创作了由彭彬作词、陈明谱曲的歌曲《军民团结一条心》。与此同时，由许晴作词、孟波谱曲的歌曲《中华民族好儿女》也在盐城县创作成功。这两首歌曲，后在苏北和新四军广为传唱。

7月1日　苏北文化协会发出《告苏北教育界人士书》，要求教师在暑假期间，在家乡推行新文化教育，帮助各群众团体开展一切新文化活动。音乐家贺绿汀由上海抵苏北，鲁艺华中分院举行欢迎会。在这之前，刘少奇、陈毅在军部接见了贺绿汀，表示欢迎，并请他到鲁艺华中分院任教。

7月1日—7日　驻盐城各文化团体为纪念"七一""七七"，分别或联合组织文艺演出活动，抗大五分校文工团先后于军部召开的纪念"七一""七七"大会上演出话剧《第五纵队》和歌舞。刘少奇、陈毅、赖传珠、曹荻秋、冯定、朱涤新、彭康等观看了演出。新安旅行团来苏北首次演出《春的消息》《为了大家》等舞剧、话剧；苏北戏剧协会平剧研究社清唱改良京剧《志气高》；《江淮日报》社同志于驻地演出《红旗舞》《傻子打游击》等节目。

7月5日　《江淮日报》转载邹韬奋、茅盾、金仲华、恽逸群、范长江、于毅夫、沈志远、沈兹九、韩幽桐9人于5月27日在香港发表的《我们对于国事的态度和主张》。

7月6日　《江淮日报》刊载剧评《关于〈第五纵队〉剧作之商榷》。对抗大五分校文工团演出的话剧《第五纵队》创作不足之处进行讨论。此举为推动文艺创作的研究和发扬民主精神的形成的良好开端。

7月11日　苏北诗歌协会在湖垛镇书写墙头诗20余篇，中心内容是军民合作保家乡、反汉奸、反法西斯等。第一次使墙头诗在苏北上墙。

7月19日　苏北诗歌协会在《江淮日报》辟《街头诗运动专号》，发表《自卫队》《都来参加妇救会》等8首街头诗和林山的文章《开展街头诗运动》。

7月22日　《江淮日报》因日伪"扫荡"而停刊。

7月23日—24日　鲁艺华中分院因日伪"扫荡"，情况紧急，按军部指示立即组成两个队分头转移。24日凌晨，由丘东平、孟波率领的二队向东南方转移到北秦庄与日伪军遭遇，经殊死战斗，大部分突围，而作家丘东平、戏剧家许晴、新旅总干事张平、苏北分团团长张杰和魏征、王海纹等20余人壮烈牺牲。这是苏北也是华东文化战线的一次惨重损失。

下旬　《江淮日报》《实践》《江淮》等刊物也因日伪"扫荡"而停刊。黄源、何士德率领的鲁艺华中分院1队安全抵达阜宁县旧黄河边，陈毅见到他们十分高兴，还说："好啊！你们一班文化人都变成武工队了，能文能武。"陈毅见何士德穿的鞋破了，当即送他一双新鞋，何士德很感动。

8月初　鲁艺华中分院全部转移到阜宁县周门。刘少奇接见他们，详细询问2队情况，并指示要作好长期斗争的思想准备，要鼓足勇气，充满胜利信心，继续战斗，为死难烈士报仇。刘少奇于周门接见贺绿汀时说："敌后斗争是残酷的，丘东平同志牺牲了，他表现得很英勇，你们这几个文化人都经受了考验。"

8月5日　刘少奇、陈毅向党中央报告军部对有些单位的调整的决定，其中包括"抗大鲁艺分开，由一师、三师办理"。

下旬　鲁艺华中分院按军部决定解散。音乐系、美术系部分师生组成新四军鲁迅艺术工作团（简称军鲁工团），何士德任团长；文学系、戏剧系部分师生组成三师鲁迅艺术工作团（简称师鲁工团），孟波为团长；还有部分学员分散到各部门和地方，不少去上海从事地下工作。刘少奇在阜宁县陈集乡公所约见白桃，在座的有刘彬、宋乃德。刘少奇说：这个地方知识分子很多，青少年也很多，为避免这些人流到敌占区去，我们应该办学校、办文化教育事业，团结他们。军部接延安电报，调贺绿汀去延安。贺向刘少奇提出："我希望在前方（即苏北）至少再留半年，帮助鲁迅艺术团体培养干部。"毅然留苏北工作。

9月1日 盐阜区行政公署成立，主任宋乃德、副主任贺希明。白桃为首任文教处长。为便于对敌斗争，将盐城、阜宁、淮安、涟水4县划分为盐城、盐东、建阳、阜宁、阜东、淮安、涟东7个县和涟灌阜边区办事处。三师政治部主办的《先锋杂志》半月刊创刊，陈毅为杂志题写刊头。主编为李恩求。

9月10日 中共中央华中局机关刊物《真理》创刊。创刊号刊有陈毅的《论建军工作》，该文专门列目谈了军队文化工作。

下旬 陈毅于阜宁县境驻地对三师师长黄克诚说："革命是长期的，搞点文化娱乐、体育活动，对培养革命乐观主义和革命英雄主义有好处。"

本月 苏北诗歌运动因日伪"扫荡"，报刊停办而失去阵地，诗协主要成员多已离开盐阜，因而墙头诗运动被引起广泛重视和发展。盐阜行署所在地——陈集则成为墙头诗运动的摇篮，由陈集发展到农村，又由部队文化工作者随部队转移发展到各地。以林山为首的诗歌小组则成为这个运动的组织者和推动者。

秋 由陈毅口述，仇泊、沙地整理，编写了三幕话剧《新四军进行曲》，它由《井冈山上》《茅山脚下》《胜利》这3个历史片段的独幕剧组成。宋乃德亲率民工在海边修的海堤经受8月份大海啸的考验"屡经冲击，终屹立不动"。沿海渔民、盐民、农民万户欢腾，特作民歌一首歌颂："由南到北一条龙，不让咸潮到阜东，从此无有冲家祸，每闻潮声思'宋公'。"

10月6日 延安《解放日报》报道鲁艺华中分院丘东平、许晴等同志牺牲的消息。

本月 盐阜行署在颁布的《中等教育实施大纲》中，对文化艺术提出了继承和发展、外为我用的问题。新四军八旅、十旅政治部分别创办油印小报《前线报》《战旗报》。被日伪所俘的盐城青年服务团女团员徐冰、任佩芬在囚禁两个月中，面对敌人严刑拷打，坚贞不屈，在逃出虎口过串场河时不幸溺水牺牲。

11月7日　军鲁工团在军部召开的庆祝苏联"十月革命"节大会上演出皮影戏《从胜利走向胜利》，介绍苏联革命和建设成就。三师鲁工团公演苏联话剧《持枪的人》。列宁由章枚扮演，沐素扮演斯大林，罗江扮演持枪的人。

11月10日　《真理》杂志第3期刊载中央宣传部1941年9月4日发出的《关于各抗日民主根据地报纸杂志的指示》，指出"文化、文艺性质的杂志则作为各种艺术活动的理论和实际的指示刊物及文艺作家发表的园地"。《人民报》改为《淮海报》，铅印4开4版3日刊。陈毅为报纸题写报头。社长为贺汝仪（后为徐步、李仲祥），总编辑为李超然（后为姜龙楼），其副刊从即日起改名《黎明》。

11月15日　延安《解放日报》发表奚如悼念丘东平的文章《忆东平》。

本月　出版的《大众知识》刊载林山所写的《厚脸皮》等10首墙头诗。

12月6日　重庆《新华日报》刊登胡风《悼东平》诗两首，表达他"大江南北刀兵急，为哭新军失此人"的悲痛心情。同时，还载有西民的《在战地的东平同志》、圣门的《他是给予者》等悼念东平的文章。

12月14日　延安文艺界举行"青年作家丘东平追悼会"。艾青、丁玲、欧阳山、陈荒煤、吴奚如、刘伯羽等70余人参加会议，欧阳山做"丘东平的生平和艺术"的报告。

本月　贺绿汀创作了大型合唱曲《1942年前奏曲》，热情歌颂中国人民抗日斗争和世界反法西斯战争。盐阜区把墙头诗编入冬学课本，使墙头诗运动同冬学运动结合，更为普及。

下半年　陈毅曾邀请新旅到盐阜区联立中学进行联欢，又曾邀贺绿汀、鲁莽等到校讲音乐、美术等文艺课。阜宁县很多学校陆续成立儿童剧团。沙淤、单港、停翅港、汪朱、大余等小学儿童剧团演出的《敬神不如敬新四军》《献给军属奶奶一朵花》《我们是个小八路》等戏得到群众的好评。儿童戏剧运动成为苏北戏剧运动中最为活跃的力量。

冬　新旅主办的《儿童生活》创刊。以儿童为对象，刊载各种战斗故事、革命历史故事、英雄人物传记以及小演唱等。儿童们称它是"我们的小报"。

1942年

1月1日　淮海区党委书记金明在《淮海报》发表《以新的工作迎接新的胜利和战斗》一文，把"加强文化教育工作"列为新一年的主要任务之一。盐阜区党委机关报《盐阜报》创刊。社长王阑西、总编辑艾寒松。《盐阜报》

在发刊词《光明之盐阜抗日民主根据地》中讲到在文化建设、社会教育方面"尤赖地方先进之积极分子参加"。盐阜各地纷纷组织文艺演出活动，庆祝元旦。行署、军区司令部、阜宁县联救会、县政府、一区马集乡、新安旅行团、三师八旅二十二团、阜东县东坎镇、涟东县独立团……都分别或联合于驻地、所在地举行文艺晚会、游艺会或火炬游行。演出的节目有《人牛太平》《进冬学》《三个小学生》《偷营》等现代剧。还有京剧、山东梆子等戏。群众反映这是"亘古未有之盛况"。

1月7日　涟水县涟淮中学、孙湾小学等校于周集、麻垛等镇办《大众壁报》，每周出一期。

1月8日　新安旅行团全部抵达盐阜区。

1月9日　新安旅行团顾问汪达之随白桃拜会新四军军政首长。刘少奇接见他们并对汪说：你们是党领导的一个革命团体，能和国民党作这样长久的斗争，算是你的功劳，你虽没有加入我们的党，但也无愧是一个党外的布尔什维克。刘少奇还鼓励新旅把儿童团工作搞好。新旅随后决定整训一个月，学习政治和文化创作、戏剧、歌咏、舞蹈、杂技等业务。

1月25日—3月5日　刘少奇在单家港主持召开中共华中局第1次扩大会议，并做《目前形势，我党我军在华中三年工作的基本总结及今后任务》的报告。他提出今后华中的任务要同一切抗日人民加强对敌斗争，坚决粉碎敌伪"扫荡"和进攻；以群众运动为中心普遍深入地进行根据地包括文化教育在内的各项建设工作。

1月26日　盐阜区联立中学决定增办文学、戏剧、绘画、音乐等艺术专修班。《盐阜报》刊载特约记者代云写的通讯《一支儿童劲军》，详细地介绍了新安旅行团。

1月30日　刘彬、金明在中共华中局扩大会上分别作《盐阜区工作报告》《淮海区工作报告》，均谈到两地区文化建设方面的成就和经验。

2月1日　诗人辛劳写的文章《街头诗短论》，刊登在《盐阜报》的副刊《新地》上。文章提出了要使诗歌大众化必须从"街头诗"做起的理论，并对"墙头诗"的文学价值和特性及创作态度等作了探讨。

2月4日　抗大华中总分校经中共中央、中央军委批准于阜宁县境内成立，陈毅兼校长；三师抗大五分校在阜宁县郭墅等地续办，黄克诚兼校长。

上旬　盐阜区联立中学组织寒假服务团，团长为顾崇实。团内分文艺、戏剧、音乐、美术4个组，准备在春节前后赴附近农村、集镇进行文化宣传活动，推动农村群众文化工作。

中下旬　八旅二十二团于春节（15日）开始，连续10余天举行战士文艺问题研究和大演出，演出效果较好的戏剧有《徐连长之家》《人民的心》《参军去》《太阳东升》《号房子》等。

本月　阜宁县停翅港在军鲁工团同志帮助下，成立第一个以农民为主体的农村剧团——停翅港剧团，乡指导员朱铁成带头参加剧团。

3月月初　新旅在华中局扩大会议上演出舞剧《反法西斯进行曲》、话剧《帮助我们的游击队》。刘少奇、陈毅、赖传珠、邓子恢接见了他们。刘少奇要求他们做好根据地儿童工作，同时做好文艺工作。陈毅要求他们"第一步先在苏北组织10万儿童"。罗炳辉、张爱萍、陈丕显、金明、管文蔚、张劲夫等也先后看望新旅同志。

3月15日　三师鲁工团为戏剧家刘保罗逝世一周年举行纪念晚会。全体同志决心以更好的戏剧活动来继承刘保罗的遗志。

3月19日　刘少奇离开盐阜区赴延安党中央工作。

中旬　涟东县青年服务团、建阳县青年干校研究班分别为各地农救会演出文艺节目。建阳青干研究班演出《大义灭亲》《红鼻子》《傻子打游击》等戏；农民代表也表演了"打花鼓""大补缸"等民间文艺。《盐阜报》报道说青干班的演出无论演技的娴熟、导演的手法都有长足的进步。

4月4日—8日　盐阜区儿童文艺活动在纪念"四四"儿童节期间出现热潮。建阳县5区、阜宁县14个中心区、涟灌阜边区办事处都在大会或纪念活动中组织儿童文艺演出活动，或歌咏竞赛，或演戏。"前线剧社"也在苏咀为儿童们演出了《新四军万岁》的四部合唱及"儿童游戏舞"、"乌格兰舞"和《出路》、《小狮子》等独幕话剧。

上旬　陈毅在中共华中局扩大会议期间，要政治部编辑一本《新四军抗战救国先烈纪念册》，"来宣扬新四军参加抗战的业绩，宣扬先烈献身革命的牺牲精神和高尚品质，揭露国民党反动派的阴谋，扩大我党我军的影响。"

4月16日　盐阜行署文教处与青年问题研究会举办征文活动，以纪念"五四"并推动创作。征文题目是：《这样争取抗战胜利？》《"五四"运动与中国青年》《青年的责任》《盐阜的春天》等。

4月26日　陈毅为民主爱国人士韩紫石先生陷敌不屈而死作《闻韩紫翁陷敌不屈而死，诗以赞之》诗一首，盛赞韩翁"坚持晚节昭千古，誓挽狂澜励后生"。

月底　中共华中局、新四军军部决定办《华中新华报》，拟定三日刊，陈毅指定陈修良、黄源筹办。陈毅指示新旅要扩大，要分到各县去发挥在儿童工作中的作用，要提高政治理论水平和科学文化水平。

春　新四军鲁工团开展由文学组同志作词、音乐组同志谱曲的创作活动，创作出由鲁军、贺绿汀、张惠春、范政、王洛夫、陈明、张天虹等作词谱曲的新歌曲《战斗》《轻骑队》《模范战士张老三》《我们要爱护苏北》《盐阜之歌》《一条心》《读书好》《天快亮了》等，还为此专门举办一场音乐会，陈毅到会并赞赏他们的创作精神。

5月1日　《盐阜报》为阜宁县季春明先生等发起成立"民众剧团"发表消息，赞扬地方人士"对淮北小戏积极改良"的做法，认为这是"根据地各项工作蓬勃发展的反映"。《盐阜报》刊登专文《怎样组织青救会？》，认为建立青年俱乐部、歌咏队、教唱歌、组织一些晚会、开展文化活动是团结青年的手段和步骤。

5月1日—4日　为纪念"五一""五四"，阜宁县东沟举行有东沟、益林、公兴庄工人和出席县第一次工救会代表千余人参加的群众性提灯游行晚会；八旅宣传队在阜东县东坎镇演出话剧；盐阜区联立中学于驻地公演歌咏和戏剧《运河边上》；涟东县南集小学演出"大鼓说书"和《三江好》《李大姐妙计》等戏剧和秧歌舞。

5月4日　苏北文化考察团在盐阜区联立中学活动，并参加联中全体师生、射阳中学、盐阜青干班、妇干班及各县青救会代表、新旅和阜宁县各小学、驻阜宁县境各军政机关代表千余人参加的"五四"纪念运动。

5月5日　陈毅出席在阜宁县张庄召开的盐阜区各界"追悼韩紫石大会"，并赋长诗《悼韩紫翁》，同时宣读《悼韩紫石祭文》，到会士绅乔耀汉、杨幼樵、王朗山、何冰生等人也吟和。8日，《盐阜报》为此出专刊。

中旬　陈毅、洪学智和上海来的文化人及日本友人吉乐本松在阜宁陈集出席县第二届农救代表大会时，观看三师鲁工团、新安旅行团为大会演出的《胜利》《人牛太平》《云二姐》等话剧和秧歌舞。

5月19日　三师、盐阜行署、军区于24日联合颁布《战时公约》，准备反"扫荡"。《盐阜报》26日公布公约并发表短论，要求一切机关、团体立即采用口头、文字、图画、歌词等形式和利用一切机会向群众广泛宣传解释。

本月　盐阜行署公布《市、乡政府组织法》。其中第4篇第15条"（丙）教育委员会"条目下规定："组织市、乡俱乐部，进行有益于人民身体健康及抗战之娱乐……"

6月1日　阜东县士绅庞友兰、杨芷江等人与陈毅友好往来，多次以诗见惠。陈毅以七律二首《寄阜东庞杨两先生》和之，鼓励士绅们与新四军合作，团结抗战。《盐阜报》今日发表这两首诗。

5月16日　新四军三师政治部发出《关于"七一""七七"宣传周的工作》的通知，要求师、旅、团各类文艺团体、宣传队（组），在宣传周期间广泛在部队、在集市和农村组织文艺演出，出街头墙报、画报和书写张贴标语口号等文化活动。

5月21日　延安《解放日报》发表小克的文章《苏北文化教育剪影》。介绍盐城曾被人民热烈地呼作"文化城"的情况，认为1941年5月"正是苏北文化运动高涨蓬勃时期"。

本月　三师鲁工团与八路军115师战士剧社在盐阜区会师并联合演出《下关东》《小姑贤》《持枪的人》《冀东起义》《最后一颗手榴弹》等剧。

7月1日　中共华中局机关报《新华报》（又称《新华电讯》）正式创刊。陈修良、黄源为正副主编，谢冰岩任编辑兼记者，陈敏之负责发行工作。

7月11日　《盐阜报》发表阜宁县明达师范教员顾希文和陈毅的诗7首。

7月14日　知名文学家、戏剧家阿英率领全家由沪抵阜宁县停翅港新四军军部，受到陈毅等同志热烈欢迎。

中旬　名记者范长江从上海到达苏北，陈毅得知还有不少文化人要来苏北，立即布置汇款6万元，权作来苏北的旅费。

7月20日　陈毅约阿英谈文化问题，在座的有曾山、彭康。陈毅讲："吾军在文学及戏剧上反映甚弱，人才如有开展，颇想致力于此。"他还要求阿英能专事创作。

7月21日　杨芷江和陈毅《梅岭三章》诗三首在《盐阜报》发表。

7月22日　军鲁工团于阜宁县境内驻地，邀请阿英讲有关文艺问题。

7月24日　军鲁工团编剧刘茵创作4个独幕剧：《真正的病人》《鸿沟》《可爱得很》《都别学我》，并送请阿英指教。

7月—8月上旬　阜东县在新旅张早、海波、海明、李洪生的帮助和具体负责下，举办为期一个半月的县儿童团干部训练班。侧重学习歌咏、舞蹈、戏剧等儿童文艺。学习班结束时在东坎公演5天，观众空前的多。

8月1日　在陈毅倡导下，《盐阜报》开辟《弦歌脞录》专栏，选登各界人士的诗词。后出过3期，发表过陈毅《"七七"周年感怀》《寄阜东庞杨两先生》等诗和旧时诗作《寄项英兄》《元旦校阅》等9首和其他人士的诗词。

8月26日　范长江由三师师部到达军部，陈毅在华中党校接见范长江。杨帆、冯定、孙冶方、阿英在座。

附录
盐城革命文艺主要活动纪事

8月28日　陈毅对阿英、池宁讲，拟将洪泽湖作为文化人集中处，即文化根据地之意，在阜宁县也拟集中一村，地点在汪朱和停翅港之间。

本月　陈毅在华中党校参加由徐平羽、王于耕、吴强集体创作吴强执笔的话剧《丁赞亭》座谈会，对剧本的创作和演出及会上提出的意见做全面的分析、评价和中肯的批评。陈毅在座谈会前观看了演出。

9月1日　按陈毅指示，"文化村"在阜宁县停翅港附近卖饭曹成立，作为接待文化界人士和文化人活动场所。由杨帆负责，人们称他为村长。三师政治部为《先锋杂志》创刊一周年作出《关于"先锋杂志"的决定》。宣布李恩求、朱鸿分别为正副主编。在内容比例上要求"文艺习作"占百分之二十。据该刊一年（从1期到22期）来统计，共刊载文章337篇，其中文艺习作33篇、通讯50篇、木刻画33幅。

9月3日　陈毅在阿英为搜集"宋公堤"材料赴阜东县时，请阿英注意寻找《红楼梦》古本，为阅读和研究这一伟大作品提供资料。

9月24日　中秋佳节。阿英、范长江等发起在文化村举行中秋节漫谈会，邀请新四军首长共同赏月，30余人在月下畅谈华中文化运动。

下旬　阿英开始创作5幕剧《宋公堤》，还准备创作4幕剧《渡过长江》。

本月　建阳县一区高作镇成立青年话剧团，共20余人，自编自演了第一个剧本《两个失足青年》。

10月1日　黄其明在《〈农村曲〉面向农民》的剧评文章中呼吁"《农村曲》面向农民！这是观众的呼声！同时也是艺术工作者的责任"。

10月6日　陈毅在停翅港听取新旅负责人张拓、聂大鹏的工作汇报后指示：新旅不但把盐阜区还要把整个华中地区的儿童工作搞好。要他们多向住在文化村的文化人讨教文艺工作，提高艺术水准，把戏演好。

10月10日　新旅在单家港举行成立7周年纪念会。陈毅特地策马到会，提出新四军愿以消灭敌人来同新旅组织盐阜10万儿童开展竞赛。

中旬　新旅又一次分组赴阜宁、阜东、涟东、淮安、射阳、建阳几县开展儿童文艺活动。

10月22日　盐阜区首届参议会在阜宁县岔头开幕。文化教育界人士参加的有李继南、王阑西、朱蘅、曾华轩、江云青、范长江、车载、阿英、汪达之、江重言、江国栋、杨帆等。当天，由地方剧团主持文艺晚会。

10月24日　《新华社》华中电讯报道："全国文化工作者先后来华中敌后，自太平洋战争爆发后，港沪文化人更接踵而至。"电讯列举知名者有薛暮桥、骆耕漠、钱俊瑞、范长江、夏征农、黄源、李一氓、阿英、孙冶方、贺

217

绿汀、吕振羽等29人。

10月25日　钱俊瑞从前方巡视后回军部，对阿英谈及艺术教育发展之于部队，艺术教育发展得好，部队战力就强，反之，则弱。认为物质生活既苦，若无精神鼓励，足以影响战斗意志。他主张艺术人才得到整训，以适应部队文艺开展之要求。

10月26日　盐阜区参议会讨论提案，文教组讨论提出12条。军部中午设宴招待盐阜区参议员，间杂余兴，有"嘟嘟"等各种形式，陈毅用法语唱了《马赛曲》。反映了参议会的团结、民主、平等、融洽的政治气氛。

10月27日　陈毅与黄源、范长江、阿英、彭康等人同访庞友兰、杨芷江，漫谈开展盐阜区诗文活动，商讨成立诗文社问题。推定杨芷江、阿英等起草"缘起"。

10月29日　阿英辑录成《海啸诗钞》一卷，共用去3个月时间。

本月　三师鲁工团主编的《先锋文艺》创刊，刊有《青运历史》《百禄沟战斗》连环木刻和鼓词《长征记》，还有历史故事、五分钟剧本、战士的画和诗词等，图文并茂。

秋　盐阜区党委成立盐阜文工团，团长邓野，戏剧导演方偟，音乐指导孙琳。凡一、朱茵分任一队队长、指导员。该团提出"戏剧面向农村"的口号，准备对淮戏作研究和实验。盐阜行署公布《中学暂行规程》《小学暂行规程》。规定中学为培养抗建人才应进行各种训练，其中"陶冶艺术兴趣"、进行艺术训练是6项训练内容之一；明确把戏剧表演、舞蹈、图画、木刻、唱歌、歌咏指挥、简明乐理之研究、普通乐器之训练列入小学课程要求。

11月1日　陈毅约阿英、李亚农、白桃、王阑西、杨帆及庞友兰、杨芷江、唐碧澄、乔耀汉、计雨亭、杨幼樵等人继续商谈成立诗文社之事。当即讨论定名为"湖海艺文社"，并通过《缘起》。签订的发起人有陈毅、彭康、李亚农、庞友兰、杨芷江、计雨亭、范长江、薛暮桥、李一氓、阿英、杨帆等22人，拟邀入社的有宋泽夫等42人。至此，陈毅发起和组织的抗日文化统一战线形式的"湖海艺文社"正式成立。

11月3日　"湖海文艺社"拟就临时公约，计有6条。

11月7日—10日　为纪念苏联十月革命节，三师举办"文化展览会"于7日开幕。展览会以图片、资料展示苏联社会主义建设和三师各部队军事、政治、文化等方面的成就；同时举行所属部队军事大检阅，并调部队各个剧团进行文艺演出；华中党校于停翅港公演3场《罪与罚》话剧，军鲁工团同台演唱《船夫曲》《青年曲》；戏曲艺人在阜宁条龙庄演出平剧《金殿装疯》

《贵妃醉酒》和淮剧《活捉张三郎》等。

11月12日　阿英在军鲁工团讲《中国戏剧运动史》。文化杂志编委会于停翅港成立并召开首次会议。编委会由钱俊瑞、杨帆、黄源、胡考、贺绿汀、范长江、阿英等7人组成。黄源、阿英、杨帆为常委,黄源总负责。钱毅为助理编辑。杂志讨论定名为《新文化》。

11月13日　王阑西、阿英、林山等人研究,拟将《大众知识》扩大改名为《新知识》,每期5万字。《新文化》专谈文化,每期8万字。

11月14日　盐阜、淮海实行党政军一元化领导,成立苏北区党委会,黄克诚任书记。盐阜区党委改为地委。张爱萍任盐阜地委书记。民间戏班为阜宁县陈集集市贸易,由原来十日三集改为四集而演戏8天"以资扩展"。主要节目有平剧《水淹七军》、淮剧《孟丽君》。

11月16日　钱俊瑞、阿英等在军政治部商讨召开戏剧座谈会及组织军直属业余团问题,又议定办《连队艺术》,以推动全军文艺创作。

11月18日　陈毅新作诗《沈张诸君赴延安》七律4首在《盐阜报》发表。

11月20日　陈毅为"湖海艺文社"写了《湖海诗社开征引》长诗,热情地鼓励文化界人士和士绅名流在抗日统一战线中以诗文为武器,投入抗日斗争。

本月　林山作10首墙头诗发表在《大众知识》第7期上,师鲁工团为诗配画,于是林山又发起组织"墙头诗画社",出版了《墙头诗画集》,其中集诗28首,画6幅。

12月上旬　陈毅慰问"江淮印钞厂"职工。陪同的有黄克诚、张爱萍、贺绿汀等。在联欢会上,贺绿汀以小提琴演奏《四季歌》《1942年前奏曲》等歌曲。

12月10日　盐阜区文化知识界名流、民主爱国人士宋泽夫先生逝世。宋因以散文、小品文形式对蒋政府的对外媚颜,对内残酷镇压人民,丢掉总理遗训投以标枪。笔锋指处,嬉笑怒骂,字字见血而被陈毅誉为"苏北的鲁迅"。

12月11日　在文化村的黄源、胡考、贺绿汀、池宁、铁璎、阿英等人因日伪准备"扫荡"盐阜,奉军部命转移到阜东县。

下旬　邹韬奋先生抵阜宁县许河庄,受到黄克诚师长的欢迎并接受《盐阜报》记者采访。他盛赞苏北人民团结抗战和共产党对抗日统一战线的忠诚及"三三制"政权的建设。军部和师部为对付日伪第2次"扫荡",将非作战部队的军、师鲁工团解散，除少数同志留军、师部外，其余分别到地方、部队和去延安以及回上海、大后方等地，以保存文化力量。华中局26日、28日急电胡考、黄源、贺绿汀、阿英回华中局随军部转移。后仅黄源赶到，与范长江等随军行。阿英则复电陈毅及曾山："情况严谨，妻病子幼，难兼程到达随行，拟暂留，稍缓再踪至"，仍留阜东县。"新华社""苏北文协"等组织解体。杨帆留在三师，料理文化人事务。

年底　盐阜文工团停办，留下凡一、史秉直、王东凡、雪飞4人组成淮戏研究小组，研究淮戏的利用和改革和组织农村剧团问题。但只工作月余也因日伪"扫荡"而结束。

月底　何士德奉调去延安鲁迅艺术学院任教离开苏北。

1943年

1月4日—6日　因形势紧张，黄克诚同杨帆等人商议决定将尚在盐阜区的文化人转移到阜东县海边八大家一带，6日起行。他们是芦芒、林山、沈柔坚、阿英、铁璎、贺绿汀等。

1月10日　新四军军部和华中局机关已由盐阜区转移抵达淮南路东抗日民主根据地的盱眙县黄花塘村。

阜东县八大家华成公司开音乐会，欢迎贺绿汀和音乐工作者张天虹。

上旬　在淮安县钦工区召开的区文教会议上，教师们自动组织文艺宣传队，在街头演出抗日戏剧和书写抗日标语和漫画。

1月23日　涟东县冬学委员会给各级教师和冬学委员会写信，要求在春节广泛开展文化娱乐活动。

2月8日　《盐阜报》简讯："射阳县吴滩区青救会组织一青年剧团，计有团员13人。曾在蛤蜊港演出《办公粮》《两个窟窿》等戏，群众甚为欢迎。"

上旬　在反"扫荡"紧张时刻，阿英儿子钱毅、钱小惠在三师基层连队积极组织战士歌咏队、戏剧组排演节目，配合反"扫荡"。

3月11日　《盐阜报》"墙头诗专页"发表墙头诗14首。并著文号召大家来写墙头诗。

中旬　邹韬奋、贺绿汀离开盐阜区转移至三分区并去上海。

3月26日　张爱萍指挥八旅部队全歼阜宁陈集日伪军。战后，张爱萍赋七律诗《陈集歼灭战》。

本月　盐阜诗歌工作者为配合反"打荡"，印发一本《战士公约》，配以

10 首墙头诗和 10 幅画。

4月8日　黄克诚、阿英看到伪上海《新中国报》副刊《文艺报道》栏内有关阿英的一则消息："魏如晦尚在人间：'某报前曾一度揭载戏剧家魏如晦（阿英）在苏北被地痞杀害消息，各小报并有专文表示悼念。现闻魏君并未被害，已由苏北转到内地'。"该报三月号杂志广告中亦有王易庵以《忆阿英》为题的悼念文章。黄克诚与阿英阅后，相视大笑。

4月21日　盐阜区青年救国会筹委会决定举办盐阜区青年干部训练班。要求训练活动中文化娱乐占百分之三十。该班于月底正式开学。

4月25日　《盐阜大众》创刊，社长由王阚西兼，主编为赵平生。

4月27日　阿英、张仲惠、钱毅与海边老人漫谈，收集海边风俗、谣谚、神话等民间文学资料，作为研究民间文学和创作大众文艺的参考。

下旬　新旅范政编写成《中国孩子可怕》剧本，又参加集体创作，以八滩战斗为题材写成剧本《血战银八滩》。

本月　陈毅为《儿童生活》特刊题词，"抗战事业应该让儿童参加，新四军愿意做儿童的良友。"《盐阜报》社编辑出版《文选》两册：一册都是《解放日报》社论，内有《今后文艺动向》一篇，记延安文艺整风经过，主张作家应参加实际工作；另一册有《新文艺动向》等文章，为苏北文化工作者提供学习毛泽东文艺思想资料。

5月15日　在反"扫荡"时停刊的《先锋杂志》复刊。

中旬至下旬　涟东县一区在13日至19日共组20个剧团和文艺宣传队，演唱15首歌曲和40个戏。社会知名人士厉竹轩、张惠民二先生参加编剧和担任演员。各级公私小学也组织儿童剧团、演唱队；下旬，又组织一个妇女宣传队，使每个乡都有文艺演出活动。

5月29日　陈毅由淮南黄花塘写信给在盐阜区的阿英云："黄师长来，略悉近况，颇慰。前伪方反宣传，闻之焦虑万分。后电询无恙，复大喜……近来剧作多少，愿让我先睹否？"

6月23日　《大众知识》编委会举行会议，杨帆、车载、阿英、王阚西、黄则民、孙克定、李太、张雁、沈柔坚等10余人出席。正式决定将《大众知识》更名为《新知识》，以地方知识青年为主要对象。推定阿英、车载、王阚西、白桃、艾寒松、赵平生、孙克定、华应申、沈柔坚组成新的编委会，阿英，车载、王阚西为常委，钱毅为助理编辑。

6月27日　《盐阜报》副刊《新地》复刊。复刊第1期全文刊载陈毅的《湖海诗社开征引》长诗，还有车载的诗《偶感》、阿田的《夜渡三汊口》通讯、阿英的《唐朝盗墓的故事》等。

6月28日　阿英写信给陈毅，汇报《新知识》筹办情况及"艺文社"之事，并告知已得军长诗20首并抄辑成，托杨帆转去，请军长校补。

本月　新旅曾集中10天创作成独幕剧4个、杂耍4个，新型诗歌10余首；出版《6月新歌》1册和复刊《儿童生活》；为配合当前任务，每隔一日于驻地演出一次，赶集宣传一次。在阜东县八区12日全区民兵检阅会上，为民兵演出了《马上就藏》《亲家吵应》等戏。充分显示了当代儿童的战斗风貌。

7月5日　陈毅对出版《新知识》特致书阿英、车载、王阑西："我建议，《新知识》应以顾及中上层社会为度，且应成为活泼生动的综合杂志。"

7月6日　阿英在《日记》中记下他翻阅的刊物，杂志有《江淮》《江淮文化》《江淮艺术》《抗剧》《青年记者》《国际知识》《抗大园地》《青年生活》《大众科学》《大众卫生》《大众知识》《新儿童》等，还有《木刻选集》等文艺书籍。这些反映苏北出版事业的繁荣。

7月7日　陈毅为《新四军抗战殉国先烈纪念册》写了《本军抗战阵亡将校题名录书端》，对丘东平、许晴等作了高度评价。

本月　中共盐城县委号召各群众团体利用夏季乘凉时间，普遍开展乘凉讲座活动。不久，全县有74个乡490个村搞起乘凉讲座，1900余人参加活动，听演讲、学唱歌、学文化、讨论时事，气氛十分热烈。

阜宁县文工团经3个多月筹备宣布成立，并开展活动。首任团长为陈亚夫。他们演出的第一个节目是自编的话剧《片甲不留》，不为农民群众所欢迎，由此促使他们开始对淮戏的研究和利用。

阜宁县发动创作了《十里不同天》《睁眼瞎子》《活地狱》《一颗丹心》《汉奸下场》《当兵把仇报》等大小剧本、杂耍113个，供学校、农村剧团使用。

8月1日　张爱萍在八旅、军分区纪念"八一"节活动分子大会上要求部队加强连队文化娱乐工作，提倡组织战士演戏。

8月10日　黄克诚指示："《新知识》的方向应该是以反法西斯与实行民主为政治方向。"张爱萍和盐阜地委副书记刘彬也要求《新知识》内容要充实。

上旬　阜宁县文教科长黄其明以党在农村推行的"减租减息"为题材创作了大型现代淮剧《照减不误》由阜宁文工团排练并在停翅港首场演出成功。该剧是苏北文艺界利用"旧瓶装新酒"改造淮戏的成功尝试，得到师部、苏北区党委、盐阜地委、阜宁县委领导和广大观众的充分肯定。黄克诚特奖给黄其明金笔1支，师政治部赠给文工团1套幕布和部分道具。该戏以后在盐阜区各地普遍排演，有力地推动了减租减息。

8月15日 盐城县文工团成立。主要从县青年干训班挑选有文艺爱好的学员组成。

8月24日—9月1日 阜宁县在初等教育会议上布置各区要普遍组织民间艺人，创建农村剧团。阜宁文工团参加会议并负责文艺培训；会上，县委印发《怎样组织农村剧团？》《秧歌舞的运用和改造》《我们怎样组织俱乐部》3种材料供在农村组织农村剧团，开展农村文艺运动学习和参考。

本月 八旅文工队成立。队长为李军，副队长为袁士达，指导员为孔凡大（后为吕若曾）。成立后立即赶排《人牛太平》在旅召开的特等射手竞赛大会上进行首次演出。

盐阜行署文教处编印《参军记》唱本一册，供各地演唱用。

儿童出版社编印的《儿童文娱》创刊，内刊戏剧、杂耍、歌曲等。

9月1日 《先锋杂志》决定增编《文娱附刊》，目的是"为适应部队需要，开展文化娱乐工作"。《文娱附刊》采用"活页印出"，每期随《先锋杂志》附发。

9月10日 《军事建设》第1卷第3期刊载新四军政治部《关于部队文艺工作的指示》，对部队文艺工作的态度、方针、方法等做了明确具体的指示。

9月11日 盐阜区第3次文教会议结束。会议决定以开展群众教育为中心任务。会后，组织农村剧团、开展群众文艺活动特别是戏剧活动等群众教育工作，便在全区更广泛地开展起来。

9月15日 《盐阜报》专题报道阜宁文工团成立1个多月已演出15场戏，"是在民族化、大众化的正确方向下，以淮戏为主，在音乐上以盐阜小调为主，得到普遍好评"。还报道："盐城县文工团迄今已有团员17人，先后在尚庄、常熟庄等地演出《红鼻子》《运河边上》等剧，技术纯熟，获得各界好评。"

9月25日 新四军盐阜抗日阵亡将士纪念塔落成典礼暨追悼彭雄参谋长、田守尧旅长、徐岫青参议员大会在阜宁芦蒲举行。会后，八旅文工队、新安旅行团、阜宁文工团分别演出古装历史话剧《李秀成之死》、秧歌剧《保卫陕甘宁》、淮剧《照减不误》。黄克诚、张爱萍、洪学智、曹荻秋、计雨亭、刘彬、王冀英、杨幼樵、邹鲁山、李济南、七旅彭明治旅长、八旅李雪山副政委及师、旅直属部队、机关、群众5 000余人参加会议并观看演出。

9月30日　刘彬在八旅文工队、新安旅行团、阜宁文工团联席座谈会上作了《当前艺术工作方向问题》的报告。

本月　曹荻秋在建阳县委扩大会讲话中要求县委和与会同志重视文艺工作。他形象化地说："唱一个小调，抵一个报告。"

10月2日　《新知识》出版，创刊号为1、2期合刊。

10月19日　延安《解放日报》发表毛泽东《在延安文艺座谈会上的讲话》全文。《盐阜报》《淮海报》随后转载了该文。苏北文化界广泛组织学习。

本月　涟东县文工团、盐东县文工团成立，盐东县县长魏心一、秘书唐小石出席盐东县文工团成立会议。

淮安县文工团初步筹划成立。贺均为团长，王洛夫为指导员兼音乐教员。

秋　新四军八旅文工队排演了话剧《宁死不屈》。该剧主要描写新四军一名政工干部被俘后遭残酷拷打，坚贞不屈的光辉形象。

淮安县成立音乐协会。县中教师金乐英为主任。协会会员主要是各学校的音乐教师。

11月1日　《新知识》3、4期合刊出版。刊有白桃的《为开展盐阜区群众教育而努力》文章。其中谈到"大众化"问题时说："我们过去的文化确是小众的文化，不是大众的文化。现在要把文化下嫁给工农。……正确的办法是到群众中去"。

11月7日　《盐阜报》报道阜宁县五区教师以"三请孔明"的精神组织民间艺人成立7个乡农村剧团，先后演出《参军》《民选乡长》《括地狱》《汪精卫大乌龟》等文艺节目17场次。此外，该区还组织4个儿童剧团（队），26个农村俱乐部；汪朱、海口、官路乡还排演秧歌剧《活地狱》《打倒汉奸吴开先》《参军献枪》等。全区共组织1次秧歌竞赛。《盐阜报》还发表短评《组织并教育民间艺人》，赞扬和肯定五区组织民间艺人成立起农村剧团是个奇迹，这是比鲁工团更有力的队伍。

11月25日　陈毅离开黄花塘军部赴延安，并赋诗一首，为《赴延安留别华中诸同志》。

本月　三师、苏北军区政治部以《党的文艺政策》为书名印发毛泽东《在延安文艺座谈会上的讲话》，并附有中央总学委《通知》，中央宣传部1943年11月7日《关于执行党的政策的决定》。阜宁县各师训练班以3天时间进行艺术培训，学习扭秧歌舞和淮剧几个主要曲调，并以中队为单位进行演出比赛，为农村剧团的兴起又培养一批骨干。阜东县文工团成立，团长为李珏林，指导员为李拖。

12月5日　延安《解放日报》报道阜宁县文工团两个多月演新淮戏《照减不误》《绝头路》21场次，观众2万余人，为群众所欢迎。对利用和改造淮戏旧形式为抗战服务给以充分的肯定。

上旬　建阳县文工团成立，文教科长孙兰兼任团长。

12月17日　阿英汇编成《党的文艺政策参考资料》一书，内集陈云的《党的文艺工作者两个倾向问题》、凯丰的《党的文艺工作者下乡问题》、周扬的《艺术教育改造问题》等文。

本月　八旅政治部编印《新年文娱》一册下发基层，供春节文艺活动用。

盐城县文教科集中各区有文艺才能的教师于尚庄，由文工团教练秧歌舞。之后，全县出现男女老少学扭秧歌舞热潮。

《真理》杂志11期刊载《盐阜区关于开展冬学运动的经验》一文。文章把每周应有"一次文化娱乐会"，课程应包括音乐，要在各机关团体、工厂、商店、作坊内建立俱乐部、演讲室，在壁上、树上写满冬学标语、诗歌及文章等作为成功的经验。

下半年《盐阜大众》发动全区工农兵开展以群众诗歌为主的写作竞赛，并辟《墙头诗专页》陆续刊载一批墙头诗。《盐阜大众》出版发行长篇大鼓词《劳动模范王福祥》。盐阜出版社编辑出版《大众戏剧丛书》专册，内有黄其明新作的淮戏《生死同心》。盐阜区公布《小学校抗建活动办法》，规定在校内可组织文化娱乐活动，办俱乐部、组织歌咏、儿童剧团，在校外可出版壁报，组织宣传队、娱乐会或开放俱乐部作为附近民众文化娱乐场所。

1944年

1月1日　黄克诚为《盐阜报》元旦题词，"动员与组织根据地一切力量，为碎敌伪扫荡、蚕食，反攻敌人，是今年党政军民的光荣任务，也是报纸的宣传方针。"张爱萍也题词："庆祝元旦，坚决保护抗日民主根据地。"曹荻秋在《盐阜报特刊》发表的《回顾过去，展望将来——为迎接1944年而作》一文中，讲到1944年任务时提出"必须将我们的注意力转向农村，发展农村文化，更广泛地组织农村剧团、农村俱乐部及其他农村文化活动，提高农民的民主知识和文化水平……"黄其明创作的新淮剧《照减不误》在盐阜区刊印出版。白桃为该书写了序言，对淮剧的发掘利用并为抗战服务作了理论上的论述。

1月1日—2日　为庆祝元旦，部队和地方纷纷组织文艺演出活动。三师兼苏北军区、八旅二十四团分别于驻地举行各为时两天的同乐大会，演出的单位和节目是：阜宁文工团的淮剧《照减不误》《绝头路》《王大进冬学》，八旅文工队的话剧《丁赞亭》，阜宁县中的《怪那个》，战士演出队的歌剧《参军》，师直演出队的平剧《回头是岸》，师卫生队的歌剧《妇女解放之路》，淮安休养所的民间艺术"踩高跷""跑龙船"。二十四团战士剧团演出的多是战士创作的戏剧、杂耍节目。黄克诚、张爱萍等领导人出席了师的同乐大会。阜宁县纷纷组织农村剧团到处演出《照减不误》等新淮戏，4区还举行23个单位千余人参加儿童团唱歌、秧歌舞大检阅。

月初　阜宁县委、县政府在陈集举办为期5天的文艺骨干训练班，传授新淮戏《照减不误》《绝头路》《王大进冬学》排练的技巧，为春节在农村普遍公演做准备。

1月6日　盐阜行署发出指示，要求各地动员所有文工团、农村剧团、俱乐部、中学生剧团、小学儿童剧团、秧歌舞队及一切民间艺术如戏剧班子、泗阳戏班、说书人、卖唱者，广泛排练文艺节目，如话剧、淮剧、杂耍、秧歌舞、唱词等，在春节拥军优抗月期间"深入到各部队、各村、各社、各舍进行演出"。

1月10日—11日　阜宁县第五区连续两天组织15个乡的农村剧团进行演剧竞赛，共演出12个淮剧。其中7个属自编自演。以此推动本区农村戏剧运动，并提高其质量。

1月19日　阿英用20天时间培训阜东文工团，培训结束。培训期间，他为文工团讲授戏剧知识，联系实际排导淮剧《照减不误》《参军记》和淮海戏《小板凳》，并对《照减不误》做某些修改。阜宁第四区已组织12个农村剧团，还有4个乡正在组织，并且秧歌舞已风行。《盐阜报》为此报道该区农村文艺活动发展快是由于干部亲自组织和参加，文化统一战线工作做得好，连士绅们也积极参加。

1月21日　涟东县冬学委员会在召开的冬学工作会议上布置旧历年后复课时要在农村普遍组织农村剧团。

1月26日　八旅兼盐阜军分区于驻地欢度春节时举行拥政爱民誓师大会。战士们演出自己创作的淮剧《拥政爱民》、小调剧《道歉》、秧歌剧《维持会长》等，张爱萍与指战员和地方干群1 000余人观看演出。

1月30日　黄克诚致信阿英，请他南来师部，主持文艺座谈会，并帮助各县文工团整训。

本月滨海县文工团成立。刘明、黄丕分别为正副团长，唐芳为指导员。

附录
盐城革命文艺主要活动纪事

2月2日　盐阜行署发出《为改进本地区中等教育给学校指示信》。强调"重视抗建教育，充实抗建活动"是"构成整个课程的一部分"。它包含组织学生时事研究会、文学研究会等各种学术研究会，组织宣传队、演讲、写标语、演剧等进行社会活动，举办演说、体育、唱歌、演戏、墙报等各种竞赛，除个人比赛外，班与班、校与校之间均可发动竞赛。

2月9日　《盐阜报》报道："阜宁文工团近排黄其明作巨型新编淮剧《路遥知马力》，定于旧历正月15日（元宵节）于益林演出，近已出售荣誉入场券，最高为500元。此项收入为优抗所用，闻各界人士在踊跃购买中。"

上旬　《新知识》杂志决定将刊物覆盖面扩大到全苏北，适当增加淮海区材料。

下旬　黄克诚再次写信给阿英，请阿英速来师部，讨论组织文化协会等问题。章枚创作剧本《参军路上》。涟东县文工团举办农村剧团训练班。从各区调一最好剧团和部分地方艺人，采取晚间轮流到各集镇演出，白天联系实际议论的办法以提高艺术表演水平。

3月1日　盐阜区教育界人士座谈会上，把"进行文娱活动"作为解决中等学校"教学做合一"的措施之一。

3月6日　陈毅诗《大柳巷春游》、李一氓诗《陌上花》、车载《杂诗》等诗作及《艺术教育的改造问题》等6篇党的文艺政策参考资料在今日出版的第5期《新知识》上发表。

3月10日　章枚发明制造了"C调标准笛"。盐阜行署决定拨款制造分发各部门以资提倡。《盐阜报》今天为此作报道，鼓励文艺工作者在艺术方面的创造。《盐阜报》发表《怎样巩固新战士》专题文章，介绍部队开展文娱工作是巩固新战士的经验之一。

下旬　盐东县政府印发唐小石创作的淮剧《模范父亲》，新旅油印《参军短剧》一册，内收章枚的《参军路上》、彭彬的《欢送新兵》、韩风的《二妈笑了》、张渔的《王大才》等剧作。

本月　射阳县文工团成立。至此，盐阜区各县都成立了专业文工团，总人数有300余人。

4月2日　曾获秋为成立盐阜区文协之事给白桃、阿英等人写信。白桃、阿英与艾寒松等人商讨具体实施意见。

4月10日—16日　华成公司剧团请阿英、钱毅导演排练淮戏《劝懒汉》、评剧《新小放牛》、秧歌剧《增加生产》，并于16日在公司职工会成立大会上演出。同时演出的还有鲍圩剧团演的淮戏《光荣家庭》和《戏迷传》。

上旬　新旅编辑出版《儿童戏剧、秧歌舞集》一书。

中旬　涟水县政府聘请新旅同志举办有160人参加的儿童干部训练班，教练秧歌舞，接着又办170个小学教师参加的"儿童工作研究会"，研究怎样开展秧歌运动。

4月22日　阿英为《盐阜大众》周年纪念号写一短文《关于〈文化娱乐版〉》，建议报纸增辟"大众文化娱乐版"，提供戏剧音乐、绘画、舞蹈等方面材料，介绍一些艺术理论和创作方法，以满足大众文艺普遍发展的迫切需要。

4月23日—30日　阿英写成《新戏迷传》，其中有《新打渔杀家》《新打鼓骂曹》和《草桥关》。

本月　盐阜行署召开的第7次教育行政会议通过的《决定》中要求每个学校组织剧团、出版墙报，在群众中开展文艺宣传活动。延安《解放日报》30日对此作了报道。章枚到盐阜师范主持该校音乐班的教学工作。该班既学音乐，又学戏剧舞蹈等课程。学员有李汉飞、吴岫民、唐和、江元宜等。黄其明搜集到农村剧团和学校创作的剧本《花子拾金》《沉船杀敌》等20多种。钱毅作秧歌剧《打堆防啸》、毛清醒作淮剧《"扫荡"尹家桥》、方程作《怎样组织农村剧团》、常工作《关于戏剧运动诸倾向》等文，探讨农村戏剧运动。

春　三师和苏北党委指示新旅在苏北广泛开展秧歌舞运动。新旅随后分组至各地活动。《盐阜大众》为配合推广秧歌舞，以一定的版面介绍和宣传秧歌舞，还刊登秧歌舞短剧。

5月10日　阿英在所作的《关于盐阜区的儿童戏剧问题》的文章中，批评当前儿童戏剧工作"把儿童当成人看"，排演"陈腐的""旧式的"节目，"妨碍他们身心健康发展"，主张"发掘、创作更新的形式，如话剧、童活剧、歌剧……"。

5月5日　盐阜区儿童团总团部筹委会给各县文教科长、文教区员、教师、小朋友们发出公开信，要求帮助和健全儿童团组织，成立儿童剧团或秧歌队、宣传队，开展各种竞赛活动，特别是儿童文艺大竞赛。《儿童生活》出增刊，板湖三友书店、益林新华书店、黄营青年书店为代售处。

5月12日　阿英写成《敌后演剧》四讲，总结了敌后根据地戏剧运动的经验。

5月16日　《盐阜报》转载艾思奇的文章《前方文艺运动的新范例》并加上编者的话：无产阶级的文艺工作者"必须把自己阶级的英雄放在作品主人翁的地位，……描写他们的英雄事业，以具体的形象的用工农大众所能了解接受的语言、文学、艺术的传达表现出来"。

5月28日　《盐阜报》转载周扬文章《表现新的群众的时代》。文章赞扬和肯定群众性秧歌艺术形式"是新文艺运功中的一支生力军"。

下旬　新旅张早、徐莎在淮安县教文工团扭秧歌舞，文工团同志学会后组织小组分头去各区传授。淮安县文教科还举办部分中小学教师参加的秧歌舞培训班。

本月　陈港战斗胜利结束时，阜东文工团至陈港为作战部队慰问演出淮剧《得见天日》《阴阳界》；新旅张拓以张爱萍副师长指挥的这次战斗为题材创作成大型秧歌剧《雨过天晴》，并由新旅排练，在苏北区党委干部会上首场演出，此后，多次到部队、学校、农村公演，观众达8万余人。《苏联的军事宣传和我们的军事宣传》一书，由新华社苏北支社编辑、三师政治部出版发行。刘白羽等集体创作的《海上遭遇》、金夷作的《爆炸英雄李勇》等报告文学和通讯也辑入书中。阜东县在新旅陈明等帮助下，于前岸集中小学教师300余人和联二中20名师生举办为期20天的秧歌舞研究会，专门学习和研究推广秧歌舞问题。《儿童文媒集》第1集出版，辑有秧歌舞剧、话剧、歌曲等15篇文艺作品。左林作《三百个教师扭秧歌》、张拓作《遍田遍野扭秧歌》，热情赞扬秧歌舞运动。

6月7日　盐阜行署文教处召开座谈会，检查过去国民教育、群众教育、艺术活动等工作，一致认为本区文化教育已逐渐由发展阶段进入巩固与充实阶段，需要有一个新的转变。

6月18日　《盐阜报》刊载中共中央宣传部、总政治部6月7日的《通知》。《通知》要求各级党委、各级政治部立即翻印郭沫若著的《甲申三百年祭》一文和苏联高涅楚克著的剧本《前线》发给干部学习讨论，有条件的组织《前线》上演。《盐阜报》还同时转载苏联《真理报》《消息报》《少共真理报》联合发表的文章《斯大林文艺奖金获奖剧本高涅楚克的〈前线〉》。

本月　淮安县文工团应苏中邀请，在宝应县泾口林溪召开的苏中区文教大会和抗大分校学员毕业典礼上演出《照减不误》和民间歌舞。粟裕、管文蔚、俞铭璜等观看演出。一师政治部主任钟期光向文工团赠送一批书籍以答谢。淮安县在大杜庄召开全县各乡乡长、指导员、民兵中队长、财粮员以上干部800余人的大会上，调24个乡农村剧团每晚轮流演出，借以对全县农村戏剧运动进行检查和促进。《先锋杂志》的《文娱附刊》因编辑人员参加整风学习而暂停出版。

7月7日　华中文化界邹韬奋、范长江、钱俊瑞、阿英、白桃、艾寒松、王阑西、陈农菲、张劲夫、林淡秋、梅雨、于毅夫、孙冶方、李仲融、刘季平、包子静、黄源联名致电"敌占区文化参观团",希望他们把根据地的真实情况报道给全世界。电文还生动地介绍华中敌后新文化情况。为纪念抗战七周年,三师兼苏北军区、八旅兼盐阜军分区、盐阜行署、二十二团、盐阜师范等单位都分别举行会议并组织文艺演出。节目有京剧《秦琼卖马》《群英会》,话剧《锁着的箱子》《黑乌鸦》,秧歌舞剧《生产线上》等等。

7月16日　盐阜区文教会议总结3年来工作时指出"农村剧团的普遍成立,不但活跃了农村,而且已逐步改移风尚了"。

月底　经阿英提议,黄克诚同意胡考主编的《苏北画报》由三师政治部出版发行。

本月　张爱萍指示八旅文工队排演苏联名剧《前线》,并请阿英导演。建阳县高作区举行全区13个乡镇260余人参加的农村剧团文艺会演。建阳文工团领导人吕冈之、吴纯一率领10余名团员临场指导。

夏　盐阜师范增设文艺专修班,注意培养教师文艺才干。

8月1日　在盐阜区独立团成立大会上,建阳县文工团演出《刀痕记》《夜摸营》《住房子》《云二姐》;高作镇青年剧团演出《鱼水军民》;峰北乡农村剧团演出《一把刺刀》;一区业余剧团演出《红鼻子参军》;阜宁县公兴剧团演出《三娘教子》。

8月4日　《盐阜大众》副刊《文化娱乐版》创刊,每周1期,随报附发。创刊号刊有阿英撰写的《编剧漫谈》、方徨的《农村剧团演剧故事》、张拓的《秧歌舞讲话》等文章和《新小放牛》等文艺作品。"旅延安记者团"(即敌占区文化参观团)电复华中文化界邹韬奋、范长江、阿英等人,讲他们在解放区所见"特别受感动",但"抱歉得很","没有时间去拜访我们希望去的各个抗日民主根据地",希望后来人能做到,"并且将我们反对共同敌人日本军阀主义的光辉工作报道全世界"。签名为福尔曼、斯坦因、武道、爱卜斯坦、普金科。

8月5日　《盐阜区学校教育发展概况》一文在《盐阜报》发表。该文热情介绍盐阜区"小学生人人会跳秧歌舞,活跃了整个农村",有些敌伪区小朋友和伪军间也扭起来了。"每个乡都成立了文教委员会""靠近1万人,是一支群众性的文化生力军来协助政府发展文教事业"。

8月25日　阿英的文章《我们从高涅楚克〈前线〉的创作手法上学习些什么?》在《盐阜报》发表。

8月27日　新旅、三师中级干部轮训队、八旅文工队在三师兼苏北军区召开的慰问被救美国飞行员的大会上演出舞蹈和京剧《忠义图》等剧。张爱萍、曹荻秋、洪学智等参加慰问并陪同观看演出。

9月1日　新华社华中分社发布《华中新闻事业概观》、阿英的《〈华中新闻事业概观〉续录》，介绍华中出版的报刊情况。

9月26日　涟水县成立文化协会。有11人组成委员会，王雨洛为主任。协会对书籍编辑出版、艺人训练和改造、农民识字等问题进行讨论并作出决策。

9月28日　盐阜地委集中各县文工团于阜宁县三庄马开始进行为期两个月的集训。主要学习毛泽东《在延安文艺座谈会上的讲话》；报告工作，交流经验，对农村戏剧运动进行初步总结；学习戏剧、音乐知识，提高艺术水平，布置今后文艺活动。

10月18日　曹荻秋在东益市临时政府成立会议上讲话，强调文化事业建设。如成立市医院，办职业学校，建立大众娱乐场、运动场等。

10月19日　《盐阜报》出《纪念鲁迅逝世8周年、追悼邹韬奋先生逝世》特刊。刊有王阑西、艾寒松、胡考、骆耕漠、白桃、孙兰、车载7人的纪念或悼念文章。王阑西在文章中号召"广大文化工作者 团结起来，继续推行新文化的普及运动，广泛组织农村剧团，培养工农通讯员，把文艺交还给大众"，"来担负起他们留给我们的责任"。

10月25日　盐阜区成立文化界追悼邹韬奋先生大会筹备处并发表启事说："文化先进战士邹韬奋先生的逝世不仅是民族的损失，实亦文化界的巨大损失。而先生曾一度来苏北，到达盐阜区，先生的逝世，尤为我文化界同人的悲悼。"参加筹备处的有《盐阜报》社、《新知识》社、新安旅行团、文工团集训队、苏北通讯社、湖海艺文社等10个单位。

秋　盐阜区8所中学在阜宁县孔司阴举行演讲、田径、文艺演出竞赛。建阳县海南中学获演剧第1名。阜宁县14所小学儿童剧团在瓦屋许举行戏剧演出竞赛。600余名儿童参加，曹庄小学儿童剧团获一等奖。淮安县实验小学学生剧团配合参军运动，赶排《参军去》《当民兵去》等剧在龚营、顺河集、菱陵等地流动演出。师生们还帮助龚营乡、北季乡成立农村剧团并开展演出活动。

11月9日　涟东县李坪剧团把生产和演戏结合起来，戏演得最多，工作开展顺利。《盐阜报》发表《李坪剧团换工小组》的文章，介绍他们的经验。

11月11日　盐阜区举行"追悼邹韬奋先生大会"，到会有行署、地委、各县县政府以及各文化团体、报纸杂志社、各中等学校20多个单位500余名代表。黄克诚书写挽联："倡民主以始，信民主以终，是民主战士；为大众而生，为大众而死，真大众先生。"盐阜地委的挽联是"五十年斗士生活，艰危忧患，迫害重重，敢怒敢言，争取民主，堪称为文化巨子；千万里故国山河，破碎支离，衷怀耿耿，不移不屈，惓念同胞，无愧做共产党员"。追悼会由曹荻秋主持，艾塞松报告邹韬奋生平，王阑西接着讲话，指出"只有把文化工作者组织起来，才能把邹先生的精神散布到工农大众中去"。

11月12日　张爱萍派八旅文工队长至阿英处，请阿英把郭沫若《甲申三百年祭》改编成剧本，为部队进城做思想准备工作。阿英高兴地接受。

11月13日　苏中公学前线剧团来苏北，在盐阜区八旅驻地向部队指战员和群众演出苏联名剧《前线》。

11月18日　盐阜区各县文工团经一个半月集训结束。据统计，各县文工团从成立起至集训止，共演出335场次，节目121个。

11月23日　阜东县文工团集训后第1次在县召开的小顾庄战斗胜利祝捷大会上演出淮剧《阴阳界》《翻身》等剧。县长熊梯云、县总队负责人和指战员及附近群众观看演出。观众反映艺术水平有很大提高。

11月24日　钱毅创作一个反映民兵生活题材的剧本《乡土战士》，王阑西认为这是目前反映民兵工作写得最好的一个剧本。

11月27日　《盐阜报》载"延安各界2 000余人举行追悼邹韬奋先生大会"的新闻。还载陈毅在追悼会上报告韬奋先生到华中及得病治疗经过的全文，陈毅赞颂"韬奋先生是新民主主义者走上共产主义者的道路"。

11月30日　《盐阜报》在发表的《广泛开展冬季宣传运动》社论中，要求文工团、农村剧团和各中小学、各文化团体更好地利用艺术形式，大力开展群众性的戏剧演出运动，尽量采用淮剧、花船、秧歌舞，投入宣传运动。

本月　《农村文娱》杂志创刊。定每月两刊。创刊号刊有王阑西的《大家组织农村剧团》、方徨的《农村剧团与乡里干部》、阿英的《农村剧团的经费问题》、黄其明的淮剧《阴阳界》以及《李圩剧团——剧团介绍》等。

12月3日　《盐阜报》社论《如何开展今年冬学?》提出春节期间，"应将冬学转变为群众文娱活动"，"以大规模开展农村文化娱乐发展农村剧团"。

12月6日　《农村文娱》社发出"重奖征求剧本启事"，广泛征求剧本，鼓励创作。

12月26日　涟东县石湖剧团在县举行的民兵大检阅时组织的晚会上，首次演出《乡土战士》，获得好评。同时演出的还有县总从的杂耍《二换衣》、育才乡剧团的《眼前报》。

12月27日　《盐阜报》转载罗近于11月15日在边区文教大会上的总

结提纲《开展大规模的群众文教运动》和《解放日报》11 月 26 日社论《此次文教大会意义何在?》。罗文强调文化统一战线,"动员一切可能发动的进步力量,大踏步地开展新民主主义的文化运动"。"社论"对新民主主义文化的发展做了概述,认为真正大规模的群众文化运动直到这次大会"才真正进入成熟境地"。

12 月 29 日　章枚在"盐阜区生产积极分子代表大会"上,别开生面地主持以县为单位的"嘞嘞"大比赛。"嘞嘞"是农民在耕田和打场时吆喝牛的声音,富有音乐性。

12 月 31 日　八旅文工队在全旅总结战斗、生产成绩大会上,演出苏联话剧《前线》。黄克诚、张爱萍等观看演出。在这之前,阜宁县文工团曾为大会演出《懒龙伸腰》《翻身》等淮剧。

本月　盐城行署文教处统计,盐阜区各地的儿童剧团、宣传队、秧歌队累计演出 13 959 场次,观众达 1 790 079 人次。据盐阜行署文教处统计,到本月底止,盐阜区已组织农村剧团 440 个,团员 6 704 人。每个剧团平均 15 人左右。

本年　根据黄克诚指示,师政治部翻印出版了苏联小说《钢铁是怎样炼成的?》,还有电影文学剧本《列宁在 1918 年》,供部队和地方干部阅读。

冬　涟水县成立曲艺协会,由 9 人组成委员会,著名艺人蕲华章任会长。曲艺演员们曾演唱淮海锣鼓,书目有现代题材的《打单家港》《汉奸王培坤》《牛前之死》《捉奸记》等,也演唱一些传统书目,如《水浒》《三打小金山》等。

1945 年

1 月 1 日　中共盐阜地委书记向明著文《迎接 1945 年——坚决执行毛泽东同志指示》,在《盐阜报》元旦号发表,文中把"要加强新民主主义教育建设,开展新文化运动"作为全区 1945 年"应当特别注意"的 10 项任务之一。其中强调"注意开展农村戏剧运动,农村剧团的组织应更普遍",同时"注意指导,使其提高"。盐阜书店为《农村文娱》发行之事告各县农村剧团:今后《农村文娱》一概委托各县文工团转发。

1 月 7 日　王阑西主持召开盐阜区各县文工团团长会议,讨论如何进一步提高文工团的政治、业务水平,更好地准备迎接抗日总反攻。

1 月 7 日—10 日　中共盐阜地委召开盐阜区戏剧工作者、新旅及各县文工团代表联席会议,讨论春节如何更广泛地开展农村戏剧运动问题。

1月8日　新四军三师政治部决定2月1日起,至2月底(即春节期间)为拥政爱民月,要求各部队"尊重民间风俗、习惯,帮助农民劳作、写春联,领导群众文娱"。

1月9日　盐阜区总剧联成立。在两日来召开的戏剧工作者代表大会上,推定黄其明、范政为总剧联正副理事长,方徨为驻会常务理事,聘请阿英为顾问。会议还讨论通过剧联及农村剧团组织条例和章则。

1月13日　苏北区党委决定举办"苏北公学",并开始招生,是"为了大批培养干部,以应将来之需要"。计划开设行政、民运、财经、教育、文艺、工艺等系,学制1年。校长王阑西、副校长何封。该校后来于4月4日正式开学,近600名学员按系成立6个队。

1月14日　中共盐阜地委宣传部发出《关于开展春节文娱活动的通知》,要求"今年春节,必须大规模地开展新的文化娱乐活动"。

1月16日　《盐阜报》在《加强冬学、整训民兵》的社论中,主张在民兵中组织剧团,推进民兵文艺活动,活跃农村。

1月22日　盐阜区《乡(村)、镇)农村剧团暂行组织章则》和《区剧联组织条例》在《盐阜报》第4版全文公布。

2月1日　盐阜区总剧联出版《农村文娱·春节文娱专号》,刊有黄其明的文章《庆祝盐阜区总剧联成立》。文章说:"总剧联成立就是要团结盐阜500多农村剧团、9 000多团员以及各种文化、戏剧团体和民间艺人,大家来把戏剧工作做好。"希望"把一切赞同抗日、赞同民主的民间艺人、戏剧工作者都团结到戏剧阵营中来"。阜宁县为迎接春节文艺大活动而召开的宣教大会历时8天结束。出席会议的有各农村剧团、儿童剧团及各区、各村代表340余人。会上进行表演艺术传授和组织文艺创作。大家表示一定要把文艺大活动开展起来。阜东县文工团进行整顿,从盐阜区联立第二中学抽调一批师生充实团体,建制属阜东县独立团。县长兼独立团长熊梯云兼任团长,田毅任副团长,沈一新任指导员。

2月2日　射阳县6区成立区剧联,王宇文被选为剧联主任。

2月9日　曹荻秋在《创造工作范例,培养各种英雄模范》文章中指出"在新民主主义文化史上,应该有新民主主义文化教育的实施典型范例与推行此种文化教育的典型人物"。该文发表在今日《盐阜报》上。

2月10日　黄其明作淮剧《莫忘恩德》、留波作独幕话剧《拥政爱民》、芭蕾作淮剧《光荣榜》刊登在今天出版的《农村文媒》第4期上。阜宁县角巷区组织各村代表和妇女秧歌队、小学儿童剧团先后到盐阜行署、三师师部慰问演出。曹荻秋、黄克诚在各自驻地接见他们并观看妇女秧歌表演和儿童剧团的秧歌剧《良心坦白》、高跷秧歌剧《向抗日军队拜年》。黄克诚讲话答谢。

13日—月底 春节期间，盐阜区各地出现新的文艺活动热潮。抗大五分校355个学员分成几个队，以高跷、花船、推车、赶驴、秧歌舞等民间文艺形式在阜宁县益林街上和驻地周围6个区内大小37个村庄连续巡回演出90余场次，观众13万8千余人，新旅在盐阜区民兵代表会上演出淮剧《过关》；民间剧团在益林市区演出社戏、平剧；阜宁角巷殿堡村妇女秧歌队与独立团同扭秧歌；阜东县纪圩乡儿童剧团、民兵剧团分别在各村演出，射阳独立团一连3天晚间演戏，日间表演民间艺术……《盐阜大众》报道说，春节期间"剧团、秧歌队年关大活跃"，"拜年、慰劳、演戏、开联欢会，军民异常融洽，这是根据地特有的新气象。"

2月17日 《盐阜大众》刊登《谈小调八股》文章，批评小调创作中的"八股"现象，希望在小调创作上"有一个新的突破"。

2月18日—3月1日 盐阜行署召开第3次文教扩大会，黄克诚、曹荻秋、白桃等到会并讲话。黄克诚要求文教界"今后应当为工农兵服务，欢迎更多的知识分子从事教育，发展新文化事业"。曹荻秋强调在农村办学"应有各种识字班、识字组、歌咏队、剧团、黑板报、通讯小组、读报小组等等"，"把群众教育同群众文化活动紧紧地扣在一起，形成一个整体"。白桃指出"这次会议是文教工作的转折点，更是进一步配合反攻迎接胜利的起点"。

本月 盐阜地委宣传部发出《加强参军宣传报道的通知》。要求县文工团和较大的农村剧团可排演4幕淮剧《过关》；一般农村剧团排演《农村文娱》4、5期合刊登的剧本，在各种群众大会上演出，务求广泛。"盐阜书店"出版发行4幕淮剧《过关》。

3月1日 《新知识》第6期为"戏剧专号"，今日出版。刊有王阑西的《对于戏剧工作的意见》，以及阿英、方徨、王啸平、张拓分别写的有关剧本创作、剧团组织、戏剧表演、秧歌舞等业务理论文章，还有黄其明作淮剧《渔滨河边》及钱毅、凡一、钱璎分别写连队、文工团、农村剧团戏剧运动情况等文。《新知识》出至第6期后停刊。

3月2日 《盐阜报》专文介绍阜宁县出现的新气象，赞扬马集区大半乡村都有妇女秧歌队，"轰动全区"；赞扬周门、乔罗等地组织起妇女剧团，演出了《生死同心》等戏。

3月29日 《盐阜报》报道各县文工团在参军运动中积极而又广泛地开

展文艺演出活动。列举建阳、涟东、阜宁、淮安、射阳5县文工团活动事例。

3月31日　盐阜师范剧团排演由李汉飞编导并配曲的广场秧歌剧《走向光明》。

4月1日　《农村文娱》社第1次征求剧本揭晓。在收到的155个剧本中经评判委员会决定，录取4个，分别是：无忌的独幕方言话剧《王小老汉》，朱泽的淮剧《大扫除》，鲁竹、郑正的《死里求生》，姜正之的《射北河边的好汉》。这些剧本后陆续在《农村文娱》发表。

4月9日　阜宁县马集区在成立区青救会上，讨论如何组织青年剧团或组织青年参加农村剧团以发挥青年在农村文化活动中的作用问题。

4月10日　盐城县民兵总队以民兵基干连为基础成立民兵剧团，在民兵中开展文艺活动。

4月15日—18日　《盐阜大众》报社召开工农通讯员座谈会，运用理论联系实际的办法，帮助工农通讯员提高文艺创作水平。由出席会议的通讯员每人即席创作小调、快板、故事、通讯、新闻各一篇，对其逐一进行研究讨论，然后由钱毅、陈允豪分别做快板、故事等写作讨论总结，再由秦加林做总结。王阑西也到会讲话。

中旬　在4月11日开幕的盐阜区参议会第二次会议上，议员们自动地组织起文艺活动，自演自唱，自娱自乐。其中包括京剧清唱、即席创作演唱小调以及扭秧歌舞等形式。黄克诚、刘彬、曹荻秋等领导同志同社会名流、士绅计雨亭、邹鲁山等一道扭秧歌，利用文艺形式，进行统战工作。

4月24日　阜宁县角巷区12个村妇女秧歌队举行秧歌舞大比赛。钱毅在观看时，发现9个村的秧歌队就有126条辫子。他说："几千年被束缚的妇女，一旦解放到这样，不是伟大也是伟大的变化。"

4月27日　为庆祝阜宁城在4月26日解放，阜宁县千余高小学生由农村涌入阜宁城，在街头进行文艺演出，角巷区有30人参加的妇女秧歌队也从六七十里外赶到阜宁城在街心扭起秧歌舞，使新解放的阜宁人民惊奇不已。阜东县东坎镇以原有职工宣传队为基础，又选调青年、妇女文娱积极分子26人，组成"阜东青工剧团"。

本月　八旅文工队开排阿英创作的五幕历史话剧《李闯王》。为排好这个戏，文工队成立有领导、导演和主要演员张惠春、洪桐江、孔方、樊效先、田川、袁士达6人参加的导演团，并请阿英作总指导。阿英还为戏剧设置了场景和服装、道具。

春　为配合参军运动，《盐阜大众》发表一批墙头诗。"编者话"指出，

"墙头诗比标语有力，作用大，因为它具体、生动……又可以做群众教育的课本和识字牌用"，希望更广泛推开。阜宁县凤谷村农村剧团改为盐阜师范实验剧团。李汉飞兼任该团顾问。该团曾演出《小心为高》三幕淮剧。

5月初　于4月底陆续抵达阜宁县杨集的盐阜地区各县文工团300余人开始第二次集训；王洛夫、史秉直分别任集训队正副大队长。整个集训由王阑西主持，地委宣传部又分派华应申、黄其明两位科长驻队具体领导。集训内容着重思想整顿，提高艺术水平，迎接反攻形势到来。

5月4日　三师和盐阜区军民5万余人于阜宁县东益寺郊外广场集会，庆祝苏联红军攻克柏林、三师解放阜宁暨纪念"五四"青年节。会上，组织秧歌舞队大表演、大检阅。有儿童、妇女、青年、学生、战士等分别组成的秧歌队进行表演，接受检阅。晚上，分别由戏曲艺人、新旅、部队文艺团体等在广场四角的四个舞台上演出京剧《大闹天宫》《追韩信》、秧歌剧《雨过天晴》以及淮戏等。黄克诚、刘彬、曹荻秋等领导人参加检阅和观看表演。

5月6日　八旅文工队在益林首场演出历史剧《李闯王》，黄克诚等领导人和益林镇及附近机关干部、部队指战员、群众数千人观看演出。阿英在这次演出后，根据观众意见，继续对剧本做修改，并取得最终成功。

5月7日　黄克诚写信给阿英，祝贺《李闯王》一剧创作和演出成功，并指出该剧的演出，对正在整风的干部有很好的影响。

5月10—11日　阜宁县调集周门、新沟、停港、大梁、邵朱刘、硕集、公兴、陈集、郭集、前神、角巷、郭墅、张庄、王桥、板湖15个乡农村剧团进入刚解放的阜宁城，进行大规模的戏剧演出和秧歌舞表演。全城轰动。

5月17—19日　盐阜区少年儿童代表大会开幕，新旅为大会演出皮影戏《大萝卜》，阜东、射阳、建阳3县儿童剧团分别演出话剧《翻身》《勇敢的小华》《小地下军》及小乐队的胡琴、笛子合奏和歌咏等。在18日举行的检阅式上，儿童们进行耍刀、棍棒、花枪等武术表演和大集体秧歌舞表演。黄克诚、张爱萍、刘彬、曹荻秋、戴白韬、汪达之等观看表演。

5月20日　《盐阜大众》社编辑出版《生产故事集》《民兵故事集》《诗歌集》、大鼓词《劳动模范王福祥》等。

5月24日　苏中公学前线剧团来盐阜区，在行署所在地罗桥演出由夏征农、吴天石、沈西蒙创作的大型历史古装话剧《甲申祭》。

5月25日　《盐阜报》转载延安12日电讯，昆明文化界沈从文、吴晗、曾昭抡、费孝通、闻一多、楚图南等242人于4月21日联合发出《宣言》。提出召集各党派、各界人士之国民会议，产生联合政府，改组统帅部等4项主张；要求取消特务组织，切实保障人民身体、思想、言论、出版、演剧、集会、结社等自由。

5月31日　盐阜区第1次少年儿童代表大会闭幕，会议决定"努力学习，做小先生，进行文娱宣传"为儿童团下半年四大任务之一，并要求年内有30万儿童会扭秧歌舞和至少会唱3首歌曲。

本月　阜宁县角巷殿堡村继妇女秧歌队后又成立妇女剧团。她们没有文化，台词全由学校老师一句一句口授，只两三天时间，就在全区妇救大会上演出了淮戏《光荣牌》，被称为"奇迹"。

初夏　淮安县苏咀区北季干校编写的《王凤祥别母参军》，由北季乡农村剧团排演。县委书记王一香观看了排演并提出修改意见，之后该剧便在农村公演。同时演出的还有龚营剧团的《参军去》、北季剧团的《眼前报》。

6月8日　盐阜区射阳、盐城、阜宁、淮安、建阳5县文工团在阜宁杨集集训地分别或联合演出话剧《天堂与地狱》《隔别戏》和淮剧《过关》《渔滨河边》。

上旬　八旅文工队去苏中地区演出《李闯王》，苏中公学前线剧团在苏北演出《甲申祭》。

6月11日　黄克诚根据形势发展，指示解散各县文工团，实行精简整编。黄克诚写信给《盐阜报》社，要求报社站在抗日立场上，设立批评建议栏和大众意见栏。

6月13日　《盐阜报》刊载重庆消息：邵力子、郭沫若、茅盾、老舍、胡风、巴金、潘梓年、曹禺、张恨水等百余人集会纪念"文艺节"。他们盛赞"敌后解放区的文艺运动，今天已达到新的阶段，真正彻底地做到从民间来，到民间去"。

中旬　阜宁县文教扩大会上统计，全县已组织男女秧歌队451个，已会扭秧歌舞的有15 721人。

下旬　盐阜区各县文工团在阜宁县杨集解散。留下百余人拟编为盐阜文工团和每县3人的文化工作组继续集训。调出同志多数去苏北公学文艺队学习，少数另行分配工作。

6月27日　三师政治部于益林召开的全师政治工作会议历时49天结束。会议期间调集苏中公学前线剧团、八旅文工队、淮海实验剧团、十旅文工队到会，先后分别演出《前线》《甲申祭》《李闯王》《九宫山》《洪宣娇》几个大型话剧和京剧，还在郊外筑4个台同时公演，声势之大、阵容之强、影响之广为苏北历史空前。

6月28日 华中文工团由山东抵阜宁郭墅、张庄，向苏北区党委干部和驻地干群演出歌剧《我们的指导员》。刚到盐阜区的上海乐舞院的演员们由朱金楼率领也参加演出了"新疆舞"舞蹈。

7月1日—7日 为纪念"七一"和"七七"，盐阜地委在阜宁杨庄盐阜党校礼堂举行晚会。苏北公学学员演出独幕剧《破旧的别墅》，盐阜文工团集训队演出地方民歌剧《刘桂英是朵大红花》。与此同时，苏北不少县区也都组织了类似纪念活动，当地妇女、儿童秧歌队及妇女、儿童剧团，农村剧团，高跷队等分别或联合进行文艺演出。

7月9日 苏北临时行政委员会成立，主任为李一氓，副主任为曹荻秋、计雨亭，辖盐阜、淮海两专区。盐阜区专员公署专员为万金培，文教处长为白桃。

本月 盐阜区出版《秧歌舞》专辑。内集张拓的《新年团圆舞》，韩枫的《慰问抗属》，无忌的《王小老汉》。涟东县南集区工农模范通讯员陈登科调《盐阜大众》社任工农记者。

8月2日 苏北区党委召开第1次宣传会议。到会40余人，对宣传、文化、教育等工作进行讨论部署。

8月10日 延安总部向全军发出促令日伪投降和坚决消灭拒绝投降之敌的命令。三师部队和地方武装及民兵遵照总部命令，随后向当地日伪军发动全面进攻。文化工作者积极准备走上前线，为大反攻服务。

8月15日 日本无条件投降，盐阜文工团集训队接到消息于凌晨动员起来，赶编赶排活报剧《日本鬼子投降》，于当日在杨集驻地和附近进行场头演出，同时，又组织若干小分队到附近农村书写"日本投降了""抗战胜利了"等大型标语，使日本投降消息很快传遍四面八方。盐城县委书记周一萍闻日本投降消息，当即作《胜利》诗一首："敌忾同仇战绩多，敢教日寇息干戈。一从捷报飞来后，万众欢腾唱凯歌。"

8月16日 盐阜专署于所在地罗桥举行日本投降庆祝大会。会上，盐阜文工团集训队演出《日本鬼子投降》活报剧和《刘桂英是朵大红花》。苏北公学文工团和盐阜区中教研究班演出话剧《破旧的别墅》等戏。苏北行政委员会副主任曹荻秋等出席会议并观看演出。

8月18日 根据日本投降的新形势需要，苏北区党委决定盐阜文工团集训队的全体同志（包括各县文化组同志在内）组成苏北文工团，属苏北区党委领导。黄其明任团长，凡一、张拓任副团长，田平任教导员。范政、方徨等为团委委员。下分话剧、淮剧两个队。区党委要求文工团以战斗姿态迅速做好一切准备上前线。随后苏北文工团于22日冒小雨从杨集出发,淮剧队去涟水县城,话剧队去淮阴前线。

8月23日 阿英接李一氓信,转达军部要他"即赴淮安,以便进入大城市,做文化工作"的意见。为统一苏北区党报工作,苏北区党委决定将《盐阜报》改为《苏北日报》,作为苏北区党委机关报,由刘彬、王阑西、章维仁、贺汝仪、戈阳、艾寒松、李仲祥等7人组成党报委员会,刘彬、王阑西兼正副书记。

月底 《苏北画报》停刊。盐阜地区在邱庵成立苏北美术工厂。先后调进鲁莽、洪藏、丁达明、吴联英、彭彬、苍石、严学优、王双、钱小惠等,主要任务是创作石印宣传画。苏北文工团活剧队刘亚等在淮阴城外驻地搜集材料,创作一首歌曲《一定拿下淮阴城》,并教唱。歌曲激昂、雄壮、有力,富于鼓动性。

9月月初 苏北文工团淮剧队进入刚解放的涟水城后,立即搜集材料编写成淮剧《解放涟水城》并赶排公演。苏北文工团话剧队、新旅、十旅文工队、淮海文工团、青年工作队、苏北公学工作队、淮宝文工队、淮阴县宣传队、驻苏北各部队宣传组等文艺团体四五百人云集淮阴前线,以文艺为武器,形成强大的宣传攻势,激励部队战士们一定要攻下淮阴城。

9月6日 三师部队及部分县独立团对淮阴城发起总攻。总攻前半小时,苏北文工团同志在南门最前线为3师特务团组成的突击队战士献花,在冲锋必经的墙壁上写上"宁为城头鬼,不做怕死奴"大标语。部队攻进城后,文工团亦随十旅旅长刘震及其指挥部入城,随军鼓动,体验战斗生活,搜集资料。新旅也随部队入城。

9月8日 苏北美术工厂的美术工作者奔赴淮安前线,在驻地河下镇墙壁上,画了许多大幅彩色壁画,配合部队围城作战。

9月9日 《苏北日报》报道我军攻入淮阴城后,部队和地方文艺团体积极开展文艺宣传工作和报道苏北文工团赶写赶排《淮阴之战》的消息。

9月14日 在庆祝淮阴解放的祝捷大会上,苏北文工团演出由黄其明、张拓、范政突击创作的5幕大型话剧《淮阴之战》。该剧从编到演出只用7天时间,日夜战斗以最快的速度把三师和地方部队首次大的攻坚战搬上舞台并取得成功。该剧在淮阴城内连演数场。王为光、吴纯一、黄丕参加主演。在祝捷大会上,还有淮海实验剧团演出京剧《打渔杀家》和新旅的秧歌舞表演。

中旬 中共华中局调一批文艺工作干部随三师去东北。八旅、十旅文工队都随军北上,苏北文工团外地籍文艺干部黄其明、范政等数十人被调走,缩编为五六十人，划归盐阜地委领导，并赶赴淮安前线，重新调整《淮阴之战》的角色，由滕佩、李健、王东凡主演。准备在淮安解放时演出。

9月22日—23日 在22日解放淮安城的战斗中，苏北文工团和新旅部分同志到前线参加攻城战斗，体验战斗生活。新旅同志随战士一起从云梯登上城楼，入城后即投入城市政策宣传；苏北美术工作者鲁莽、洪藏、丁达明、黄正显、钱小惠、彭彬和盐阜师范美术组唐和等亦随部队入城，在市中心大山墙、大影壁上抢画十几米高的毛主席、朱总司令巨幅画像和宣传画。后来，《延安日报》特地发表"新安旅行团20日又回到出发地"的消息。

9月27日—29日 苏北文工团在淮安体育场连续数日公演《淮阴之战》。同时，积极搜集资料编写以淮安战斗为素材的新剧本。

月底 淮安县组织各区数百人参加的秧歌队，汇成万人秧歌舞大军，从四面八方涌进淮安城的大街小巷，尽情地且歌且舞，形成一眼望不到尽头的秧歌巨龙，十分壮观。

10月7日 延安《解放日报》报道："苏北400多文化工作者在解放淮阴、淮安的战斗中涌上前线，在火线上服务。"特别报道苏北文工团演出的《淮阴之战》"博得大众的好评"。

10月10日 新旅在淮安城举行建国10周年庆祝活动。

10月25日 中共中央华中分局成立，书记为邓子恢、副书记为谭震林，宣传部正副部长分别为李一氓、冯定。同时成立华中军区，司令员为张鼎丞、政委为邓子恢。分局和军区均驻淮安城。

10月25—26日 秦加林、陈充豪、钱毅、赵平生碰头研究编写大众诗歌和出《大众诗歌集》问题。

11月1日 华中苏北、苏中、淮南、淮北4个解放区合并成立苏皖边区政府，主任为李一氓，副主任为刘瑞龙、季方、韦悫、方毅。下辖8个分区，苏北的盐阜为第5分区。苏皖边区在施政纲领中有关文化教育方面明确要求"提高人民的政治文化水平，普及成人教育，提倡民办学校，改进小学私塾，开展民间文化活动，兴办各种专业学校，改订学制课程，救济失学青年，改善教师生活，促进文化教育界民主团结，扶助文化教育团体之建立及出版事业，保障学术研究，奖励科学发明，优待专家、学者及技术人才，进一步发展新民主主义文化事业"。

11月11日 驻盐城伪第二方面军第一军军长赵云祥率部起义，盐城和平解放。至此，苏北人民的抗日斗争取得彻底胜利。盐城一解放，五地委敌工部长薛尚实便率苏北文工团入城，当晚观看赵部娃娃剧团演出的京剧折子

盐城
革命文艺史略

戏《薛平贵回窑》《玉堂春》等。而后，苏北文工团在体育场连续几晚分别向赵云祥起义部队、苏中部队和地方部队指战员、群众演出《淮阴之战》。

1946 年

1月1日　中共五地委作出《关于新华日报华中版、盐阜大众及新华社五支社的决定》。宣布"华中分局决定将《苏北日报》与《新华日报》合并，并决定其同时又为五地委的机关报"。"它与《盐阜大众》同为本分区 300 万人民自己的报纸，自己的喉舌，两者之差别：一个（《新华日报》）是以区连级以上干部、知识界及各界人士为对象；另一个（《盐阜大众》）则以区以下干部、广大群众为对象。"中共五地委发出《关于开展旧历年关文娱活动的指示》，要求把这个活动变成为广大群众的思想动员——自卫战的思想动员。为这个活动的开展，各县要以区或几个村为单位召开各乡村农村剧团团长、秧歌队长、俱乐部主任、小学校长等人参加的会议，予以动员部署。要求在这个活动中老解放区要恢复和巩固原有农村剧团、秧歌队等组织。新解放区，尤其是城镇，应尽可能地建立起城镇农村剧团和秧歌队等文娱组织。

1月1—4日　为庆祝抗战胜利后的第一个元旦，中共华中分局、华中军区、五地委、五专署所在地淮安城围绕着准备自卫战的思想内容开展了热火朝天的文艺演出活动，其中有河下镇的老百姓和职工会组织的花船、花鼓、高跷及 200 多名妇女参加的提花灯活动；军区、野战军文工团、新旅、实验剧团接连演出四天戏；而在 1945 年 12 月 31 日晚，淮安县委、县政府就新组织一个很大规模晚会，演出许多节目。

月初，苏北文工团根据地委指示分成两个队分别由指导员王博夫、团长王洛夫率领，分赴阜宁、射阳两县恢复整顿和发展农村剧团，推动农村春节文艺宣传大活动的举办。涟东县胡集区从各地农村剧团抽调能力强的团员十余人组成区剧联，以指导和帮助全区各农村剧团开展工作，积极准备春季——特别是春节文艺演出活动。《农村文娱》社印发了《新年文娱材料》，其中有金铎木作小调剧《国泰民安》和戈蓝作秧歌舞剧《和平舞》。内容着重表达了人民群众对和平民主到来的欢乐感情和对蒋介石破坏和平的警惕。

1月7日　赵平生、钱毅就编《大众文库》之事进行商讨，准备在《盐阜大众》社搞个研究小组，发动大家一起动手。

1月12日　《新华日报》（华中版）报道：五分区"由于学校激增，推动了农村文化。涟东、阜东、射阳、淮安、盐城与县有 281 年农村剧团；涟东、阜东、射阳 3 县有 778 个秧歌队；射阳、淮安、涟东、阜东 4 县有 546

块黑板报；涟东、阜东、射阳3县有231个读报组。使农村文化活动很活跃"。延安《解放日报》14日转载了这篇报道。

1月13日　少年出版社发出《征求儿童节文娱材料启事》："为开展苏皖边区少年儿童文化娱乐活动，特征求创作适合少年儿童团、剧团能演出的秧歌剧、戏剧、歌曲、快板、杂耍等。"

1月15日　射阳县妇联会在苏北文工团同志帮助下，组织了县直妇女干部，排演了淮歌剧《刘桂英是朵大红花》，只用两天时间，就在县府所在地陈洋公开演出。《盐阜大众》报道说："看的拥挤不开，都说这戏真好。"

1月16日　淮安城体育场聚集2万余人，庆祝1月10日国共签署《停战协定》而举行提灯大游行，边扭秧歌舞，边唱歌，形成欢乐的海洋。参加的单位有：中共华中分局，华中军区司令部、政治部、盐阜地委、专署及直属各机关团体，淮安县委、县政府、淮城市政府、联救会、淮安部队、教导队、公安局、学警队、军区特务团、华中银行、盐阜党校、苏皖教育学院、雪枫大学、福西儿童团、新安旅行团、城北小学、实小、福西镇工会、华中工农青妇民兵代表大会全体代表及全镇群众。阜东县东坎镇妇女秧歌队，在今天"庆祝国共停战大会"上进行演唱和表演。

1月18日　阜宁县政府召开有小学教师、农村剧团、秧歌队、民间艺人代表70余人参加的县文娱积极分子会议，着重讨论和部署春节和春季文艺宣传活动问题。要求会议后，全县农村各个角落的群众文娱活动都搞起来。

1月19日　《盐阜大众》在《批评建议》栏目中，刊登大众意见二则：一则，最近农村剧团垮台很多，应该重新拉起来，做好准备，在今年这样的太平胜利年时很好地活动起来，并来个竞赛；一则，指出目前正发生演出剧本的困难，应动员学校教师、学生、农村剧团、团员、民间艺人、各机关团体同志动手写剧本和其他文艺材料，以使在过年（指春节）有剧本排演。

1月25日　《盐阜大众》报道：涟东县保滩区临淮区、阜东县北坍区农村剧团、八大家青年剧团都在紧张地排演淮戏、杂耍、花鼓等节目，积极准备春节文艺大活动。八大家青年剧团事先还开会检讨过去工作上的缺点，在检讨的基础上剧团改组，决心重整旗鼓。

1月28日　《盐阜大众》报道：阜宁县汪朱区停西村冬学创造了编唱小调的教学形式，巩固和推动了冬学的经验。该材料对冬学讨论不易讨论得好，便设计活思想引起大家争论，然后教师总结，再将总结编成小调，到下堂课拿来教学，学员个个高兴唱，对讨论的问题全记牢。

1月31日　《盐阜大众》综合报道各县准备春节文艺演出活动情况：阜

宁县宣传部发出新年（春节）文娱工作的通知，对春节文艺宣传活动作了具体部署，阜东县坎北区订了春节文娱活动计划，组织6个农村剧团、10班麒麟唱，射阳县四明区剧联和小学教师开了会，准备编5个剧本供排演，至少演出5场次；阜宁县三灶区剧团也自己编剧本，准备演10场戏；滨海县响水镇准备大玩麒麟，射阳县喻口区宋家、叶王两村冬学会上，自发组织了剧团，宋家还有妇女参加剧团；淮安县丁澄区、姜陈区群众在反奸斗争中组织了农村剧团……都积极准备春节大活动。盐阜区文化界人士凡一、钱毅碰头研究，拟对盐阜区戏剧运动写个总结，并初步探讨盐阜区戏剧运动能普遍深入开展起来的原因有四：（1）执行了党的文艺路线，虽然1943年春天就开始，还是一种自发的，但后来就有意识地按照文艺路线掌握戏剧运动了；（2）群众工作深入并与之相结合；（3）淮戏基础深；（4）环境较安定，人民生活水平上升，有了文化生活的需要。他们还探讨了今天运动停滞的原因，主要是普及之后没有随之提高。

本月　阿英创作的五幕历史话剧《李闯王》由华中新华书店出版发行。

2月2日—16日（农历正月初一至正月十五元宵节）《盐阜报》报道：盐阜各地庆祝和平民主和抗战胜利后第一个春节文艺宣传活动出现高潮，可谓是："和平民主双喜临门，秧歌花船闹翻春节。"

2月11日　淮安城（农历正月初十）有3万人集会。邓子恢、张昆承、粟裕、刘瑞龙、曹荻秋等领导人出席并讲话。苏皖边区政府副主席刘瑞龙提出："今后要把华中解放区建设得更好，做全中国的好榜样。"他具体讲了建设华中要做好6件事，其中一件是"要多办学校、夜校、俱乐部"。会议一结束有百余文娱队活动起来，表演花担、花船、高跷、马灯、顽驴、顽龙等民间艺术节目，大会场一片沸腾。

2月5日　凡一、钱毅碰头研究续办《大众文艺》杂志问题，认为工农文艺创作是比较困难的，不像新闻通讯那样是记叙性的，但还是要推动。对《大众文艺》的标准，他俩提出应该在手法上、艺术上更强，而文字上则比《盐阜大众》更通俗。

2月8日　为迎接三月将在清江召开的华中宣教大会，阿英特要钱毅调查华中文学运动的情况和有关这方面的资料收集。苏中前线剧团，今起在淮安文庙演出《甲申记》。

2月9日　华中新闻学校在清江市正式开学，校长范长江、副校长包子静、教育长谢冰岩。学校分编辑、通讯、电务、经理3个学科，学习时间6个月。这是解放区设立最早的一所新闻学校。将由范长江、恽逸群及教授、专家分别讲授"人民的报纸""新闻学概念""编辑工作概况""编辑工作""通讯工作""采访工作""校对工作""电学""抄报学""英文""政治常识""管理""广告""会计""发行""印刷"等课程。

2月21日 阿英、楼适夷、黄源负责筹办《江淮文化》月刊。

2月22日 《盐阜大众》报道：射阳沟墩区陈凌村26个小大娘每天晚上集中，听干校老师上识字、时事、生产、文娱课。一边认字，一边唱小调，休息时还扭秧歌舞。文化生活很丰富，大家很高兴。

2月25日 《盐阜大众》辟《怎样学写话》专栏，由华中文协赵平生主讲，指导和帮助工农大众学写话。他在开场白上首先讲了写话的意义：工农大众要写话，写话对初学写东西的人的确是好法子。用写话写出的东西，一般都很朴素生动，对改变文风有帮助。写话必然要写大众的话，要大众口头说的有声有色的话，同字眼都写进去，对于中国语文改革有极大意义。他对写话作了定义式的说明：所谓写话，就是把话写出来。有一句写一句，话怎么说，就怎么写，虽说简单，认真研究也不简单，写话也有它自身的一些规矩和规律性，还必须讲写话的法子，写话才能写得好。苏北文工团徐月亮、王玉生在组织农村剧团的实际工作提出《农村剧团要注意两个问题》在今日《盐阜大众》发表。所谓问题：一是现在农村剧团组成人员是干部和青年学生居多，干部一开会，学生一开学，剧团就无法活动，所以农村剧团一定要多发展一般农民参加；二是现在女的参加剧团很不容易，家里人本来就有点不太放心。如果农村剧团男女关系搞得不好，家里就不让参加，外边也反映不好，剧团再发展就困难了，所以剧团要特别注意男女关系，不要给人家说坏话。

本月统计：由于今年春节农村戏剧活动得到各级党政领导重视和群众的热情参与，可谓是又掀起来了，搞得轰轰烈烈。原来剧团得到巩固，不少剧团又恢复了活动，又建立起一批新剧团，至目前为止，全盐阜区已有农村剧团685年，团员10 863人（男9 477人、女1 386人）演出3 599场次，观众达1 859 430人次（缺淮宝县数字，淮宝县是才划进的）。自编剧本367个（缺淮安、射阳、盐城、建阳4县数字）。有秧歌队823个（缺射阳县）队员10 733人（男6 602人、女4 131人）演出1974场次。

3月8日 中共华中分局在淮城文庙召开有2 000人参加的"三八"妇女节大会，章蕴、刘瑞龙、孙兰等讲话，号召把广大妇女组织起来，提高他们在社会上、经济上、政治上、文化上的地位。五分区妇女代表发言：盐阜区的妇女在搞生产、学文化、搞文娱活动等方面样样都很出色，不少男人还赶不上。

盐城
革命文艺史略

3月9日　《盐阜大众》刊登4条文化消息：一是苏北文工团由射阳、阜宁回淮安，就匆匆忙忙地排戏，准备参加华中宣教大会；二是阜宁汪朱区停翅港剧团准备提早完成生产任务，赶排现代淮剧《照减不误》，准备到华中宣教大会上演出；三是华中宣教大会安排阜宁县马集妇女剧团到会上演出《刘桂英是朵大红花》，妇女们听了十分高兴，日夜赶排，力求演出水平；四是射阳县合利区大王村在排《刘桂英是朵大红花》时，少个妇女角色，动员杜云参加，公公听说后把她看管起来，她还是大胆地偷跑出来参加排演，公公也无可奈何了。她说："妇女要出头，就在乎自己。"

上旬，地委宣传部部长熊宇忠布置编辑一本《大众诗歌选集》，以去年编的《诗歌集》为基础加以增删，并要求写短文，提倡大众诗歌。陈允豪、钱毅就《大众诗歌选集》怎样编辑做了研究，认为在内容上要反映盐阜区这三年来的斗争情况，同时，看出大众诗歌发展的过程。

3月11日　《苏皖边区国民教育实施法（草案）》在《新华日报》（华中版）公布。其中把"文娱，包括唱歌、游戏、跳舞、演戏等方面以能发展正当文娱生活，养成健康身心为标准"列为教育内容之一。

3月12日　《盐阜大众》刊载四条文化方面的信息：一是淮安仇桥区砖井村18个婆妈组织一个妇女剧团，从过年到现在已演出8场戏，群众称赞："婆妈这样能干，全站起来啦！"二是射阳县蛤蜊区吴滩剧团现有男女团员48个，他们还成立俱乐部，组织团员和群众经常学习。三是盐城三区正月初七组织文娱大比赛，秦宽乡49位妇女组织的秧歌队表演得头一名。四是淮安县顺河镇妇女剧团团长张桂兰，工作积极，处处起模范带头作用，还自找一个干部私下订婚2年，今年2月，父母硬是替她重找对象，要新对象送来许多布匹。张桂兰在物质面前动摇，丢掉2年的爱人，放弃工作，使妇女剧团垮台。报道指出：张的立场不坚定，是不光彩的。希望广大妇女立场要稳，不要被金钱诱惑，不要向不合理的婚姻屈服。

3月13日　建阳县秉文、北梁、建东三个文娱队在建阳东郑庄召开的建阳独立营和秉文区军民联欢会上演出湖船、花担、花鼓、推车等民间文艺节目。秉文、北梁两乡的妇女秧歌队表演最出色，独立营二连也表演了湖船、花担等杂耍。晚上，秉文剧团演出《刘桂英是朵大红花》，一连演出《小放牛》《模范家庭》等剧。

3月15日　钱璎写的《介绍几种新的宣传方式》在《盐阜大众》发表。文章说：今年春节文艺活动中创造许多新的文艺宣传形式，如"大桌子戏""宣传马"等，比起湖船、莲湘等更新鲜，希望各地农村剧团、小学教师合作起来，用许多生动的故事写些短小的杂耍，创造更新的宣传方法和文艺形式。

3月18日　由中共华中分局召开的华中宣教大会在清江城南公园大礼堂正式开幕。

3月19日—20日　邓子恢在华中宣教大会上报告时事和今后宣教工作的方针任务，反复阐明今后宣教工作为工农兵服务的方针以及如何为工农兵服务的问题，并结合批判了一些错误的观点。他还具体地赞扬"小调是最好的宣传教育武器，这一工作要大大地开展"。

3月19日晚　大会指定苏北文工团为大会汇报演出了现代淮剧《路遥知马力》第一幕《渔滨河边》。以展现贯彻执行毛主席文艺路线的成就，得到了大会的好评。后来有位评论家写了《闲话渔滨河边》一文刊载在《新华日报》（华中版）上，盛赞该剧"是用真正的农民的心理与农民自己亲切的语言写成的剧本"，所以农民和观众"就能将他们自己的情绪与剧中的表演情绪互相共鸣起来"。他还肯定：该剧团用"淮戏的形式""采用话剧的分幕分场法""有了完备的装置和道具"，从而"加强了表演的气氛，给了观众以更深的真实的印象"，观众感到这戏"比旧淮戏好"。

3月24日　华中军区张昆承司令员在宣教大会上做"宣教工作的群众路线问题"的报告，强调宣传文化工作要全心全意为人民服务。晚上，由苏北文工团为大会演出五幕大型话剧《淮阴之战》。后来《会刊》刊载一位同志评论文章说："由于作者的亲自上火线，故描写比较实际"，"看来非常亲切"，"在淮阴城里看《淮阴之战》更使人有触景生情之感"，"使已过去的历次战斗又浮到我脑子中来了，当看到那老太太的哭班长时竟触动了我的眼泪，又使我回想到历次死难的战友"。这是对外宣传教育的"一个不可多得的剧本"。

3月28日　阜宁汪朱区停翅港农村剧团为大会汇报演出了新淮剧《照减不误》。戏剧一开场就获得2 000多观众雷鸣似的掌声。该团现有团员32人，其中妇女即有15人。从1943年成立以来已演出100余场。今天他们演出后，获得大会和地委两面奖旗。这也反映了盐阜地区农村戏剧运动的发展和水平。

3月30日　阜宁县马集妇女剧团按照宣教大会的通知要求，今晚在大会上汇报演出淮歌剧《刘桂英是朵大红花》获得成功。陈登科对演出情况随即作了报道：《刘桂英是朵大红花》开场刘桂英上场时"一声唱把全场都惊动了"，"只听那手拍得哗啦哗啦半天不停。会场外头的人听见里头拍手，连说带爬往里挤，连礼堂窗户上的玻璃都挤破了。"该团是1945年春天成立的，共有16个女演员，全是土生土长，没有一个识字，但却能演出很好的戏。演出结束后，大会和地委都给他们发了奖旗。盐城县泽夫中学在盐城贫儿院附近剧场义演古装历史话剧《李闯王》，三天卖票收入全部捐献救灾。华中文化协会在华中宣教大会开会后不久成立，黄源、阿英分任正副会长。苏皖边区实验京剧团划归文协领导，调进赵云祥、娃娃剧团部分师生和几位新旅同志共有70人左右。

4月2日　五分区出席华中宣教大会的代表百余人开会，热烈欢送停翅港农村剧团、马集妇女剧团在大会上演出获得成功后回乡。地委宣传部部长熊宇忠、文教处长唐小石都讲了话。叮嘱他们大会和地委送的奖旗"千万不能叫它倒下来"。华中文协主席黄源也参加了欢迎仪式，他说："这次你们到大会上来演戏，在我们中国五千年从没见过的，希望你们回去把工作做得更好，今后，我们文艺工作要跟你们学。"华中总妇联也送马集妇女剧团一面红旗。大家很受鼓舞。这两个剧团到大会演出，反映了盐阜区农村戏剧运动在毛泽东文艺思想指引下取得很大的成功，并显示了它的规模和实际水平、为盐阜区争得荣誉。曹耀南以秧歌调形式编写《吴滩剧团括括叫》在《盐阜大众》发表。歌词歌颂该团在县里比赛得奖后不骄傲，讨论出进一步搞好团结的措施，还赞扬该团组织纺纱互助组，做到学习好、生产好、演戏好，使剧团越办越好。

4月3日　盐阜区调涟东县下营剧团在华中宣教大会晚会上汇报演出淮剧《战胜灾荒》。11日在会上进行第二场汇报演出淮剧《李友才板话》，该剧是根据同名小说改编的，得到大会的好评。这是盐阜区第三个农村剧团赴大会汇报演出。除盐阜区以外，华中没有任何地区抽调农村剧团至大会演出。这时，盐阜区群众戏剧运动比较普遍深入且成就巨大而受到大会青睐。

4月4日起　华中宣教大会进入第三阶段：典型报告和总结经验。边区政府教育厅刘季平在会上做《论华中解放区教育工作》的发言。指出今后边区文化教育的总任务是"适当照顾动荡不定的和平民主局面，大规模地开展文化教育运动"。

4月5日　《盐阜大众》报道阜东县五汛区孙庄村自从减租以后，日子好过。全庄男女老少生产、学习文化劲头真足，样子完全变新了。

月初，阿英与钱毅就《大众诗歌》的出版问题进行斟酌，强调今天的大众诗歌应以小调为主。

4月16日　钱毅写了《也来谈谈墙头诗》一文。

中旬　由《盐阜大众》编辑，新华书店发行的《大众诗歌》即将排印出版，并有新诗、民谣、快板、小调、墙头诗、论文等110篇。

4月26日　冯定在华中宣教大会上做题为《抗战期间的文化宣教工作》

的总结报告。报告讲到文艺形式时说：文艺形式开始往往是从苏区来的、都市来的，互相错综和结合。因为部队来自苏区，文化干部多是来自都市，所以多以外来的近代话剧为主，其后扩大和巩固，为工农兵服务的方向明确起来，就出现了当地群众所喜欢的形式，这时真正的大众的形式，算是普及开。这是进步，而不是退步。他强调："今天不仅要介绍外来的文化成果，而且要大量发动文艺写作和开展文化事业的今天，我们的重心还要放在普及上，但部分的提高工作也属必要。"

4月27日　华中宣教大会历时40天。经过时事学习、工作讨论、典型报告、分组总结，最后由冯定副部长做总结，至今天胜利闭幕，中共华中分局宣传部部长李一氓致闭幕词。冯定在会上指明在方针路线上要放手培养工农来做文化工作，让文化武器掌握在工农兵手里。在宣教大会经验交流总结汇报会上，盐阜区在会上做书面发言的有关文艺方面的有钱毅《盐阜区墙头诗运动》、凡一《盐阜区农村戏剧运动概况》等等。

4月28日　凡一与钱毅就总结苏北墙头诗运动时认为"过去搞诗歌运动多是操之过急，是有了一个新诗概念，硬把群众向这边拉，而不是群众本身的要求与经济条件出发的"，所以要"一切从群众现有水准出发，发现问题，总结提高，这是极端重要的"。

本月，华中文协为加强对戏剧工作的领导特组织戏剧委员会，由姜堃、阿英、赵慧琛等9人组成。委员会决定出版《大众戏剧》杂志。

5月1日　盐阜印刷厂工人先锋剧团，在淮城体育场有8 000余人参加的纪念"五·一"国际劳动节大会上演出三幕淮剧《路遥知马力》。先锋剧团在这之前，曾同新旅同台演出改编淮剧《王贵与李香香》、凡一作的话剧《二皇抢粮》等。这反映工人业余剧团已具备一定的文艺水平。凡一、钱毅就诗的大众化问题再度讨论，认为过去的毛病是以知识分子的一套去套工农的水准，而不是从工农现有的东西上来提高，没有从群众出发。又认为诗歌之所以没有形成运动有两个因素：一是我们这样的人急于要把它提高，妨碍普及；二是过低估计群众文艺才能，始终停在小调阶段上，妨碍提高。另外，他们想搞个"墙头文艺"，认为报纸的普及形式是"黑板报"，而"墙头文艺"则可作为文艺杂志的普及形式，作品的时间性可以长些，并设想如果办《大众文艺》则可与"墙头文艺"结合。

5月5日　叶挺县委机关报《叶挺大众》创刊。肖克菲、严锋分别任正副主编。李一氓为报纸题写报头。同日，《盐阜大众》报道陈登科做工农记者，延安打电报来。报道中说：华中宣教大会上，冯定同志做总结，提到五

盐城
革命文艺史略

分区培养了不少工农记者与模范通讯员，最有名的就是《盐阜大众》工农记者陈登科。这个新闻，本月二日晚上，从延安又打电报来，全国解放区都晓得啦！这是工农记者的光荣，也是五分区工农通讯员的光荣。五分区工农通讯员要更加油学习，涌现出更多的陈登科来。

5月11日　《盐阜大众》以四版全版出《墙头诗专号》、刊登文广的文章《把墙头诗轰开来》，概述了"墙头诗"的发展过程：1944年3月，《盐阜大众》登过几首墙头诗，但没有想到要发动一个运动；1945年3月，正当动员参军时，《盐阜大众》登了一些墙头诗，并写了三句半，号召大家来写墙头诗，并要求把报上登的墙头诗抄写上墙。这以后，差不多每个任务下来，总有新的墙头诗上报。从群众自己写墙头诗，热心把报上墙头诗写上墙。从群众喜欢墙头诗、下边干部用墙头诗推动工作，使墙头诗同工作结合起来等方面看，盐阜区墙头诗运动已经初步展开了。文章号召把墙头诗进一步开展起来，成为一个大的运动。《墙头诗专号》还刊登阿二的文章《墙头诗有什么好处》《怎样写墙头诗》，还有德生的一组时事墙头诗。此后，盐阜区再度发起了墙头诗运动。

5月13日　苏皖边区政府教育厅厅长刘季平在《新华日报》（华中版）发表《苏皖边区的教育》一文，热情赞扬在群众学习组织里有文艺团体出现的学习组织。如阅报组、识字组、黑板报、农村剧团、农民戏班、秧歌舞队、俱乐部等。

中旬，华中文协改组，决定与五分区结合。《大众文艺》由秦加林、陈允豪、钱毅、陈登科负责。戏剧由苏堃、凡一负责。

5月29日　《盐阜大众》副刊发表福林的《怎样写地方性墙头诗》、广文的《组织墙头诗小组》，同时还发表一批墙头诗。前文讲：地方墙头诗因为内容和当地群众生活、思想更密切联系，因此容易写得生动、有力，起到的作用更大，还可以作为当地的村学教材。文章还说：地方性墙头诗更简短，可采用当地民谣风格和形式，可以联系本地历史、地理、风俗、风景人物的特点来写。

5月31日　苏中知名文化人、《甲申记》作者之一的沈西蒙等三人由钱毅陪同到淮安城苏北文工团驻地，听淮调。特请雪飞唱了几段。很赞赏雪飞的唱腔、嗓音和唱法。

本月，边区实验京剧团排演由陈毅从延安带来的平剧本《三打祝家庄》，排演不到一个月就正式演出，使人们看到京剧改革的方向。苏北美术工厂提升为华中美术工厂。

附录
盐城革命文艺主要活动纪事

6月4日　地委宣传部在《盐阜大众》报社召开"大众文艺座谈会"。王洛夫、钱璎、张天虹等许多文艺工作者出席了会议。《盐阜大众》副刊编辑部著文，要求各地飞快把墙头诗小组成立起来，并说：各地墙头诗运动又慢慢地轰起来了，这回子靠大家的力量一定要把它越轰越大，越写越有根基。文章说阜宁等县的墙头诗已普遍写上墙，希望没有写上墙的县飞快行动起来。文章介绍：阜宁县从北沙到阜城四十里的村庄墙壁上，到处是墙头诗画。

6月7日　淮安县蒋桥区总结经验的文章《怎样利用小调推动工作》在《盐阜大众》发表，该区体会到小调已在全区使用，成为号召群众、教育群众、教育干部的很好形式。小调都是根据任务和事实及实际思想编写，所以效果好。《盐阜大众》编者写了《三句半》，认为："利用小调推动工作的这种做法，还是一个新的创造，是值得介绍给大家学习的。"

6月10日　《华中少年》在清江创刊。李一氓为刊物题了词："经过战争与民主的锻炼，在抗战的炮火中生长起来，在无比的自由气氛中工作和学习。新生的一代，有对解放自己的热爱，也对自己光明的努力。"由任干、张渔、左村、张侬、王云飞、陈非别、王德威、黄淑宽组成编委会，负责整个编辑工作。同时又由华中的党政军文知名人士范长江、黄源、阿英、张爱萍、刘季平、白桃、谢冰岩、汪达之、赖少其、赵平生、车载、陆维特、适夷、江凌、苏苏、章枚、刘瑞龙、华应申等20人组成"少年文学顾问会"，对杂志的创办宗旨、方向、内容，特别是文学创作方面进行指导，并为刊物写稿。

6月13日　苏北文工团从5月20日开始的整风学习历时20天，今天结束。地委胡额定进行组织整顿：由凡一、尤挺俊分别任正副团长，王勃夫、李健分别任正副指导员。团部下分写作、美术、音乐、演导、农村剧团工作5个单元，分工负责各自方面的业务。又决定由张天虹、王洛夫、王东藩、钱璎、长虹5人组成研究组，负责文艺研究工作和帮助编导。还决定扩大团体，不日下乡开展农村、各军区的群众文艺工作。

6月15日　五分区文艺工作者联合会（简称艺联）在淮城苏北文工团住地成立。分区直属机关、苏北文工团与各县的文艺工作者代表80余人出席会议。会议主席凡一、地委宣传部部长熊宇忠讲话。他们在讲话中肯定全区文艺工作成绩很大，仅农村剧团就有600多个，秧歌队800多个，男女团（队）员2万多人。认为在有了统一组织后，将会越搞越兴旺。会议通过《简章》，并对工作提出意见。会议以提名通过的方式选举陈允豪、凡一等23人为理事（各县都有一个理事）。会上，还有苏北文工团同志为之清唱助兴，大家边喝茶、边吃糖果、边座谈。会议代表叶挺县委宣传部部长戴星明说："今天耳福、口福、眼福都享受到了。"

6月16日　五分区艺联理事会举行首次会议，推选凡一、陈允豪为正副理事长，钱毅负责出版部工作。

6月18日　五分区艺联出版部编委会在苏北文工团住地讨论编写剧本问题，主要是准备自卫反击战和翻身做主人两大内容。另外，还写了歌词，又通过了《征稿启事》。

6月19日　福生的文章《在群众运动中阜宁县农民的文艺创造》在《盐阜大众》发表，文章介绍阜宁县在群众大翻身运动中，农民们充分利用从《盐阜大众》上学来的小调、快板、秧歌、说书等大众文艺作品，而且根据当地实际情况创造大量生动活泼的自己的作品。这些作品通过一些群众组织像大风一样地传开来，它的威力是无法估计的。文章希望党的宣传部门和文艺工作者应尊重、注意农民的文艺创作天才，应有意识地、有组织地发挥和培植农民的创作天才。否则，脱离群众而挂名"为人民大众服务的文化"恐怕会变成空喊而已。

中旬，华中文协拟出版的《大众文艺》决定改由五分区负责出版。

钱毅收集了《怎样写小诗歌》《怎样写故事》《大众诗歌序》《从庄稼话里学几种写稿方法》《盐阜墙头诗运动》《叙文诗有偏向》《戏剧的新实验》等文，拟编辑《大众文艺论文集》出版。

6月21日　《新华日报》（华中版）以显著地位登载五分区艺联成立的消息和《征稿启事》。

6月22日　五分区积极筹备成立"文化工作者协会"。凡一、陈允豪等代表艺联出席筹备会议，参与筹备事宜。

6月25日　五分区文艺工作者联合会发出《紧急征稿启事》刊登在今日《盐阜大众》上。启事中说：为供应群众文艺活动要求，互相交流经验，进一步推动全区文艺活动，特决定出版一个大众文艺刊物（名称未定），准备七月出版，急需稿件，希望大家写稿来，如文艺工作活动情况，各种文艺作品：戏剧、话剧、秧歌舞剧、各种杂耍、小调、墙头诗等，形式不拘。

6月28日　福林的文章《谈谈农民之歌的创作》在《盐阜大众》发表。文章讲：在当前农民大翻身运动中，各地都创造了不少新内容的小调、快板、歌谣。这是农民的创造，在运动中发挥了巨大的力量。文章提出：为了更好地开展这个运动，要农民自己来创造，不能只由几个知识分子出身的干部、小学教师来包办这个"编唱"。而这种"编唱"缺乏群众感情，干瘪无味。为此，要大胆发动、认真培养群众来创作。通过集体创作、培养典型和组织起来等办法,把群众创作开展起来。

下旬 新安旅行团开展分散下乡活动,时间四五个月。苏北文工团全体同志参加华中分局在淮安石塘区的土改试点工作。一方面参加土改工作;另一方面体验生活;另一方面搜集创作资料。

本月 中共华中分局印发紧急备战动员的标语口号30条,号召华中军民紧急动员起来,保卫和平、保卫解放区、保卫自己的家乡。要求发动群众,各机关、文化团体把标语口号在集镇显著地位用正楷字抄写上墙。华中美术工厂主办的《大众画报》在淮安创刊,为四开两版石印,不定期,正面登漫画,反面登木刻。该画报只出了几期,即因解放战争开始而停办。五地委在射阳县合德召开地县委干部扩大会议,布置土改,特调阜东县东坎青工剧团、五汛大众剧团、合德青工剧团分别为大会演出《雪恨记》《天下穷人是一家》《家破人亡》等剧。

7月4日 乐锋等3人对墙头诗提出意见。认为现在有的墙头诗硬凑写成,念起来不顺口,建议每首诗只能写一个中心意思,如果要写长诗,最好写成歌谣之类。该意见刊登在今日《盐阜大众》副刊上。

7月10日 《江淮文化》创刊。刊有冯定的《抗日期间的文化宣传工作》、陆维特的《苏北墙头诗运动的回顾和瞻望》、钱毅的《盐阜区的墙头诗运动》、凡一的《盐阜区农村戏剧运动概况》和《华中宣教大会纪事》《大会演出节目表》等文章和资料。凡一的文章系统地叙述了盐阜区戏剧运动发展的四个阶段:第一阶段,1940年秋到1943年敌人大"扫荡"以前,是农村戏剧运动的萌芽阶段;第二阶段,1943年春敌人"扫荡"后到1944年9月各县文工团集训以前,是农村戏剧运动全面开展掀起热潮阶段;第三阶段,1944年9月各县文工团集训到1945年5月各县文工团第二次集训,是农村戏剧运动逐渐深入,走向巩固提高,是发展最高潮时期;第四阶段,1945年5月以后直至现在(1946年3月)因文工团走向城市,配合大反攻宣传,总剧联也忙于大反攻准备,对农村戏剧运动放松领导,剧本供应也很少,所以农村戏剧运动处于停滞状态。创刊号还发表美术工作者的许多作品,刘汝礼设计了封面,黎冰鸿画了扉页,杨涵作了大幅套色木刻,赖少其发表文章《华中美术工作的趋向》、吕蒙发表《"铁佛寺"连环木刻集体创作经过》等。《华中少年》第二期出版,载有《涟东县儿童团两个月的伟大成绩》。文中写道:"上月在新旅苏北分团涟东工作组帮助下,全面性地开展了民主斗争和反内战宣传运动,逢集宣传有76次,在农村宣传285次,演戏213场次,写标语7586条,受教育161 000余人。"

盐城
革命文艺史略

曹耀南等人从创作实践总结了《编小调的一点经验》在《盐阜大众》发表。文章认为：编小调只能一次一件事，一个中心思想；词句要很自然，不能拗里别三的，还要合谱，不能过长过短，在调门方面应该内容不同而有喜怒哀乐几种，使内容与调门感情配合；注意押韵脚。编小调是给人唱的，是唱给人听的，所以在内容、调门、韵脚上就必须具体、生动、有情有节、顺口、让人听懂。

上旬　苏皖实验京剧团积极排练和准备演出《三打祝家庄》，还准备同清江市两个平剧院合并，使之成为华中典型的旧剧人剧团。

7月13日　《盐阜大众》副刊编辑室著文《提倡墙头唱》。言及：盐阜区墙头诗运动渐渐轰开，的确起了不少作用，大众是欢迎的，但它只有识字的人才能看，不识字的听了也不容易记。为了使墙头诗能为不识字的工农大众接受，因此提倡墙头唱。《盐阜大众》除发表不能唱的"墙头诗"外，也发表能唱的"墙头唱"。要求同"墙头诗"一样：简短有力，一个唱就是一个内容，加上一个条件就能唱。

7月14日　延安《解放日报》今日以《盐阜区300万群众团结在秧歌队周围》为题，报道了盐阜区农村文艺活动大发展的情况。称：苏皖五分区（苏北盐阜区几个县市）的农村文娱活动亦随着教育普及而大发展。全区已有440个农村剧团，共有7 498名团员；1 855个秧歌队共有5 368个女队员，1 235名男队员，在4 000余次演出中，有300万以上群众卷入文娱热潮。以学校为中心组织的黑板报有1365块，分布在全区各地，所有男女农民均有参加学习和享受文娱的机会。

7月16日　《盐阜大众》副刊刊载了盐东县伍佑区墙头诗小组集体创作的一组墙头诗，并写了《介绍本期墙头诗》一文，认为这组墙头诗写得非常生动、实际，能打动人心，产生力量。文章还说：墙头诗运动自五月份再度发动以来墙头诗来稿一堆又一堆，情况非常好，且有不少优秀作品。但也有老一套、老八股、空洞、语言无味、不生动的作品，希望克服，一定要向群众学习，向实际学习。《盐阜大众》附刊登的伍佑区创作的墙头诗，其中两首分别为："佃户！佃户！实在是苦，汗珠子直滴，草树衣乱飘，爬上车去腿发抖，走下水地蚂蟥咬，一年苦到头，苦到几石粮，老板一到，一半光了。""水地脚陷几尺深，旱地光板又烫人，暖天汗珠直流，寒天冻块多硬，三更唤牛，半夜耕田，苦出粮食，整挨地主剥光。"《新华日报》（华中版）副刊发表陈登科的第一篇文艺性散文《孩子们——建大附设幼稚园巡礼》。

7月19日　盐东县南洋区在召开的教师、塾师、群众团体和区分干部会议上，成立了区宣传委员会和剧团。领导和开展备战、参战的宣传活动。在路边演讲、搞乘凉晚会、演戏等等。

7月28日 《盐阜大众》副刊介绍叶挺县秦南区福泉乡西顾村贫农小组集体创作的一组《新庄稼话》。指出："农民的创作是最生动、具体、有力、入骨，因为这是他们自己要说的话，自己的行动口号。"

本月 淮安县委出版《战动报》，光边纸四开，单面刊印，每期两版。内容主要是动员群众，反对内战，支援前线。该报后共出3期，因国民党进攻两淮而停刊。延安木刻在清江展出。作品反映人民生活，有着人民喜欢的内容，给苏北美术工作者以很大的推动和影响。新安旅行团印刷4万多份"慰问、画版"，到前线去，随军开展宣传鼓动工作。

8月20日—21日，五地委宣传部20日于淮城召开《大众文库》编辑问题会议。熊宇忠部长，华中文协会长黄源以及平生、菡子、郑律、钱毅及宣传部同志参加了会议。熊部长谈了《大众文库》的缘起，黄源讲《大众文库》要着重配合支前任务，赵平生讲《文库》从1942年就叫起，希望不落空，建议要有强力的组织机构来进行。21日，会议分知识、文艺两组分头研究讨论具体提纲。文艺组已初步讨论酝酿计划130本，知识组100本。下午通过各组汇报计划，并成立编委会。华中文协、边区教育厅、新华书店都有人参加编委会。

8月24日 《盐阜大众》报道自日本投降后一年来苏皖边区各项民主建设的成就时讲到文化教育方面：成立了华中文化协会，在它的领导下有平剧、大众戏剧两个实验剧团，还有美术工厂和诗歌研究会。军区有3个文工大队，各分区有分区文工团。农村剧团，秧歌队到处都有。

8月30日 《盐阜大众》刊登新闻：叶挺县护拢区文艺活动在备战清算运动中起推动作用。全区7个乡农村剧团一个月来，平均每个剧团演出3~5场戏，观众达8 000人以上，还有妇女、儿童秧歌队和花鼓队表演20多种文艺形式，又自编小调7首，特别是自编的淮戏《斗争模范周金銮》，对发动群众开展清算运动起了推动作用。

本月 苏皖边区政府从成立起至本月，积极倡导成立各种文化学术团体，文化学术活动空前活跃。成立的文化团体有华中文化协会、文艺协会、新闻协会、社会科学协会、自然科学协会、教育协会、诗歌协会、美术协会等。各行政区、各县市几乎都成立了文工团和地方戏剧团，巡回演出，丰富了人民群众的文化生活。文化事业发展的另一个特点是：出版事业繁荣。全边区共有报纸30余种。刊物亦很多，仅在清江出版的就有十五六种。如《新华通讯》《生活》《民主建设》《江淮文化》《华中少年》《大众文艺》等。全边区还有新华书店20多处。

9月3日　因国民党进攻两淮在即，苏北文工团奉命撤出土改工作地，抵淮安东南之大湾，并将随地委专署向益林一带转移。艺联同志也同时抵达。

9月10日　今日中秋节，苏北文工团在淮安大湾与群众同乐，共度佳节，特演出古装淮剧《辕门斩子》和淮海戏《小板凳》等节目。钱璎、钱毅讨论收集整理盐阜区妇女剧团材料，以推动妇女戏剧活动更好地开展，投身到保卫战宣传活动中去。

9月11日　《盐阜大众》登载彭天的文章《写墙头诗经验》，介绍盐东县伍佑"墙头诗"运动的经验有7条，如按照口头话写，字多字少、句多句少不限定；话要通俗，每首一个中心，多写地方的实际，要配合任务等等。

9月13日　《盐阜大众》报社、艺联、苏北文工团随地委、专署向益林转移。14日抵益林后，苏北文工团继续前进至崔中舍，并由此开始用数天时间集体创作出为前线服务、为战争服务的淮剧《干到底》，并立即排练，同时还排练了秧歌剧《天下穷人是一家》。

9月26日　建阳县妇联会配合目前自卫战争的紧迫任务，进一步开展时事宣传教育运动，在全县教师中选出37个演戏能手组成一个剧团。内分编剧、杂耍、戏剧、标语、漫画、总务等组。现已排好《一坛血》《挨饿》《保田》《慰劳》等戏，到各区去轮流演出。《盐阜大众》今日为此做了报道。

本月　新安旅行团随华东军区机关离开盐阜区，苏北文工团仍留在盐阜坚持工作。五分区文协迁至阜东县东坎市，大部分分散。淮宝县宣传委员会组织30余人的"战时宣传团"（下设宣动股、编审股、总务股），分赴治南、三山一线和北边顺河、陈集一带在民工中以文娱形式，开展自卫战的宣传鼓动工作，并借以推动和组织地方农村剧团参加到战时宣传中来。同时，他们还负责编印剧本供给需要。盐东中学学生在上冈附近排演由李汉飞根据一个真实的故事编写的淮剧《张凤英进校》。内容是：地主家庭出身的女子张凤英在其妹妹张其英的支持下，摆脱地主家庭的阻挠，于国民党开始向解放区进攻时，毅然入抗日民主学校读书，准备走向革命。该剧属于一种"校园剧"，为剥削阶级子女指明一条方向。

10月10日　地委作出出版《盐阜日报》由宣传部副部长高峰兼任社长的决定，同时又决定改版《盐阜大众》为八开四版三日刊。

10月25日　苏北文工团在苏咀东北的郭庄，向部队和地方群众首场演出新编淮剧《干到底》和秧歌剧《天下穷人是一家》。《干到底》是根据动员群众参加自卫战需要，为能适应前方演出和为战士们接受，采用了淮戏的旧形式和悲剧的特点、手法，刻画出国民党军队进攻解放区像当年日本鬼子一样烧杀抢掠、奸淫妇女，无恶不作。刚翻身的农民，为保田、保家乡、保卫解放区，他们杀鸡、饮血酒、盟誓，拿起武器，誓与国民党干到底。剧情中有一段十分感人：一位被国民党军官奸淫的妇女痛不欲生，欲悬梁自尽，又听到还在吃奶的孩子哭喊声，她又要自尽，又舍不得娇生，真是心碎万段。唱着悲调，诉说悲情，泪水直泻，台下顿时形成一片抽泣声；当农民们拿起武器饮血酒盟誓"坚决与国民党反动派干到底"时，台下立即响起了"打倒国民党反动派""坚决与国民党干到底"的口号声，台上台下的声音交织一起形成共鸣，效果十分强烈。这是一出很成功的戏。

下旬　据报纸新闻报道：已经到涟水保卫战前线活动的文艺宣传团体有阜东县前线教师服务团、阜宁青宣队、叶挺县护拢区民勇剧团、苏北文工团等。它们广泛地采用小调、快板、戏剧和印制画报、标语等形式展开反蒋宣传鼓动工作。在五天时间内，阜宁青宣队、苏北文工团联合在阜宁、建阳、射阳等县民工团中演出了四场。特别是《干到底》一戏，对民工教育很深，鼓舞很大。潜隐创作了小戏《空吓一场》在《黄海大众》发表。

11月7日　华东军区医院三分院与驻地建阳县芦沟农村剧团在大崔庄为纪念苏联"十月革命节"举行联欢。芦沟剧团演出了淮戏《白毛女》，三分院文艺宣传队演出了小型多样的文艺节目。张院长、王指导员也登台演出。

11月12日　涟东县王港区在王庄大场上举行文艺晚会庆祝涟水保卫战的胜利。

11月29日　五地委宣传部在自卫战进行到紧要关头，为鼓起军民胜利信心，争取全面胜利，特发出通知，要求在今冬明春加紧进行宣传教育工作。通知第一条就是要快把农村剧团工作恢复与健全起来，要组织县文工组加强业务领导，妥善解决团员出后勤与演出宣传的矛盾。通知还要求积极准备春节文艺活动，目前就要注意教育培养民间艺人，发展秧歌队、唱歌队。发动大家写剧本、鼓词、小调，供给文艺演出用。如果局势可以，可搞个文娱大竞赛。

本月，苏北文工团在涟水保卫战前线先后向部队和各县民工团流动演出《干到底》《天下穷人是一家》以及歌咏等，可以说是日夜战斗。在六纵队演出时，纵队政治部宣传部长吴强（即现代作家）特地代表纵队领导人看望文工团，并以猪肉鸡蛋等物质进行慰问。并说：《干到底》戏内容好、写得好，比我们做动员报告说服力强。《干到底》剧本被各县民工团、文教工作者抄回去后，在全区许多农村剧团里排演，鼓起了全区人民的斗志。

12月5日　阜东县委宣传部召开各区委宣传科长，文教区员联席会议。讨论和部署动员参军的宣传工作，春季文艺活动、冬学等工作，要求普遍展开小调创作和写稿运动。

12月7日　[新华社华中7日电]：名作家阿英在苏皖解放区自卫战中，深入前线写成剧本《自卫》供各地剧团排演。涟水保卫战胜利结束后，又写成《涟水战记》一书。

12月10日　顾鲁竹创作的独幕淮剧《人面兽心》和王东凡创作的三场杂调剧《悔后迟》由"大众社"编辑，新华书店盐城分店出版发行。书名为《人面兽心》。

12月16日　《盐阜时报》文艺副刊发表了陈登科2 000字的特写短文《活埋的故事》，这是他后来成名小说《活人塘》的最初蓝本。

12月21日　苏皖边区政府主席李一氓致函阿英讲："甲：《自由花》拟复刊；乙：拟恢复《大众画报》；丙：《江淮文化》改战时刊。均希你来一谈；丁：我又拟任分局宣传部长，但尚未有计划也。又云：《自卫》可交新华书店印行，《涟水战记》交《新华文综》发表。"

本月　由王博夫、田民合作改编的《活捉反动派》，刘海峻创作的广场秧歌剧《一条心》，沸浪作《打鼓词》由大众社编辑、新华书店盐城分店出版发行，书名为《活捉反动派》。《一条心》主要宣传在当前保卫解放区的战争中是要出大力气的。因为我们采取运动战术，又因我们是正义战争，本身就有力量，只要大家一条心，最后胜利一定会属于我们的。阜东县委决定成立阜东宣工队，成员有沈潜、钱相摩、于俭、杨正吾、汪宇轩、于广生、程正环、程如辛、贺宜、钱诚、左凤梧、王斌、杨剑鸣、王新吾、洪宇富等十多人。钱相摩任副队长，由钱相摩、贺宜作词，程茹辛谱曲，写成《阜东宣传队之歌》，并以此作为自己的行动纲领，歌词是："我们是宣工队，我们是文化兵，我们活跃在敌后方，寸土不让，顽强地斗争。同志们！笔杆就是枪杆，嘴巴就是炸弹，调好了嗓子，发出了最后的呼喊！呼喊！呼喊！真理是我们的，谁也不能侵犯。战斗的号角多么响亮，看！胜利的红旗已在飘扬！"建阳县上冈及周围小学教师在敌占上冈后撤离上冈地区，至建阳县三区组成"战时文化工作队"，排演淮剧《白毛女》《铁骨头》《干到底》等戏和一些杂耍，积极进行文艺宣传活动。盐城保卫战时，盐城县七区以教师为主，组织宣传队上前线演出《干到底》《渔滨河边》等戏，队长为张逸民，演员有邢党民等。

1947 年

1月1日 阜东县长熊梯云在《为开展冬学给各区的指示信》中专谈了"文艺活动的意义问题"。指出："春季的文娱活动不应当作单纯的文娱活动看，应认识到这是冬学的一部书。"要求大家重视这一工作：区级负责同志必须亲自参加布置与推动这一工作；村级干部必须亲自参加这一工作，并且团结村内一切可用的力量，全力进行，使得我们阜东每个角落里都响起锣鼓声，扭起秧歌舞，让广大群众快快乐乐地享受春节文娱生活。

1月2日 从1946年10月12日起至今天不完全统计，《盐阜大众》副刊共刊载文艺作品101篇，有诗歌、故事、小说、通讯、小调、说书、快板、民谣等。它反映了在自卫战紧张时刻，文艺紧密地配合战争，也十分活跃，既有思想性，又有艺术性。如1946年10月15日李文琴作的新诗《美国造》："天上丢下炸弹，/草房倒了；/黄牛腿断了；/死在妈妈的怀里；/还有一个活宝宝。/拾起弹壳一看：是美国造。/地上拖的大炮，/轰隆一声，地动山摇，/一颗炮弹，杀死全家老小，/拾起炮壳一看：是美国造。/蒋介石的后门，/勾来美国豺狼，/飞机、大炮美国造，/害得百姓活不了，/若要日子过得好，/打死反动派，/缴尽他们的美国造。"

1月7日 华中实验剧团赶到沂河慰问参加鲁南战役的部队和华中局在那里召开的高干会议。首场演出京剧《三打祝家庄》，陈毅、谭震林、邓子恢、粟裕、曾山、黎玉等领导人观看了演出。

月初 阜东县在文工组基础上成立宣传队，队长为杨正吾，副队长为庞学渊、汪涛，指导员为陈鹏飞，支部书记为于广生。成员有程茹辛、程正环、贺宜、孙永珍、徐云等30余人，多是小学教师。在文工组时，曾演出杂调剧《送郎参军》、活报剧《一支枪》、大型淮剧《翻身保田》以及《坚持原地斗争》《还乡梦》等剧。其中《送郎参军》剧和《一支枪》剧为杨正吾所作。

本月 根据地委决定，苏北文工团组成4个组，于本月下旬，由团长尤挺军，教导员潘毅等分头率领至叶挺、建阳、射阳、阜宁4个县总队和区队，加强地方部队的文化建设和思想政治工作，多数同志至连队任文化教员，少数同志在总队部政治部或连队任宣教干事、副指导员，积极在部队中教文化、教唱歌、编墙报、讲故事和组织战士业余剧团，搞小型文艺演出活动。去阜宁，建阳两总队的同志还为政治部编印小报，建阳小报名为《原地》，坚持原地斗争之意。由文工团长、总队政治处宣教股长尤挺军任主编；团员、政治处宣教干事刘则先任编辑。射阳县委书记董立为配合开展群众性反蒋决心运动和立功运动，特亲自动手创作《王小二立功》《团结反蒋》两淮剧，由南洋、海河、北陈等乡业余剧团排演。演出好多场次，不仅对反蒋运动起了一定的推动作用，而且促进了农村文艺工作的开展。

2月26日　阿英《敌后日记》记载，他于山东梁家四山新华书店购书多册，其中有山东刊印出版的苏北文工团的黄其明、张拓、范政创作的五幕话剧《淮阴之战》以及方偟作的诗集《红日初升》，还有新四军政治部汇编的剧本集《拥军特集》。

本月　根据党中央指示，苏皖边区政府与山东政府合并，华中实验剧团与山东实验剧团合并，离开苏北。

3月1日　中央宣传部致电各地，征集各解放区文艺政策公布以后的文艺、木刻作品。电文中写道："自1942年延安文艺座谈会以来，各解放区的文艺工作者，在毛主席方针指引下开始与工农兵结合，文艺各部分都出现了很多新作品，以工农群众的语言或他们所喜闻乐见的形式，描写解放区人民反封建的伟大斗争，反映了中国人民斗争的现实，并与群众结合，成为教育群众指导现实的武器，对各解放区土地改革、生产活动、抗日爱国、自卫战争，发挥了巨大的推动作用。"这些作品的出现，使"五四"运动以来的新文艺运动进入一个新时期。一改小资产阶级知识分子圈子的面貌。这些文艺创作的成绩，需要加以总结，表扬其中优秀作品，巩固已取得的成绩，使新中国的文艺运动推进一步，为此，延安将组织评论委员会，来进行这项工作。电文把推荐项目明确为：小说、诗、秧歌、戏剧、群众歌曲、连环画、说洋片、木刻、连环画以及其他形式的作品，如有特色者亦可，军队中的作品也包括在内。

中共华中十一地委机关报《黄海日报》《黄海大众》出版。地委在《决定》中指明：《黄河日报》以区级以上干部及一般读者为对象，辟有不定期的副刊；《黄海大众》以乡村干部、小学教师、农村剧团及黑板报工作者以及广大农民群众为主要对象，以大众文艺（包括小调、快板、诗歌、短剧、政事、木刻等）为主要内容，还有时事教材、大众卫生、小科学、地方新闻、国内简讯等。《决定》还明确"黑板报"亦应成为广大乡村农民自己的喉舌；应成为乡村支部自己的机关报；应成为广大工农大众稿件大量发表的场所；应把它推广到乡村每个角落并经常化起来。首先要求每个区必须有一块模范的经常化的黑板报，逐渐做到每个乡村一块以至几块；已经做到的应力求提高编辑技术，稿件质量，组织编委会并吸收更多的工农来参加黑板报的工作。《黄海大众》发表福林的《坚持大众文艺》一文，讲："在这次'大风暴'（注：指蒋介石进攻解放区）前，《盐阜大众》编辑部收到的小调、快板、墙头诗、短剧、唱词等大众文艺稿件每天总有两篇以上,同时,在盐阜区广大农村和集镇到处可以看到农村剧团的演出,墙头诗、墙头画到处皆是……但是'大风暴'一来,大家忙于武装斗争,大众文艺就冷落下去了,其实这是不对的。现在盐阜局势又趋稳定,大众文艺也到了重整旗鼓,广大发扬的时候了。"文章还谈到在这"枪刀血肉"斗争的大众文艺,虽然没有系统地搞,但仍有自觉地、自发地创造了不少适应当前斗争的文艺作品。尤其是阜东县的边区宣传工作队在敌人碉堡下活动,一首争取还乡团的墙头诗使还乡团看了呆若木鸡,动摇起来;在敌人夜晚撤退,白天占领的"游击据点",敌人看到大量墙头诗画,吓得不知所措,疑为新四军从天而降。文章在谈到群众的文化活动时说:地委宣传部印了一本《人面兽心》的剧本,还没有发下去,各县农村剧团好像找到宝贝一样抄来演。射阳县还油印翻印。在阴历年关前后,各地农村剧团自动找剧本排演。群众在这一"血肉刀枪"斗争的时代,对文艺的需要并不比平时来得"冷淡"。文章最后号召:希望文艺工作同志和民间诗人、艺人、工农文艺工作者,大家鼓动起来,把大众文艺运动更广泛、更深入地展开。

3月2日 新华社盐阜分社及《盐阜时报》特派记者、前《盐阜大众》副主编、著名文学家、戏剧家阿英之子、大众文艺积极的实践者、中共党员钱毅在淮安石塘区前线采访时被敌俘,英勇牺牲,年仅23岁。他自1941年随父来苏北解放区,即从事农村戏剧和新闻工作,曾编有《庄稼话》《大众诗歌》等大众书多种。常谓:"决心将全生献给工农大众文学事业。"他在被俘时,蒋军逼其"自新",他厉声说:"你们没有资格和我谈话",又说:"宁可枪毙,决不'自新'",表现了宁死不屈的英雄气概。钱毅的牺牲,是苏北特别是盐阜区文化事业的一大损失。

3月4日 《黄海日报》刊载钱相摩写的《阜东宣工队在边缘区工作的经验》谈到"在靠近边区的地带,小型广场剧、杂耍还可以演出。惟须以游击姿态出发,不必过度讲究正规,数量多则内容一定要新颖"。

3月12日 阿英写了《写在爱国自卫战行列中的戏剧工作者》(提纲)指明:"在爱国自卫战行列中的戏剧工作者是英雄的自卫战争斗士,是这伟大时代中一切生活现象的表现者与舞台上的表现者,他应该具备着有关战争的政治、军事基本知识,熟悉人民生活。"戏剧工作者"应该有计划地在各个不同的环境里、战斗的每一环节里深入地参加实际斗争,丰富自己,也就是丰富了作品的内容、丰富了显现在舞台上的对生活的认识和了解"。要注意"掌握领导干部,战士、民夫,在战争中的农民妇女及俘虏的关于战争语言的规律性、生动性与形象性——他们的语言如何因战争而丰富起来"。他还热情地指出："战争已接近全国反攻阶段，我们的戏剧运动也应该努力爬过山头，更有计划、更有力地打击敌人，追击敌人，打垮敌人，我们的戏剧工作活动要更有效地提高我们战士的战斗品质，加强、加快地转变俘虏的生活思想，使得更积极参加战斗，更强地从心理上建设后方的铁的洪流——坚强的后勤组织。伟大的戏剧工作者，必然是伟大的斗士。"

3月23日　新华社盐阜分社为钱毅牺牲特向在山东的钱毅父亲阿英发去唁电，盛赞钱毅"富有文学天才"，"平时工作认真，学习努力，曾被选为模范作者"。唁电请阿英"勿过于悲痛，以免影响健康"！

3月24日　延安陕北广播电台播放了钱毅牺牲的消息："新华社华中分社特派记者，阿英的公子钱毅最近不幸为敌人所捕，英雄牺牲。今年23岁，中共正式党员。"

3月25日　阿英想到钱毅在上海时常钦佩夏完淳及南湖一班殉难者，特为之写一副挽联："游乎仁，游于义，当年熟读南冠草；不负国，不亏党，今朝重谱正气歌。"

3月26日　阜东县宣工队在獐沟区贫雇农代表大会上演出《翻身活报》《决心立功》《要活命，只有干》三剧。

3月27日　陈毅于山东军部接见阿英对他进行慰问，并说："钱毅死得很可惜，你要好好地搜集他的遗文，替他编个集子，好好地纪念他。"

3月28日　苏北区党委作出《关于出版〈苏北日报〉〈苏北大众〉的决定》："为加强指导苏北全党全区工作，区党委特决定出版《苏北日报》和《苏北大众》。"《苏北日报》以区连以上干部为主要对象；《苏北大众》则以乡村干部及基本群众为主要对象。

3月29日　十一地委宣传部，《黄海日报》社，《黄海大众》社上午于驻地举行追悼钱毅大会；地委宣传部写了挽联："恨蒋贼，万恶无耻，夺取阿治生命，使大众文化事业，少了一个健将；愿我等，一致奋起，誓为勇士复仇，在爱国自卫战中、添出数万英雄。"在追悼会上，凡一介绍其生平说："钱毅幼年即喜爱戏剧，在上海曾参加上海剧艺社、中国旅行剧团，1941年来苏北参加抗日，先后在一师一旅服务团、三师鲁工团工作，后又助编《新知识》。1944年7月开始编辑《盐阜大众》，今年初，改做外勤记者，他曾确定'终身为工农文化翻身而努力'。"地委宣传部部长熊宇忠参加追悼会并致悼词。

本月，钱璎作独幕淮剧《决心》在《黄海大众》发表。

4月1日　《苏北日报》创刊发行。

附录
盐城革命文艺主要活动纪事

4月3日　《黄海日报》简讯："阜东县各地农村剧团不论在前线后方都很活跃。"如宋兴、雷荡、姚港、五讯、郭集等剧团，经常在各处演出，配合坚持斗争、立功、生产、土改复查等中心工作。

4月5日　今日清明节。李一氓在山东沂水将赴烟台时写诗一首：《将赴烟台赠阿英》，充满了对钱毅牺牲的痛心之情和对阿英的慰问之忱。该诗后载1948年9月5日《大连日报》副刊《海燕》上。

4月10日——16日　滨海县双港区的殷庄、上兴、新太、灌云、祝周等5个剧团，在双港区召开的乡村干部大会上先后汇报演出《李月英寻夫》《军民铁拳头》《自家人》《一支枪》《大红花》等戏，观众上万人。

4月11日　《盐阜日报》《盐阜大众》分别改为《苏北日报》《苏北大众》，都为苏北区党委机关报，《日报》为对刊两版，《大众》为八刊四版三日刊。《苏北日报》由周一萍任社长，秦加林任编导主任，王维任通讯部主任。

4月12日　华中十一分区于7日召开首届宣教大会，历时6天。会议总结宣教工作成绩和布置今后任务。在谈到农村戏剧运动时说："农村剧团亦增加极多。射阳通洋区不仅乡乡有，不少乡几乎村村都有，剧团成为贯彻政策与完成任务的主要动力。群众从看戏中，时事、政治认识大大提高，农村气象活跃万分。"

4月18日　《黄海日报》载苏北文工团在射阳工作组所写的《地方文娱工作经验点滴》一文，总结他们在射阳县总队两个多月文娱工作的经验，其中有积极培养连队下层文娱积极分子，以活跃连队为原则；掌握时间性和适应情况的多种灵活的方式；组织战士开展"战士宣传运动"，使战士成为宣传力量；使文化课与唱歌词、小调结合等等。这在坚持敌后武装斗争的情况下，如何开展部队文娱工作，活跃部队文化生活，加强对战士的时政教育和对敌宣传等有着积极的意义。

4月28日　《黄海大众》报道：滨海县双港区大批农村青年男女都卷入文娱热潮里，先后成立殷庄、上兴、新太、腰庄、长兴等剧团，连同原来早已成立的双港剧团，共排出《活捉反动派》《要活命就要干》《自家人》等四五十个节目，仅双港剧团已演出8场，观众2万余人。现在全区无十天不演戏，活跃异常。

下旬，阜东县宣工队以钱相摩为首，动手编排了剧本《主人》，在县委扩大会上演出。剧本从采访到编写，演出只10天时间。于俭民、杨正吾也参加了编写工作。苏北军区政治部油印出版《战号歌集》，为不定期刊物，至5月1日出了第二期。刊有平波的《立功轮唱曲》、方德宏的《积小胜为大胜》，孙荣、谷光的《打倒内战凶手蒋独裁》等歌曲。

本月　十一地委在《黄海日报》上发表文章，介绍阜东宣工队的经验，表彰了钱相摩和宣传队的功绩：先后编写了《如此一日》《儿女泪》《扬州风雨》《翻身做主人》《大小花子》《寸土不让》《真面目》等许多剧本和其他文艺作品。新华书店11分店出售《大众诗歌》《大家唱》（上下集）和《同志！你走错了路》《应当去》《干到底》《人面兽心》《穷人是一家》等剧本和文艺书籍。陈登科调《苏北大众》任编辑，他写出第一篇报告文学《铁骨头》，于5月在《苏北大众》连载。此后，他写出了第一部中篇小说《杜大嫂》。该小说于1950年11月由文艺丛刊、丛书编辑委员会出版发行。

5月16日　阜东县农村戏剧运动正蓬勃展开。《黄海日报》报道：全县已由一年前的30个剧团飞跃发展到105个，其中，尤以五汛大众剧团历史最久，规模最大。该团有团员75人，女的就占三分之二。分设妇女组、儿童组、普通组，有正副团长3人，团委会由13人组成，下设一个导演组。

中旬　苏北文工团工作组在建阳县总队组织指战员业务剧团，排导《天下穷人是一家》等节目。

本月　阜东县政府为配合土改进行再度复查和改选干部工作，特主动组织165个农村剧团在各乡普遍开展文艺演出活动，以克服过去文艺活动落后于政治任务的倾向。在方法上首先由县宣工队配合县委工作组，结合典型深入收集具体材料赶编《大家做主》剧本及其他文艺演唱材料，边编边排在县活动分子大会上演出以教育干部，并通知各区有基础的剧团派代表来观摩演出，回去在剧团中组织排演，在各区干部和贫雇农带头会上演出，创造以戏剧代替报告的新范例。同时，又调各乡剧团到区观看演出，回去后立即排练，在群众中演出，使民主团结运动在全县普遍展开。而这也使各农村剧团业务提高一步。

6月3日　射阳县陈坎区智谋乡剧团在陈坎区召开的庆祝鲁中、东北和沟墩战斗大捷举行的全区民兵大检阅会上，演出现编的淮戏《沟墩大捷》。（注：鲁中大捷指孟良崮歼灭74师，击毙张灵甫；东北大捷指东北联军在怀德战役中歼敌两个整编师。）

6月6日　盐阜区一高中和苏北农纺专校学生剧团在农纺专校礼堂为一高中、农纺专校、盐东中学、滨海中学4所学校全体教师和阜东县初教联代表60余人参加的纪念"六·六"教师节会上演出大型话剧《升官图》《雷雨》。它反映出学校戏剧运动已提高到一个新的水平。

6月11日　阜东县召开全县教师大会评功。阜东宣工队荣获一等功，成为以文艺形式对敌斗争的一面旗帜,该队的领导钱相摩、杨正吾获二等功。

6月26日　淮安县委负责人艾汀写信给钱璎(钱毅姐姐),并请告阿英,报告钱毅3月1日夜被敌俘而后牺牲的详细情况,信尾说:"钱毅同志在文化工作上具有极大的前途,他的牺牲是一个不可弥补的损失。"

6月29日　《苏北日报》报道:叶挺县文化界爱国民主运动联合会成立两个月来,在坚持斗争中起了巨大作用。自4月8日全县宣教大会上400余宣教工作者要求成立联合会后,7个区、1个县直分会以及以乡为单位的行动小组亦相继成立,并吸收地方知青、教师、塾师、民间艺人、农村剧团人员参加。四、五两月扩大一倍以上,达一千余人。行动小组150个,全县文化界人士百分之八十以上都参加了。护拢区模范会员祁秋,日间教书,晚间参加民兵活动,同时,又组织一个武装剧团深入边区演出,庄楼区分会提出在边区消灭空白墙的口号,书写了大量标语并画上漫画。仅胥仇庄在敌占前3小时就写了墙头诗80块、标语100条、漫画7幅,全县统计共写墙头诗3 561块,标语4 857条,漫画300幅,劝归信581封,争取还乡团9人,逃亡76人,顽化教师17人回归。

本月　东坎青工剧团因情况紧张走向农村,一面演戏,一面与地方剧团建立联系,开会漫谈,交流业务意见,帮助提高业务,半个月来,他们到过蔡桥、五汛港、八大家等地,还到射阳县的新港乡参加民主运动并演出《翻身做主人》淮戏,共演出3场,观众6 000余人。

夏　苏北文工团于5月底,由各县返回苏北区党委。然后,不久便与华东野战军12纵队文工队合并组织12纵队兼苏北军区文工团。团长为谷刚,副团长为陈星楠,教导员为周文。文工团驻阜宁县公兴镇北三大门,积极进行戏剧和音乐创作,创作出《他是我的丈夫》《气壮山河》两个淮剧并进行演出。建阳县暑期教师讲习会30余名教师排练了淮剧《白毛女》等并在所在地芦沟大崔庄演出。

7月14日　《阜东文娱》创刊。《发刊词》讲:土改以后,农村气象一新,农民不仅在政治上做主,经济上翻身,而且在文化上边有迫切要求,特别在农村文娱上表现得极其明显。单拿阜东的情况来说,从据点附近到辽远的地方,没有一处没有文娱活动;从大的政治任务到每一个纪念节日,也没有一处没有锣鼓喧天。这是自古以来未有的事,也是亘古以来未听过的事。这些现象只有在解放区里才会有,也只有在土改以后才会发生。因此我们不仅应该设法巩固它,而且应该有力量发展它。巩固发展不是空谈得了的,必须在行动中来贯彻,在实际中予以推动,因此《阜东文娱》的诞生有它一定的价值的。它具备了时间性与空间性，没有它，阜东农村文娱会因缺少营养而逐渐枯寂；会因缺乏材料而陷于停滞；反过来说，由于《文娱》的创刊，会使阜东 105 个农村剧团能够滋长起来，会进一步开放鲜艳的花朵。所以，我们欢呼：让这些鲜花继续开放起来吧！更希望《阜东文娱》能够不断地出版！

7月26日　阜东县各宣工组在东坎举行的万人为动员参军和参军者 43 位功臣贺功的"庆祝人民功臣大会"上演出秧歌舞、挑花担、一担挑等民间文艺节目。东坎青工剧团晚间演出《雪恨记》专场。

8月6日　苏北军区为庆祝叶挺县（盐城）8月12日解放，于益林郊外召开有 2 万余人参加的庆祝叶挺县大捷表功大会，会上骑兵举行了马术表演。晚上，原准备 5 个舞台，12 个剧团同时演出，后因风雨，仍有苏北文工团、五军分区剧团、羊寨、益林、角巷、杨集农村剧团上演话剧、淮剧等多种节目。

8月7日　《黄海日报》《黄海大众》停刊，并入《苏北日报》。

8月14日　苏北军区政治部编印出版的《战号歌集》第二期搞 3 个《军区文工团创作专辑》，共收集了文工团同志近期创作的 11 首歌曲。其中有王洛夫的《大家都来立功劳》、戴煌的《歌唱领袖毛泽东》；戴煌、张天虹合作的《慰劳歌》，王克方的《打倒反动派》，桂才、佩琴的《保住粮食》，滕佩的《茭菱谣》等等。

9月　撤销苏北、苏中区建制，成立华中行政办事处和中共华中工委，原苏北文工团从十二纵队文工团中调出，恢复"苏北文工团"名称，升为华中工委领导的文艺团体。苏皖边区第五行政区、第十一行政区合并，仍为第五行政区，孙兰任五专署文教处长，成克坚为副处长，不久，顾崇实任副处长。中共华中十一地委宣传部编辑、黄海书店出版《戏剧杂耍丛刊》。《丛刊》之一名为《翻身报恩》，刊载程震环的活报剧《翻身报恩》，无忌、凤梧、拓荒、王斌合作的戏中戏《送郎参军》，程茹辛、新林合作的《刨穷根》等 3 个戏剧杂耍节目。《丛刊》之二，刊载无忌的 6 幕杂调剧《刨穷根》，刊名亦为《刨穷根》。

10月3日　《苏北日报》《苏北大众》停刊，调出一部分同志到华中工委办《华中日报》，后改为《新华日报》。

本月　苏北文工团在华中工委和华中办事处主任曹荻秋的批准支持下，在华中工委驻地合德排导大型歌剧《白毛女》，这是该团首次，也是苏北根据地开辟以来首次排导的大型歌剧。在凡一为首的主持和组织下，歌剧《白毛女》被移植为6幕淮剧《白毛女》，并由苏北新华书店刊印发行。吴纲（凡一）在导演《白毛女》的几点意见中讲"《白毛女》是一部大型歌剧，在叶挺、建阳等县有些农村剧团改编成淮剧演出……这个剧本对农民阶级仇恨的增强，斗争情绪之提高所起的作用是很大的"。"最近苏北新华书店把《白毛女》改成淮戏印行，这样会使《白毛女》在各地普遍演出。"淮剧《白毛女》的移植是成功的，以致后来在盐阜各地许多农村剧团中组织排演，极大地提高了广大农民的阶级觉悟和对敌斗争的坚定性。

11月11日　淮安县俞县长在文教工作总结报告中提出：要整顿农村剧团，多排戏，开展各式各样的文娱工作……

中旬　苏北文工团经过整整一个月的精心排练和做好舞台各项准备工作后，于合德轧花厂大院内公演大型歌剧《白毛女》，连演五天。曹荻秋、陈一尘等华中办事处、华中工委领导同志和机关干部观看了演出，合德及附近群众均饱了眼福。虽然是歌剧，但因剧情感人，再加演员认真进入角色，且唱吐清楚，广大群众能听懂看懂并深受剧情感染。在杨白劳自杀和喜儿被黄世仁奸污后张二婶帮助她出逃这两场戏中，许多观众都流下了泪水。剧中由徐佩琴、吕波、马桂才、徐月亮、董叶、陈伟、吕荣中分别扮演喜儿、杨白劳、黄世仁、穆仁智、黄母、张二婶、赵大叔。12月间，文工团接受十二纵队邀请由合德连夜经水路、陆路，步行和骑马赶至东坎西十五里的外套，为配合部队进行阶级教育于雪后寒地演出《白毛女》。

12月7日　《盐阜大众》复刊，并发表专论《又与大众见面》。专论说："《盐阜大众》过去是我们工农顶喜欢的报纸，特别在帮助工农文化翻身这一点来说，起的作用更大。"这次《盐阜大众》的复刊"不但要成为工农文化翻身的武器，而更重要的是培养区乡工农干部的工作能力和政治水平"。复刊的《盐阜大众》专辟《翻身文化》副刊。禾斗为此写了《漫谈"翻身文化"》一文，表明"今后《翻身文化》这个副刊坚决为我们工农服务，为彻底铲除地主阶级的封建文化而斗争。使它真正成为我们工农新文化的地盘"。文章还说："《翻身文化》的内容包括诗歌、木刻、快板、小调、故事、歌谣、趣话、墙头诗、大鼓词、文艺通讯等等，使我们工农尽量发挥写作天才，同时，也成为我们工农文化的供给和法宝本。"

12月16日　《盐阜大众》发表一组六篇《农民的诗歌》，通俗、朴素、生动。

12月19日　《盐阜大众》副刊《文化翻身》第5期刊登陈毅《反攻形势》诗一首，生动地反映了当时大反攻的胜利形势。

12月20日　五专署发出《为开展1947年冬学运动的意见》，提出：在目前土改运动中，要不放弃大众文化的教育工作，要在年关土地基本分配完毕，群众庆祝翻身时，把小学、中学师生、知识青年组织起来开展文娱活动。新年文娱所需剧本、小杂耍、小调等，冬委会、文教区员必须广为搜集上寄，由专署整理选印成册下发。

月底　阜东县潘荡区教师宣传队从夏季到本月底已编写和演出《我们翻身了》《上江南》《保田保家乡》《白毛女》《王贵与李香香》等淮戏。华中党校组成京剧班子，由吴石坚主持，排演过京剧《三打祝家庄》《龙凤呈祥》等在射阳凤凰头驻地演出。孙立、祝朝奉、李妈、祝小三、宋江、王秀、花荣、乐和分别由吴石坚、孙大翔、吴芝瑜、王东藩、陈瑞桓、孙明之、方萌、何奈扮演。

本年，在叶挺战役后，由十二纵队兼苏北军区政治部主办出版《苏北画报》。社长为芦芒，助理编辑为吴志楷、唐和等。后于1949年春节前停刊。

1948年

1月3日　涟东县百禄镇剧团在本镇公演《白毛女》。

1月12日　盐东县委宣传部发出年关宣传工作的通知，要求贯彻土改宣传的方针，组织通讯员、民间艺人、知识青年努力写作各类文艺作品，收集农民翻身的故事，地主罪恶材料，编写剧本演唱文艺材料，以迎接春季文艺大活动。

下旬　五地委发出《关于当前宣传教育工作的指示》（以下简称《指示》），明确当前宣传工作的任务：应该在整顿和平分土地运动中，大力开展形势、整党和平分土地的宣传教育。《指示》要求："旧历年关即届，我各级宣传部门应立即进行准备组织力量，开展年关的文娱活动……应组织各地农村剧团，演出各种杂耍和戏剧。"《指示》还要求对农村剧团进行整顿："必须使农村剧团成为翻身农民和城市集镇工人、市民的集体娱乐组织，农村剧团的演出方向，不应该专演大戏，而应大量提倡广场剧。"

本月，苏北文工团按华中工委决定，再度与华东野战军12纵队文工队合并，为12纵队文工团。随陈丕显司令员、曹荻秋政委开赴淮南，开辟江淮解放区，从此离开盐阜区。同时，从苏北文工团抽出十几位同志至五地委充实五分区文工队和中学等单位作为文化骨干。

2月1日　为适应春季文艺宣传大活动对文艺材料的要求，《盐阜文娱》创刊发行。创刊号为《春节文娱特大号》专刊，刊有《翻身年》《当家作主》

《平分土地》3个剧本和《打封建》《分得平》《接财神》《大反攻》《天堂地狱》《军民同乐》等6个杂耍演唱材料。

2月2日　《盐阜大众》报道：阜东县和各区都分别建立了剧联筹备委员会。

月初　盐东县委宣传部为迎接春节文艺活动，特组织人员编写文娱材料。李汉飞编写了一出三幕淮剧《假低头》，在农村剧团排演，该剧揭露地主伪装进步，实际上心不死。教育人民不要有怜悯思想，坚持把土改进行到底。该剧后刊载在《盐阜文娱》第二期上。

2月6日　新华书店编辑部在《盐阜大众》报上刊载启事《征求剧本小调》。启事很特别，是一篇大众文艺作品："戏剧小调，到处都要，本店要出此书，手头没有材料，各地农村剧团，创作一定不少，大家互相交流，投到本店发表，每月出它一本，解决各地需要。"真是生动有趣。

2月14日　（今天，农历正月初五）射阳县吴滩区由区大队副大队长李金标带领7个乡民兵，5个乡农村剧团，区队湖船队分三路挺进边区阜宁城六七里路，沿岗河一带大小12个村庄进行轰轰烈烈的文艺演出，对敌展开强力的宣传攻势。使边区人民看到了希望，安定了民心。

2月23日—3月1日　盐城县政府召开春季教育扩大会议，作出七项决定：①认清经济、政治、文化三者是三位一体的不能分开的关系，帮助贫雇农文化翻身就能提高他们的觉悟，有利于搞好生产，发展经济；……⑥要整顿剧团，继续发挥《翻身报》、墙头诗、漫画、土广播、宣传碑等的文化宣传作用。

2月29日　射阳县吴滩区剧联成立，选出正副主任及组织、编导、记功等委员，定出各种制度，又结合黑板报、墙头诗等工作一道开展整个文艺活动，特别是戏剧活动。

3月1日　《盐阜大众》副刊《翻身文化》刊登吴彦生的边区民谣三首，生动地反映了边区群众对国民党军队和解放军的不同看法和态度。《民谣》全文：

（一）大帽一到，鬼哭神叫；
　　　大帽上庄，男女遭殃。
（二）见大帽、心里跳；
　　　见小帽、心里笑。
（三）十里路闻见蒋军味，一个不敢在家睡；
　　　十里路听说新四军，一庄老少都放心。

注：大帽指国民党军队；小帽指解放军军队。

3月16日　舍子的文章《"板话"介绍》在今早《盐阜大众》副刊发表，介绍了最近山东地区创造的一种"板话"新形式，深受广大农民和部队战士欢迎。"大家都来念，都来写，差不多已造成一种运动。"文章又讲了什么是"板话"，"板话"是人民解放斗争的诗歌，"是诗歌的新形式"。它从快板变化发展而来，比快板更不受什么限制。它是生动活泼的带着自然的韵节和板拍，用自己说惯的话来写，念起来很顺口，唱起来也方便，听起来又好听又好懂。假如听的人能分出快慢和高低音，那就更神，更惹人听了。文章建议大家来研究研究。《盐阜大众》同时转载了刊登在《胶东文艺》上少山作的快板《五善福偷枪》供研究参考，借以在盐阜区推动。

朱奋雄收集《阜城民谣》一组，刊登在《盐阜大众》上。它反映了阜宁敌占区人民的心声。《民谣》如下：

（一）粮价贵，草价贵，百样货物跟风涨。除了尿屎没有捐，别的各样全收费。

（二）男也哭，女也哭。可怜百姓饿得脸发白。老爷长官看得白又胖，小厨房里不脱鱼和肉。

（三）心肠毒，心肠毒，射阳河水仿佛哭。好好活人掼下水，白胖尸首顺水流。

（四）东打听，西打听，东奔西跑问消息？听说新四军连连打胜仗，马上解放阜宁城。

3月19日　韩际云创作一组《春耕墙头诗》在《盐阜大众》发表。报社加了编者说："希望大家多写些生产救灾的墙头诗，最好按当地实际情况写。并希望各地宣教工作同志把本报墙头诗很快写上墙。"这一组墙头诗是：（一）亲望亲好，邻望邻好。互相帮助，齐把春耕搞。（二）得田翻了身，赶紧忙春耕。春天耕得好，秋天有收成。（三）儿要亲生，田要勤耕，勤耕勤锄，年年有余。（四）田要加工，土要翻松，春天不种，一年落空。（五）要得生活好，快把春耕搞，秋天收成好，干饭吃得饱。

春　华中党校剧团进一步发展，并排演阿英作的大型历史话剧《李闯王》由姜旭导演。调进来自上海能演戏的大学生学员李仲扮李自成，江旭扮牛金星，海燕扮花鼓女，万里、庄真等负责文武场。陈丕显观看演出，并说"要从李闯王这个戏中吸取教训，我们要反对官僚主义、主观主义"。

4月3日　《盐阜文娱》二、三期出版。刊有《抓活的》《生产救灾》《生产发财》《天灾蒋灾不怕它》《血肉相联》《抓丁》等剧本和杂耍。还有新歌曲和音乐、戏剧业务谈等文章。《血肉相联》是尹子作的小淮戏。

4月22日　《盐阜大众》编者积极倡议"快快成立小调小组"，谈"过去邓政委（邓子恢）曾说'一个小调抵得上一个报告'，这话半点也不假。小调的作用的确不小。为了更好地发挥小调的作用，我们提倡成立小调小组，……只要三五个爱唱小调的人在一起，组织一下就行了。他们的工作主要是集体或个人编小调，唱小调，把报上登的小调都能传开去，……并随时反映群众对小调的意见（小调包括鼓词、快板，能说能唱的小玩艺在内）。"编者最后号召："各地民间艺人和喜爱小调的干部、群众，希望你们快成立小调小组。"

下旬，华中新华书店盐阜分店出版潜隐的《怎样做个演员》一书，作为农村剧团演员的业务学习材料。

5月10日　虞棘创作的广场歌舞剧《张德宝归队》由华东野战军纵队政治部"战斗文娱社"编辑出版，该剧主要描写一个怀着生死顾虑的战士经不起战争考验，偷偷地离开部队，开了小差，回家后，经过许多"刺激"和家庭、群众教育而转变思想，重新回到部队。第五军分区战旗剧团和五分区不少农村剧团后来排演了此剧，对巩固部队起了很好的作用。"战斗文娱社"同时又把姜旭的文章《再读广场歌舞剧》收进书中，文章说："广场歌舞剧的形式乃是来自民间富有民族色彩而又经过提高的新形式，因此，也必然是能为广大工农兵群众所喜闻乐见的形式，故而，我们之所以提倡它，不仅是为了简便节约而已，更应该从新文艺方向（为工农兵服务）的观点上去认识它，我们必须打破一切怀疑与顾虑，脚踏实地勇敢地走向实践。……无论从哪一方面说，广场歌舞剧运动有立即开展的必要，即便有困难，也只有在实践中解决。"

春　阜东县东坎青工剧团扩大改建为东坎区文工团，简称东坎剧团，成员最多达60余人。建团以来先后任团长的有郑通、刑佩、顾节清、庞学勤、顾乃斌等人。相继演出的节目有《松花江上》《渔滨河边》《赤叶河》《白毛女》《雪恨记》《九件衣》《刨穷根》《保田记》《兄妹开荒》《真面目》《新官场现形记》《活捉郝鹏举》《逃出阎罗殿》《英雄好汉》《持枪的人》《刘胡兰》《一家人》《三月三》《抓壮丁》《愤怒的鸭绿江》《志愿军未婚妻》等剧。

6月30日　建阳县秉文区召开有各乡党支部宣传委员、宣传干事、文教主任、小学教师、民间艺人、剧团干部80余人参加的宣教会议，决定：七月份为文艺宣传活动月，要求各乡组织宣传队，排演文艺节目、举行广泛的文艺演出活动，在宣传月后，举行全区文艺大会演，把群众文艺活动推向高潮。

本月　涟东县胡集、南集等区教师组织临时文化宣传队，编印快板、墙头诗等文艺作品散发到蒋占区去，揭露蒋帮罪行，宣传和争取群众。

7月　五分区广泛开展纪念"七一""七七"的文艺演出活动。6月28日，中宣部发出《关于纪念"七一""七七"的通知》，随后，五地委也发出指示，要求各地抓紧这些纪念日，广泛地进行党内教育和党外宣传，与时事教育、战争教育相结合，规定从7月7日到7月13日（自卫战争两周年）为宣传周。开展各种文艺演出活动。7月7日，地委宣传部发出一批宣传品，如《中国共产党简史》《文娱》杂志等，每乡一份，还有墙头诗、墙头画等。阜宁县政府也作出指示，根据农村农忙特点，广泛开展文字宣传，在市镇上开展小型文娱活动。建阳县秉文区举行全区文艺演出大比赛，建西乡农村剧团用了3天时间，排演了《钱竹子》《快种大麦》《粉碎蒋匪巢战》等杂耍剧。在宣传周内每天到各村巡回演出。

8月　《盐阜文艺》（由《盐阜文娱》改刊）第7期，刊有林大心创作的独幕剧《秋收》等剧。

9月5日　《大连报》副刊《海燕》刊载阿英在钱毅牺牲后第二个记者节写的《纪念钱毅同志》的文章。文中节抄了小惠（钱毅弟弟）的哀词，词中讲到钱毅曾要小惠"好好注意中国气派，中国作风，多征求农民意见，创造一条新的大众艺术的路"。

本月　五地委成立盐阜文工团，以杨正吾为团长，张玉哲为指导员，主要成员有庞学渊、程正环、程茹辛、徐雨华、阴署吾、郑亚琴等。该团成立后，演出过《柜中人》《兄妹开荒》《民工张仁贤》《保翻身》等淮剧、秧歌剧，后来该团曾到淮海战役前线向部队和民工进行慰问演出，受到部队和民工热烈的欢迎。该团还到淮安的钦工和淮阴泗阳、众兴、大连集、施村以及江苏安徽交界处的归仁集向群众进行演出。

10月16日　五专署决定举办"盐阜区干部学校"简称"盐阜干校"，培养和训练各种建设干部，以适应形势发展需要。今天《盐阜大众》刊登盐阜干校招生广告。干校由专署副专员骆明兼任校长，地点设在阜宁县砍集区大崔庄，学习时间暂定5个月，11月5日开学。干校开办后为丰富校园文化生活，特设立总俱乐部，调刘则先任总俱乐部主任。曾组织学员临时剧团排演大型淮剧《参军去》和小型独幕话剧《锁着的箱子》，在举办第二期时，还在三队（青年队）抽调音乐爱好者组成青年歌唱队，由顾念潼负责领导和教唱，活跃了校园。

本月，五专署有关部门提出师范学校教学计划，强化师范文艺课程的教学。明确规定：音乐2周44课时，美术2周44课时；戏剧1周22课时。对简师班规定为：音乐2周28课时；美术2周28课时，第二学期均增加至30个小时。计划还规定：为贯彻大众文化的文艺要求，课文阅读以研究大众文艺（如赵树理的创作等）为主，建立正确的大众文艺观点，实践赵树理的写作方向，深入进行记叙文、诗歌、小调的研究和练习。还要使一般学生能看懂一般简谱、会唱简单歌曲，有条件的搞音乐选修科，加强音乐训练，提高音乐水平，课后组织歌咏小组，加强练习等等。

秋　在全国大反攻形势下，各战场捷报频传，好消息很多。《盐阜大众》时事版已无法应付，群众也感来龙去脉不清，于是特辟《大反攻》说书专栏，由夏宁根据每日收到的各战场战报、通讯、特写、资料等用章回小说体裁编写，连续介绍各战役发展过程，每日一回，每回一、二千字，从刘邓大军渡黄河写起，共写了50回。刊载三十几回，剩下的辽沈战役几回编成《秋风扫落叶》小册子，由新华书店出版发行。这种形式很为群众欢迎和接受。（注：作者夏宁在1978年开始整理并陆续出版的《解放战争通俗演义》中的《淮海大战》《辽沈决战》两书就是在此基础上整理而成的。）

12月1日　叶挺县委召开宣传教育工作会议，决定叶挺书店迁入盐城市区，尽快建立民间市场，做好书刊发行工作。

月初　盐阜书店为农村剧团服务，特出版《大众戏剧丛书》《怎样化装》一书，由吴纲（凡一）编写。另还出版《民工小唱》单行册。

12月9日　华中工委决定，把华中公学改为华中大学，由合德迁来盐城约千人，今日举行成立大会。校长为管文蔚，教育长为董希伯，副教育长为唐君照、吴天石。今日晚，大学在盐城举行纪念"一二·九"晚会，表演了"学生运动大联唱"。

盐阜区最后一个城市——淮安解放。至此，盐阜区全部解放。

12月10日　两淮（淮安、淮阴）市政府发布《淮市政府布告》转告中国人民解放军苏北军区司令部、政治部联合命令第三条："凡一切公用慈善文化教育机关团体娱乐场所、教堂及名胜古迹等，本军一律保护，并严禁任何破坏滋扰，其所有服务人员应负责保护资料、机器、账册、图表、档案，并照常工作，听候民主政府分别保护和接收，服务人员可量力录用……"市长为吴觉，副市长为叶胥朝、夏仲芳。

12月21日　中国人民解放军苏北军区两淮军事管制委员会发出《布告》淮字第3号云："为贯彻本军之城市政策，保护一切文化教育机关及慈善学校团体，凡我部队机关一概不得进驻。公私立学校、民教馆、图书馆等地入内参观人应征得各该主管人之同意，并应遵守其参观规则……不得稍事破坏。

如有违反上述规定之情事发生，各该主管人有权规劝制止，如不听从规劝借故生事者，可扭送本会，本会当按情节轻重依法惩办……主任张凯，副主任吴觉。"

12月24日　苏北军区政治部在颁布庆祝1949年元旦和两淮解放的宣传口号中有"欢迎一切专家，学者为人民服务""保护文化教育机关"等等。

12月27日　盐阜书店出版快板短剧《捉俘虏》和延安名剧《兄妹开荒》。

本月　华中新闻专科学校由淮阴迁到淮安板闸。不久，第二期毕业，第三期开学。并改名为华中大学新闻系。学生百余人，校长为俞铭璜，副校长为徐进。

年底　淮安县成立县人民教育馆，内设宣传股、文艺股、教育股，积极开展群众性文化教育活动。

《新华日报》（华中版）随华中工委由射阳合德迁至淮安县板闸。第五军分区战旗剧团随分区部队改编为华东警备第九旅文工队而离开盐阜区，剧团在盐阜期间曾演出话剧《不屈的人》、歌剧《王贵与李香香》《血泪仇》等。陈登科著的小说《杜大嫂》在华中新华书店出版社发行。同时，陈又完成中篇小说《替死》的初稿。1950年10月改为《活人塘》在《说说唱唱》10月11日两期连续发表。后又编入《文艺建设丛书》由北京三联书店出版发行。1951年7月又由人民出版社出版。1954年被译成日俄、胡、捷克等国文字出版。陈登科是由《盐阜大众》社培养出来的工农作家。

1949年

1月1日　《盐阜大众》发表社论《迎接1949年》指出：我们应该热烈地高歌欢呼庆祝五分区的全部解放，但要认识"行百里者半九十"，不能松懈我们的斗志，要为彻底打倒国民党反动政府进一步建设五分区而努力。《盐阜大众》今日转载新华社社论《把革命进行到底——1949年元旦献词》这都为文化工作指明任务和方向。

淮安县政府发出"冬季社教工作的指示"，规定：农村剧团以乡为单位的则属乡教育委员会专人领导，如村组织的则由村宣教组专人指导，仍属乡教委领导。当前农村剧团要找以生产支前为主要内容的剧本演出。指示还要求发动教师、私塾先生、民间艺人、知识青年编写快板、小调、剧本等文艺材料。在工作方法上，指示要求乡教委要配合村宣教小组分头或先后召开民间艺人与知识青年、教师会，打通文娱学习的正确思想、讨论或成立妇女识字班、农村剧团、儿童秧歌队、化装宣传组、读报组、黑板报等。

1月5日 五分区两淮机关报《两淮报》创刊。《发刊词》讲："本报是为两淮全体人民的报，它是建设民主、自由、繁荣和幸福的两淮和支援中国人民革命战争的组织者与宣传者。"在提出的具体任务中，要求迅速报道经济建设、民主建设、文化建设和群众运动的新闻和工作中的具体经验，使各项工作顺利而又正确地开展。

1月10日 华中大学在盐城举行开学典礼，学生有近900人（加上淮阴的一个分部，共2 000余人）。校长管方蔚从淮阴赶来参加会议。该校成立一个文工团，既搞本身的文化活动，又指导学员的文艺活动，形成专业剧团与课余文艺活动相结合的群众性文艺活动。一般是早上教唱歌，晚上有歌舞等。该校在吴天石倡导下，还成立了文艺研究会，开展文艺研究工作，辅导学员开展文艺活动。因此，该校文艺活动非常活跃。如二队（亦称二部）有表演才能的学员就组织排演过话剧《张德宝归队》。该剧主要写新兵觉悟后归队的故事，在盐城戏院演出多场。驻城新兵都看了演出，深受教育。

1月13日 涟东县委召开各区委书记、县直科长会议，布置《将革命进行到底》的宣传活动。决定从1月16日到30日以此宣传为中心，并做好年关文娱准备工作。要求在宣传方式上：到处普遍写贴标语，画漫画，写墙头诗，开展文娱宣传。要求恢复和加强农村剧团活动，每区要成立一个流动宣传队，到各乡村去轮流活动并推动和领导各地文娱组织。能做到乡乡有龙船，村村有杂耍，而且合乎节约原则。会议还要求剧团或文娱组织请亲属看戏。为了加强对宣传运动的领导，各区要成立由区长、区委书记、宣传科长、文教区员、青联、妇联、完小、区教联等负责人组织宣委会。各乡也要成立乡宣委会，村组织宣传小组，保证宣传深入。与此同时，县政府春节期间，大搞文艺宣传活动。

1月14日 五分区前线支前司令部文工大队在司令部召开万人庆祝淮海战役胜利，欢送运粮民工复员大会上演出《满门光荣》《贺功臣》等剧。

1月15日 《盐阜大众》刊登一首童谣："小公鸡、跳花台，东北大军进关来，华北吓坏傅作义，南京吓坏蒋独裁。"

中旬，五地委发出指示，要求在旧历年关前后，开展《将革命进行到底》的宣传运动。通过运动，开展年关前后的文娱活动。如组织各学校教师、农村剧团、民间艺人等宣传动力，广泛地开展文艺活动。五专署同时也发出年关拥优指示，要求发动一切学校、农村剧团，组织年关文娱活动，慰问军队和烈军属。盐阜书店出版一批新剧本，吴纲编写的五幕淮剧《求解放》以及

盐城
革命文艺史略

喜剧《柜中人》、歌剧《李二夫妇的转变》、杂调剧《张大妈买猪》和杂耍剧《摆渡船》、独幕杂调剧《满门光荣》等。

1月29日 （春节）《盐阜大众》报道：建阳县在开展《将革命进行到底》的宣传运动计划中，要求召开教师、民间艺人、知识青年大会，组织和培养好运动的部分动力。群众中要通过文娱大活动达到宣传目的。阜宁县东益区在年前召开乡镇干部、剧团团长、小学教师、民间艺人40余人的会议，具体筹划春节文娱活动。会上成立宣传委员会，各镇成立文娱队，还决定在春晚上进行文娱大检阅。有益林剧团的广场剧及荡湖船、打花鼓等；东沟剧团演一个新戏；益南、益化等镇也都有节目如挑花担、说书、踩高跷等。华中大学于盐城举行春节文艺演出晚会。华大文工团和学员演出了《白毛女》《黄河大合唱》《自由万岁》《翻身乐》等剧和歌曲。日间还在盐城街头扭秧歌、踩高跷、打莲湘、玩湖船和演出活报剧《买卖公平》《群猴》《四姐妹夸夫》等广场剧。

1月30日 （春节初二）五分区各机关在东沟东南广场上举行文艺大活动。首先由军分区教导大队进行练兵、耍刀、刺枪、拳击表演；接着是其他单位十几只荡湖船演唱；随后，又是花鼓、麒麟唱、玩狮子、骑驴子、打莲湘、挑花担等十几种民间艺术表演。最精彩的是分区教导队演出的高跷剧，是个战争故事，反映了用真枪实弹夺取敌人的碉堡。群众都说："几年未过安稳年，今年这样太平热吵，真是个胜利年，应该这样大庆祝。"

本月 为供给春节文艺宣传材料，华中新华书店特专门出版发行农村用和城市用《春节文娱》各一册。分别刊转顾鲁竹作的淮剧《一个民工班》，亚林的广场秧歌剧《新年新岁新气象》等。与此同时，盐阜书店还出版大鼓词《秋季攻势》专册，系统地宣传介绍人民解放军在各个战场上秋季攻势胜利和蒋军失败的窘相。该店还出版《胜利歌声》一册，辑有10首新歌，是著名音乐家贺绿汀为歌颂人民解放战争而作。

春节前后，盐阜文工团在阜宁东沟、团荡、阜东县潘荡一带进行演出活动，在潘荡演出时，接到准备过江的指示，随后不久，返回盐城并开赴南通白蒲待命。后来，便随军渡过长江，进入苏州，改为苏州军管会文工团。《盐阜大众》陆续刊登一批文艺材料：唐成芳作的小调《祝五分区全部解放》（杨柳青调），新岚作的时事麒麟词《大家加把劲胜利在眼前》《时事快板》《玩苍仑》《小放牛》《支前莫放松》（小五更调）和快板《拥军优属理当然》，雪涛作的玩湖船《干到底》，顾天民作的《模范军属黄金香》，山春作的秧歌舞调《反对假和平，争取真和平》等。内容多是围绕将革命进行到底。如："自从解放徐州后。两淮蒋匪也溜走,兴化城和宝应一齐回到人民手。"又如:"华中央快要全解放,大军不久要过长江,南京城,吓得慌,蒋家匪帮搬家忙,今年胜利有保证。党政军民一条心,大家来,加把劲,打垮蒋匪永享太平。"有的是揭露敌人假和平阴谋,如"解放军处处打胜仗,看看就要过长江,……蒋匪吓得心发慌,好像野兽受了伤,企图暂时息口气,养好伤口动刀枪。同志们!要提防,同胞们,莫上当,只要坚决打到底,彻底消灭匪帮,免得反动派再猖狂。俗话斩草不除根,来年春天又发青,反动派如若不消灭,人民永久不太平。"有的动员支前争取彻底胜利的,如"解放军今年过长江,民工支前加紧忙。""支前本是自己来,个个人民要当先","彻底消灭反动派,保卫翻身得久长","解放军打仗为的老百姓,老百姓应该踊跃出后勤"。还有拥军优属的,如"锣鼓一打闹吵吵,解放军打仗真英豪,个个战士如猛虎,为的是替我们把家保,解放军打仗为百姓,老百姓拥军要做好"。"我们五分区已经全解放,饮水要思源,诸位想一想,没有解放军,哪能有这样,拥军又优属,本是理当然。"这些演唱材料,通俗易懂,适合大众口味,因此鼓动性也强,通俗的大众文艺在革命战争中发挥着积极作用。

2月1日 中共华中工委发出《通知》要求各地开展宣传活动庆祝胜利,彻底揭露反动派假和平阴谋。中共华中工委宣传部、苏北军区政治部联合印发宣传提纲《反对国民党的假和平,实现全国人民要求的真和平》,以此去宣传发动群众,齐心努力、奋斗到底。加速推翻中国几千年来的封建统治和一百多年来的帝国主义压迫,成立没有反动派分子参加的联合政府,建设新民主主义的新中国,实现永久的民主的和平。

2月12日 元宵佳节,淮安城各界群众举行文艺大活动,庆祝平津和苏北解放。

中旬 盐阜区在"将革命进行到底"的宣传教育基础上又掀起加强武装建设,动员参军的热潮。《盐阜大众》陆续刊载一批围绕参军的文艺演唱材料,如《军属的歌》《劝夫参军》《送郎上前方》《陈德忠带头参军》《参军英雄人人夸》《参军政策要掌握好》等。

本月,新华书店盐阜分店出版发行由盐阜文娱社编辑的、张庆怡创作的连场淮戏《保翻身》专册。

3月1—5日 《盐阜大众》副刊陆续刊登一批配合参军动员的文艺演唱材料,如纪平的《新战士舞》、歌曲《新兵的歌》以及民歌小调《送郎去参军》《欢迎新兵》《欢迎参军英雄到前线去杀敌立功》(洛河作)、《成季英劝夫参军》(张泽民作)、《吴文恒参军》(周帜炎、崔硕年作)、《送夫上前线》(马云作）等。与其相关联的还刊载一批支前过长江的演唱材料，如洪伯显的《劝丈夫过江支前》、民生的《支前到江南》等等。

3月17日 《盐阜大众》刊载北平八日消息，华北文协举行茶话会，欢迎来北平的文艺人士。周扬在会上致欢迎词："希望文艺界紧紧在一起，共同反对帝国主义、封建主义、官僚资本主义，为建设新中国的文艺事业而奋斗。"与会者表示"决心为建立新中国的文艺事业而奋斗"。这把建设新中国的文化事业提到议事和实践的日程上来。

3月23日 石家庄23日电："中国共产党第七届第二次中央委员会全体会议经过八天，业已圆满结束。"会议决定："全党工作重心由乡村转到城市。"要求全党必须用极大的努力去学会管理城市和建设城市，关键是要恢复和发展工业生产，各民众团体工作、文化教育工作等都应当为恢复和发展工业这个中心工作而服务。《盐阜大众》27日刊载了这一电文，使全区人民了解七届二中全会精神，也给今后文化工作的转变指明了方向。

本月，新安旅行团随中共华东局、华中军区总部南移，准备过江。之前曾在淮安稍事休息。

4月26日 为推动大众文艺创作，《盐阜大众》副刊编辑部特地向广大读者提出《副刊要稿子》，而此文即是一篇大众口语文艺作品。原文是：副刊要稿子，要些什么呢？诗歌小调、快板打鼓词，知识小经验，通讯与故事，形式不限制，内容要具体，希望同志们，快快动手写。

4月27日 盐城今天举行万人大会，热烈庆祝南京解放。大会首先由地委书记、分区政委高峰讲话，号召农工加紧生产，支援前线，彻底消灭残余国民党反动武装。他还号召全体工作人员，加紧工作，加倍努力建设新盐城、新分区、新中国。接着地委副书记刘仰生要求大家加紧生产，达到丰衣足食，所有同志都要提高政治文化水平。会上，由文艺团体表演了"胜利舞"等文艺节目，连夜举行了火炬游行。

5月1日 新的《苏北日报》创刊，发表了《苏北人民今后的任务》社论。提出把恢复和发展文化教育教育事业"作为苏北五大任务之一"。社论说："苏北文化教育在战争中遭受了敌、伪、反动派的摧残，急待整理充实。全党必须重视文化教育事业。在将来的和平建设中，除了经济建设之外，这是第一位工作，没有一定的科学文化水平，经济建设是很困难的。"

5月8日 从3日开始至今天闭幕的五分区第五届学生代表大会确定会后的任务是：加强学习，参加各种社会活动，开展各种有益于身心健康的活动。要求根据学生不同的爱好和要求，把学生全部组织起来，如成立学生研究会、座谈会及各种文娱组织等等。

5月21日 盐阜区的文化战士钱相摩在上海从事地下工作时,于5月11日被国民党逮捕,今日于宋公园英勇就义。钱相摩是盐阜区一位多才多艺的文化战士,组织阜东宣工队以文艺形式投入解放战争,对敌开展宣传攻势。他编写了大量剧本,从1945年至1947年被调至上海从事地下工作时止。他创作的独幕与多幕剧就有20多个,如配合中心河工程的在三幕淮剧《新状元》,庆祝日本投降的活报剧《胜利第一》,反对蒋介石召开伪国大的三幕剧《新官场现形记》,反对蒋美合流的活报剧《反动派出洋相》,揭露蒋军罪行的三幕四场淮剧《真面目》,配合总结当前工作的四幕淮剧《功与过》,宣传捉特立功的三场杂调剧《大家有功劳》,配合土改检查的一台大戏《翻身做主人》等等。这些剧本受到农村剧团和群众的好评,有的还在盐阜区广为演出。

5月25日 苏皖边区第五行政区改为盐城行政区,属苏北行团领导。盐城行政专员公署教育处长为顾崇实。

7月3日 《盐阜大众》今天刊登中共中央今日发布的《纪念"七七"口号》,口号第26条是:"教师们!学生们!科学家们!著作家们!艺术家们!新闻工作者们!出版工作作者们!团结起来,为恢复和发展人民文化教育事业而奋斗!"第27条是:"共产党员们!青年团员们!在政治的、军事的、文化的战线上显出你们的不疲倦的积极性和学习精神!"

7月29日 《盐阜大众》发布全国文联成立的消息,一共进行14天,于19日闭幕的全国文代会明确"文艺为人民服务,首先为工农兵的基本方针。"朱德总司令在文代会上发表讲话:"在建设新中国的事业中,文化艺术工作者要担负更重要更重大的责任。主要的要用文学艺术武器鼓舞全国人民,努力建设新中国,大家团结起来,迎接光明的新时代。"

8月 本月盐城地委因文化建设需要,复又成立地委文工团。团长为李江飞,副政治指导员为朱蜀江,戏剧指导为张耀南,音乐教育导员为王云桥,后又调刘则先为政治指导员。共有团员曾栋君、严梦心、李宏、陈锦方、蒋宗涛、陈依理、王柏华、沈莉萍、蔡云、朱福佐、陈伟、俞政等30余人。该团成立后曾排演过大型淮剧《陷入圈套》,影响较大。该剧由顾鲁竹编写。作者根据党的七届二中全会精神,主要描写我军进城后,不法资本家用金钱美女腐蚀我军一个搞财务工作的科长,被拖下水后为其不法行为效力,终被逮捕法办。对教育干部进城后防止糖衣炮弹的进攻具有很强的现实主义意义。该剧团曾栋君、李宏、陈伟为主演,另外还演出过小淮剧《张立富转变》、改良京剧《打鱼度荒》等。还有,该团派人外出学习和引进了新的民间文艺形式——打腰鼓。不仅在盐城演出，轰动全城，还到湖垛、益林、阜宁城义演救灾，使广大人民大开眼界。

夏末 由顾鲁竹创作的连场杂调剧《新夫妻》由苏北新华书店盐城分店出版。

9月21日 从今天起，《盐阜大众》连续数期报道了在北京召开的中国人民政治协商会议开幕的消息和毛主席在会上的开幕词及各方代表讲话。毛主席讲："我们的会议是一个全国人民大团结的会议"，"它将表明占人类总数四分之一的中国人民从此站起来了。"毛主席还说："随着经济建设的高潮的到来，不可避免地将要出现一个文化建设的高潮。中国人民被认为不文明的时代已经过去了，我们将以一个具有高度文化的民族出现于世界。"苏北，盐阜广大文化工作者同广大人民一样受到极大鼓舞，表示在新中国的建设中发挥积极的作用。

9月25日 盐城地委发出通知：为庆祝中华人民共和国成立（10月1日）和拥护世界和平，反对侵略的阴谋，特决定从10月2日起到8日止，为宣传周。要求各县、区、各城镇、农村组织青年、剧团、教师、儿童编成宣传队，展开宣传，要开庆祝大会，说明中华人民共和国的成立是百年来中国人民革命运动的伟大胜利！是中国人民五千多年来斗争历史的新纪元，是中国人民从此大翻身的喜日，中国人民掌握自己的命运，并以自己的劳动智慧，按照自己的意志来建设一个人民民主的新中国。《通知》还要求"必须继续努力，完成建设新中国更艰巨而伟大的任务，将革命进行到底，以巩固保卫世界永久和平"。

下旬 盐城地委宣传部召开驻城宣教机关代表联席会议，就10月2日举行全城庆祝中华人民共和国成立和拥护世界和平、反对侵略阴谋大会和游行示威事宜进行筹备和分工，在成立以地委宣传部部长戴星明为主任的筹备委员会领导下，分别设立宣传材料组、文娱组、漫画组，负责编写各种文艺节目、宣传材料及漫画等。

本月，在新中国成立前，盐城集仙堂西街黎宅改为盐城大众戏院，主要演淮戏，以迎接中华人民共和国成立。

10月1日 中华人民共和国宣布成立。盐城地区文化工作从此进入一个崭新的历史新时期。

（本纪事是根据新四军老战士、原苏北文工团团员刘则先提供的资料整理编撰。）

主要参考文献

《敌后日记》（上、下），阿英著，江苏人民出版社，1982年版。

《抗日战争时期延安及各抗日民主根据地文学运动资料》，刘增杰等编，山西人民出版社，1983年版。

《江苏革命根据地文艺资料汇编（苏北部分）》（1～7册），江苏省文联资料室编，1984年版。

《中国抗战文艺史》，蓝海著，山东文艺出版社，1984年版。

《延安文艺运动纪盛》，艾克恩编，文化艺术出版社，1987年版。

《中国人民解放军文艺史料选编》（抗日战争时期·第四册），中国人民解放军文艺史料编辑部编，解放军出版社，1988年版。

《苏北抗日根据地》，中共江苏省委党史工作委员会、江苏省档案馆编，中共党史资料出版社，1989年版。

《中国解放区文学史》，刘增杰主编，河南大学出版社，1988年版。

《江苏新文学史》，陈辽主编，南京出版社，1990年版。

《新四军的艺术摇篮——华中鲁艺生活纪实》，朱泽主编，江苏文艺出版社，1992年版。

《苏北抗日根据地文化散记》，刘则先、刘小清编著，江苏人民出版社，1993年版。

《新安旅行团在苏北》，崔士臣主编，二十一世纪出版社，1998年版。

《抗战时期的上海文化》，齐卫平等著，上海人民出版社，2001年版。

《上海人民支援新四军和华中抗日根据地》，邬正洪、傅绍昌编著，上海人民出版社，2001年版。

《岁月如歌——新四军暨华中抗日根据地文艺团体》，郭加复主编，上海市新四军历史丛刊社编印，2002年版。

《飞鸿雪泥——文化名人与盐城》，张开明、姜达芳主编，江苏古籍出版社，2002年。

《华中抗日根据地史》，中国新四军和华中抗日根据地研究会编，当代中国出版社，2003年版。

《中国现代思想史论》，李泽厚著，天津社会科学出版社，2003年。

《喉舌与号角——新四军和华中抗日根据地报刊史料集萃》（上、下卷），郭加复主编，香港语丝出版社，2004年版。

《烽火信使——新四军及华中抗日根据地报刊研究》，王传寿主编，合肥工业大学出版社，2010年版。

《中国现代文学史料学》，刘增杰著，中西书局，2012年版。

《铁军文华——新四军中的文化人》，卞龙、常浩如著，华文出版社，2018年版。

后记

这本著作是我主持的江苏省高校哲学社会科学研究重点项目"江苏新四军文艺史料的整理与研究"（2017ZDIXM154）的结项成果，也是迄今首部全面总结和系统研究盐城革命文艺史的专著。经过5年多的不懈努力，现在书稿即将付梓，心里不由地涌起一种如释重负的感觉。

盐城有着光荣的革命历史。在革命战争年代，尤其是新四军重建军部后，一大批革命文艺工作者汇聚盐城，紧密地结合当时当地的斗争，办报纸，建剧团，搞创作，掀起了群众性的革命文化高潮，配合和服务于革命战争的伟业，涌现出不少深受广大群众喜爱的文艺作品，培养和造就了一大批从事文学、美术、戏剧和新闻工作的人才，为我国的文化建设和解放事业作出了不可磨灭的贡献。在以往的研究中，学术界往往更多地从党史、军史角度研究盐城革命斗争以及新四军发展壮大的历史，而对于和军事斗争并重的革命文化领域的建设研究重视不够，研究成果不多且较为零散，至今尚未有一部全面总结和系统研究盐城革命文艺史的专著，充分彰显盐城革命文艺在江苏革命战争时期新文艺发展过程中的地位和作用，给中国解放区文艺研究留下了一个不小的缺憾。有鉴于此，本著作试图通过翔实的史料爬梳、调查访谈等研究手段和方法，全面总结和系统研究盐城革命文艺的实绩和地域文艺发展的历史经验，勾勒并真切把握这一区域在革命战争时期的文艺发展概貌，科学客观地评述该地域在革命战争时期的文艺创作，凸显新四军文化建设在如何服务其政治斗争、军事斗争、保持其政治力、战斗力以及在中国民族解放事业所起的独特作用，进而确立起盐城革命文艺在我国革命文化建设中应有的历史地位。同时，盐城革命文艺作为中国革命文化的重要组成部分，鲜明地体现了新四军铁军精神，是我们认识盐城革命历史，开展革命传统教育，传承和弘扬红色基因的生动教材，对于进一步推进新四军文艺研究走向深入，借鉴新四军文化建设经验，建设有中国特色的社会主义新文化，繁荣和发展新时代哲学社会科学研究亦有着重要的现实意义。

　　盐城革命文艺运动影响广泛、形式多样、成果丰富。整理、研究和保存好地方革命文艺运动史料，认真总结区域文艺运动历史经验是地方高校社科研究者的重要职责，也是新时代赋予地方高校文化传承创新的重要使命。本书的写作出版与课题研究得到盐城师范学院、盐城市社科联、盐城市党史办、盐城市文联、盐城新四军纪念馆、盐城市图书馆、盐城市新四军研究会等单位领导与专家的热情鼓励与大力支持。课题先后被江苏省高校哲学社会科学重点研究基地——新四军研究院、盐城市社科联、盐城地域文化与社会治理研究院列入资助项目。感谢学校党委书记戴斌荣教授、校长张宏如教授及诸位校领导对新四军研究和地方文化研究的高度重视以及营造的良好学术氛围！感谢李晓奇主席、王海燕主任、李军主席、张树忠馆长、黄兴港馆长、刘小清秘书长对课题研究的热情指点和帮助！感谢在课题申报、研究、结项过程中给予支持帮助的李尧教授、陆玉芹教授、易高峰教授、柴江教授、乔晖教授、岳峰教授、曾凡云博士等学校相关部门领导、专家、同仁！此外，盐城新四军纪念馆周振华主任、刘景女主任、杨雪媛女士在文献资料、历史照片的查找等方面提供了诸多便利和无私帮助，学报编辑部陈济平老师在书稿编排、图片处理上亦提供不少帮助，在此一并表示衷心感谢！

　　本书的写作出版同时得到了革命前辈亲属、新四军老战士及研究领域专家的及时指导、热情关怀、大力支持和具体帮助。陈毅元帅之子、原中国人民对外友好协会会长陈昊苏百忙之中审阅了本书纲目和部分内容，提出了许多宝贵的意见，并欣然应允为本书题写书名，给本书增添了不少光彩！学科研究领域专家、校友会2023江苏省大学高贡献学者、原盐城师范学院校长方忠教授在即将履新江苏师范大学党委书记之际，慨然应允为本书写序，令人感动！特别是年近百岁的新四军老战士、我校离休干部刘则先多年来一直关注和指导我的研究工作，曾多次向我讲述许多亲历的、鲜为人知的史实以及提供不少珍贵的史料线索，并无私地将他多年搜集、剪贴、整理的史料稿惠赠予我研究整理使用，使我的研究获得许多可靠的一手资料，减轻了不少资料搜集、整理的工作量。他这种对革命文化的热忱与专注以及对后辈的关爱和提携令人感佩，在此特向则先老先生表达由衷的敬意并祈愿他老人家健康长寿！

　　此外，本书在写作出版过程中还参考了党史部门、政协文史委、方志办、辞书编委会搜集整理汇编的部分资料以及一些盐城革命文化研究成果，限于

后记

篇幅和体例，未能一一详注，在此特向他们辛勤的劳动表示深深的敬意和诚挚的谢意！由于这是本人首次独立撰写区域文艺史，经验不足，能力有限，书中肯定存在着诸多疏漏和不足，恳望曾经战斗在盐阜大地的老同志、学界专家和读者批评指正！

孙晓东

2023 年 7 月于盐城